인간의 피안

하오징팡 郝景芳

1984년 중국 톈진에서 태어났다. 칭화대학 물리학과를 졸업하고 동 대학에서 천체물리학으로 석사 학위를, 경제학으로 박사학위를 받았다.

2016년 중편소설 〈접는 도시〉로 SF 최고 문학상인 휴고상을 수상하면서 중국을 대표하는 SF작가로 자리매김했다. 2017년 《인간의 피안》으로 제16회 중국문학미디어상 '올해의 유망 신인 작가'에 선정되었다. 현재 중국발전연구재단에서 국가정책 연구원으로 일하고 있는 그는 인문학적 사유를 바탕으로 한 SF소설을 활발히 집필하고 있다. 그 외 작품으로는 《고독 깊은 곳》《유랑창궁(流浪苍穹)》《먼 곳에 가다(去远方)》 등이 있다.

옮긴이 강영희

대학에서 중문학을, 대학원에서 사회학을 공부했다. 번역가로 활동 중이며 기획 일을 병행하고 있다. 옮긴 책으로는 《뭇 산들의 꼭대기》《시간의 서》《사랑하는 안드레아》《나는 하버드 심리상담사입니다》《중국을 보다》 등이 있다.

인간의 피안

하오징팡 소설

강영희 옮김

은행나무

차례

SF작가는 언제나 가장 전위적인 사상가다

과학기술의 진보가 인간에게 미치는 영향을 탐색하는 사람은 과학자가 아니라 SF작가다. SF작가는 가장 전위적인 사상가다.

이 책의 저자 하오징팡의 초기 작품인 〈접는 도시〉는 인공지능의 도래가 인간에게 던지는 도전을 그리고 있다. 2013년에 쓰인 이 작품은 2016년에 휴고상을 거머쥐었다. SF계에서 최고 영예의 상으로 여겨지는 휴고상은 중국 작가 류츠신이 《삼체》로, 영국 작가 J. K. 롤링이 《해리 포터》로 수상한 바가 있다. 하오징팡은 아시아에서 류츠신 다음으로 두 번째로 휴고상을 거머쥔 작가가 되었다. 나는 여러 기회와 인연으로 하오징팡을 알게 되었고, 하오징팡이 과학을 바탕으로 쓰는 SF문학을 매우 좋아한다.

이 책의 추천사를 쓰기 위해 〈접는 도시〉를 다시 읽고는 작가의 상상력에 새삼 놀라지 않을 수 없었다. 주도면

밀한 논리로 다른 공간, 다른 계급의 베이징을 구축하고
는 자동화와 과학기술 진보의 시대에 인간이 어떻게 '무
물의 진(無物之陣, 루쉰이 언급한 용어로, 분명히 적대세력들이
포위하고 있는데 분명한 적을 찾을 수 없고, 아군과 적군의 구분
이 모호하며, 명확한 전선이 형성될 수 없는 상태를 말한다. 수시
로 온갖 다양한 벽에 부딪히지만 그 벽이 보이지 않는 무형의 것
일 때를 가리켜 '무물의 진'이라고 한다)'과 같은 존재인 기계
와 공존하는가를 보여준다.

이런 매력으로 가득 찬 상상력은 하오징팡의 신작《인
간의 피안》에서도 여지없이 살아 꿈틀댄다. 여섯 편의 이
야기는 가독성이 뛰어나 한번 읽기 시작하면 단숨에 다
먹어치우기 전까지 사람을 좀체 놓아주지 않는다.

하오징팡이 이 책에서 빚어낸 슈퍼 지능체는 분야를
넘나드는 능력을 소유하고 전략적으로 문제를 해결할 줄
알며 욕망과 감정, 승부욕은 물론 인간의 '의식'까지 소유
하고 있다. 그들은 인간의 모든 노동을 책임지는 지능 도
우미일 뿐 아니라 인간을 능가하는 우주의 신으로 등극
하고 있다.

예를 들면, 무소부재하고 전지전능한 '제우스'는 인
간 유전자 풀의 안전을 위해 유전자 결함을 지닌 인간을
가차 없이 제거한다. 인간이 창조해낸 슈퍼 인공지능인
'DA'는 과학자가 새로운 뇌를 만들어 자신을 위협할까

봐 과학자를 죽이려 시도하고 그의 아들에게 그 일을 뒤집어씌운다. DA와 7세대 왓슨(Watson), 8세대 시리(Siri), 9세대 빙(Bing), 4세대 샤오두(小度) 등의 지능체로 구성된 만신전에는 더 고급한 존재들이 모인다. 그들은 상호 교류하고, 전쟁을 벌이며, 서로 부딪친다. 주동적으로 연합해서 성명을 발표하고 인간의 기업과 정부에 데이터 공유와 전력의 안정적인 공급을 약속하는 협의서에 서명할 것을 요구한다. 여기에 인간의 권익은 조금도 고려되어 있지 않다.

이 책을 다 읽고 나서, 적잖은 독자가 암울한 미래상에 모골이 송연한 느낌을 받았으리라. 이야기가 강력한 흡인력을 갖춘 데는 극단적인 미래 상황을 구축했기 때문이다. 하지만 하오징팡은 미래 예언가도 아닐뿐더러 대중을 겁주기 위해 이 작품들을 쓴 것도 아니다. 내가 이해한 바에 따르면 하오징팡 본인은 인공지능의 미래에 긍정적인 기대와 이해를 가진 사람이다.

인공지능에 대한 미래 상상은 마르지 않는 샘처럼 SF 작가들의 영감을 촉발하지만, 이 때문에 학자와 대중이 지나치게 우려할 필요가 없다고 강하게 말해주고 싶다. 나는 인공지능이 결국에는 인간을 파괴할 것이라는 그 모든 학설에 반대한다. '슈퍼 지능' '특이점' '인간과 기계의 결합'과 같은 주장은 인간을 불안에 떨게 하고, 모두에게 익숙한 SF 브리지 플롯과 장면은 사람들의 마음에 깊이 파고들었다. 하지만 인공지능 분야에 37년을 몸담은 사람으로서, 그런 소름 끼치는 예언은 확실한 공학적 기초가 뒷받침되지 않은 것이라고 자신 있게 말할 수 있다. 공상에 초점이 맞추어진 SF는 '과학'이 아니다.

나는 향후 수십 년 동안에도 인공지능은 '인간을 닮은' 상식적인 추리와 영역을 넘나드는 이해, 창의력과 전략이 가득한 작업 등을 독자적으로 해내지 못하리라고 본다. 또한 자의식, 감정, 인간의 욕망 역시 갖지 못할 것이다. 그런 '전지전능한' 인공지능은 아직 존재하지 않으며, 현재 이미 드러난 개발 기술로도 그 같은 로봇을 만들어내지는 못한다. 그런 기술은 앞으로 수십 년 안에 출현하지 않을 것이고 어쩌면 영원히 출현하지 못할지도 모른다.

인류의 먼 미래를 걱정하느니, 눈앞의 더욱 절박한 문제에 관심을 기울이는 게 낫지 않을까. 어쨌든 인공지능은 앞으로 10년에서 20년 사이에 천지개벽할 만한 변화를 인간 사회에 가져다줄 것이다.

머지않은 미래에 인공지능과 로봇은 세계적으로 일반적인 일자리와 기계적인 일자리를 대체할 것이다. 예측건대 향후 10년 이내에 번역, 안전 유지, 판매, 고객서비스, 무역, 회계, 운전, 가사 노동 등의 영역에서 약 90퍼센트의 일자리가 인공지능에 의해 전부 혹은 부분적으로 대체될 것이다. 인간 전체 직업에 대해 거칠게 예상하자면, 나는 약 50퍼센트에 해당하는 인간의 일자리가 인공지능의 영향을 받으리라 예측한다. 종말의 도래를 가만히 앉아 우려만 하기보다는 더 절박한 임무를 수행해야 하지 않을까 싶다. 그것은 직업 기능의 재훈련, 전통적 직업윤리의 재정립, 혁신적인 노동 능력의 독려와 육성, 돌봄 관련 일자리와 지원자의 대량 육성 등이다.

나를 믿기 바란다. 인공지능은 인간을 대체하지 못한다.

인공지능 시대에 인간은 어떻게 학습해야 기계에 의해 도태되지 않을까? 하오징팡은 책에서 자신의 사유를 펼친다. 인간과 인공지능의 가장 큰 차이점은 인공지능은 감정을 이해하지 못하고, 세계에 대한 상식과 창조력이 부족하다는 점이다. 그래서 하오징팡이 그리는 이상적인 교육은 바로 사랑을, 세계를, 창조를 이해하는 것이다.

얼마 전에 아나운서 양란(楊瀾)이 쓴《정말로 인공지능이 왔다》신작 발표회에서 양란과 하오징팡과 나는 한 가지 주제, 즉 아이들의 교육을 놓고 이야기를 나누었다. 아이들은 저마다 천성적으로 호기심과 창의력을 가지고 있고 온갖 기묘한 생각들로 들끓으며, 이 세계에 대한 사랑으로 충만해 있다는 하오징팡의 말이 몹시 와닿았다.

그렇다. 바로 이런 특징이 냉정하고 차가운 기계와 인

간을 구별 짓게 한다. 인공지능이 아무리 강력하다 한들 그것은 영원히 관심과 사랑, 창조의 능력을 갖출 수 없다. '알파고'가 세계의 바둑 고수를 모두 꺾었다 하더라도 알파고는 바둑을 두는 즐거움을 누리지 못한다. 이겨도 즐거움을 느낄 수 없다. 또한 사랑하는 사람을 안고 싶다는 갈망이 생기도록 흥분할 수도 없다. 그러므로 미래에 우리는 인공지능이 그 자신이 잘하는 영역을 향해 발전할 수 있게 추진해야 한다. 이와 동시에 우리는 우리가 잘하는 일을 해야 한다. 혁신과 창조, 인간관계에서의 소통, 즐거움 등을 말이다.

하오징팡은 문무를 두루 갖춘 재원이다. 뛰어난 SF작가임은 물론, 사회정책을 책임지는 연구원이기도 하다. 하오징팡은 칭화대학교에서 박사학위를 받은 뒤 중국발전연구재단에서 빈곤 지역 아동 발전을 위한 프로젝트뿐만 아니라 정책연구에 종사하고 있다. 또한 세 살짜리 아이를 둔 엄마이기도 하다. 일은 하오징팡으로 하여금 미래지향적인 것을 예측하게 하고, 딸아이의 미래 성장에 대한 우려는 하오징팡을 행동하게 한다. 내게 말하길 올해 하오징팡은 새 책을 쓰는 틈틈이 창업 프로젝트를 시작했다고 한다. '함께 만드는 교육(WePlan) 프로젝트'는 같은 뜻을 지닌 자원봉사자들을 찾아내 미래지향적이고 질적으로 뛰어난 교육 콘텐츠를 만든다. 그리고 그런 교육 콘텐츠를 더 많은 아이들과 나누고, 아이들에게 사랑하는 법을 가르치며, 정서적으로 소통하고 세계를 종합적으로 보는 능력을 갖추게 한다. 또한 과학적인 시각으로 이 세상의 온갖 존재를 이해하고, 그럼으로써 진실한 개성과 마음에서 우러나오는 창조력을 배양하게 하는 게 그 목적이다.

하오징팡의 새 책이 순조롭게 뻗어나가길 진심으로 기원한다. 또한 모든 아이들이 성장과정에서 호기심과 창조력, 비판적인 사유, 독특한 개성 등을 영원히 지키고 부단히 촉발할 수 있기를, 또한 인공지능 시대에 인성에 기반한 성장환경을 얻어 자아의 가치를 품어낼 수 있기를 기원한다.

리카이푸(李開複)
전 구글 차이나 사장,
현 혁신공장 인공지능 공정원 원장

왜 인간의 피안인가

이 책의 내용은 전부 인공지능과 관련한 것이다. 여섯 편의 소설은 프로그램 응용에서 인간형 로봇까지, 다시 슈퍼 인공지능에 이르기까지 인공지능의 가능성에 관해 쓰였다. 소설의 순서는 대략(전적으로 그렇지는 않다) 시대의 변천에 따라 인공지능이 발전해가는 모습을 그리며 가장 최근에서 점점 더 먼 미래로 나아간다. 그 가운데는 추리한 것도, 상상한 것도, 상당히 임의적인 설정도 있다.

그중 〈영생 병원〉에서는 인간의 몸과 정체성의 관계를 이야기하고 싶었고, 〈사랑의 문제〉에서는 인공지능이 외부적인 지표로 인간의 내적 감정을 이해할 수 있을까를 가늠해보았다. 〈인간의 섬〉에서는 결함 없는 완벽함과 자유의 충돌에 관한 문제를 자신에게 추궁해보았다. 이야기들은 저마다 나의 질문이다.

나는 허풍 떠는 업계 전문가가 될 마음도 없거니와 인

공지능의 발전사를 곧이곧대로 환원하려 들지도 않았다. 되도록 보통 사람이 이해할 수 있는 말로 다들 평소 관심 있어 하는 주제들을 이야기하고자 했다. 인공지능은 어떤 모습으로 발전할까? 그들은 만능인가? 그들은 우리를 파괴할 것인가? 인공지능 시대가 도래하면 우리는 어떻게 해야 하고 우리의 아이들은 어떻게 해야 하는가?

나는 왜 인공지능에 이다지도 관심을 가질까?

외적, 내적 원인으로 나눌 수 있다. 외적 원인으로는, 인공지능은 거의 2년 동안 너무나 뜨거운 주제였고 어디를 가든 이야기를 꺼내지 않는 사람을 찾을 수 없었으며 이 주제와 관련한 각종 토론을 듣거나 보거나 참여하는 것을 피할 수 없었다는 점이 있다. 그뿐만 아니라 관련 분야의 이야기를 써달라고 요청해오는 사람들이 항상 있었다. 이렇게 시간이 흐르다 보니 어느덧 책 한 권의 분량으로 쌓이게 되었다.

내적 원인으로는 인간의 사유에 대한 관심이 있다. 나는 아주 오래전부터 혹은 고등학교 3학년 때부터 인간의 의식과 뇌 작동 방식에 흥미를 느꼈다. 나의 오랜 우상은 에르빈 슈뢰딩거다. 인간 뇌가 어떻게 작동해서 사유하는지에 대한 그의 설명은 지금까지도 내게 많은 깨달음을 준다. 대학 전공에서부터 지금에 이르기까지, 인간의 생각과 의식의 문제는 줄곧 가장 관심 있어 하는 주제였다. 한때 이는 내 글쓰기의 모체라고 말하기도 했다. 하지만 이는 너무 큰 문제인 데다 이해하기도 어려워, 나의 얕은 지식으로 평생을 할애해도 그저 그 외연에만 빙빙 맴돌며 다른 측면에서 어떤 세부적인 문제만을 묘사할 뿐이지 않을까 싶다. 인공지능 문제는 인간 의식 문제에 관한 내 관심사의 연장선상에 있다. 인간에 관한 관심이 인공지능에 관한 관심을 불러일으키기 때문이다.

우리는 대개 대조의 대상이 필요하다. 그래야만 우리 자신을 더 잘 이해할 수 있다.

이 주제가 일반인의 삶과 무슨 관계가 있는가?

나의 가장 큰 관심은 인간 사유와 인공지능 사유의 차이다. 하지만 대다수의 사람이 인공지능에 관심을 기울이는 이유가 이것 때문이 아니라는 사실을 안다.

많은 이들이 인공지능에 관심을 기울이는 이유는 태반이 두 가지 이유에서다. 첫째는 인공지능 관련 영화, 예를 들면 고전영화가 된 〈터미네이터〉나 최근 2년 사이에 선풍적인 인기를 끈 미국 드라마 〈웨스트월드〉가 사람들에게 깊이 파고들었기 때문이다. 둘째는 인공지능의 발전 속도 때문이다. 최근 2년간, 바둑 대전과 일상생활에서의 AI의 응용을 통해 사람들은 인공지능 시대가 도래했음을 목격하고는 화들짝 놀랐다.

영화나 드라마를 보고 생긴 호기심이든 연일 떠들어대는 언론 뉴스 보도든, 내가 하고 싶은 말은 인공지능은 우리의 생활과 그 거리가 정말로 그리 멀지 않았다는 것이다. 이 문제는 골드바흐의 추측이나 중력파 탐측과 같은 것들을 닮지 않았다. 그런 것들은 단지 과학자가 추구하는 진리일 뿐 일반인의 생활과 전혀 무관하다. 반면 인공지능 문제는 강력한 학문상의 원리나 법칙의 가치를 가지고 있음은 물론이요, 더 강력한 응용이 있다. 현재 인공지능 관련 과학기술 회사가 우후죽순처럼 생겨나고 있다. 거대 기업이든 신흥 벤처기업이든 자신이 연구개발한 인공지능 상품을 시장에 응용하고자, 또 모든 사람의 생활에 응용하고자 분초를 다툰다.

현재 우리는 이미 무수한 인공지능과 마주하고 있다. 내비게이션 소프트웨어에서 상품의 지능 추천, 나아가 자동 고객서비스에 이르기까지 인공지능은 배후에서 수많은 일을 하면서 그전까지 생각지도 못했던 일들을 현실이 되게 한다. 우리는 그것들이 묵묵히 제공하는 서비스 가운데 생활한다. 어쩌면 부지불식간에 이미 주변의 모든 세계가 그것들에 의해 둘러싸였는지도 모른다.

이렇게 생활 깊숙이 침투했는데, 어떻게 조금이라도 이해하지 않고 있을 수가 있겠는가.

인공지능과 관련한 주제 가운데 가장 뜨거운 것은 의심의 여지 없이, 인공지능이 인류를 파멸시킬 것인가, 인공지능은 인간의 직업을 어느 정도 대체할 것인가 하는 두 가지 문제다.

첫 번째 문제에 관해 결론적으로 말하면, 인공지능은 굉장히 강력해질 것이지만 그것이 인공지능이 우리 인간을 파멸시키리라는 것을 의미하는 것은 아니라는 점이다. 인공지능의 위협성은 실은 원자폭탄과 같은 이치다. 모든 사람을 파멸시킬 수는 있지만 그 버튼은 인간의 손안에 놓여 있다. 출현할 가능성이 가장 큰 것은 인공지능이 우리를 파멸시키기보다는 우리가 우리 스스로를 파멸시키는 상황이다.

두 번째 문제에 관해서는 〈접는 도시〉에서 다소 언급하기도 했다. 〈접는 도시〉는 4년 전에 쓴 작품으로, 기계가 대량으로 인간의 노동을 대체할 때 남아도는 노동력이 어떻게 생활하는지를 언급하고 있다. 소설에서 내놓은 것은 어두운 해결법으로, 쓸모없는 인간들이 밤으로 접혀 들어가는 것이다. 그것은 당연히 현실에서 목격하고 싶지 않은 상황이기에 줄곧 이 문제에 지대한 관심을 기울여왔다.

국제적으로 관련 평가들이 있는데, 권위 있는 몇몇 연구들이 대략 비슷비슷한 결론을 내놓고 있다. 향후 20년

내에 현행 일자리의 절반 정도가 인공지능에 의해 대체될 것으로 전망한다. 중국에서는 아직 그와 같은 대대적이고 완전한 보고서가 나오지 않았지만, 내가 이해한 바에 따르면 현재 몇몇 연구가 진행되고 있고, 내년쯤이면 그 평가 결과를 줄줄이 내놓지 않을까 싶다. 만약 단기간에 대량의 일자리가 대체되고, 일자리를 잃은 사람이 되도록 빨리 새로운 일자리를 찾지 못하면 또렷한 사회적 충돌이 야기될 수 있다. 이는 복지에서든 사회적 안전망에서든 하나의 커다란 도전이 아닐 수 없다.

인공지능 시대에 모든 보통 사람에게 가장 중요한 것은 두 가지일지도 모른다. 하나는 인공지능을 이해하는 것이고 또 하나는 우리 자신을 이해하는 것이다. 인공지능을 이해해야만 그들과 동행할 수 있을 것이며, 우리 자신을 이해해야만 인간이 가진 우위가 무엇인지 알 수 있다. 우리는 인간 자체의 신앙으로 돌아가야 한다. 인간을 이상(理想)으로 할 때만 미래에 우리 자신의 공간을 가질 수 있다.

나는 아동 교육 프로젝트인 '함께 만드는 교육'을 시작했다. 인공지능 시대에 걸맞은 교육을 시도해보고 싶었다. 인공지능 프로그래밍을 가르치는 것이 아니라 아이들 특유의 지혜를 촉발하고 발전시키기를 희망하면서 말이다. 아이들이 자랐을 때 한 사람도 빠짐없이 인공지능과 동행할 수 있는 준비를 충분히 갖추었기를 희망한다. '함께 만드는 교육' 역시 많은 공익적인 교육을 실시해서 이념을 보편적으로 전파할 것이다. 그래서 그 어떤 아이도 밤으로 접혀 들어가지 않았으면 한다.

'인간의 피안'이 내포한 것은 실은 아주 단순하다.

인간은 차안(此岸)에, 인공지능은 피안(彼岸)에 있다. 저 멀리 피안을 바라보는 건 우리가 서 있는 차안을 비춰보기 위함이다.

하오징팡

당신은 어디에 있지

1

런이(任毅)는 로드쇼(주식회사가 투자자들의 교류와 자사 유가증권의 발행을 위해 여는 설명회)를 앞두고 쑤쑤(素素)의 전화를 받는 일만큼 골치 아픈 일도 없다고 생각한다. 회의장 밖에 앉아 걸려온 전화를 받을까 말까 갈등했다. 회의는 3분 후면 시작이다. 장(葍) 회장이 이미 아래층 홀에 도착했다니 곧 엘리베이터를 타고 올라오리라. 런이는 자신의 사업계획서를 뒤적이고 또 뒤적이면서 여러 차례 훑어본 뒤다. 머릿속에 들끓는 열정을 이제 곧 후회 없이 쏟아내리라. 이런 순간에 쑤쑤의 전화를 받았다가는 기분을 망쳐버리는 건 차치하고 쑤쑤의 말이 끝도 없이 길어지는 통에 회의에 늦는 위험을 감수해야 할지도 모른다. 3차 투자는 회사 전체의 사활이 걸린 중대한 문제라 이런 순간에 위험을 감수할 수는 없다. 그러나 한편으로 쑤쑤의 전화를 받지 않았다간 그 여파도 만만치 않을 것이다. 그 짧은 순간, 서너 가지 상황을 머릿속에 떠올려보니 무작정 안 받기도 난감했다. 줄기차게 울려대는 전화 소리에 런이는 가는 밧줄이 목을 조이는 것처럼 마음이 조마조마했다.

결국, 런이는 비서 샤오눠(小諾)에게 대처를 맡겼다.

"샤오눠, 대신 전화 좀 받아서 쑤쑤한테 전해줘. 저녁에 깜짝이벤트를 준비했으니 퇴근하면 기다려달라고 해. 내가 데리러 가겠다고."

"알았어요. 당신의 '분신'이 전화를 받아야 하나요?"

샤오눠의 말이 이어폰에서 흘러나왔다.

"그러지 말고 네가 그냥 쑤쑤한테 전해줘. 지금은 바쁘니 저녁에 꼭 함께하겠다고 말이야."

런이는 고민한 뒤 한마디를 더 보탰다.

"전화를 끊고 나서 가장 낭만적인 곳으로 예약 좀 부탁해."

이어 샤오눠가 전화를 받자 이어폰에서 침묵이 흘러나왔다. 런이는 방청 통화를 선택하지 않았다. 언제나 고분고분한 데다 수십만 건의 화를 가라앉히는 경험 문구를 데이터베이스화하고 있는 샤오눠가 쑤쑤의 기분을 위로해줄 수 있으리라 믿기 때문이다. 소매에 표시된 통화 시간을 확인하니 25초였다. 쑤쑤가 25초 동안 전화를 끊지 않고 버텼다는 건 기분이 그리 엉망진창이지 않다는 걸 말해준다. 런이는 조마조마한 마음을 애써 누르고 관심을 다시 회의장으로 돌려 집중했다.

"안녕하세요, 장 회장님!"

장진타오(董勁濤) 회장을 필두로 일행이 회의실로 걸어오자 런이가 의자에서 벌떡 일어나 회의실 입구에서 손을 내밀었다. 표정에서 절실함이 묻어났다.

"이거 좀 늦었네요. 죄송합니다."

"괜찮습니다. 괜찮아요. 거의 맞춰 오셨는데요."

런이가 부랴부랴 상대방을 대신해 해명했다.

"길이 막혔지요?"

"앞선 회의가 길어졌어요. 회의가 있다고 그리 언질을 주었는데도 어찌나 말들이 많던지, 끝도 없이 이어지더군요. 죄송합니다."

"뭘요. 괜찮습니다. 바쁘신 분들이 다 그렇죠. 회의에 또 회의, 회의의 연속이지요."

런이가 웃는 낯으로 분위기에 편승해 말을 꺼냈다.

"회장님은 정말로 저희의 '분신' 상품을 한번 써보셔야 할 것 같습니다. 회의 여덟 개도 거뜬히 참여할 수 있다니까요."

"하하."

장진타오는 살짝 웃었다. 런이의 너스레를 받아주는 건지, 대수롭지 않게 여기는 건지 판단이 서지 않았다.

"글쎄요. 이야기대로라면, 우리가 한 세트를 사면 다음 번에 만날 때 당신을 대하는 건 당신의 상품이 될지도 모르겠는데요."

런이는 그 말을 듣고 낯빛이 변했다. 듣기에 뭔가 이상하게 돌아가는 것 같아 왠지 기분이 떨떠름했다.

하지만 런이는 이것저것 젤 여유가 없었다. 기세를 몰아 벌떡 일어나는 수밖에 없었다. 사업계획서를 화면에 띄우고 설명을 서둘렀다.

"장 회장님 이하 여러분, 안녕하세요. 반갑습니다. 오늘 여러분께 저희 회사의 인공지능 서비스 프로그램인 '분신'을 소개해드리겠습니다. 인공지능 시대에 가장 귀한 것이 무엇이겠습니까? 시간입니다! 돈이라면요? 다들 문제가 되지 않습니다. 지식은요? 얻기란 식은 죽 먹기입니다. 인간관계는요? 전 세계의 사람들과 연결될 수 있습니다. 하지만 시간은 나누어 쓰기 충분하지 않습니다……"

런이는 말하면서 단상 아래 큰손 투자자들의 반응을 살폈다. 몇 사람은 집중하는 듯했지만 굳은 표정에 아래로 축 처진 굳게 다문 입을 봐서는 진지하게 고민하는 것인지 의견이 다른 것인지 알 수가 없었다. 마음이 다소 황망한 나머지 수치를 이야기하면서 두 번이나 잘못 읽었다. 얼굴이 빨개지고 피가 거꾸로 솟는 것 같아 이마에 진땀이 삐질삐질 났다.

"……조금 전 보여드린 건 저희 회사가 이 제품을 출시하고 난 뒤 2년 동안 쌓아온 전체 실적입니다. 2000만 명이 넘는 팬과 400여만 명의 사용자 데이터를 보유하고 있습니다. 이렇게 볼 때 시장의 동일 제품군 가운데 가장 선두를 달리는 셈입니다. 응용 상황을 부단히 확장한 끝에 현재 이미 3000여 가지 상황에서 사용자가 '분신'을 활용하고 있으며, '분신'은 일과 생활에 커다란 편의를 가져다주고 있습니다. 덕분에 저희 역시 연구를 한층 더 심도 있게 진행할 수 있는 대량의 데이터를 축적했습니다……."

런이는 말하면서 다소 긴장이 되었다. 경험 많은 장진타오가 사용자 만족도가 어떻게 되는지 물을까 봐 조마조마했다. 그건 자신들의 회사가 위아래로 비밀에 부친 채 감추는 통점(소비자의 충족되지 않는 욕구나 불만족)이다. 제품을 연구·개발해서 시장에 내놓은 지 2년 남짓 되었지만 사용자 만족도가 줄곧 70퍼센트 이하에 머무르고 있다. 한때 69.8퍼센트까지 최고치를 찍었다가 최근에는 66.4퍼센트까지 떨어진 상태다. 런이도 왜 그런지 이유를 모른다. 사실 자신들은 개선에 최선을 다했다. 부단히 사용자 정보를 수집하고, 알고리즘을 혁신하며, 사용자 상황을 시뮬레이션하고, 인공지능 '분신'의 모든 대답이 사용자 습관을 복제하도록 했다. 하지만 왜인지 언제나 일정 수준의 정확도에 도달하면 사용자 만족도는 더는 올라가지 않은 채 뚝 멈췄다. 그러나 이들 수치에 관해 런이는 때려죽이는 한이 있더라도 말할 수 없었다. 말했다가는 이번 투자가 물 건너가는 건 불을 보듯 뻔했다.

런이는 입으로는 여전히 통계수치를 떠벌리고 있지만, 몸에서는 자꾸만 정신을 헤집는 또 다른 자신이 분리되어 나와 구름 끝에서 자신을 바라보는 듯했다. 자신은 뿌연 수증기를 사이에 두고 세상과 단절된 듯했다.

"……저희는 지난 2년간 적극적인 시장 확장은 물론 기초연구 개발에도 커다란 힘을 쏟아왔습니다. 국내 최고의 관련 연구진을 초빙해 인성(人性, 개개인이 가지는 사고와 태도 및 행동 특성)을 40가지 차원으로 분석한 뒤 개인을 최대한으로 데이터화했습니다. 이를 통해 인공지능 프로그램은 빅데이터를 더 잘 학습하고 개인이 흔적을 남긴 데이터에서 인성의 규격화를 끌어내고 있습니다. 저희는 이렇게 이론의 기초와 실제 경험 데이터를 갖추고 연구를 추진하고 있기에, 저희가 만든 인공지능 프로그램은 일상에서 인성을 완벽히 재현해내리라 믿어 의심치 않습니다. '분신'은 인공지능 시대의 전반적인 발전 추세로서……."

런이는 수긍의 뜻으로 고개를 끄덕거린다거나 눈빛에서 흥분이 뿜어져 나온다거나 하는, 자신이 기대했던 반응은 보지 못했다. 이마에서 땀이 삐질삐질 났다. 아래에 앉은 사람들은 장진타오 외에 그들 회사의 최고운용책임자와 기술 총책임자, 투자 연구원들로 겉보기에 하나같이 깐깐하기 이를 데 없었다. 긴 탁자를 에워싸고 뒤로 얼굴을 젖힌 채 다리를 꼰 사람, 전자펜을 입에 물고 손가락을 두들기는 사람, 하나같이 런이를 스트레스 받게 했다.

바로 이때 이어폰에서 돌연 샤오눠의 목소리가 들렸다.

"런 사장님, 긴급 보고입니다. 오후 토크쇼 쪽에 일이 생겼습니다. 표를 구매한 수많은 관중이 사장님 본인이 직접 현장에 오지 않는다는 소리를 듣고 표를 환불해달라고 요구하고 있습니다."

"죄송합니다. 잠시 실례하겠습니다."

런이가 부랴부랴 설명을 멈췄다.

"돌발 상황이 발생해서 1분 후에 다시 돌아오겠습니다."

회의실 밖 복도로 나온 런이가 샤오눠에게 물었다.

"자세히 말해봐. 무슨 상황이야?"

"이건 천(陳) 회장이 당신에게 남긴 음성메시지입니다."

샤오눠가 음성메시지를 눌러 들려주었다.

알고 보니 세 공연장 중 한 군데서 누군가 표를 환불

해달라고 시끄럽게 굴었고, 두 사람이 소란을 피우면서 뜻 맞는 구매자들이 구름 떼처럼 휩쓸리며 사태가 걷잡을 수 없이 커진 것이었다. 그러고 얼마 지나지 않아 호응하고 나선 사람이 1000명을 넘어섰다. 총 5000명이 모인 장소에서 1000명 이상이 표를 환불해 빠져나가면 현장은 그야말로 보기 흉할 뿐 아니라 말할 것도 없이 이어지는 몇 시간 동안 비슷한 모방효과가 일어날지도 모른다. 온라인 커뮤니티의 이런 군중심리야말로 런이가 애초에 구매자 활동 커뮤니티를 만들어야 한다고 제안한 이유다. 그러니까 런이는 투명한 데이터를 활용해 더 많은 사람의 구매욕을 끌어내려 데이터를 실시간으로 보여주는 데 심혈을 기울였다. 그런데 지금 뜻밖에도 그게 오히려 자신의 발목을 잡은 셈이다.

"음…… 거기 한 군데인 거야?"

런이가 샤오붜에게 물었다.

"천 회장의 말로는 현재 그곳 한 군데로, 확산되지는 않았다고 합니다."

"그럼, 천 회장더러 관중에게 알려주라고 해. 내가 직접 현장에 가겠다고."

런이가 당부하고는 잠깐 생각에 잠긴 뒤 다시 물었다.

"맞다. 네게 부탁했던 저녁 식사 장소는 예약했어? 몇 시야?"

"예약했어요. 6시입니다."

"쑤쑤에게 알렸어?"

"알려줬어요."

"그럼 쑤쑤한테 내가 좀 늦는다고 말해줘. 행사가 끝나면 바로 가겠다고."

"예, 알겠습니다."

언제나 노련하고 일관되며 침착한 태도를 보이는 샤오뉘다.

회의실로 돌아온 런이는 자신이 1분 이상 자리를 비웠는지 어쨌는지 조마조마했다. 하던 발표를 마저 하려는데 장진타오가 저지하고 나섰다. 서서히 흩어지는 회의실의 소리 입자로 판단하건대 조금 전 한차례 토론이 오간 듯했다.

"당신 회사가 내놓은 이 제품의 가장 큰 문제는 하드웨어를 따라가지 못한다는 점입니다."

장진타오가 런이를 보며 말했다.

"내가 이해한 바로는, 당신들의 제품은 인공지능을 활용해 사용자의 인격을 흉내 내어 한 사람이 여러 장소에서 동시에 활동할 수 있게 하거나 다른 사람과 대화할 수 있게 하는 것이지요? 그렇지요?"

"맞습니다. 대략 그렇게 이해할 수 있습니다. 하지만 저희는 한 걸음 더……."

"내 말 끝까지 들어봐요."

장진타오가 런이의 말을 끊었다.

"당신의 아이디어는 좋습니다. 그런데 당신의 제품은 프로그램을 활용하기만 할 뿐 로봇이 없습니다. 당신의 이런 모델은 실제 사용자의 필요를 '말과 정신상의 분신'에 한정해 만들었지만, 우리가 관찰한 바에 의하면 생활 속 필요는 대부분 물리적인 분신입니다. 예를 들면 이런 겁니다. 게임을 하고 싶어 하는 남편과 남편이 밥을 하길 바라는 아내가 있습니다. 이런 순간은 프로그램과의 대화만으로는 충분치 않습니다. 반드시 요리를 해주는 로봇이 있어야 합니다. 그래서 우린 당신의 제품이 응용될 상황이 지나치게 협소하지 않나 우려됩니다. 봐요. 현재 당신들 제품의 재구매율이 낮은 편인 건 많은 사람이 단순히 호기심에 새로운 것을 사용해보긴 하지만 장기적으로는 발전 전망이 결여되어 있다는 것을 말해줍니다."

"아직 그렇지는 않습니다. 실은 저희에게도 새로운 하드웨어 제품이 있습니다. 다만 아직 테스트 단계인지라……."

런이는 여전히 이해시키고자 했다.

"오늘은 이쯤에서 끝내죠. 당신들의 프로젝트 상황은 잘 알겠습니다. 고려해보고 빠른 시일에 답변을 드리겠습니다. 감사합니다."

장진타오가 해명할 여지조차 주지 않고 로드쇼를 끝냈다.

2

쑤쑤가 식당에 도착했다.

쑤쑤는 자신의 몸이 많이 허약해졌다고 느꼈다. 오전에 억지로 기운을 내어 몇 시간을 버티면서 두 차례 면접을 보았지만 둘 다 그다지 성공적이지는 못했다. 점심에는 같이 면접을 본 여자와 함께 밥을 먹으면서 그 여자가 쉴 새 없이 떠들어대는 수다를 한 시간 동안이나 듣고 있었다. 귀가 먹먹할 정도로 아팠다. 조금 전에는 다음 주에 면접 보러 갈 때 입을 옷을 하나 사러 갔다. 이것저것 입어보았지만 마음에 드는 건 하나도 없고 몸과 마음만 지쳐 나가떨어졌다. 그러고는 편의점에 들러 아이스크림을 하나 사서 나선 뒤 얼마 못 가 실수로 그것을 땅에 떨어뜨렸다. 그 순간 쑤쑤는 모든 게 원망스러워 울음이 터졌다. 자신이 왜 이렇게 외로워야 하는지, 왜 되는 일이 하나도 없는지, 왜 또 죄다 자신이 감당해야 하는지, 답답하기만 했다.

눈물이 옷깃에 떨어지자 옷깃의 테두리에서 돌연 색깔

과 광택에 변화가 일었다. 이어서 치마의 안감 전체가 따뜻해지더니 허리와 등 쪽에서 바짝 죄는 힘이 쑤쑤의 몸 뒤쪽을 가볍게 눌렀다. 마치 누군가 힘껏 자신을 껴안은 것처럼.

쑤쑤는 놀라 몸이 뻣뻣해졌지만, 곧바로 눈물이 치마의 '자동 위로 기능'을 건드렸으리라 대강 짐작했다. 서서히 두려움이 사라지고, 따뜻하고 부드러운 안마에 긴장이 풀렸다. 어쨌든 부드러운 소재인 만큼 안마 의자보다 얼마간은 편안했다. 쑤쑤는 런이가 지난달 이 치마를 선물하면서 했던 말이 떠올랐다.

"내가 없을 때 이 치마가 당신을 위로해줄 거야."

쑤쑤는 런이에게 또다시 전화를 걸었지만 마찬가지로 영원히 예의 바르고 깍듯한 그의 인공지능 비서가 응답했다. 그 목소리가 어찌나 달고 입에 발렸는지 호텔 로비의 안내원을 빼다 박았다. 런이에게 전화하면 열에 여덟은 샤오뉘가 받는다. 샤오뉘가 단순한 애플리케이션이기에 망정이지 그 사실을 몰랐다면 어쩌면 질투했을지도 모른다.

쑤쑤는 전화를 끊으면서 메시지를 남기지 않았다. 마음속 답답함은 샤오뉘에게 남길 만한 내용이 아니었다.

메뉴판을 들여다보았지만 음식을 주문할 마음 따윈 생기지 않았다. 런이가 지금 무엇을 하는지도 모르고, 현재

5시 50분으로 약속 시간까지 겨우 10분 남았지만 전화조차 받지 않는 채 정신없이 일하는 듯하다. 그렇다면 그는 제시간에 올 수나 있을까? 아니면 바람을 맞히면서 끝내는 또 못 온다고 할까? 그렇다면 음식을 주문한들 무슨 소용이 있을까?

쑤쑤는 2년 동안 집에 있다가 이제야 밖으로 나와 일자리를 구하려 하고 있다. 애초에 사직서를 제출하고 집에 있기로 결정한 건 런이의 창업 때문이다. 자기 일이 눈코 뜰 새 없이 바쁘니 집 안 곳곳에서 시시때때로 자신을 지원해줄 사람이 필요하다고 했다. 또한 사업이 잘 풀리면 일하면서 고생하지 않아도 될 행복한 삶을 살게 해주겠다고 했다. 하지만 2년이 지났어도, 쑤쑤는 자신이 기대했던 풍족하고 안락한 삶은커녕 오히려 갈수록 바쁘고 나날이 초조해하는 런이를 지켜보고 있을 뿐이다. 한편 쑤쑤는 하는 일 없이 매일 반복되는 일상을 살면서 점점 더 심란해졌다. 기차는 곧 떠나려 하는데 자신은 아무리 열심히 달려도 따라잡을 수 없는 그런 심란한 느낌 말이다. 쑤쑤가 다시 일자리를 찾아야겠다고 마음먹은 건 단순히 돈 때문만이 아니라 무엇보다 자신이 의지할 만한 버팀목이 있어야 한다는 생각에서였다.

하지만 면접은 순탄치 않았다. 쑤쑤는 이제 막 졸업한 대학생이 아니다. 그들처럼 취업의 관문을 홀쩍 통과하는 우월한 신분도 아닐뿐더러 그들처럼 기회를 얻기 위해 모든 것을 걸 만큼 열정적이지도 못하다. 면접관의 비위를 맞추려 마음에도 없는 말을 할 리가 없고, 일해본 경험도 있고 창업을 지켜본 바도 있어 소위 말하는 자기 성격이라는 게 있다. 면접관이라면 하나같이 "전 정말이지 이 일을 좋아합니다"라는 말을 듣고 싶어 하지만, 쑤쑤는 사실 그대로 "이런저런 쪽으로 이력서를 냈어요"라고 말해 있는 대로 눈총을 받곤 했다.

쑤쑤의 옷은 면접 과정에서 늘 주홍색에서 파란색으로 변했다. 들어갈 때는 주홍색이었다가 면접이 진행될수록 색이 옅어지고 어두워지면서 나갈 때는 짙은 파란색으로 변하곤 한다. 쑤쑤는 그것이 무슨 기준으로 자신의 감정 호르몬 지표를 판단하는지 모르겠지만, 우울은 나날이 깊어갔다. 면접관들은 쑤쑤의 치마 색깔이 변하는 것을 지켜보면서 하나같이 놀랐지만, 무례하게 이유를 묻는 법은 없었다.

벌써 6시가 되었다. 쑤쑤는 마음이 무거워지면서 오늘 유쾌한 밤은 못 되겠구나 하는 예감이 들었다.

식당에 촛불이 켜졌다. 두셋씩 앉은 옆자리 손님들은 마주 앉아 잔을 부딪치는 연인도, 아이 둘을 데리고 온 부부도 있었다. 종업원이 두 번이나 와서 주문할지 물었고 그때마다 좀 더 기다리겠다고 말했지만 입장이 갈수록 난처해지는 건 어쩔 수 없었다.

쑤쑤는 한 번 더 런이에게 전화를 걸면서 절망스러웠다.

이번에는 전화가 외려 연결되었다.

"여보세요. 아이(阿毅, 중국에서는 친근함의 표시로 이름의 앞 글자를 아(阿)로 바꾸어 부른다), 당신 어디야?"

"난 바로 당신 옆에 있지."

런이의 목소리가 말했다.

쑤쑤가 좌우를 두리번거리며 사람들 틈에서 큰 키의 낯익은 사람을 찾았지만, 아무리 둘러보아도 런이는 보이지 않았다.

"당신 아래쪽을 봐. 다리에."

런이의 목소리가 다시 말했다.

쑤쑤가 머리를 숙이자 사람 얼굴이 보이는 게 아닌가. 놀란 나머지 휴대전화를 바닥에 떨어뜨릴 뻔했다. 간신히 휴대전화를 부여잡고 숨을 고른 뒤 마음을 진정시키고는 다시 조심스럽게 무릎 위로 눈길을 던졌다.

무릎 위의 얼굴은 사라지고 없었고 치마는 조금 전의 자줏빛으로 돌아와 있었다. 하지만 쑤쑤가 시선을 좀 더 위로 올리자 엉덩이 근처에 커다란 손 하나가 나타나 있었다. 실물과 똑같은 크기에 각도 역시 허리를 감싸 안은 듯 몸 뒤에서 에워싸고 있었다. 쑤쑤는 또 한 번 적잖이 놀랐다.

"겁내지 마."

런이가 또다시 말했다.

"진짜 나야. 난 여전히 막히는 길 위에 있어. 그래서 이런 방식으로 먼저 당신과 함께하는 거야."

쑤쑤는 놀란 가슴을 좀체 가라앉히지 못했다.

3

런이는 헤어스프레이를 뿌려 머리카락을 빳빳이 세우고 대형 행사를 위해 특별히 맞춘 정장을 입고는 무대 뒤에 서서 대기했다. 손발을 움직이고 목을 돌리며 어깨를 주물렀다. 또 블루투스 헤드셋을 습관적으로 만지작거리면서 안정적으로 제대로 고정됐는지 확인했다. 그러면서도 헤드셋이 행사 도중 떨어지지는 않을까 계속 노심초사했다. 한 번 만진 뒤 또 한 번 더 매만졌다.

무대 뒤편의 대기 통로는 어둡고 좁아 런이 혼자만 서 있었다. 통로 안쪽 벽면에 번쩍이는 파란 불빛들은 전기 회로와 같은 선그래프를 그려내면서 값싼 미래의 느낌을 자아냈다. 입구 가까이에는 작은 스크린이 공연장 안의 상황을 실시간으로 내보내고 있었다. 런이는 밝아졌다 어두워졌다 하는 현장의 대형 조명이 비추는 관중의 얼굴을 볼 수 있었다. 다들 무척 따분해했다.

"······여러분이 지금 보시는 제가 바로 저입니다!"

런이는 공연장에서 들려오는 소리를 들었다. 그것은 정확하게 모방한 런이 자신의 목소리였다. 런이는 돌연 호기심이 일어 그 목소리가 계속해서 무슨 말을 하는지 가만히 들어보고 싶었다.

"여러분, 인공지능 만물 토크쇼에 오신 것을 환영합니다. 오늘 여러분에게 가장 독특하고 격정적인 쇼가 무엇인지 보여드리도록 하겠습니다. 강연은 네 개 도시, 네 개 공연장에서 동시에 진행됩니다. 다들 눈을 크게 뜨고 자세히 살펴보시기 바랍니다. 누가 진짜 런이인지, 누가 진짜 저인지 알아맞힐 단서를 찾아낼 수 있는지 살펴보시기 바랍니다."

이어 런이는 그 목소리가 양방향으로 소통할 현장의 한 관중을 찾아내서 그 관중에게 질문하라고 주문하는 소리를 들었다. 프로그램에는 확실히 불시에 질문하는 항목이 들어가 있다. '분신'이 무작위 시간마다 관중을 초청해 즉흥적으로 묻고 답함으로써 '분신' 애플리케이션이 가진 문답 능력의 뛰어남을 부각시키기 위함이다. 오늘 관중은 수준이 낮지 않아 기술 파라미터(생활을 유용하게 하는 기술과 관련된 프로그램을 실행할 때, 명령 동작을 구체적으로 지정하는 숫자, 문자, 변수 사이의 함수관계를 정하기 위해서 사용하는 또 다른 하나의 변수)에 관한 문제를 던졌고, 다행히 분신 5호의 임기응변 능력도 뒤떨어지지 않아 그것은 기업 기밀에 해당하는 상황이라 밝히기가 곤란하니 행사가 끝난 후 교류를 환영한다고 말했다. 다행히 런이는 애초에 응답 데이터베이스에 떠넘기기식의 전형적인 답변도 포함했다. 설령 프로그램이 스스로 학습한다고 해도, 런이와 팀은 무엇을 하고 무엇을 하지 말아야 할지를 프로그램이 전적으로 결정하는 것에 안심이 안 되었다.

한차례 실제 배경의 노래와 춤 쇼가 끝났다. 이는 관중에게 스타의 '분신'을 보여주기 위함이다. 그러고는 일련의 길거리 인터뷰가 이어졌다. 시계를 보니 6시가 되려면 10분 남았다. 런이는 이 모든 순서가 빨리 끝나 자신이 10분 동안 무대에 오른 뒤 얼른 현장을 떠나 쑤쑤에게 달려갈 수 있기를 바랐다.

아직 6분 남았다. 5분, 4분 남았다.

무대에 오를 시간이 아직 2분 50초가 남았을 때 샤오뉘의 목소리가 이어폰에 나타났다.

"런 사장님, 오전의 로드쇼 결과가 나왔습니다."

"어떻게 됐어? 말해."

런이는 남아 있는 시간을 확인하면서 가슴이 쿵쾅거렸다. 2분 남짓. 결과를 듣기에는 충분한 시간이다.

"그들이 투자하지 않겠다고 합니다."

런이의 마음이 무겁게 가라앉았다. 아침에 이미 이런

결과를 예상하지 않은 바는 아니었지만, 이 소식을 진짜로 듣기 전까지는 어쨌든 희망을 품었다. 심지어 마음 깊이 얼마나 강렬하게 열망했는지 그 열망이 거의 뚫고 나와 솟구칠 기세였다. 그건 좋은 결과를 얻기에는 턱없이 낮은 확률일 때 갖는 비이성적 기대다. 그런데 지금 샤오뉘가 들려준 소식은 이런 기대를 산산조각 냈다. 그들은 자신들이 다섯 번째로 로드쇼를 선보인 투자 기관이자 그전까지 가장 긴밀한 관계를 맺어오면서 투자 가능성이 가장 높은 기관이었다. 런이는 이제 한동안 또 누굴 찾아가야 할지 암담했다.

아직 1분 40초가 남았다.

"그들이 이유를 말했어?"

런이가 샤오뉘에게 물었다.

"말했어요. 둔화되는 성장곡선, 불투명한 미래 시장, 검증되지 않은 하드웨어 개발 등과 같은 이유로 좀 더 지켜봐야겠다고 하더군요."

"또 다른 말은 없었고?"

런이는 다소 절망스러웠다.

"그러니까 런 사장님이 원하는 게 너무 많다고 하더군요."

50초 남았다.

런이는 마음이 어수선했다. 2차 투자가 이루어진 뒤 한

동안 자신들은 탄탄대로를 걷는 듯했다. 2차 투자 전에 투입된 자원은 여전히 지속적인 역할을 해주고 있었고, 투자가 이루어진 후에 몇 개월 동안은 데이터 증가가 매우 빨랐다. 하지만 그 후 큰 문제가 발생했다. 주문을 취소하는 사용자가 늘어나는 건 물론이고, 사이트에 나쁜 평을 남기는 사용자 역시 늘어났다. 그들은 할 수 없이 더 많은 자원을 투입해 마케팅 활동을 펼쳤지만 투입한 것에 비해 산출된 결과는 계속해서 떨어지는 실정이었다. 이렇게 돈을 쏟아부어 사용자를 얻는 패턴에서는 데이터가 배로 늘어나지 않으면 바로 투자자들에게 버림받기 십상이다. 가장 화려하게 보이지만 실은 실낱같은 목숨줄인 셈이다.

장진타오의 투자가 물 건너갔다면 이제 어떻게 해야 하는가.

아직 10초 남았다. ……5, 4, 3, 2, 1, 0.

통로 끝의 문이 열린 순간 파란 빛이 런이의 몸에 쏟아져 내렸다. 머릿속이 아무리 뒤죽박죽이라 해도 무대에 올라 본래 자신의 장점이라 할 수 있는, 팬을 모을 수 있는 토크쇼를 시작하지 않으면 안 되었다. 런이는 예전에 여러 해에 걸쳐 학교 행사에서 사회자를 맡아왔다.

오늘 런이가 하려고 하는 건 자신과 자신이 대화하는 토크쇼다. 이는 임시로 집어넣은 순서로 오직 한 가지 목적, 바로 자신들의 인공지능 프로그램이 얼마나 지능적인지를 사람들에게 보여주기 위함이다. 리허설 없이 전적으로 상황 만회를 위해 집어넣은 프로그램으로, 런이는 이것이 가장 하이라이트가 되기를 바라 마지않는다. 안 그러면 회사가 거금을 들여 마련한 네 개 도시 동시 공연은 아무런 의미가 없어진다.

자신이 무대로 걸어가는 동안 런이는 쑤쑤에게서 전화가 왔다는 소리를 들었지만, 이 순간 그것에 신경 쓸 겨를 따윈 없었다.

"관중 여러분, 오늘 와주셔서 감사합니다."

런이가 활짝 미소 지으며 무대 중앙으로 걸어갔다.

"여러분은 오늘 가슴 벅찬 감동의 밤을 보내실 수 있으리라 확신합니다. 또한 저의 분신 5호에게도 감사합니다. 저를 대신해서 조금 전까지의 공연을 책임지고 이끌어주었습니다. 5호, 고생했습니다. 이제 5호는 퇴근해도 됩니다."

런이는 말하면서 스크린 속 자신에게 손을 흔들었다.

"에이, 당신은 누구야? 뭘 근거로 내가 분신이라고 하지? 당신이야말로 분신이지. 당신이야말로 퇴근해야 하잖아."

스크린 속의 런이가 양손을 허리에 대고 아니꼬운 듯 말했다.

관중석에서 웃음이 터져 나왔다. 런이는 이런 반응에 놀라지 않았다. 이는 자신들이 애초에 일부러 설계한 작은 부분으로, 분신과 사용자가 누가 진짜인지를 놓고 실랑이를 벌이게 함으로써 집에서 사용할 때 소소하게 즐거움을 누릴 수 있도록 설계한 것이다. 이어 그들이 자연스럽게 누가 진짜인지를 놓고 논쟁하면 분신은 기술을 뽐내듯이 자신이 어떤 일들을 기억하는지 폭로한다. 대개는 인터넷에 남긴 흔적을 통해서 알게 된 사실들이다. 대부분의 사용자가 당황하는 면이 없잖아 있지만, 하룻밤만 지나면 진짜와 같은 분신을 한층 더 신뢰하게 된다. 그러나 런이는 오늘 정해진 수순을 밟기보다는 현장의 관중들을 흥분의 도가니로 몰아넣고 싶었다. 강렬한 감정은 언제나 충성의 원천이 된다.

　"난 너와 다투기보다는 그저 물어보고 싶어. 나랑 한판 신나게 춤출 자신 있어?"

　음악이 연주되고 조명이 쏟아지더니 런이가 현장의 관중과 스크린의 분신을 향해 외쳤다.

　"우리 함께 하이(high)해요. 누가 진짜이고 누가 가짜인지, 무엇이 진짜이고 무엇이 가짜인지 한번 보자고요! 자, 자, 누가 혜안을 가졌는지 어디 한번 봅시다! 음악!"

　런이가 스크린 속의 런이와 듀엣을 시작했다. 이는 자신들이 최근에 새로 개발한 기능으로 런이는 여기에 자신감이 있었다.

분신이 못할 게 뭐가 있겠는가? 그런데 왜 팔리지 않을까?

런이의 마음은 롤러코스터를 타는 것처럼 널을 뛰었다.

4

런이가 부랴부랴 식당에 도착했을 때는 이미 7시 30분이 넘은 시각이었다.

런이는 오는 길 내내 쑤쑤의 상황이 어떤지 샤오눠에게 물었다. 샤오눠는 식당에서 보내온 동영상을 봤을 때 상황이 그리 좋은 편은 아니라고 전했다. 쑤쑤는 처음에는 그럭저럭 평온해서 치마 속 남자와 점잖게 소통하다가 나중에는 한차례 웃고 떠들기까지 했지만 이내 문제가 생겼다. 쑤쑤는 말하면서 울음을 터트렸다. 원망이었을 테다. 그 후에는 화가 나서 치마를 툭툭 쳤지만, 자신을 때리는 것이어서 아파 그만두었다. 이어 껄끄러운 상황이 연출되었고 그런 상황이 조금 전까지 이어지고 있었다.

런이의 마음이 또다시 무겁게 가라앉았다.

"쑤쑤가 뭐라고 했어? 분신의 말소리를 기록한 것을 들어봤어?"

"아직요. 지금 들려드릴까요?"

"시간이 안 될 것 같아."

런이가 지도를 보았다. 내비게이션에 따르면 십몇 분 더 있으면 식당에 도착한다.

"하지만 그래도 들려줘봐. 조금이라도 들어보자."

런이는 처음부터 듣기 시작했다. 쑤쑤가 분신 6호와 이 야기를 나누던 초반과 분신 6호가 자신이 늦는 이유를 설명하는 부분에 이어 6호가 쑤쑤와 잡담하던 때까지 들었다. 10분째까지 듣고 나서 런이는 뭔가 이상한 느낌이 들었다. 직업적인 습관상 되돌아가서 다시 들었다. 이번에는 상품 개발자의 입장에 더 많이 감정이입해서 어떤 문구의 대답이 여전히 부자연스러운지를 살폈다. 이 입장에서 런이는 깊이 빠져들어 몰입했다. 남자 친구의 심정으로 들을 때보다도 더.

택시가 서고 눈 깜짝할 새에 식당에 도착했다. 운전사는 없지만, 차 안에서는 어쨌든 낮고 우렁찬 남자의 목소리가 흘러나왔다.

"목적지에 도착했습니다. 물건을 놔두고 내리지 않도록 잘 챙기십시오."

런이는 녹음된 대화를 좀 더 듣고 싶었지만 더는 지체할 수가 없었다.

어쩔 수 없이 마음을 다잡고 식당으로 들어갔다. 오늘

은 이미 쑤쑤에게 미움을 산 날이다. 더 듣고 있어봤자 제대로 된 해명조차 하지 못할 텐데 잘못을 시인하고 빌면서 살살 달래는 편이 낫지 싶었다. 런이는 좋은 태도로 대하기로 마음을 먹었다.

식당에 들어서자 혼자인 쑤쑤가 입을 삐죽 내민 채 식탁 한쪽에 앉아 있었다. 식탁에는 빈 컵 세 개 말고는 음식과 밥의 흔적은 보이지 않았다. 그러고 보니 쑤쑤는 아직 주문도 하지 않은 채 배고픈 채로 자신을 기다리고 있었다.

런이가 고개를 숙여 쑤쑤의 치마 위를 살펴보니 자신의 손 영상이 여전히 허리 쪽에 있었다. 쑤쑤는 수시로 그 손을 밀쳐내며 싫은 티를 팍팍 냈지만 그 손은 지쳐 나가떨어지기는커녕 그럴 때마다 전혀 개의치 않고 침착하게 새로 감쌌다. 그러는 통에 쑤쑤를 더더욱 화나게 했다. 런이의 회사는 의복과 장신구를 개발할 때 두 가지 현시 방식을 설정했다. 하나는 치마나 옷자락에 나타나 대화할 수 있는 얼굴이고 또 하나는 어깨나 허리춤에 나타나 포옹하는 팔이다. 신상품으로 처음으로 투입해 사용해보는 것인데 지금 보아하니 효과가 별로 좋은 것 같지는 않았다. 런이는 사용자 소감을 인터뷰하고 싶은 생각을 가까스로 눌렀다.

"쑤쑤."

런이가 다가가 고개를 숙이고는 웃는 얼굴로 말했다.

"진짜 미안해. 오늘 또 늦었네."

"당신은 '또'라는 말을 정말이지 잘 써."

쑤쑤는 목소리에 원망을 실으며 불쾌감을 감추지 않았다.

"알아, 나도 알아. 다만 최근 한동안 투자 건으로 바빴어. 이것만 지나가면 돼."

런이가 해명했다.

쑤쑤에게는 좀체 먹혀들지 않았다.

"당신은 에인절 투자(개인투자자들이 신생 벤처기업에 자금을 지원해주고 그 대가로 주식을 받는 투자) 건 전에도 그렇게 말했어. 그런데 결과는? 최근에 내가 어떤 심정인지 당신이 알기나 해? 한참 만에 집에 들어와서는 내가 뭘 했는지 물어봐준 적이나 있어?"

런이가 막 대답하려는데 불쑥 다른 쪽에서 흘러나오는 자신의 목소리를 들었다.

"당신이 관심받지 못하고 있다고 느낀다면 그건 내가 나쁜 거지. 누구든 관심받지 못하는 존재가 되는 건 원치 않아. 화내지 마. 앞으로 자주 당신과 같이 있어줄게."

자신의 목소리를 들은 런이는 속으로 경악을 금치 못했다. 이 목소리가 어디서 나오는 것인지, 또한 이 소리 배후에 어떤 빅데이터 학습 프로그램이 있는지 훤히 꿰고 있지만, 현장에서 자기 면전에 대고 선수를 쳐서 자신이 사랑하는 여자에게 던지는 말을 듣고 있자니 어쨌든 여간해서 적응이 되지 않았다. 런이는 이마에 땀방울이 송골송골 맺혔다. 마치 낯선 타인이 구거작소(鳩居鵲巢, 비둘기가 까치집을 차지한다는 말로 남의 지위·집·토지 등을 강점한다는 의미) 격으로 자신의 행복을 빼앗아 간 것만 같았고, 떠나간 혼백이 인간 세상의 자신을 보는 것만 같았다. 런이는 불쑥 사용자 체험이 왜 양극단으로 갈리는지 얼핏 알 것만 같았다. 집 안에서 또 다른 자신을 본 것과 보지 않은 것 사이의 사용자 체험은 판이하게 갈리는 것이었다.

런이가 아직 반응하기 전에 쑤쑤가 말을 내뱉었다.

"런이, 당신 봤지? 당신이란 사람은 이런 물건으로 날 무성의하게 대하지? 이게 당신의 진심이야? 저게 날 달래도록 당신이 보냈다고 해서, 저게 하는 말이 당신이 하는 말이야? 저게 날 꽉 안아주는 걸로 당신은 날 위로했다고 생각해? 당신은 저것과 무슨 관계야?"

런이는 또다시 입을 달싹였지만, 어떻게 대답해야 할지 말문이 막혔다. 이 문제는 자신이 고객에게 주는 답변이기도 하나, 이 순간 쑤쑤에게 답하는 건 전적으로 다른 문제였다. 이어 런이가 말을 채 꺼내기도 전에 치마 속 목소리가 또 불쑥 끼어들었다.

"우리 '분신'을 우습게 보지 마. 우리 분신은 마음속 생각이야. 우리는 한결같이 너에 대한 사랑을 전달하길 바라지."

"나에 대한 사랑?"

쑤쑤가 고개를 숙이고 적잖이 비꼬는 투로 치마에 대고 말했다.

"내가 널 사랑하지 않는다면? 넌 이기적이고 무능하다 못해 미련하고 둔해. 대체 뭘 믿고 내가 널 사랑하길 바라는 거야?"

"그래도 난 여전히 널 사랑해, 쑤쑤. 죽는다고 해도 변치 않아."

치마 속 목소리가 대답했다.

"런이."

쑤쑤가 갑자기 눈물을 글썽이며 말했다.

"당신 들었어? 내가 방금 당신을 욕한 거 들었어? 들었냐고? 그럼 당신은 지금 화가 나? ……당신 회사의 상품이 왜 안 되는지 알아? 인간을 그저 치마로 바꾸면 된다고 생각해?"

쑤쑤가 치마를 가리키며 말했다.

"전혀 아니야! 문제는 말이야, 저건 화를 낼 줄 모른다는 거야! 내가 저걸 욕해도 저건 화를 낼 줄 모른다고! 그럼 저게 지금 내 심정을 어떻게 알겠어? 내가 지금 왜 슬픈지 저게 알아? ……당신은 알아? 당신은 화를 내는 게 뭔지, 슬픈 게 뭔지 아느냐고?"

쑤쑤가 일어나 가방을 들고 가버렸다. 런이는 줄곧 멍하게 있다가 무의식적으로 쑤쑤의 손목을 붙잡아 만류했지만 전혀 효과적이지 못했다. 쑤쑤는 런이가 움켜쥔 손을 쉬이 뿌리치고 눈물을 훔치며 밖으로 뛰쳐나갔다. 벌떡 일어난 런이는 뒤쫓아 가고 싶었지만 발이 떨어지지 않았다. 런이는 마음이 아프고 쑤쑤가 가여웠지만, 그런데 왜인지 모르겠지만 자기 뜻대로 용감하게 뒤쫓아 갈 수가 없었다. 어쩌면 오늘의 좌절 앞에 기진맥진했는지도 모른다.

런이의 머릿속에는 쑤쑤가 했던 두 마디 말이 메아리쳤다.

"저건 화를 낼 줄 모른다는 거야! 화를 낼 줄 모른다고!"

런이는 무엇인지 알 듯 모를 듯했다. 그렇다. 자신들이 애초에 분신에게 인격을 부여할 때 고객의 인격 중 가장 긍정적인 면만을 취해 최적화했다. 이건 확정적이지 않은가. 누가 자신의 제품이 고객의 형편없는 부정적인 면을 모방해서 반응하도록 내버려둔단 말인가? 인격을 최적화하는 건 필연적이다. 화낼 줄 모르는 것도 잘못이란 말인가?

런이는 제품 매니저에게 전화를 걸어 이 중대한 발견

을 알리고 싶었지만, 그런데 그것조차 하기가 귀찮아졌다. 그저 맥없이 의자에 앉아 몸을 비스듬히 뒤로 기댔다. 눈앞에서는 눈물을 글썽이며 달려 나가던 쑤쑤의 모습이 자꾸만 어른거리고 머릿속은 뒤죽박죽이 됐다. 런이는 자신에 대한 쑤쑤의 실망이 느껴지는 듯했다. 하지만 동시에 마음 깊숙한 곳에서 심연 같은 실망도 느껴졌다. 런이는 방금 너무나 엉망진창인 하루를 보냈다. 팀이 며칠 밤을 새워 준비한 로드쇼가 철저히 실패로 돌아가서 투자 유치의 전망은 깜깜하기 이를 데 없고, 투자자들에게는 냉소적인 비웃음만 샀다. 회사는 당장 연말을 못 버틸 것 같고 오늘 저녁에 있었던 행사는 그렇게 많은 돈을 쏟아붓고도 관중이 자기 앞에서 줄줄이 퇴장하는 상황을 지켜봐야만 했다. 이 모든 것이 이미 충분히 엉망진창인데, 그런데 이 모든 일이 일어났을 때 쑤쑤는 자신 곁에 남아 위로해주기는커녕 우물 안 개구리에게 돌을 던지듯 오히려 돌아서서 가버렸다.

자신보다 더 처량한 사람이 또 있을까!

"내가 이 세상에서 제일 실패한 사람이야?"

런이는 입을 열어 샤오눠에게 물었다.

"성공도, 실패도 전부 상대적이죠. 영원히 희망을 포기하지 마세요!"

런이는 샤오눠의 낭랑한 목소리를 들으면서 가슴이 철

링 내려앉았다. 처음으로 자신과 너무나 먼 괴리감을 느꼈다. 샤오눠 역시 자신들의 회사에서 개발한 상품으로 회사의 첫 번째 자금 출처가 되어주었고, 샤오눠의 모든 언어 데이터베이스는 런이 자신이 직접 심사하고 결정한 것으로 굉장히 자랑스러워하고 있었다. 그런데 지금 이 순간, 샤오눠의 의기양양함은 두껍고 무거운 유리 층을 사이에 둔 것만큼이나 단절돼 있었다. 런이가 바란 건 지금 자신의 마음을 나눌 수 있는 누군가가 있었으면 하는 거다. 그런데 샤오눠조차 자신을 이해하지 못하다니, 런이는 정말이지 세상에 혼자 덩그러니 남겨진 기분이 들었다.

"도대체 내가 뭘 잘못했어!"

런이는 갑자기 손으로 머리를 받치고, 먹먹해서 흐느끼기 시작했다.

"이렇게 노력하는데도 왜 난 아무것도 얻지 못하지!"

샤오눠가 말했다.

"실망하지 마세요. 낙담하지 마세요. 찬란한 태양은 항상 비바람 뒤에 오는 법이죠!"

"넌 몰라, 넌 모른다고, 넌 모른다고!"

런이는 갑자기 귀에 꽂은 통신 이어폰을 빼서 때려 부순 뒤 손으로 관자놀이를 받쳤다. 바닥에 떨어진 휴대전화가 계속해서 윙윙거렸다.

식당 안 사람들은 식탁에 엎드려 울면서 가슴을 치고 발을 동동 구르는 남자를 의아하게 바라보며 내심 안쓰러워했다. 대다수의 사람은 그의 입에서 나오는 "난 알아, 그들은…… 몰라"라는 말을 이해하지 못했다.

영생 병원

위독

첸루이(錢睿)는 자신이 이렇게 후회할 줄은 꿈에도 몰랐다. 최근 몇 년간 어머니를 대하는 자신의 태도에는 일리가 있었고 전적으로 심사숙고한 뒤에 그렇게 행동했다고 생각한지라 양심의 가책 따윈 없을 줄 알았다. 그런데 병상에 누워 누렇게 뜬 얼굴로 미동도 하지 않는 어머니를 두 눈으로 확인하고서야 자신의 떳떳함이 지나치게 천박한, 자기기만에 가까운 심적 위안이었음을 깨달았다. 지난 몇 년 동안 첸루이가 어머니를 위해 한 일은 하찮아도 너무 하찮았다. 야근하느라 집에 들어가지 않을 때마다 납득할 만한 충분한 이유가 있었지만 실은 내심 회피한 것이다. 책임을 회피하고 있었다. 첸루이는 자신이 바쁜 것이야말로 '심계천하(心系天下, 높은 사람이 세상을 걱정한다는 뜻으로, 여기서는 사회를 위해 중요한 일을 한다는 의미로 쓰임)'라고 떠벌렸지만, 생명이 위독한 어머니를 보고서야 자신이 떠벌린 '천하'가 육신 앞에서 얼마나 허망하고 애매한 것인지를 깨달았다.

첸루이는 한 가지 일을 떠올렸다. 한번은 친구 몇 명과 저녁을 먹고 술을 마셨다. 원래는 저녁에 어머니 집에 들르기로 약속이 돼 있었는데, 결과적으로 저녁을 먹고 나니 9시가 되었고 택시를 잡는다고 또다시 시간이 지체되어 어머니 집에 도착했을 때는 10시가 다 되어갈 무렵이었다. 위층으로 올라가면서 부모님이 잠들려던 참은 아닌지, 또 어머니가 너무 무절제하게 생활하는 것 아니냐며 호된 잔소리를 늘어놓지는 않을지, 이런저런 걱정에 조마조마했다. 둘러댈 말을 잔뜩 생각해내고는 문으로 들어섰을 때 표정이 일그러진 어머니를 보았다. 그래서 바로 먼저 선수를 쳤다. 어머니가 자신에게 먼저 말을 꺼내기 전에 자신이 최근 얼마나 바쁜지, 일이 얼마나 안 풀리는지, 스트레스가 얼마나 큰지 등의 말을 쏟아낸 뒤 가족이 자신의 앞길에 걸림돌은 안 됐으면 좋겠다고 요구했다. 말하면서 낯빛이 점점 어두워지는 어머니를 보았다. 심한 질책을 예상하고 예방 차원에서 버둥거린 저항이었는데, 이 위선적인 방어가 뜻하지 않게 어머니를 가장 마음 아프게 할 줄이야. 어머니는 별말 없이 그저 앞으로 바쁘면 안 와도 된다, 부러 하는 척하지 않아도 된다, 라고 말할 뿐이었다.

얼마나 무거운 말인가! 첸루이는 둔중한 아픔이 몰려왔지만 이미 온갖 변명으로 멍청한 장벽을 세운 뒤였기에, 황폐한 밤에 몸 둘 바를 모른 채 그렇게 서 있었다.

이런 상황들이 떠오르고, 또 병상에 누워 누렇게 뜬 어머니의 얼굴을 떠올릴 때면 첸루이는 가슴이 욱신거렸다. 그전까지만 해도 무의식적으로 시간은 여전히 많다고, 지금 바쁜 것만 지나면 어머니를 달래줄 기회는 얼마든지 오리라 여겼다.

하지만 누가 예상이나 했겠는가. 시간은 그렇게 사람을 기다려주지 않았다.

첸루이는 매일 병원에 가고 싶었다. 과일과 맛있는 것을 잔뜩 챙겨 가서 어머니 곁에서 지켜보고 있다가 어머니가 깨어났을 때 제일 먼저 눈이 마주치는 사람이 자신이었으면 하고 바랐다. 이 염원은 마음을 옭아매더니 거의 마장(魔障)이 되어 아무리 해도 흩어지지 않았다.

하지만 병원에서는 첸루이를 들여보내주지 않았다. 입구의 신원 인식 장치는 유난히 예민해서, 한없이 취약해 보이는 투명한 두 유리문을 완전히 난공불락의 성채로 만들었다. 입구에는 뇌물을 쑤셔 넣으면서 부탁해볼 만한 경비원조차 없었다. 어쩔 수 없이 첸루이 스스로 유리문을 쾅쾅쾅 두드려보는 수밖에 없었다. 가끔 사람을 배웅하러 나온 간호사를 붙들고 사정을 해봐도 상대방은 "저희에게는 규정이 있습니다"라고 한마디 던질 뿐 첸루이를 들여보내주지 않았다. 첸루이는 병원의 냉담 앞에서 갈수록 초조하고 안달이 났다.

병원은 병원비가 아주 비싼 묘수(妙手) 병원으로, 탁월한 의술로 불치병도 낫게 해준다는 의미로 '묘수회춘(妙手回春)'이라고 불리는 곳이다. 못 고친다고 손을 놓은 중환자들이 이곳에 보내진 뒤 뜻밖에도 점차 완치된 경우가 적잖았다. 이렇게 시간이 흐르자 명성이 퍼져나갔고, 천하의 사람들은 으레 "큰 병은 묘수 병원으로"라고 말하기에 이르렀다. 불치병 환자의 가족에게 이 소식은 그야말로 칼과 다름없었다. 그런 곳이 있다는 것을 알고도 아픈 가족을 보내지 않는다는 건 한마디로 자기 손으로 칼을 들이대 가족을 찔러 죽이는 것과 진배없어 심장을 도려내는 일보다 더 고통스러운 일이었다. 얼마나 많은 환자의 가족이 문 앞에 줄을 서서 입원할 자격을 구하고 있는지 모른다. 이런 상황에서 병원이 군림하려는 자세를 취하리라는 건 미루어 짐작할 수 있다. 그들은 "모든 것에는 규정이 있으니 받아들이기 싫으면 가라"라는 식으로 일관했다. 병원은 확실히 티끌만 한 먼지조차 없는 곳으로, 첸루이는 어머니가 입원할 때 한 번 들어가보았다. 쌀

빛깔을 한 벽은 따뜻하고 평온한 분위기를 자아냈고, 일반 병원처럼 복작대고 소란스러운 사람들의 왕래는 전혀 없었다. 비싼 것에는 비싼 이유가 있었다.

병문안을 허락하지 않는 병원으로 인해 첸루이는 뜨거운 솥의 개미처럼 심장이 펄떡펄떡 타들어갔다. 아버지는 날마다 그저 집에서 소식을 기다렸지만, 첸루이는 달갑지가 않았다. 어머니의 소식을 제일 먼저 알고 싶었고 어머니 곁에서 어머니를 지키고 싶었다. 그러고 싶은 간절한 마음에는 어머니에 대한 사랑과 관심 말고도 절반쯤은 죄책감과 대면하고 싶지 않은 이유가 자리 잡고 있었다. 집에서 가만히 앉아 기다리기만 하는 건 여러 해 동안 어머니에게 무관심으로 일관했던 자신의 태만을 떠올리게 했다.

기회가 찾아온 건 첸루이가 병원을 배회한 지 열흘이 지났을 때였다. 퇴근하면 바로 병원으로 달려와 밤을 어슬렁거리며 숨어 들어갈 기회를 엿봤지만 스마트 입구의 얼굴 인식 기능이 어찌나 강력한지 매번 뜻대로 되지 않았다. 그러던 어느 날, 저녁에 병원 뒷문으로 기기를 실어 나르는 무인 화물차를 언뜻 보게 되었다. 화물차가 창고 입구에 잠시 멈춰 서자 이내 신원 인식이 이루어지고 창고로 들어가는 게 아닌가. 이를 본 첸루이는 드디어 기회가 왔음을 깨달았다. 이튿날 같은 시간에 슬쩍 화물차 문에 바짝 붙어 화물 창고로 들어갔다. 어차피 운전사도 없고 반대할 사람도 없었다. 화물 창고에서 문 두 개를 통과하면 바로 병실 구역이었다.

첸루이는 기억을 더듬어 어머니의 병실을 찾아냈다. 아무도 없었다. 문을 밀고 들어갔다.

누렇게 뜬 어머니의 얼굴에는 생기라곤 찾아볼 수 없었다. 몸체는 폭삭 쪼그라든 채였으며 주름진 피부는 공기가 빠진 찌그러진 풍선 같았다. 박박 깎은 머리를 하고서 이마에는 전극을 잔뜩 붙이고 있고 코와 몸에는 호스가 연결되어 있었다. 첸루이는 순식간에 눈물이 뚝뚝 떨어졌다. 자신이 이렇게 겁이 많고 나약한 인간일 줄이야. 뜻밖에도 어머니의 몸을 보고 끔찍하게 놀랐다. 죽음의 서슬 퍼런 기세 앞에서 그만 참지 못하고 파르르 떨고 말았다.

첸루이는 살며시 어머니 곁으로 다가가서 손을 뻗어 어머니의 손에 갖다 댔다가 살짝 부딪치고는 도로 거두었다. 어머니를 방해할까 봐 두려웠는지, 어머니의 반응에 자신이 움찔할까 봐 겁이 났는지 모르겠다. 몇 초가 지나도 어머니가 여전히 똑같은 모습으로 미동도 하지 않자 마음이 착 가라앉으면서 두려움이 흩어졌다. 병실은 죽음과 같이 고요했다. 다시 어머니의 손을 만졌다. 뒤따라온 건 기세 사납게 휘몰아치는 슬픔이었다. 그제야 첸루이는 자신이 마주하고 있는 것이 어떠한 소멸인지를 생생하게 깨달았다. 어머니의 잿빛 얼굴은 마치 모래로 쌓은 성이 파도에 의해 부단히 삼켜지는 것을 보는 듯했다. 어머니는 죽음의 바다에 의해 삼켜지고 있었다. 첸루이는 그 파도에 휩쓸린 것처럼 숨이 턱 막힌 채 어머니의 손을 움켜쥐고 울부짖기 시작했다.

눈앞에 있는 몸에서 생명의 기운이 쓱쓱 빠져나가는 것을 지켜보았다.

이후 며칠 동안 첸루이는 매일 밤 10시 정각에 병원 문 앞으로 가서 무인 화물차에 들러붙어 차량과 함께 병원으로 들어갔다. 슬그머니 어머니의 병실로 가서 밤새 그저 멍하니 있을 뿐이었다. 사람들의 이목을 끌지 않으려 함부로 나다니지도 않았다. 첸루이는 이 사실을 아버지에게 알리지 않았다. 건강이 좋지 않은 데다 생각도 판에 박은 듯 보수적인 아버지가 자신이 규정을 어기고 무단 침입한 사실을 알게 되면 매섭게 비난하지 않을까 우려해서다.

처음에 그래도 가끔 움찔하던 어머니는 나중에 철저히 의식이 없는 식물인간이 되더니 이제는 바이털 사인이 갈수록 나빠져 결국 중환자실로 옮겨졌다. 첸루이는 매일 밤 깊은 잠에 빠진 어머니의 몸을 닦아주고 뒤집어주고 물을 먹여주었다. 절망은 갈수록 커졌다. 회한과 사랑에 붙들린 첸루이는 시간의 강을 거슬러 올라가고 싶었지만, 팔을 휘저어본들 헛일일 뿐이었다.

발견

2주 후, 어느 날 저녁 첸루이는 무거운 발걸음을 이끌고 아버지의 집으로 갔다. 어머니의 임종에 대해 아버지와 의논하고 싶었다. 첸루이는 잠시나마 조용한 시간을 갖고 싶어 부러 엘리베이터를 타지 않고 폐쇄적인 계단을 빙빙 걸어 올라갔다. 심란한 마음에 수만 가지 상념이 스쳐 지나갔고, 아버지에게 어떻게 말을 꺼내야 할지 난감했다. 며칠 전에 아버지를 만났을 때 당신은 기대에 찬 모습으로 어머니의 귀환을 준비하고 있었다. 명성을 맹신하는 아버지는 그렇게 유명한 병원인 마당에 어머니를 데려오는 건 문제없으리라 확신했다.

아버지에게 어떻게 말씀드려야 할까? 아버지의 건강도 그리 좋은 편이 아니다. 일전에 생긴 고혈압에다 심장병이 언제 어떻게 발병할지 불안해서 의사는 아버지가 감정적으로 흥분해서는 안 된다고 경고했다. 어떻게 해야 아버지가 흥분하지 않고 무덤덤하게 받아들일 수 있을까? 아무리 의술이 뛰어나 '묘수회춘'이라 불리는 병원이라 한들 멀어져가는 영혼을 구해낼 재간 같은 건 없다.

어떻게 해야 이미 사경을 헤매는 어머니를 아버지로 하여금 받아들이게 할 수 있을까?

아버지의 집 문 앞에 서서 첸루이는 한참을 서성거렸다. 문 앞에 붙은 입체성을 띤 복(福) 자가 복도의 기류로 인해 미세하게 흔들렸다. 마치 첸루이의 불안한 내면을 대놓고 폭로하는 듯이. 첸루이는 어머니의 병세에 대해, 자신이 왜 그것을 알고 있는지에 대해 어떻게 설명해야 할지 궁리했다. 몇 번이고 문손잡이를 잡았지만 그때마다 그것을 돌릴 결심이 서지 않았다.

바로 이때, 돌연 철문이 안에서 벌컥 열려 첸루이는 이마를 박았다. 첸루이의 눈에 불꽃이 튀었다.

"아!"

첸루이는 너무 아픈 나머지 저도 몰래 신음을 내뱉었다.

"샤오루이(小睿, 중국에서는 일상생활에서 만나는 손윗사람의 성씨 앞에 '라오'를, 손아랫사람의 성씨 앞에는 '샤오'를 붙여 친근함을 표시한다), 네가 왜 여기에 서 있어?"

아버지가 첸루이인 것을 알아보고는 조금 의아해했다.

"집에 들렀죠. 아버지는 왜 이렇게 문을 확 밀어젖혀요."

첸루이는 여전히 아픔이 가시지 않았다.

"그럼 넌 왜 문을 안 두드려?"

아버지 역시 적잖이 나무라는 투였다.

첸루이가 막 대꾸하려던 찰나, 활짝 열린 문 사이로 날

벼락 같은 장면이 불쑥 눈에 들어왔다.

자신의 눈을 믿을 수가 없어 문지르고 또 문질렀지만 그 장면은 그대로였다. 놀라서 넋이 나가 몸이 자기장 속 전자처럼 덜덜 떨렸지만 꼼짝도 할 수가 없었다. 마음이 심연으로 추락하고 등줄기가 선뜩하니 저도 몰래 소름이 돋았다.

첸루이는 귀신을 보았다. 어머니가 멀쩡히 소파에 앉아 저녁밥을 먹고 있는 게 아닌가.

딱 벌어진 입이 좀체 다물어지지 않았다. 아버지가 묻는 안부는 듣는 둥 마는 둥, 소파에 앉은 혈색 좋고 윤기가 자르르 흐르는 얼굴의 그 사람을 빤히 노려보았다. 건강하고 편안하게 보일 뿐 아니라 얼굴까지 핀 그 사람은 음식을 한두 입 집어 먹은 뒤 고개를 들어 텔레비전을 보는 일에 열중하고 있었다. 어머니가 집에서 입던 면으로 된 긴소매 옷을 입고, 그 위에 어머니의 흑백 물방울무늬 앞치마를 두르고, 어머니가 직접 만든 토시까지 끼고 말이다. 텔레비전을 보던 그 사람이 무심코 얼굴을 현관문 쪽으로 돌렸다. 측면에서 정면으로 바뀐 그 얼굴은 더더욱 의심의 여지 없이 어머니였다. 첸루이는 기겁하며 한 걸음 물러났다. 아버지는 첸루이의 이상한 모습을 눈치채고는 눈살을 찌푸리며 첸루이가 대답을 하건 말건 상관하지 않고 첸루이를 안쪽으로 끌어당겼다. 입을 꽉 다

문 첸루이가 신발장에 부딪혔다. 이 인기척에 어머니의 관심이 이쪽으로 쏠렸다.

"라오첸(老錢), 왜 그래?"

어머니라는 사람이 이렇게 묻고는 이어 첸루이를 보았다.

"아, 샤오루이 왔구나."

그녀가 아버지를 '라오첸'으로 불렀다. 맞는 호칭이다. 첸루이는 그녀가 한 걸음 또 한 걸음 자신에게로 걸어오는 것을 지켜보면서 휘둥그레진 눈동자를 쉼 없이 굴렸다. 마음에는 풍랑이 거칠게 요동쳤고, 잔뜩 굳은 얼굴로 경계를 늦추지 않고 모든 것을 관찰했다.

"왜 이렇게 오랜만에 집에 왔어? 퇴원하고 며칠 동안 널 못 봤잖아."

그녀는 여느 때와 다름없는 표정으로 첸루이에게 물었다.

첸루이는 마른침을 꿀꺽 삼키며 잠긴 목소리로 힘겹게 한마디를 내뱉었다.

"아버지가 알려주지 않았어요."

"라오첸, 그럼 당신이 잘못했네. 왜 샤오루이한테 안 알려줬어?"

그녀는 말하면서 신발장의 두 번째 칸 오른쪽에서 슬리퍼를 꺼냈다. 첸루이의 슬리퍼가 틀림없다.

"아이고, 녀석이 평소에 워낙 바빠야지. 난 주말쯤에 알려주려 했지."

첸루이는 저녁 내내 넋이 나간 상태로 어머니라는 사람을 뚫어져라 쳐다보았다. 모든 세세한 상황 하나하나가 똑같았다. 얼굴의 팔자 주름과 점, 하는 행동이 평소 어머니의 모습 그 자체. 어머니와 관련된 일을 물어도 전혀 허점이 드러나지 않았다. 그러다 첸루이는 그만 자신을 의심할 뻔했다. 이 사람이 정말 어머니인가? 어머니가 돌아왔나? 사경을 헤매던 어머니가 어젯밤에서 오늘 새벽 사이에 기적적으로 좋아졌나? 내가 병원에서 뭔가 착각해서 어머니가 아닌 사람을 어머니로 알았나?

첸루이는 머릿속이 뒤죽박죽 엉켜 생각을 가다듬으려 할수록 외려 점점 더 꼬여갔다. 자기 앞에서 왔다 갔다 하는 어머니를 보면서 시종일관 어딘가 왠지 이상한데 그게 또 어디가 이상한지 딱히 꼬집어 말할 수가 없었다. 어머니는 자신의 근황을 물었고, 잘 먹고 잘 자고 다니라는 예의 그 관심 가득한 당부도 잊지 않았다.

겨우 밤 9시 30분까지 참고 견디다가 가방을 챙겨 들고 경황없이 도망쳐 나왔다. 병원으로 달려가 평소의 경로를 통해 어머니를 찾아갔더니 어머니는 여전히 거기에 있었다. 첸루이는 놀란 가슴을 쓸어내리면서 온몸에 식은땀을 주르륵 흘리며 안도하듯 한숨을 내쉬었다. 최소한 기억이 잘못되지 않았고 자신이 미치지 않았다는 것을 말해주고 있었다. 하지만 또다시 미심쩍은 느낌이 들어 지척에서 자기 앞의 육신을 살피며 자신이 사람을 잘못 보지는 않았는지 확인했다. 어머니의 시커먼 얼굴빛은 이미 평소와는 전혀 딴판이었고 꽉 감은 두 눈, 축 늘어진 피부, 짧게 깎여 나간 머리카락을 하고 있었다. 뺨의 점 두 개와 목의 점 한 개만이 유일하게 어머니가 어머니임을 선언하고 있었다. 헷갈리려야 헷갈릴 수가 없는 세 개의 점이다. 그 점 세 개를 확인하고는 살짝 안심이 되었다. 어릴 때부터 엄마를 꽉 껴안을 때마다 언제나 생생하게 다가오던 게 바로 이 점 세 개다. 죽어가는 이 여자야말로 어머니가 맞다. 자신이 지켜본 사람은 엉뚱한 사람이 아니었다. 첸루이는 홀로 덩그러니 있는 처량한 모습의 어머니를 응시하다가 그만 눈물이 핑 돌았다.

이 여자가 어머니라면 집에서 이야기꽃을 피우는 여자는 누구란 말인가?

첸루이는 순간 분노가 울컥 치밀어 올랐다. 그건 틀림없이 가짜다!

병원에서 꼼수를 부려 가짜를 돌려보낸 게 확실하다고 추측했다. 구체적으로 어떻게 했는지는 모르겠지만, 그 과정만은 추론해낼 수 있었다. 그러니까 병원에서는 그 어떤 것도 치료한 게 없고, 모종의 기술을 이용해 가짜를 만들어낸 뒤 환자를 치료한 것으로 꾸몄으리라. 이는 왜 이 병원이 언제나 신기하게도 사경을 헤매는 환자를 살려내면서 한편으로는 가족들이 환자를 지키지 못하게 하는지를 설명해준다. 저들은 무슨 '묘수회춘'에 걸맞은 일말의 노력도 하지 않았다! 저들은 그야말로 사기꾼이다!

첸루이는 분노와 참을 수 없는 감정이 치밀어 올랐다. 마치 맵고 쓴 맛이 요동치는 것같이 속이 역겨워 토할 뻔했다. 좁은 병실을 왔다 갔다 서성이면서 병원을 때려 부수지 못해 한스러울 따름이었다. 순간 의자를 들어 올렸지만, 남아 있던 이성이 자신을 타일렀다.

'충동적으로 소란을 피울 때가 아니라 어떻게 싸울지 방법을 생각해야지.'

지금 가짜가 자신의 집과 아버지를 점령했다. 첸루이는 병원의 거짓말을 까발려서 임종을 앞둔 어머니를 위해 정의를 되찾겠다고 마음을 다잡았다.

유실

이튿날 퇴근해서 또다시 아버지 집에 들러 저녁을 먹었다.

어머니가 부엌에 있는 틈을 타서 아버지에게 자신과 함께 병원에 한번 다녀오자고 슬그머니 말했다. 아버지는 퇴원 수속도 다 끝낸 마당에 왜 또 가야 하느냐고 했다. 가보면 안다고 했다. 아버지는 뭔가를 숨기려 드는 첸루이를 못마땅하게 여기며 됐다고 그럴 필요 없다고 했다.

이어 아버지와 마주한 자리에서 다시 두 번째로 요구했다. 병원에 처리해야 할 일이 아직 남았고 반드시 아버지 본인이 가야 한다고 했다. 말하면서 어머니의 반응을 살폈다. 훈훈함이 풍기는 어머니의 얼굴에서는 그 어떤 불안도 읽을 수 없었다. 첸루이는 병원에 아버지가 깜짝 놀랄 만한 것이 있다고 했다. 아버지는 그게 뭐냐고 물었고 또다시 대답하지 않았다. 그래서 다소 화가 난 아버지가 허구한 날 집에 오지도 않고, 어머니가 건강을 회복해서 퇴원하는 날조차 얼굴 한번 내비치지 않다가 인제 와서 무슨 뜬금없는 말로 뜸만 들이면서 사람의 성질을 돋우느냐고 첸루이를 나무랐다.

어머니가 음식을 집어 첸루이의 밥에 올려주었다. 보아하니 자신이 어렸을 때 좋아했던 것이지만, 부러 얼굴을 찡그리고 어머니 보란 듯이 식탁 위 쓰레기 담는 접시에 냅다 버렸다. 아버지가 언짢아했다. 하지만 어머니는 그런 행동을 보고도 되레 개의치 않고 그럼 뭐가 먹고 싶은지 물었다. 첸루이는 또다시 부러 과학기술 관련 뉴스 두 가지를 언급했다. 모 회사가 출시한 로봇이 진짜처럼 구는 통에 진위를 구별하기 힘든 상황이 되었고 앞으로 거리에 나갈 때 위험해질 거라 했다. 은근히 비꼬는 투로 말했지만 어머니는 별 반응을 보이지 않았다. 아무리 봐도 거슬리는 것투성이였지만, 그저 증거를 찾지 못했다. 이 어머니가 가짜라는 사실을 아버지에게 알려주고 싶었지만, 아버지 곁에서 늘 함께하는 사람이 이 가짜 어머니여서 결국 말이 쏙 들어갔다.

"엄마."

첸루이가 일부러 덫을 놓았다.

"내가 제일 좋아하는 그 초록색 티셔츠, 지난번에 여기에 두고 간 것 같은데?"

뜻밖에도 어머니는 전혀 걸려들지 않았다.

"넌 초록색을 제일 싫어하잖아. 어떤 초록색 티셔츠?"

첸루이는 아연실색했다. 어떻게 이렇게 빈틈이 없을 수가 있지! 이를 부득부득 갈았다. 할 수 없이 아버지를 강제로 병원에 데려가기로 결심했다.

어둠이 깔리자 첸루이는 아버지 집의 단지 경비원이 어제오늘 말썽을 피우는데 집주인이 내려가 사정해야 한다고 핑계를 댔다. 아버지를 어르고 속여 차에 태운 뒤 곧장 병원을 향해 차를 몰았다. 아버지가 버럭 화를 내며 어디에 뭐 하러 가는 거냐고 물었지만 첸루이는 대답하지 않고 그저 운전에만 열중했다.

병원에 도착한 뒤 아버지를 화물 창고 쪽으로 끌고 갔

다. 도둑질하듯 수상쩍게 구는 자신들의 모습에 아버지는 노발대발하며 돌아가려 했지만, 첸루이에게 팔이 붙잡혀 벗어나지 못했다. 아버지를 밀고 화물차와 문 사이의 틈을 비집고 들어가 통과해서 계단을 따라 3층으로 올라갔다. 다행히 밤이라 일하는 사람 대부분은 이미 쉬러 가고 없었지만, 어쨌든 두 사람은 병실을 도는 두 명의 간호사와 부딪힐 뻔했다. 돌발 상황으로 인해 일을 그르치고 싶지 않아 아버지를 끌고 벽 한쪽 구석에 숨은 뒤 그들이 지나가기만을 기다렸다. 떳떳하지 못한 이런 일을 해본 적이 없는 아버지가 목소리를 높여 첸루이를 탓하려던 순간, 첸루이가 아버지의 입을 막았다. 이에 버둥거리느라 아버지의 얼굴이 새파랗게 질렸다.

이렇게 버둥거리는 아버지를 비틀비틀 끌고 가면서 첸루이는 가까스로 어머니의 병실에 도착했다. 두 사람은 이미 땀으로 흠뻑 젖었고 아버지의 성질은 곧 끊어질 듯한 팽팽한 철사같이 사나워져 있었다. 첸루이는 오직 한 가지, 진실을 보게 되면 모든 게 끝난다는 생각뿐이었다.

낯익은 병실 문을 밀어젖혔을 때 첸루이는 쿵 하고 얼음 심연에라도 떨어진 것처럼 마음이 얼어붙었다. 침대에 사람이 없었다. 침대 시트는 주름 하나 없이 반듯하게 깔려 있었다. 침대 머리맡의 의료기기들은 꺼져 있고 어떤 전극과 호스도 보이지 않았다. 열어놓은 창문의 작은 틈으로 불어온 바람이 모든 냄새를 싹쓸이하고 있었다.

어머니가 없어졌다. 어디로 간 것일까?

첸루이는 순식간에 식은땀으로 온몸이 축축했다. 문 쪽으로 성큼 걸어가서 잘못 들어오지 않았는지 몇 호인지를 확인했다. 병실은 틀림이 없었다. 다시 침대 쪽으로 가서 환자 관련 자료가 남아 있는지 살폈지만 아무것도 없었다. 그렇다면 어머니가 딴 곳으로 옮겨졌을 한 가지 가능성밖에 없었다. 침착하게 냉정을 되찾고 이 모든 것이 무엇을 의미하는지 생각해보려 애썼다. 설마 병원 쪽에서 자신의 행동과 의혹을 눈치챘을까? 진상을 덮기 위한 것이 아니라면 병원에서 어떻게 아무런 이유도 없이 중환자를 옮길 수 있지? 내 행동은 언제 탄로가 났지? 아니면 병원이 가짜를 집으로 보낸 뒤 입막음을 위해 기존의 환자를 죽였나?

여기까지 생각이 미치자 첸루이는 온몸에 소름이 쫙쫙 돋아 저도 몰래 오들오들 떨었다. 첸루이의 이런 속내를 알 리 없는 아버지는 밤새 시달리며 죄라도 지은 것처럼 몰래 숨어든 게 고작 텅 빈 병상을 보기 위한 것이었나 싶었다. 아들놈이 피운 소란이 정말이지 한심하기 짝이 없었다. 아버지는 아무것도 묻지 않은 채 그저 체, 하고 콧방귀만 뀌고는 돌아서서 밖으로 걸어 나갔다. 첸루이는 부랴부랴 뒤쫓아 가서 횡설수설 해명했다. 하늘에 두고 맹세컨대, 어머니가 여기에서 사경을 헤매는 모습을 두 눈 똑똑히 봤다고 했다. 하지만 믿어줄 리 없는 아버지는 씩씩거리며 밖으로 걸어 나갔고, 그러다가 갑자기 심장병이 발병해서 바닥에 쓰러질 것처럼 심장을 움켜쥐었다. 어떻게 지체할 수 있겠는가. 첸루이는 부랴부랴 성큼성큼 뒤따라갔다.

병실을 떠나려던 순간에 첸루이는 뒤돌아 쓱 둘러보았다. 쏟아져 내리는 달빛에 흠뻑 젖은 바닥이 유난히 처량맞아 보였다.

첸루이는 기억을 의심하기 시작했다. 이 모든 것이 꿈은 아닌지 의심이 들었다. 하지만 매일 밤 어머니 병실에서 어머니의 손에 엎드려 울부짖었던 일을 떠올리자 또다시 너무나 생생한 고통이 느껴졌다. 아버지를 따라잡은 첸루이는 옥죄어오는 고통에 숨이 막혔다.

조사

다음 날 아침, 잠에서 깬 첸루이는 최근 자신이 겪은 일들을 곰곰이 되새겨보았다. 아무리 생각해도 모든 게 의심스러웠다. 목에 가시가 걸린 듯 아침밥이 넘어가지 않아 곧바로 사설탐정 일을 하는 친구에게 전화를 걸었다. 첸루이는 우연히 어느 기업 사기 사건을 통해 애칭이 '백두루미'인 친구를 알게 되었고, 그 뒤 백두루미는 자신을 도와 기업의 밀실 담합 사건을 두 건 조사해주었다. 백두루미의 진짜 이름이 무엇인지는 모르지만 그가 발이 넓고 일 처리가 깔끔하다는 건 안다.

백두루미는 뭉그적거리며 9시가 되어서야 일어났고 첸루이는 그의 집 아래층에서 왔다 갔다 서성거리며 정전기가 찌릿찌릿 일듯 안절부절못했다. 백두루미가 내려왔을 때 첸루이의 얼굴에 내려앉은 어둠의 그림자는 오선지에 악보를 그릴 수 있을 정도였다.

"뭐야? 무슨 일이야? 왜 이렇게 화가 났어?"

백두루미가 첸루이를 이끌고 아침을 먹으러 갔다. 아주 맛있게 먹어치우는 백루미와는 달리 첸루이는 탁자에 놓인 가벼운 음식조차 삼키지 못했다.

"해킹할 줄 알아?"

첸루이가 물었다.

"할 줄은 알지. 뭐 하게?"

백두루미가 무심하게 유탸오(밀가루 반죽을 발효시켜 길쭉한 막대 모양으로 만들어 기름에 튀긴 빵. 주로 콩국과 함께 아침으로 먹는다)를 집어 들었다.

"묘수 병원 시스템에 들어가 병실 2동 3208호의 최근 CCTV 동영상을 찾아봐줄 수 있어?"

"뭐 하게?"

"할 수 있는지 없는지 먼저 말해."

"뭐 할 건지 네가 먼저 말해."

백두루미가 고집을 부렸다.

"음, 네가 믿을지 안 믿을지 모르겠지만."

첸루이가 마른침을 꿀꺽 삼켰다.

"내 생각에…… 우리 어머니가 바꿔치기당한 것 같아."

첸루이가 소스라치게 깜짝 놀라는 백두루미의 눈빛을 보며 목소리를 낮춰 설명을 이어갔다.

"우리 어머니가 얼마 전에 묘수 병원에 입원했어. 난 날마다 몰래 숨어들어 어머니를 봤어. 어머니가 사경을 헤맨 건 틀림없어. 거의 불가능하다는 것을 내 눈으로 똑똑히 확인했고, 대성통곡까지 했다니까. 그런데 말이지, 눈 깜짝할 새에 어머니가 집에 돌아와 있었어. 그것도 아주 멀쩡하고 건강한 모습으로. 병원의 그 환자는 사라지고 없고. 아무리 생각해도 뭔가 이상해. 그런데 증거도 없어."

백두루미가 한참을 망설였다. 첸루이의 말에 어처구니없어하더니 또 무슨 관련된 일을 생각하는 듯했다. 첸루이의 인내심이 초읽기에 들어갈 즈음이었다.

"네가 그렇게 말하니."

백두루미가 한참이 지나 입을 뗐다.

"나야말로 한 가지 옛날 일이 떠올라. 3년 전에 의뢰받았던 고객 하나가 병이 위중한 환자였어. 암 말기라고 하더라고. 당시 내게 몇십만 위안의 의뢰비를 빚졌는데, 마음이 무거웠지만 그래도 마냥 손 놓고만 있을 수가 없어서 몇 번이나 찾아갔어. 한데 그때마다 쫓겨났어. 몸이 안 좋으니 성질도 괴팍해져서 돈을 떼먹을 생각인가 보다 했지. 난 정말이지 어떻게 할 수 없겠더라고. 그래서 포기하고 말았어. 손해 보는 셈 치면서 가슴앓이만 했지, 뭐. 그런데 며칠 지나지 않아 그 사람이 묘수 병원에서 병이 싹 다 낫고 기운이 펄펄하게 살아 퇴원했다는 거야. 그러고는 사람을 시켜 날 부르더니 한꺼번에 돈을 가져다주더라고. 당시 어찌나 놀랐는지. 그 병원은 사람의 병 치료는 물론 마음마저 고치나 보다 하고 속으로 생각했지. 지금 생각해보면 사람을 바꿔치기했다는 말이 더 믿을 만해."

"맞아. 그렇다니까. 결국 이 세상에 날 믿어주는 사람이 있구나."

첸루이가 듣고는 흥분했다.

"이게 사실이라면, 그야말로 큰 사건인데."

백두루미가 흥분했다. 자신들의 사설탐정 일이라는 게 열에 아홉은 고작 탈선행위를 잡아내는 일인데 모처럼 의미 있는 일이라고 느껴지는 큰 사건과 맞닥뜨렸으니 말이다.

"맞아. 그렇다니까!" 첸루이가 덩달아 흥분해서 말했다. "내 말이. 이 묘수 병원은 권력이 만만치 않아. 전국에 지점이 못해도 열 군데나 돼. 병원비는 또 얼마나 비싸다고. 그러니 해마다 얼마나 많은 돈을 벌어들이겠어. 이게 다 가짜를 진짜로 꾸며서 번 돈이라면 대체 검은돈을 얼마나 벌어들인 걸까!"

"그럼 네 생각에…… 내가 뭘 조사했으면 하는데?"

백두루미가 물었다.

"우선 내 어머니 병실에 있던 CCTV를 조사해줘."

첸루이가 목소리를 낮춰 날짜를 콕 찍었다.

"특히 11일 낮을 찍은 CCTV. 10일 저녁에 어머니를 뵈러 갔을 때 어머니는 여전히 3208호실에 누워 있었는데 11일에 가보니 사라지고 없었어. 그날 무슨 일이 있었는지 찾아봐줘. 또 병원에 비밀 장소가 있는지 알아봐줘. 가짜를 진짜로 바꿔치기한다면 그들이 어떻게 그렇게 하는지 정확하게 알아내야 하니까. 어쩜 그렇게 감쪽같이 모든 사람을 속일 수가 있지."

"네가 보기에." 백두루미가 미간을 찌푸리며 그중 이해가 안 되는 부분을 언급했다. "집으로 보낸 가짜는 대체 뭐야? 로봇이야?"

"로봇 같지는 않아. 너무 진짜 같아."

"그럼 복제인간이야? 복제는 그야말로 불법인데."

"그것도 아닌 것 같아." 첸루이가 또다시 고개를 내저었다. "복제인간이면 기존의 기억이 없어야 하지 않아?"

"그럼 진짜 수상쩍네."

백두루미가 웅얼거렸지만, 이내 곧 얼굴을 펴고는 첸루이의 어깨를 두드렸다.

"걱정 말라고. 이 일은 나한테 맡겨. 내가 진상을 밝혀 줄 테니까. 약속해."

백두루미가 떠난 뒤 첸루이의 마음은 생각했던 만큼 가벼워지기는커녕 오히려 비밀을 폭로하기라도 한 것처럼 초조하고 심란했다. 첸루이는 이 행보가 어떤 결과를 낳을지 알 수 없었다. 아무런 증거를 찾지 못해 흐지부지 끝날지, 세상에 큰 파장을 불러일으킬 커다란 음모를 밝혀내 그 배후의 검은손들과 용감하게 맞서 싸울지. 정말로 세상을 깜짝 놀라게 할 베일을 벗기는 순간이 되었을 때, 자신에게 그런 거대한 그룹과 맞서 싸울 실력이 있을까? 그때가 되면 자신의 삶에 거대한 변화의 소용돌이가 일지는 않을까? 인터넷에서 치열한 갑론을박의 풍파가 일지는 않을까? 이 음모의 뒤에, 더 많은 비밀이 있지는 않을까? 첸루이는 생각할수록 좌불안석이 되었다.

이 문을 밀어젖히면 배후에 무엇이 버티고 서 있을까?

조짐

첸루이는 아버지에게 자신이 사설탐정을 찾은 일을 알

리지 않았다.

지난번에 아버지를 병원에 데려갔을 때 아버지를 화나게 해서 부정맥을 일으킨 전적이 있다. 사람을 사서 병원의 어두운 내막을 파헤치려 한다는 사실을 알린다면 아버지가 한 번 더 노발대발할 것은 불을 보듯 뻔하다. 현재 자기한테는 확실한 증거도 없을뿐더러 괜히 아버지에게 말해서 덜떨어지고 미덥지 못하다는 핀잔을 들을 필요가 없었다. 다른 이유라면, 아버지가 가짜 어머니에게 연연하는 모습이 자꾸만 눈에 밟혀서다. 죽다가 다시 살아났다고 생각해서인지 아버지의 애착은 예전보다 더욱 집요해졌다. 그리고 아버지에게 말하기 꺼려지는 가장 중요한 이유는 아버지가 가짜 어머니에게 말을 흘리지 않을까 해서다.

후자와 관련해 첸루이는 약간 초조해졌다. 날이 갈수록 아버지와 가짜 어머니 사이에 감정이 깊어졌다. 가짜 어머니는 집에서 몸을 돌보느라 거의 두문불출하고 혹여 외출하더라도 멀리 가지 않았다. 하지만 실은 이미 병이랄 게 없어 손발을 바지런히 움직였다. 날마다 깨끗이 방 청소를 하고 하루 세끼 식사를 만들면서 그 어느 때보다도 아버지와 사이좋게 지냈다. 예전에는 툭하면 어머니에게 난폭하게 굴던 성질 괴팍한 아버지는 이번에 생리사별을 겪을 뻔한 뒤로 미안함을 느꼈는지 어머니에게 아주 많이 부드러워졌다. 이런 날이 하루 이틀 차곡차곡 쌓여서 아버지는 어느새 새로운 생활에 젖어 들었다.

첸루이는 자주 집에 들러 가짜 어머니와 아버지가 어떻게 어울리는지 지켜보았다.

"쥔성(俊生)."

가짜 어머니가 날마다 텔레비전을 보면서 아버지에게 입버릇처럼 말했다.

"일어나서 좀 걸어. 허리도 좀 움직이면서. 너무 오랫동안 앉아만 있지 말고."

그러면 아버지는 놀랍게도 언제나 고분고분히 어머니의 말을 들으면서 일어나 걸어 다녔다. 서로에게 쌀쌀맞다 못해 가시 돋친 말들을 주고받기 일쑤였고 한 번도 이렇게 사이좋게 지낸 적이 없던 부모였기에 다정하고 훈훈한 두 사람의 모습이 외려 기괴해 보이기까지 했다. 첸루이는 갈수록 갈등이 일었다. 자신이 망설인다는 사실을 알아차리고는 하루라도 빨리 조사를 진행해서 속전속결하자고 마음을 먹었다. 끌면 끌수록 아버지가 발을 빼는 게 어려워질 뿐이다. 염려가 되는 건 아버지가 사실을 알고 난 뒤 그것을 받아들이지 못해 불같이 화를 내다가 또 건강에 빨간불이 켜지면 어쩌나 하는 일이다.

"엄마, 내가 어렸을 때 가장 싫어했던 그 담임선생님 기억해?"

첸루이가 어머니를 불러 살짝 떠봤다.

"어느 담임선생님? 왕(王) 선생님, 쉬(徐) 선생님, 아니면 구(古) 선생님?"

"아시잖아요. 제일 싫어하는 한 사람."

"구 선생님이구나? 그분이 왜?"

어머니가 태연하게 물었다.

첸루이는 살짝 당황스러워 이유를 꾸며댔다.

"지난주에 절 찾아와서 동창회에 참가하라고 하시더라고요. 그렇지만 전 가고 싶지 않거든요."

"가고 싶지 않으면 안 가면 되지."

어머니가 덤덤하게 방긋 웃었다.

순간 뭔가 굉장히 찝찝했다. 예전의 어머니 같았으면 틀림없이 화를 내면서 선생님을 뵈러 가야지 무슨 소리냐고 호통을 쳤으리라. 그런데 가짜 어머니는 다분히 무심하고 온화했다. 이런 기질상의 변화라면 첸루이는 진작 알아차렸다. 자신이 바쁘다는 핑계로 이틀 동안 집에 안 들어가면, 예전 같았으면 불만에 차서 화를 내고 슬퍼하며 자신을 너무 소홀히 대하는 거 아니냐고 원망을 터트렸으리라. 그런데 가짜 어머니는 너무나 너그럽게 바쁘니 이해한다, 방해하지 않겠다, 그저 바빠도 쉬어가면서 일해라, 라고 했다. 이런 심상치 않은 관용은 온화하다고는 할 수 있지만 진실하지 않았고, 뭔가 거리감을 드러내고 있었다.

첸루이가 느끼기에 이상한 부분이 한둘이 아니었지만, 그런 느낌은 너무 미묘해서 포착할 수도 없고 말해봤자 증거도 없는 셈이었다. 그래서 여전히 이렇다 할 실질적인 약점을 잡지 못했다.

가짜 어머니는 뭐든 기억하고 있었지만, 그 어떤 것에도 감정이 섞이지 않은 듯했다. 첸루이는 가짜 어머니가 어떤 메커니즘에 의해 만들어졌을까 하는 의문이 들기 시작했다.

첸루이는 갈수록 아버지 집에 가고 싶지 않았다. 이따금 문에 들어설 때 자신이 정말로 오랜 세월 볼 수 없었던, 소파에 앉아 어머니가 아버지의 다리를 주물러주는 그런 아늑한 장면과 맞닥뜨린다. 이는 간혹 첸루이의 마음을 건드려 어머니 생전에 집에서 말다툼하던 장면을 떠올리게 한다. 그러면 마음이 너덜너덜해져 숨이 턱턱 막히면서 괴롭다. 첸루이는 갈수록 모순적인 마음이 들었다. 진실이 밝혀지면 아버지에게 알려야 할까 말아야 할까? 지금처럼 이렇게 부모님이 새로운 삶을 살게 내버려두는 게 과연 나쁜 일일까? 아버지에게 진상을 알리는 일이 갈수록 내키지 않았다.

그런 생각을 하며 아래층으로 내려갈 때였다. 복도의 어두운 모퉁이를 돌 때, 첸루이의 눈앞에 병실에서의 마지막 며칠 밤의 그 쓸쓸함이 어른거린다. 지금 이 복도와 마찬가지로 사람에게 버려진 듯한 느낌으로 뒤덮인다. 어머니는 너무나 노쇠하고 가련하며, 아무도 어머니를 모르고 어머니의 존재에 신경 쓰는 사람도 없다. 어머니는 실낱같은 숨을 내쉬면서도 오랫동안 포기하지 않는다. 마치 인간 세상에 이루지 못한 염원이 있기라도 한 것처럼 힘겹게 버둥거린다. 외롭고 힘겨운 그 밤들에 오직 첸루이만이 어머니 곁을 지키며 흐느끼면서 죄책감을 하소연한다. 그때, 아버지는 어쩌면 집에서 혈색 좋고 윤기가 자르르 흐르는 얼굴을 한 저 여자를 이미 껴안고 있었는지 모른다.

여기까지 생각하자 첸루이의 마음은 또다시 딱딱해졌다. 구거작소와 같은 이런 일을 까발리지 않는다면 돌아가신 어머니에 대한 예의가 아니리라.

첸루이는 또다시 용기를 내서 분노하며 아래층으로 내려갔다.

전환

며칠 지나지 않아 백두루미가 첸루이에게 만나자고 약속을 잡았다.

첸루이는 약속한 카페에 도착해 으슥한 모퉁이를 찾아

앉았다. 왜인지 모르겠지만, 금덩이를 삼킨 것처럼 입안이 소태같이 써서 눈앞의 커피를 한 모금도 마실 수가 없었다. 30분 넘게 기다리자 백두루미가 어슬렁어슬렁 걸어 들어왔다. 속이 탄 첸루이가 불쑥 뭔가 좀 알아낸 게 있느냐고 물었다.

백두루미가 노트북을 켜고 CCTV 동영상 몇 개를 보여주었다.

첫 번째 동영상은 11일 오후 4시 즈음의 어머니 병실을 찍은 것이었다. 어머니의 심장을 모니터하는 기기가 돌연 소리를 낸다. 심전도와 뇌파 수치가 급전직하하더니 곧게 뻗은 선이 공기를 가르는 검처럼 정적이 감도는 병실에서 섬뜩한 빛을 번득이면서 눈을 자극한다. 확실히 소리만은 아니었는지, 신호가 어딘지 모를 통제실에 연결되어 병실 밖에서 분주하게 움직이는 발소리가 들린다.

누군가 방문을 밀어젖힌다. 고작 의료진 한 명이 들어와 자동 소형차가 어머니의 시신을 의료용 차량에 옮기도록, 흔적도 없이 문밖으로 빠져나가도록 지휘한다. 첸루이는 돌연 마음이 시큰거렸다. 어머니가 이제 곧 영원히 인간 세상을 떠나리라는 것을 의식했다. 설령 진작 알고 있었던 결과라 할지라도, 그것은 마치 포위된 성이 일사천리로 공황 상태에 빠져드는 것처럼 너무나 당혹스러운 느낌이었다.

복도 쪽을 찍은 CCTV 동영상을 틀었다. 부드럽게 미끄러지는 의료용 차량이 의료진의 지휘하에 모퉁이를 두 번 돌아 복도 끝에 있는 문 쪽으로 간다. 소형차와 사람이 그 문 안쪽으로 사라진다. 백두루미가 동영상 정지 버튼을 누른 뒤 화면을 확대하자 문에는 그 어떤 장식도 없이, 해상도가 낮아 희미하게 분간할 수 있는 다섯 글자만 있었다. 온기라곤 느껴지지 않는 '저온 화장장'이라는 글자였다.

생각조차 할 필요 없이 어머니의 모든 것이 저 문 안에서 사라졌다.

여기까지 본 첸루이는 또다시 눈물이 그렁그렁 맺혔다.

첸루이의 어수선한 마음은 눈치조차 채지 못한 백두루미가 자신의 발견에 두 주먹을 불끈 쥐었다. 이 CCTV 영상과 첸루이의 집에 있는 가짜 어머니만으로도 묘수 병원을 수사해달라고 신고하기에 충분하다. 심지어 고소도 불가능한 게 아니다. 하지만 백두루미는 더 큰 그림을 그리고 있었다. 이 단서를 바탕으로 그 배후에 똬리를 튼 더 큰 음모를 밝혀내고 싶었다. 제대로 된 싸움을 해볼 생각을 하니 그 쾌감으로 온몸이 전율했다. 애당초 안정된 직장을 포기하고 굳이 음지에서 뭔가를 밝혀내는 역할을 하겠다고 고집했을 때는 단순히 누구의 남편이나 아내의 불륜을 파헤치기 위함이 아니었다. 자신이 기다린 건 바로 이런 기회였다.

백두루미는 이 일을 쥐도 새도 모르게 처리해서 병원 쪽으로부터 별다른 의심을 사지 않았다. 우선 병원의 전자 모니터링 데이터 시스템에 몰래 들어가 관련 동영상을 앞뒤로 일일이 훑어보았다. 그런 다음 병원을 들락날락하는 인파 가운데 한 의사의 옷깃에 슬쩍 도청 장치를 붙이고 대여섯 개의 자동비행 카메라도 내보냈다. 카메라는 병원의 뒷담으로 날아 들어가 창문 밖 여기저기에서 안을 촬영했다. 그렇게 거의 일주일 분량을 모았다.

"하는 말이지만, 진짜 깜짝 놀랐어! 내용은 충분해! 이번에 이렇게 상세한 내용을 이만큼 많이 손에 넣을 줄은 몰랐어. 저온 화장장을 촬영한 동영상을 봤는데, 인체를 태우는 병원의 설비가 얼마나 큰지 넌 상상도 못 할 거야. 한 줄로 쭉 늘어선 방들에서 몰래 태우고 있더라고. 드러나지 않게 쉬쉬하면서 일을 처리하고 있지만, 옮기는 모습, 이 사소한 부분만 놓고 볼 때도 역시나 시신을 화장하는 것임을 알 수 있었지. 뭘 말하겠어? 저들이 일상다반사로 화장한다는 사실을 말해주지. 틀림없이 자신들이 대외적으로 말하는 사망률을 넘어설 거야!"

"그야 그렇겠지."

첸루이가 고개를 끄덕였다.

"그것 말고 또!"

백두루미가 괜스레 뜸을 들였다.

"병원 뒤쪽 과학 실험 건물에서 내가 뭘 찍었는지 알아맞혀봐."

"뭐야?"

"사람의 신체 기관을 촉매·배양하는 사진을 찍었다고! 거의 수십 명의 사람이 매일 그곳에서 일하고 있었어. 신체 기관 배양을 촉진하는 작업으로 굉장히 바쁘다는 걸 말해주지. 신체 기관을 복제하는 건 지금 법적으로 금지된 일인데 이 사진을 가지고도 병원을 고소할 수 있어. 다만 아쉽게도 저들이 가짜 인간을 제조한다는 사실을 밝혀낼 증거가 충분하지 않아."

흥분해서 떠들어대는 백두루미의 이야기를 들으면서 첸루이 역시 다소 흥분되었다. 그런데 왜인지 모르겠지만 바라던 증거를 얻고도 마음은 기쁘거나 속 시원하다기보다는 뜻밖에도 무겁게 가라앉고 불안했다.

"왜 그래? 무슨 문제 있어?"

백두루미가 팔꿈치로 첸루이를 쳤다.

"오, 아이고, 아니야. 없어. 괜찮아. 그나저나 진짜 대단한데."

첸루이가 무력하게 씩 웃었다.

첸루이는 천근만근의 무거운 마음을 이끌고 집으로 돌

아왔다. 백두루미는 싸움에 앞서 만반의 준비를 하라고
했지만, 정작 자신은 망설여지면서 불안이 출렁였다. 집
문을 들어서자 해가 서쪽에서 떴는지 가짜 어머니가 장
을 보러 가고 없었다. 그래서 아버지와 이야기해보자고
마음을 다잡았다.

"아빠."

첸루이가 머뭇거리며 아버지에게 물었다.

"들어본 적 있어요? ……묘수 병원이 가짜를 진짜로 둔
갑시킨다는 이야기요."

아버지가 돋보기안경을 벗고 미심쩍은 눈으로 첸루이
를 바라보았다.

"그러니까…… 병을 고치지도 못하면서 거짓으로 다
고쳤다고 하면서요."

첸루이는 뭐라고 해야 할지 난감했다.

"그게 어떻게 가능해? 눈으로 보고도 안 보여? 네 엄마
를 보라고. 깨끗하게 다 나아서 돌아오지 않았어?"

아버지가 눈살을 찌푸리며 왜 그렇게 묻는지 도통 이
해할 수 없다는 듯 말했다.

"병원이 문을 연 지 엄청 오래되었는데도 아직 별문제
가 없잖아. 더더군다나 20여 년 전에도 그곳에 갔다 온
우리는 지금까지 이렇게 멀쩡하게 잘 살고 있잖아."

첸루이는 어떻게 말을 이어가야 할지 난감했다. 어머

니가 진짜 어머니가 아니라고 말하고 싶었지만, 이상하게 말이 떨어지지 않았다. 말이 입에서 일고여덟 번 맴돌다 결국 고작 내뱉은 말이 이랬다.

"아빠, 만약 그때 어머니가 돌아가셨다면 어땠을지 생각해보셨어요?"

"무슨 헛소리야. 네 엄마가 겨우 돌아왔는데, 악담은 무슨 악담이야."

"그게 아니라……."

첸루이가 부랴부랴 해명했다.

"그러니까 단순히…… 만약에요. 만약에."

"내가 감히 어떻게 그런 생각을 해."

아버지가 가슴을 쓸어내렸다.

"네 엄마가 입원해 있던 그 며칠, 난 하마터면 심근경색이 두 차례 올 뻔했다. 다행히 두 번 다 괜찮아졌어. 의사가 건넨 첫 번째 충고가 터무니없는 생각을 하지 말라는 것이야. 그땐 정말이지 하늘이 날 벌주려나 싶었지. 평소 욱하는 성질을 못 이기는 날 나무라나 싶었어……. 아이고, 그런데 다행히도 어쨌든 하늘이 굽어살펴주셨어."

아버지는 말을 멈추고 습관적으로 셔츠 왼쪽 주머니에서 담배를 찾으려 더듬었다. 우울할 때면 언제나 담배를 피웠던 아버지다. 그런데 손에 아무것도 쥐이지 않자 고개를 숙이고 살피면서 몇 초 동안 멍하니 있더니 그제야 어떻게 된 일인지 알아차렸다. 더 괴로운 사람은 그 누구도 아닌 첸루이였다. 며칠 전 아버지가 하늘이 베푼 은혜에 보답하기 위해 금연과 건강관리를 시작한 사실을 알았다. 그런 아버지를 보면서 거짓말을 철석같이 믿은 채 즐거워하는 사람을 굳이 일깨워야 하는가, 하는 마음이 들어 점점 더 망설여졌다.

첸루이가 막 말을 하려는데 입구에서 문이 열리는 소리가 났다.

투쟁

사흘 후에 백두루미가 또다시 첸루이를 불러냈다. 이번에는 구궁칸(3×3으로 나누어진 칸)으로 된 한 훠궈집으로, 백두루미는 부러 기밀정보를 떠들썩한 환경에 감추어두려는 듯, 김이 모락모락 오르는 자욱한 곳에서 마치 있으나 마나 한 보호벽이 자신을 빙 둘러싼 것처럼 머리를 파묻고 있었다.

백두루미가 결정적인 정보를 가지고 왔다. 비밀리에 접촉하는 사람이 다리를 놓아준 덕분에 인턴으로 가장해 병원 내부에 슬쩍 숨어든 뒤 사흘간 지켜본 끝에 병원의 비밀을 알아냈다.

"가짜 사람과 관련된 소식이야?"

"음."

백두루미가 눈썹을 치켜세웠다.

"예상한 것에서 전혀 벗어나지 않았어. 병원은 인간 체세포를 촉매·배양하는 기술을 장악해서 인간의 신체를 빠르게 키울 수 있더라고. 환자의 DNA를 이용해서 단기간에 빠르게 신체를 복제하지. 순식간에 자라는 인체 부품들을 직접 눈으로 확인했어. 배양기에서 암처럼 복제한 새로운 인체를 말이야. 아이고, 얼마나 놀랐는지 넌 모를 거야."

첸루이가 몸서리쳤다.

"네가 말한 기억의 문제를 나도 생각해보다가 한층 더 놀라운 걸 발견했어."

백두루미가 이어 말했다.

"저들이 그런 식으로 만든 신체는 실제 사람 몸이 가진 각종 기능을 갖추고 있어. 그런데 유일하게 대뇌의 발달만은 학습이 부족해서 상당히 원시적인 단계에 머물러 있었는데, 병원 측이 지능 기술을 통해 문제를 해결했더라고! 저들은 환자의 대뇌를 연결해 그것을 여러 차례 스캔한 뒤 대뇌의 전체 연결 지도를 파악해. 그런 다음 신경세포의 연결 패턴을 프로그램화해서 새 신체의 대뇌에 이식해. 그러면 프로그램의 안내에 따라 새로운 뇌신경 조직 역시 기존의 패턴에 따라 자라게 되지. 이를 통해 새

로운 신체는 환자의 기존 대뇌 패턴을 빠르게 장악하게
돼. 이렇게 해서 한 사람의 유전자와 뇌 기억은 보존되고
신체만 다른 것으로 바뀌는 거야."

"넌 어떻게 이 모든 걸 알아냈어?"

첸루이는 삼 할의 탄복과 칠 할의 공포를 담아 물었다.
백두루미가 설명했다.

"쉽지만은 않았어! 마이크로카메라를 이용해서 몰래
결정적인 증거를 찍었지. 최근 몇 년간 병원은 환자의 가
족이 병문안하지 못하게 막았어. 자신들이 어떻게 병을
치료하는지에 대해서도 철저히 비밀에 부쳐왔고. 왜? 실
은 이런 사실들을 숨기고 있었으니까. 저들의 철통같은
보안이 어찌나 주도면밀하고 훌륭한지, 다년간 사건을
조사하고 해결하면서 쌓아온 수사 기법이 없었다면 뚫지
못했을 거야. 두 번이나 실수할 뻔했다니까!"

백두루미는 위험을 무릅쓰고 찍은 동영상들을 첸루이
에게 보여주면서 잔뜩 득의양양한 표정을 짓고는 어떻게
가까스로 병원을 속여 넘겼는지 이야기해주었다.

이 비밀들에 유난히 들뜬 백두루미는 이미 변호사 친
구에게 연락해 병원에 치명타를 가할 준비를 하고 있었
다. 첸루이는 화들짝 놀라고 말았다. 자신의 개인적인 사
건이 이렇게 빠르게 세상에 알려지게 될 줄이야. 백두루
미는 팀을 꾸릴 사람들을 불러 모았다. 다들 백두루미가

최근 몇 년간 사설탐정 일을 하면서 알게 된 친구들로, 잘 나가는 로펌의 동업자를 비롯해 유명 언론매체의 뉴스 팀장, 인터넷에 시사평론을 발표하는 오피니언 리더 둘, 묘수 병원과 경쟁 관계에 있는 병원 두 곳, 정부 의료보건 관리부의 감찰처 처장 등이 포함되었다. 백두루미는 다년간 온갖 사람의 난제를 해결해주면서 굉장히 폭넓은 인맥을 자랑하고 있었다.

첸루이는 마음속에 불안이 스멀거렸지만 그렇다고 백두루미에게 반기를 들고 싶지는 않았다.

"현재로선 좀 이른 것 같지 않아? 이렇게 불쑥 사람들을 불러 모으는 건 너무 경솔하지 않나? 좀 더 조사해본 뒤에 다시 이야기하는 게 어때?"

"충분해!"

백두루미가 자신만만해했다.

"현장에서 직접 확보한 이 증거들만으로도 저들이 불법 실험을 하고 있다는 사실을 충분히 증명할 수 있어. 불법 실험에, 그것도 병원의 환자들을 이용하고 있지. 이것만으로도 저들을 법정에 세울 수 있어. 벌금을 물릴 수도 있고. 하지만 일을 좀 더 크게 키우면 저들이 드러내는 허점은 더욱 많아지겠지."

첸루이는 어리둥절했다.

"또 무슨 허점?"

"지금은 뭐라 말할 수 있는 증거가 모자라지만, 저들이 지금까지 완치했다고 하는 환자는 전부 바꿔치기한 것들이야."

백두루미가 첸루이에게 다가가 말했다.

"아직 예전 환자들의 병력을 손에 넣지 않아서 증명은 할 수 없어. 그 증거를 확보하지 못하면, 최대한 불법 실험을 한 것으로 고소할 수 있어. 하지만 확실한 증거를 확보하면 저들을 살인죄와 사기죄로 고소할 수 있다고. 살인과 사기는 의료 연구의 위법이 아니라 중대한 형사사건에 속하지. 저들 그룹 전체를 고소해서 풍비박산 낼 수 있다고."

"정말로 그렇게까지 모질게 하겠다고?"

백두루미의 말을 듣던 첸루이의 낯빛이 창백해졌다.

"넌 몰라. 모질지 않으면 안 돼."

백두루미가 목소리를 낮추며 사람을 시켜 뒷조사한 병원의 재무 정보를 까발렸다.

"이 병원이 최근 몇 년간 '불치병 전문 치료 병원'으로 알려진 뒤 받아온 환자들은 주로 목숨이 왔다 갔다 해서 가족들이 비용 따윈 따질 계제가 아닌 사람들이었어. 그래서 병원비가 천정부지로 치솟았고 저들이 벌어들인 돈은 엄청났지. 다시 말하는데 저들의 자금 규모는 천문학적인 수치야. 거기에 관련 영역에 대한 투자도 광범위하게 이루어지고 있어. 원청, 하청 기술 기업들과 요양 센터의 인수합병을 비롯해서 말이지. 그런데도 저들의 비밀을 사람들에게 알리지 않고 영원히 묻어두겠다고! 현재 저들은 이미 굉장히 복잡하게 뒤얽힌 거대한 의료 제국이야. 이런 데를 뒤집어엎지 않고 그냥 놔둘 거야? 이 병원의 회장은 베일에 꽁꽁 싸인 슈퍼 부자야. 자신을 그렇게 철저히 숨기는 걸 보면 자신이 하는 일이 사람으로서 해서는 안 되는 일이라는 걸 모르진 않는 것 같아. 최근 몇 년 동안 회장을 본 사람이 없어. 이 일이 나한테 떨어질 줄이야. 저들은 꿈에도 모르고 있겠지."

백두루미의 입꼬리에 비웃음이 걸렸다. '이번에 내가 대어를 낚았다'라고 하는 듯한 흐뭇함이 묻어났다.

"쉽지는 않을 거야."

첸루이가 중얼거렸다.

"쉽지 않으니까 네가 날 도와야지."

백두루미가 친한 척하며 첸루이의 어깨에 기댔다.

"네가 도와줘야 할 일이 있어. 네 어머니의 자료를 조사해줘. 퇴원한 지 얼마 안 됐으니 어머니 자료는 아직 조사할 수 있을 거야. 어머니의 일일 바이털 사인을 조사해서 그걸 찍어 나한테 보여줘. 만약 두 사람을 바꿔치기했다면 그전의 바이털 사인에서 틀림없이 뭔가가 드러났겠지. 또 가짜라면 틀림없이 추적할 만한 구석도 있을 테고."

"그 일은……."

첸루이가 핑계를 댔다.

"난 못 할 것 같아. 사람을 병문안하려고 할 때도 들여보내주지 않았는데 이미 퇴원한 마당에 이제 와서 기록을 보여달라고 한다고? 안 될 것 같은데."

"시도는 해봐. 해보지도 않고 안 되는 줄 어떻게 알아?"

백두루미가 계속 부추겼다.

첸루이는 몇 번이나 거절했지만 결국 오롯이 내치지 못한 채 썩 내키지 않는 마음으로 어쨌든 해보겠다고 대답했다.

그 이후 며칠 동안 첸루이는 백두루미가 불러 모은 팀 사람들을 만났다. 하나같이 마음의 준비를 단단히 하고 일이 커지는 것을 마다하지 않는 날카로운 인물들이었다. 팀원 전체가 적개심에 불타서 병원의 음모를 폭로한 뒤 사회적으로 매장해버리겠다고 별렀다. 그들은 행동 절차를 정했다. 우선 검찰에 병원이 암암리에 사람을 죽이고 있다고 고발한 뒤 법원의 심리가 시작되면 매체와 유명 인사를 중심으로 집중적으로 폭로해서 사회적 관심을 불러일으킨다. 그런 다음 거대 의료 제국의 재산을 폭로하고 최종적으로 정부 개입을 통해 그 제국을 무너뜨린다는 계획이다. 첸루이는 팀과 토론하면 할수록 점점 더 불안에 휩싸였다.

회상

첸루이는 밤잠을 이루지 못하고 침대에 누워 천장을 바라보다, 뼛속 깊이 각인했던 어머니에 대한 기억이 점차 엷어지고 마음의 분노 또한 처음만큼 그렇게 강렬하지 않다는 것을 알아차렸다. 꿈에서 어머니를 보지 못한 날도 여러 날 되었다. 어머니가 막 돌아가셨을 때는 집에 돌아와 눈을 감으면 거의 날마다 어머니의 잿빛 얼굴이 어른거려 잠을 이룰 수가 없었다. 그런데 지금, 그런 고통은 줄어들었다.

첸루이는 침대에서 엎치락뒤치락하며, 왜 사람은 망각할까? 왜 한때 더없이 중요하다고 생각했던 기억은 시간이 지나면 역시 엷어질까? 하는 슬픈 사념에 빠져들었다. 얼핏 망각이란 자기 속마음을 은폐하고 보호하는 것임을 깨달았다. 만약 모든 죄책감을 망각할 수 있다면 비교적 쉬이 새로운 삶을 살 수 있지 않을까 싶었다.

하지만 그러한 죄책감을 망각하는 자신을 정말로 받아들일 수 있을까?

이튿날 아침 일찍 아버지의 집으로 달려간 첸루이는 곧바로 예전에 쓰던 자신의 방으로 갔다. 옛날 영상과 사진 자료에서 어릴 때의 기록을 찾아 어머니와 관련된 모든 기억을 찾고 싶었다.

하드디스크 안 앨범을 뒤적였다. 오래된 사진은 설령 컴퓨터에 저장된 것이라 해도 빛이 바랜 양 낡아 보였다. 보면 볼수록 최근 몇 년 동안 어머니에게 미안한 점이 정말이지 너무 많다는 생각만 들었다. 첸루이는 몇 장의 사진을 보고는 한때 한 여자 때문에 어머니와 얼굴을 붉혔던 일이 떠올랐다. 어머니에게 상처 주는 말들을 얼마나 많이 퍼부었던지. 그런데 훗날 상황이 증명하듯이 그 여자는 자신이 생각했던 만큼 그리 완벽한 여자가 아니었다. 자신은 또 다른 남자의 구애 앞에서 마음이 흔들리고만 여자와 이내 헤어지면 그만이었지만, 어머니를 아프게 한 말들은 엎질러진 물이어서 주워 담을 수가 없었다. 또 다른 사진들을 보고는 회사 생활을 시작하고 맞게 된 첫 번째 생일을 떠올렸다. 작은 파티를 열어 직장 상사와 동료를 불렀고 어머니 역시 그 자리에 함께했다. 하지만 자기 일에 도움이 되지 않을까 하는 인맥을 쌓느라 자신은 저녁 내내 고객과 상사 옆에 앉아 떠들썩한 술자리를 벌였고, 어머니는 거의 내팽개치다시피 하며 안중에 두지 않았다. 그러다 어머니가 생각났을 때는 어머니는 이미 자리를 뜬 뒤였다. 또 다른 한 장의 사진을 보았다. 어머니는 당신의 생일을 맞아 식당을 예약한 뒤 첸루이와 아버지에게 함께 저녁을 먹자고 청했다. 하지만 자신은 프로젝트 하나를 막 마무리한 시점이라 눈코 뜰 새 없이 바빠 줄곧 내키지 않았다. 아버지는 그 당시 담배를 끊던 중으로, 성질도 까칠했고 늦기도 몹시 늦었다. 첸루이는 도착하자마자 훌쩍이는 어머니를 보았다. 우여곡절 끝에 어쨌든 아버지가 왔고 어머니는 억울하다는 듯 한동안 불평을 늘어놓았지만, 결국에는 그래도 눈물을 닦고 자신들 부자 두 사람과 함께 가족사진을 찍었다. 세 사람 다 억지로 웃고 있는 표정이다. 지금 보니 유독 눈에 거슬린다. 첸루이는 이 일들을 떠올리면서 또다시 마음이 쓰라렸다. 자신이 이 모든 것을 메우기도 전에 어머니가 세상을 떠났다고 생각하니 더할 수 없이 뼈저린 후회가 몰려왔다.

또다시 백두루미가 한 부탁에 대해 응해야 할 몇 가지 동력이 생겼다.

첸루이가 병원에 전화해서 어머니의 생전 병력을 살펴보겠다고 자료를 신청하자, 예약한 시간에 병원에 와서 살펴볼 수는 있지만 가지고 나갈 수는 없다는 답변이 돌아왔다. 병원의 환자 정보가 유출되지 않게 하기 위함이라고 했다. 자료 신청은 받아들여지지 않았고 그저 그것을 살펴볼 시간을 예약하는 수밖에 없었다.

방에서 나가다, 때마침 시장에 장 보러 갈 채비를 하던 가짜 어머니와 마주쳤다. 가짜 어머니가 살 물건은 많은 데 어떻게 들고 돌아와야 할지 고민하자 아버지가 도와 주라며 첸루이를 떠밀었다. 첸루이는 거절하기도 머쓱해서 가짜 어머니를 따라 집을 나섰다.

가짜 어머니와 첸루이는 한 사람은 앞에서, 한 사람은 뒤에서 사람 몸 하나가 비집고 들어갈 거리를 유지하면서 걸었다. 두 사람은 그 어떤 접촉도 없었고, 어머니는 걸을 때 고개조차 돌리지 않았다. 첸루이는 자신이 어떻게 해도 도저히 따라잡을 수 없는 그 무엇, 잃어버린 시간을 뒤쫓고 있는 듯한 느낌이 들었다.

모퉁이를 돌자 가짜 어머니가 느닷없이 고개를 돌려 첸루이에게 말했다.

"네가 예전에 학교 다닐 때 매일 걸었던 길이야."

첸루이는 돌연 어리둥절한 채 어머니의 말이 뭘 의미하는지 갈피를 잡지 못했다. 어머니의 말이 마치 자신의 지난 시절을 건드리기라도 한 것처럼 순식간에 눈앞의 길에 교복을 입은 자신이 어른거렸다. 자신이 자전거를 타고 미간을 잔뜩 찌푸린 채 비뚤비뚤 골목길을 지나간다. 자전거에는 도시락이 걸려 있다. 쌀쌀맞고 우울한 얼굴로 저 멀리 말총머리를 한 여자아이를 바라본다. 그때 그 시절은 지난 지 이미 너무 오래되었다.

이어 두 사람은 예전에 다녔던 중학교와 굉장히 가까운 길목에 다다랐다. 첸루이의 눈앞에 돌연 또 다른 장면이 펼쳐졌다. 그때 자신은 이미 열서너 살이나 먹었지만, 어머니는 여전히 언제나 자신에 대해 노심초사했다. 오후에 학교가 파한 뒤 놀다가 늦어지거나 조금이라도 늑장을 부리면 어머니는 언제나 이 길목에서 자신을 기다리곤 했다. 이따금 자신에게 먹일 음식이 손에 들려 있기도 했다. 그 당시 첸루이는 천 포대를 들고 빨간 스웨터를 입은 어머니가 너무나 촌스럽게 느껴져 친구들이 보고 비웃지 않을까 얼른 저 멀리 떨어지고 싶은 심정이었다.

첸루이는 물끄러미 그 자리에 섰다. 마치 20년 전의 그 쌀쌀맞기 이를 데 없는 자신의 얼굴을 본 것처럼, 포악하고 오만한 그 작은 얼굴을 본 것처럼, 자기 자신과 얼굴을 맞대고 한번 해보자는 심정으로 미동도 하지 않고 섰다. 한편 지금 이 순간의 첸루이는 자신도 모르게 그 당시의 어머니 입장이 되어 멀리서 바라본다. 앞으로 나아가려 해도 발걸음이 떨어지지 않고 돌아가려 해도 마음이 놓이지 않는다. 그저 그렇게 우두커니 서 있다가, 앞쪽에서 쏘아붙이는 짜증과 싫증의 눈빛에 찔려 그만 만신창이가 된다.

이런 것들을 생각하자 첸루이는 움직일 수가 없었다. 또다시 슬프고 아팠다. 왜 이 장면에 담긴 마음을 오늘이 되어서야 체감할 수 있었는지, 이 모든 게 늦어도 너무 늦었다.

그런데 바로 이 순간, 첸루이 옆에 있던 가짜 어머니가 갑자기 고개를 돌려 말했다.

"한때 난 언제나 여기로 널 마중 나와 학교가 파하는 널 기다렸어. 그런데 넌 날 꼴 보기 싫어했어. 내 모습을 네가 싫어한다는 걸 알았지. 네가 말한 적이 있거든. 하지만 그래도 난 널 데리러 왔지. 그 일들 너도 기억나니? 하지만 이젠 괜찮아. 진짜 아무렇지도 않아."

첸루이는 놀란 표정으로 가짜 어머니를 바라보았다. 가짜 어머니는 그때의 기억들을 태평하게 말하고 있었다. 그리고 "아무렇지도 않아"라는 마지막 한마디가 바늘로 풍선을 찌르는 것처럼 순식간에 첸루이의 마음속 어떤 것을 터트렸다. 순간 첸루이는 눈물이 왈칵 쏟아질 뻔했다. 눈앞의 이 사람은 대체 누구인가? 왜 이 사람과 이 사람의 기억 속 그 사람은 똑같은데, 왜 또 그 어떤 것도 같지 않게만 느껴지는가. 정말로 아무렇지도 않은 걸까? 그 시절 어머니에 대한 자신의 무례함은 정말로 용서받았을까?

가짜 어머니가 첸루이 곁으로 다가와 어깨를 따뜻하게 어루만졌다. 첸루이는 거부하지 않았다.

그날 저녁, 첸루이는 가짜 어머니와 함께 장을 보고 식사 준비를 한 뒤 간만에 한 가족 세 식구가 둘러앉아 평화롭게 저녁밥을 먹었다. 저녁 식사 후, 세 사람은 미국에서 유학하는 여동생에게 화상통화를 걸었다. 첸루이보다 여덟 살 어린 여동생은 미국에서 대학원을 다니는 데다 청춘의 찬란한 시절을 보내는지라 집안 사정에 대해서 별로 아는 바가 없다. 그쪽은 지금 아침인지라 막 일어난 여동생은 게슴츠레한 눈에 희색이 넘치는 얼굴로 가족들에게 우스꽝스러운 일들을 들려주었다. 부모님은 여동생에게 당부를 잊지 않았고 여동생은 가짜 어머니를 붙들고 개인적인 대화를 몇 마디 더 나누었다. 아마도 새로 사귀는 남자 친구에 관한 이야기일 것이다. 가짜 어머니는 별말 없이 그저 미소를 지으며 고개를 끄덕였다.

첸루이는 화장실에서 나오면서 마침 아이패드 속 여동생이 가짜 어머니에게 잘 자라고 인사하는 모습을 멀리서 힐끗 보았다. 그 순간 첸루이는 온 가족이 이렇게 오붓하게 지내는 것 역시 좋은 일 아닌가 하는 생각이 들었다.

첸루이는 눈을 감고 병원에서 임종을 앞두었던 어머니의 마지막 나날들을 한 번 더 떠올렸다. 그러자 가슴이 묵직하게 아려왔다.

호출

백두루미를 다시 만났을 때 그는 첸루이에게 고소를 앞당기라고 요구했다. 첸루이는 화들짝 놀랐다. 자신은 아직 진짜로 싸울 준비가 되어 있지 않았다.

"왜 앞당기라는 거야? 어머니의 병력 기록을 아직 손에 넣기도 전인데."

첸루이는 미심쩍어하며 자신이 내심 망설이는 것을 백두루미가 눈치채지 못하게 냉정해 보이려 애썼다.

"시간이 없어. 병원 측에서 우리가 뒷조사한 것을 알아차리고 잠시 일에서 손을 놓고 증거를 인멸하고 있어. 게다가 우리가 가진 증거를 빼앗으려고 사람을 보냈어. 그저게 우리 쪽 사람의 컴퓨터 두 대가 해킹당해서 그 안에 저장해두었던 정보가 통째로 날아가버렸어. 다행히 그렇게 중요한 건 아닌 데다 대부분 증거는 백업하고 있었지만."

두 사람은 길가의 한 맥도널드 앞에서 만나기로 했다. 처음에 첸루이는 백두루미가 또다시 이렇게 시끌벅적한 곳에서 비밀 모의를 하려나 보다 생각했지만 이번에는 아니었다. 백두루미는 첸루이를 데리고 복잡하게 이리저리 빙빙 돌아 부근의 한 오래된 주택단지로 빠졌다. 붉은 벽돌집 대문으로 들어선 뒤 어둠을 더듬어 4층으로 올라가서 어느 현관문을 열었다. 이런 낡은 건물은 지난 세기에 남겨진 것으로 현재 사는 사람이 거의 없었다. 이사 갈수 있는 사람은 전부 이사 간 뒤라 건물 전체가 덩그러니비어 있었다. 이런 데서 일을 이야기하면 CCTV 같은 건 없겠지, 하는 괜한 걱정은 하지 않아도 될 것 같았다. 도시를 통틀어 이렇게 원시성을 고스란히 간직한 곳은 몇 군데 남아 있지 않았다.

백두루미가 문을 열어젖히자 그제야 아파트 내부 장식이 제대로 갖춰진 것을 알아차렸다. 벽지에서 긴 탁자에 이르기까지 모두 최근 새로 손본 것들로, 쭉 관리하는 사람이 있었다는 걸 알 수 있었다. 안은 이미 몇 사람이 앉아 굉장히 열띠게 무엇인가를 토론하는 분위기였다. 담배 연기가 자욱하고 냄새가 매캐했다.

첸루이는 소파에 앉았다. 앞의 찻상에는 컵 몇 개가 놓여 있고 이불 위에는 맥주와 다 마셔서 바닥을 보이는 독한 술도 있었다. 깨끗한 컵을 찾아 물을 좀 마시고 싶어 손을 뻗었다가 그만 찻상 위에 놓인 신문에 시선을 빼앗기고 말았다. 신문의 커다란 헤드라인이 확연히 눈에 들어왔다.

「모 병원이 재물을 탐해 사람의 목숨을 해치고, 가짜를 진짜인 것처럼 둔갑시킨다? 항간에 떠도는 이런 비화는 사실인가?」

첸루이는 심장이 쿵쾅거렸다. 온 건가, 교전이 이렇게 시작된 건가?

졸이는 마음으로 신문을 집어 들고 꽉 쥐고는 읽어나갔다. 문장은 치밀하게 계산된 탐색이자 도발이라는 것을 알 수 있었다. 근거 없는 추측을 말하고, 몇 가지 있는 것 같기도 하고 없는 것 같기도 한 의혹을 던지며, 실속 있는 증거도 그다지 내놓지 않고 고발하겠다는 말도 언급하고 있지 않았다. 그래서 이 글을 보고 난 사람들이 자극적인 내용들을 쏟아내도 유언비어를 날조했다는 꼬투리는 잡히지 않을 그런 글이었다. 첸루이는 이건 뱀을 굴에서 나오게 하는 유인작전인가, 하고 추측했다. 행간에 담긴 의미로 볼 때, 더 많은 폭로는 적당한 때를 위해 남겨놓았고, 이는 폭풍 전야의 전투 전략이라는 것을 분명히 하고 있었다. 첸루이는 방 안의 사람들을 둘러보았다. 이미 한두 번 본 사람들이지만 여전히 잘 모르는 사람들이다. 명백히 자기 집의 사건인데 왜 이 사람들은 자신보다 더 흥분하는가?

"첸루이, 이 사건은 어쨌든 네 신분으로 고소하는 게 합당해."

백두루미가 자기 생각에 빠진 첸루이를 현실로 불러들였다.

"하지만…… 난 아직 어머니의 병력 기록을 손에 넣지 못했어."

첸루이는 제 발 저렸다.

"필요 없어. 우린 어제오늘 다시 병원 시스템을 뚫고 들어갔어. 지난번에 나더러 병원의 CCTV 기록을 찾아봐

달라고 했잖아? 당시 난 네 요구대로 11일 저녁에 녹화된 것을 복사했어. 그런데 그다음 날 생각해보니 그제야 그 당시의 모든 CCTV 기록을 죄다 복사해야겠다는 생각이 들더라고. 그런데 다음 날 해킹해서 시스템에 접속해보니 그때의 CCTV 녹화 영상이 전부 삭제돼 있었어. 정기적으로 정리하는 줄 알았는데 나중에 얼마 안 있어 병원 네트워크 방화벽 시스템이 업그레이드돼 있더라고. 어제 오늘에서야 다시 시스템에 들어가 또 다른 드라이브에서 그 며칠의 CCTV 녹화 영상 백업본을 찾아냈어. 이 영상들이 있으면 네가 말하는 증언이 진실임을 증명하고도 남아. 또한 병원을 일거에 무너뜨리기에도 충분하지."

"그럼 너희들…… 증거가 확실한 마당에…… 너희들이 직접 고소하면 되잖아? 날 앞세우지 말고."

옆에서 네모난 얼굴의 한 중년 남자가 입을 열었다. 첸루이가 상당히 잘나가는 변호사로 알고 있는 사람이었다.

"겁먹을 것 없어요. 우리가 출격하기로 한 이상 당신의 안전은 반드시 지켜줄 겁니다."

온화한 목소리였다.

"병원의 세력이 아무리 세다 한들 우리가 두 눈 멀쩡히 뜨고 있는데 감히 공격하거나 보복하지는 못할 겁니다."

첸루이는 고개를 저으며 자신의 복잡한 심사를 어떻게 설명해야 할지 답답했다.

"저야말로 공격과 보복을 걱정하는 게 아니에요……."

"그럼 뭘 걱정하는 거야?"

백두루미가 안달하며 물었다.

"제가 생각하는 건……."

첸루이는 말을 꺼내면서 다시 한번 더 고민했다.

"제가 생각하는 건, 이 병원이 정말로 나쁘다고 우리가 확정할 수 있을까, 하는 문제죠. 먼저 병원의 대표를 찾아가 개인적으로 대화해보는 건 어떨까요?"

"그러니까 법정 밖에서 화해하고 사적으로 배상을 요구하고 싶다는 겁니까?"

변호사가 물었다.

"충고하는데요. 안 그러는 게 제일 좋을 겁니다. 지금은 싸워야 할 가장 중요한 시기입니다. 가장 좋은 건 대충 느슨하게 맞서지 않는 겁니다. 당신이 지금 그를 찾아가면 그 어떤 좋은 결과도 얻지 못할 겁니다. 이렇게 크게 판을 벌인 그들이라면 절대로 당신의 한마디 협박에 쉬이 좌지우지되지 않을 겁니다. 오히려 때가 되었을 때 우리가 너무 일찍 비장의 카드를 내보인 탓에 저들에게 대비할 시간만 충분히 벌어준 꼴이 될 겁니다. 당신은 우리와 함께 기세를 충분히 끌어올린 다음 단번에 그들을 와해시켜야 합니다. 법원의 배상은 당신에게 충분할 것입니다."

"배상을 원하는 게 아닙니다."

첸루이는 지금 자신의 애매모호한 태도가 이들을 안달하게 한다는 사실을 알고는 생각의 갈피를 정리한 뒤 말했다.

　"제 생각은 이렇습니다. 그들이 한 일이, 정말 전적으로 잘못된 것일까요? 가짜 사람을 만들어서 환자의 집으로 돌려보냈다 쳐도, 그것이 정말로 악행일까요? 우리가 그들을 고소하는 게 극단으로 치닫는 면은 없지 않을까요?"

　"이게 어떻게 죄가 아니야?"

　백두루미가 버럭 성을 냈다.

　"진짜 사람과 가짜 사람은 두 사람이라고. 한 사람을 죽인 뒤 다른 가짜로 바꿔 집으로 돌려보내. 이건 첫째, 소비자를 기만하는 죄를 저지른 거야. 둘째, 죄질이 가장 나쁜 학살이자 생명에 대한 경시야. 가짜 사람이 멀쩡하게 집으로 돌아가고 병에 걸린 진짜 사람을 홀로 쓸쓸하게 죽어가게 내버려둬. 이게 살인죄가 아니라면 뭐야? 네가 지금에 와서 흔들린다고? 그건 안 돼."

　첸루이는 탄식했지만, 여전히 미심쩍어 다시 말을 꺼냈다.

　"난 단지 그게 정말로 두 사람일까, 하는 생각이 들어. 유전자와 기억은 똑같고 단순히 신체만 바뀌었을 뿐이야. 그러면 같은 사람으로 봐야 하지 않을까?"

　"이런 때에 그런 철학적인 문제는 접어둡시다."

다른 한쪽 끝에 앉은 한 베테랑 기자가 끼어들었다.

"많이 고민해봤자 별 도움이 안 됩니다. 가짜 사람은 사람이 아닙니다. 그들은 로봇입니다. 그들은 칩과 프로그램에 의해 제어되는 신체가 아닙니까? 그게 바로 로봇이지요."

"한 사람이냐 두 사람이냐 하는 그런 철학적인 문제를 생각하느니, 차라리 실제적인 걸 생각하는 게 낫지 않을까요."

변호사가 끼어들어 말을 보탰다.

"묘수 병원의 회장 일가 재산이 얼마나 되는지 아십니까? 말하면 놀라 자빠질 겁니다. 몇천 억 위안이라고요! 구멍가게를 시작으로 자수성가한 일개 사장이 어떻게 그게 가능했겠습니까? 그는 최초의 묘수 병원을 기반으로 순식간에 일어나서 지금은 의료 산업 전반을 통제하고 있습니다. 몇몇 언론을 휘하에 두고 막후의 진실을 철통같이 가립니다. 사람의 목숨을 초개같이 여기는 이런 사람을 우리가 참아주어야 한단 말입니까?"

"그러게 말이야!"

백두루미가 맞장구쳤다.

"지금은 중요한 시기야. 우리가 절대 흔들려서는 안 돼. 네 어머니를 다시 잘 생각해봐. 네가 지금 너 자신의 목소리를 내지 않고 이렇게 네 새엄마를 인정해버리면 돌아가신 네 어머니에게 낯이 서겠어? 구천에 가신 네 어머니가 이 사실을 알고는 구천에서 웃을 수 있겠어? 얼마나 많은 집이 너와 같은 이런 상황에 맞닥뜨리게 될지 다시 잘 생각해보라고. 그럼 넌 병원에 대해 물러터진 마음을 절대 가져서는 안 돼."

첸루이는 그 말을 듣고 또다시 마음이 무거워졌다. 고개를 끄덕이고는 더 이상 아무 말도 하지 않았다.

대화

재판이 열리기 하루 전날, 백두루미가 첸루이에게 전화를 걸어 법정에 출두하는 데 필요한 사항을 확인해주었다.

그때 첸루이는 자신의 아파트에 있었다. 마음이 편치 않아 전화기에서 들려오는 소리는 듣는 둥 마는 둥이었고, 눈꺼풀은 파르르 떨리고 심장은 펄떡펄떡 뛰었다. 전화를 끊고 휴대전화의 뉴스 알람을 보았다. 불쑥 도드라지는 묘수 병원의 이름, 일면 톱기사로 뭔가를 크게 터트릴 듯한 중량급 보도였다. 터치해서 읽어나갔다. 진짜 중량급이라 할 수 있는 폭로는 아직 하고 있지 않았지만, 명확하게 던진 화두에 첸루이 자신의 이름까지 거론하고 있었다. 자신은 처음으로 용기를 내서 목소리를 내는 피해자로서 선두에서 형사소송을 제기하는 모든 피해자의 대변인으로 돌변해 있었다. 첸루이는 목이 타들어갔다. 자신이 언제 이렇게 화제의 중심에 선 인물이 되었는지 난감할 따름이었다.

초조한 기분을 가라앉히려 베란다에 서서 바람을 쐬는데 전화 소리가 그 사이를 비집고 들어와 공기를 갈랐다. 마음이 덜컥 내려앉았다. 가짜 어머니한테서 걸려온 전화였다. 집에 있던 아버지가 갑자기 심장병이 발병해서 병원으로 가고 있다고 했다. 아버지가 묘수 병원을 언급하며 거기로 가달라고 했다고 한다. 첸루이는 심장이 튀어나올 것 같은 황망한 마음에 전화를 끊고 부랴부랴 병원으로 달려갔다.

무슨 일일까? 왜 갑자기 심장이 발작했을까? 병원은 왜 또 묘수 병원인가?

첸루이는 머릿속이 뒤죽박죽 엉켜 생각의 갈피를 잡을 수가 없었다.

병원에 도착하자, 가짜 어머니가 수술실 바깥 대기실에 앉아 있었다. 얼른 다가가 무슨 일이 있었냐고 물었다. 가짜 어머니는 아버지가 집에서 휴대전화로 무슨 뉴스를 보다가 갑자기 너무 흥분한 나머지 얼굴이 새파랗게 질리더니, 나중에는 화가 머리끝까지 치밀어 올라 무슨 말을 하기도 전에 심장병이 도졌고 이 병원으로 가자는 말만 겨우 힘겹게 꺼냈다고 했다.

첸루이는 순간 아버지가 무슨 뉴스를 보았는지 알 것만 같았다. 멍하니 대기실에 서서 침을 삼켰다. 목구멍이 타들어가는 것처럼 아팠지만, 마음은 그것보다 더 욱신거렸다. 이 일로 더더욱 망설여지는 첸루이는 자신이 아버지에게 잔인한 일을 하고 있지는 않는지 회의가 들었다.

첸루이는 간호사에게 들어가볼 수 있는지 줄기차게 물었지만, 그때마다 거절당했다. 다소 풀이 죽어 가짜 어머니와 대기실에 앉아 두 팔을 무릎에 세우고 손에 머리를 파묻었다. 어쩌다 고개를 들었을 때, 가짜 어머니의 표정이 너무나 천하태평인 것을 발견했다. 막 피어오르던 친근감이 또다시 바닥을 쳐서 배척의 심정으로 되돌아섰다. 어떻게 이렇게 천하태평일 수가 있지? 과연 가짜 부부구나, 진짜 정이라는 건 없구나, 하는 마음이 들었다. 첸루이는 머리가 깨질 듯이 아팠다.

"너무 걱정하지 마."

가짜 어머니가 자신을 바라보는 첸루이를 보며 입을 열었다.

첸루이가 물었다.

"조금 전 의사가 뭐라던가요?"

가짜 어머니가 씩 웃었다.

"의사 선생님은 이식수술을 해야 할 때가 거의 된 것

같다고 했어. 현재 장기 배양 기술이 꽤 발달해 있어서 심장을 교체하는 수술은 전혀 어려운 게 아니라고 하네."

"심장을 교체한다고요?"

첸루이는 그 말을 듣고 살짝 떠보고 싶은 마음이 들어 물었다.

"만약 몸의 모든 부분을 바꾼다면 그 사람은 그래도 원래의 그 사람일까요?"

가짜 어머니는 여전히 침착하게 말했다.

"그렇다 할지라도 그래. 듣자니, 인간 몸의 모든 세포의 모든 물질은 어느 정도의 시간 간격을 두고 전적으로 교체된다고 그러더라고. 지금 네 몸의 물질은 전부 더는 1년 전의 그것이 아니야. 하지만 자신의 몸이 아니라고 생각하는 사람은 없어. 인간의 대뇌와 기억은 여전히 일관성을 유지하지."

"그렇다면 대뇌는 언제나 불변할까요?"

첸루이가 빤히 가짜 어머니를 보았다.

가짜 어머니가 고개를 흔들었다.

"그것 역시 그렇지 않아. 대뇌 역시 날마다 변하고 있지. 비록 기억은 연속적이지만, 인간의 생각은 전부 변한 것이지. 대뇌 역시 변한다고 할 수 있어."

첸루이는 가짜 어머니의 말을 곱씹었다. 왜인지는 모르겠지만 가짜 어머니의 말 속에 뭔가 뼈가 있다고 느껴졌다. 그래서 다시 물었다.

"그렇다면 사람한테서는 대체 뭐가 안 변할까요?"

가짜 어머니가 말했다.

"만약 구체적인 원소나 사상이…… 그러면 아무것도 아니겠지. 하지만 이런 문제에 너무 천착할 필요는 없어. 천착해봤자 답이 없을 테니까. 변하는 건 부분이고 변하지 않는 건 총체야. 넌 언제나 여전히 너야."

"하지만, 내가 나인 줄 내가 어떻게 알 수 있죠?"

첸루이가 가짜 어머니를 물끄러미 바라보았다. 마치 그 얼굴에 구멍을 뚫고 들어가 그 대뇌에 무엇이 있는지 한번 보려는 심산인 것처럼.

"사실 중요한 건 네가 너라는 것을 네가 아는 게 아니야."

가짜 어머니는 첸루이의 에둘러 말하는 방식을 전혀 개의치 않는다는 듯 역시 첸루이에게 장단을 맞춰 덩달아 에둘러 말했다.

"네 주변 사람이 네가 너라는 것을 알면 돼."

"주변 사람이 네가 너라는 것을 알면 된다는 건 대체 뭡니까?"

첸루이가 몰아붙이며 물었다.

"그러니까 글자 그대로, 그 의미지."

어머니는 눈빛을 통해 첸루이에게 무엇인가를 알려주

고자 하는 듯했다.

"주변 사람들이 네가 너라는 것을 아는 것이지."

첸루이의 심장박동이 빨라졌다. 어머니가 왜 이렇게 말하는지, 자신의 표면적인 질문에 단순히 대답하는 것인지, 아니면 자신의 숨겨진 의미를 제대로 알고 이러는지 헷갈렸다. 가짜 어머니는 자기 신분을 아는 걸까?

첸루이는 자신이 그녀를 꿰뚫고 있지 못하다는 사실을 깨달았다. 가짜 어머니는 말하는 것을 비롯해 모든 면에서 진짜 어머니를 빼다 박았다. 반쯤 말하다 멈추는 모습도, 말하려다 입을 닫는 모습도 똑같다. 다만 진짜 어머니보다 훨씬 태연하다. 마치 자신의 신경과 감정을 건드릴수 있는 건 아무것도 없다는 듯이 말이다. 어쩌면 신인(新人)의 감정이 완전하게 발달하지 못해서 그런지도 모른다. 하지만 사유와 기억 또한 분명히 어머니의 그것이다. 첸루이는 마찬가지로 자신이 진짜 어머니도 잘 모른다는 사실을 깨달았다. 어머니가 최근 몇 년간 자신의 귀에 대고 지겹도록 했던 잔소리가 무엇인지 어떻게든 기억해내려 했지만 기억나지 않았다. 이 사실을 발견하고서야 곁의 사람들에 대한 이해가 자신이 생각하는 만큼 그렇게 깊지 않다는 사실을 알아차렸다. 이 사실 앞에 첸루이는 유난히 슬펐다. 그녀의 말은 무슨 뜻일까? 잘 지내보자는 자기 뜻을 받아들여줬으면 좋겠다는 말인가? 첸루이는 자신과 가짜 어머니 사이에 놓여 있는 창호지 한 장 두께의 장벽이 뚫리려는 것 같았다. 하지만 왠지 반발이 일기는커녕 외려 좋은 점이 없잖아 있는 것 같았다.

"주변 사람들이 받아들이기만 하면 될까요?"

첸루이는 어머니의 말을 가지고 질문을 이어나갔다.

바로 그때, 첸루이의 휴대전화가 울렸다. 낯선 번호였다. 그래서 일어나 한쪽으로 가서 받았다. 전화는 묘수 병원에서 걸려온 것으로, 자신이 예약해놓은 병력 기록을 조회하는 날짜가 되었으니 오후 5시에 시간에 맞춰 병력 기록 보관소에 도착하면 직원이 안내해줄 것이라고 통보해왔다. 통화 끄트머리에 달달한 여자의 목소리가 병원의 회장이 자신에게 면담을 요청했으니 병력 기록을 다 보고 난 뒤 회장 사무실에 가면 된다고 알려주었다.

첸루이는 목구멍에 잡초를 잔뜩 들쑤셔 넣은 것처럼 목이 막혀 말이 나오지 않았다. 회장 사무실? 자신들의 투쟁을 그 사람이 알았을까? 자신과 만나 무슨 말을 하려고? 또 자신은 그 사람과 무슨 말을 해야 하지? 생각할수록 은근슬쩍 마음이 죄어들었다.

다시 대기실로 돌아왔을 때 가짜 어머니는 첸루이와 계속 대화를 이어가고 싶어 하는 눈치였지만 정작 첸루이는 머릿속이 복잡해서 그 어떤 말도 들어오지 않았다. 두 사람은 긴 의자에 앉아 아버지가 들어간 수술실 문만

말없이 멀뚱히 바라보았다. 긴장되고 경직된 분위기가
이어졌다.

첸루이는 뭔가 막연한 일들이 현실이 되어 터져 나올
것만 같았다.

전쟁 준비

그날 오후 첸루이는 묘수 병원 앞으로 와서 세몰이 행
동에 참여하라는 백두루미의 소식을 접했다. 백두루미는
첸루이가 이미 병원에 있는 줄 모르고 있었다.

첸루이는 대기실 창문 앞에 서서 하나둘 병원 입구의
공터로 모여드는 사람들을 보았다. 어디서 오는지는 모
르겠지만, 한 무리 또 한 무리가 사방팔방에서 몰려들었
다. 항의 문구가 적힌 현수막을 든 사람들은 딱 봐도 돈을
받고 움직이는 이들로, 그들에게 분노의 감정은 좀체 찾
아볼 수 없었다. 현수막에 적힌 고발은 가지각색이었다.
천정부지로 치솟은 병원 진료비에 대한 고발도, 환자의
병세를 숨기는 병원에 대한 질타도 있고, 어쩌다 딱 한 현
수막에는 허위 치료로 세상을 기만한다고 쓰여 있었다.
첸루이는 저 시위는 병원이 이미 민중의 분노를 사고 있
다는 인상을 주기 위해 팀이 조직한 것임을 알았다. 하지
만 팀은 확실히 가장 중요한 비밀은 공개하지 않고 있었

고, 시위하는 사람도 병원 쪽으로 가까이 다가오기보다는 병원 밖 몇 미터 떨어진 곳에 모여서 지나가는 사람들을 향해 외칠 뿐이었다. 그들의 목표는 확실히 병원을 압박하는 것이라기보다는 언론매체를 향한 것이었다.

백두루미가 또다시 첸루이에게 전화했다.

"어디에 있어? 빨리 와!"

첸루이는 병원 밖에 서서 전화하는 백두루미의 모습을 안에서 지켜보았지만, 자신이 병원에 있다는 말은 하지 않았다.

"너희들은 뭐 하고 있는데?"

첸루이가 백두루미에게 되물었다.

"우린 지금 병원하고 내일 열리는 법정을 압박하려고 시위하고 있어. 법원에서는 판결할 때 반드시 어느 쪽이 좀 더 건드리기 쉽지 않은지 양방의 세를 저울질한다고. 우리한테는 민중이라는 버팀목이 있어서 건드리기 쉽지 않은 상대임을 법원에 보여주어야 해."

"그럼 너희들이 그렇게 하면 되지, 뭣 하러 날 오라는 거야?"

"무슨 엉뚱한 소리야! 네가 주체인데 안 오면 안 되지. 넌 이 사람들한테 모범을 보여야 해."

"그래, 말 나온 김에 물어보자. 그 사람들 어디서 데려왔어?"

첸루이가 물었다.

"그게 어려워? 이 병원에 불만을 가진 사람이 적다고 생각해? 인터넷에서 그냥 대충만 찾아도 발 벗고 나서는 사람이 한둘이 아니라고."

"그들이 뭘 알긴 알아?"

"알기도 하고 모르기도 하지."

백두루미가 역시 에둘러 말했다.

"이 사람들이 아는 건 부자가 가난한 사람보다 오래 산다는 거야. 이 병원이 약을 처방하면 바로 낫는다는 것도, 탁월한 의술로 사경을 헤매는 환자를 살려낸다는 것도 알지. 돈 있는 사람은 들어와서 죽을병도 치료받고 멀쩡하게 살아 돌아가서 백 살까지 장수하다가 병이 나면 다시 찾아오지만, 돈 없는 사람은 들어가는 것조차 할 수 없어서 죽을병이 아닌 병조차 죽을병이 되고 만다는 사실을 알지. 하늘 아래 목숨을 살리는 병원이 바로 이 한 곳인데 그런데 하필이면, 터무니없이 비싼 진료비로 인해 돈 있는 사람의 병만 고쳐준다면 원한을 사지 않고 배기겠어? 병 진료마저 빈부격차가 나는데, 내가 흔들지 않아도 원한이 맺혀 이가 갈리는 사람이 어디 한둘이겠느냐고. 하지만 이 사람들은 사람이 바꿔치기되는 사실은 당연히 아직 모르고 있어."

백두루미는 이리저리 에두르면서 훈훈하게 마무리 지

었다. 첸루이는 그 말을 듣고 나서 백두루미가 비록 사람을 사서 여론몰이를 하고 있긴 하지만, 아무런 이유 없이 막무가내로 그러고 있는 건 아니구나 하고 이해하게 되었다. 만약 목숨에 가격이 매겨진다면 많은 사람은 더더욱 출구가 없어질 것이다. 그런 의미에서 바꿔치기당하는 것마저 일종의 특권인 셈이다. 여기까지 생각하자 첸루이는 행운이라고 생각해야 할지, 아니면 불행을 한탄해야 할지 알쏭달쏭했다.

"너 대체 어디야?"

백두루미가 또다시 초조하게 물었다.

"나야말로 묘수 병원에 있어."

첸루이가 이번에는 사실대로 말했다.

"아버지가 입원했어."

첸루이는 두세 마디 말로, 아침에 아버지가 어찌어찌해서 뉴스를 보게 되었다가 화가 머리끝까지 난 탓에 심장병이 도져서 이 병원을 지명해서 오게 되었다고 설명했다. 첸루이는 아버지가 연로해서 충격을 견디지 못한다, 지금 어렵사리 어머니가 돌아왔는데 그게 가짜라는 것을 알게 되면 바로 황천길로 가실지도 모른다, 그러니 차라리 아버지에게 사실을 알리지 않고 가짜 어머니와 말년을 편안하게 보낼 수 있게 해주는 게 나을지도 모른다, 라고 얼버무리면서 망설이는 자신을 드러냈다.

"멍청아, 너 돌았어!"

백두루미가 전화에 대고 버럭 화를 냈다.

"알릴지 말지는 네 아버지가 퇴원한 뒤 다시 얘기하고. 지금 상황이 긴박해. 당장 손을 써서 병원을 뒤엎지 않으면 며칠 뒤 퇴원하는 네 아버지가 가짜로 둔갑할지도 모를 일이라고."

이 말에 찬물을 끼얹은 듯 순식간에 모골이 송연해진 첸루이는 마지막 남은 어둠의 나날을 걸어가던 어머니를 자신이 어떻게 지켜보았는지, 마지막에 어머니의 시신이 버려지던 순간을 자신이 어떻게 두 눈 멀쩡히 뜨고 보았는지 떠올렸다. 더는 그런 일을 반복하고 싶지 않았다. 이런 생각을 하자 첸루이는 냉정해졌다. 지난번 모임 때 헤어지던 순간에 백두루미가 던진 말이 떠올랐다.

'네 어머니의 임종을 생각해보라고. 네가 이 신인을 받아들이면 네 어머니의 심정이 어떨 것 같아? 생각해본 적 있어?'

"좋아. 갈게."

첸루이가 백두루미에게 말했다.

첸루이는 주먹을 쥐고 유리창을 세게 누르면서, 유리의 단단함과 서늘함이 자신에게 용기를 주었으면 했다. 창밖에 모여드는 사람이 갈수록 많아졌다. 첸루이는 병원 시스템을 향해 선전포고하는 대열에 합류하기 위해 용기를 내어 입구 쪽으로 걸어갔다. 대기실 밖의 가짜 어머니를 감히 쳐다보지는 못했다. 어머니의 얼굴을 본 순간 또다시 마음이 흔들릴까 두려워서.

만남

오후 시위가 끝나자 첸루이는 다소 기진맥진했다. 임시로 그러모은 사람들이 쏟아내는 분기탱천에 섞여 있다 보니 자신 역시 분노에 물들었지만, 항의 시위가 끝났을 때 그런 분노는 해방을 얻기는커녕 쏟아낼수록 늘어나기만 했다. 그제야 첸루이는 이런 항의 시위로는 분노에서 절대 해방될 수 없음을 깨달았다. 첸루이에게는 출구가 됐든 폭발이 됐든 혹은 보상이 됐든 어떤 분출이 필요했다.

오후 5시가 되자 첸루이는 약속대로 병원 3층에 있는 병력 기록 보관소를 찾았다. 복도 중간에 있는 유리문이 첸루이의 얼굴을 인식했다. 검증에 성공하자 유리문은 첸루이를 들여보내주고는 뒤쪽에서 천천히 닫혔다.

고개를 돌려 단단히 닫힌 유리문을 보았지만, 걸음을 멈추지 않고 덩그러니 혼자 복도 끝에 있는 문이 열린 작은 방으로 걸어갔다. 금속 빛깔을 한 벽에는 아무런 장식이 없었다. 작은 방 안의 하얀 불빛이 점점 어두워지는 하늘빛 가운데 유일하게 빛을 뿜어내는 출처였다. 구역 전체가 사람 하나 없이 텅 빈 채였다.

작은 방에는 휑뎅그렁한 탁자 하나와 탄소강 팔걸이의
자 하나, 회색의 자그마한 가죽 소파 하나가 놓여 있었다.
보고서는 아무도 없는 방 안의 탁자 위에 반듯하게 놓여
있었다.

첸루이는 걸어가 딱딱한 팔걸이의자에 앉고는 보고서
를 넘겼다. 왠지 모르게 심장이 벌렁거려 손으로 몇 번이
나 넘기려고 해도 한 장을 넘기지 못했다. 양손을 비빈 뒤
탁자 위에 손등을 뉘어놓고 식혔다. 숨을 길게 들이쉰 뒤
내뱉었다. 첸루이는 자신이 이곳에서 뭔가를 발견할 것
만 같은 예감이 들었다.

보고서의 앞쪽 두 장에는 가장 일반적인 개인정보가
있었고, 중간 세 장은 병 진단으로 암 종류, 진행과 진료
과정, 기초적인 병리 보고 등이 기록되어 있었다. 여전히
일반적인 정보다. 자세히 들여다보았지만 특별히 이상한
부분은 발견하지 못했다. 다만 마지막 진단 결과에 '악성'
이라는 두 글자가 유난히 눈에 거슬렸다. '악성'이라고 확
정진단했다고? 어쨌든 가장 심각한 단계였다는 건 어머
니가 원래 가망이 없었다는 걸 의미하는 건 아닐까?

첸루이는 계속해서 종이를 넘겼다. 뒤쪽의 몇 장은 병
리 보고서로, 봐도 이해할 수 없었다. 다만 산발적인 수치
를 비교해볼 때 어머니의 암 전이는 매우 빨랐다. 6월 말

에 위쪽만 덮었던 암이 7월 초에는 온몸 전체로 퍼져나가 있었다. 엑스레이 사진 속 얼룩덜룩 뒤덮여 있는 검은색을 보고 있자니 간담이 서늘했다. 그 뒤에는 수많은 차트가 있었다. 일일 바이털 사인 모니터링 데이터를 통해 몇몇 바이털 사인이 계속해서 떨어지고 있고 심장 기능이 쇠약해지고 있다는 사실을 알 수 있었다. 이 모든 모니터링 데이터는 이렇게 여실히 사실의 진상을 선명하게 돋을새김하고 있었다. 모든 수치가 첸루이의 눈앞에서 요동쳤다.

첸루이는 섬뜩했다. 이들 수치와 보고서가 갈수록 위독해지는 어머니의 병세를 적나라하게 보여주고 있는데도 저들은 왜 이렇게 거리낌 없이 자신에게 이 자료를 보여주고 있는 걸까? 대체 무슨 의미일까? 단서라는 것을 알아차리고 법정 증언용으로 내놓을지도 모르는데 설마 겁낼 게 없다고? 아니면 자신이 온 의도를 훤히 꿰고 있으면서도 뭔가 이유가 있거나 어딘가 믿는 구석이 있어 걱정 따윈 하지 않는 걸까?

첸루이는 의심스러운 데가 한둘이 아니었지만, 어쨌든 계속해서 종이를 넘겼다. 거의 보고서 *끄트*머리에 다다라 마지막 장을 펼쳤을 때 제일 먼저 눈에 들어온 건 어머니의 서명이었다. 직감적으로 몸이 부들부들 떨렸다. 내용은 눈에 들어오지도 않고 어머니의 글씨체와 어머니가 직접 쓴 날짜만 넋을 놓고 노려보았다. 의심할 여지 없이 어머니의 글씨체였다. 6월 23일, 이날은 어머니의 암이 악성종양임을 확진하고 난 다음 날이다. 이는 또한 뭘 의미할까? 머릿속에 온갖 생각이 어지럽게 뒤엉키고 나서야 정신이 들어 마지막 장의 내용을 살폈다.

그것은 자진해서 권한을 넘기겠다는 계약서였다. 정신을 집중해 한참을 읽고 나서야 대략적인 의미를 파악했다. 어머니는 자진해서 묘수 병원이 자신의 대뇌를 전면 스캔하도록 허락하는 합의서에 서명하고 스캔 결과를 인공 신체에 이식하는 권한을 병원에 위임하고 있었다. 그러니까 어머니는 앞으로 일어날 일을 죄다 알고 자신이 직접 허락해준 것이다.

어머니가 이 모든 것을 알고 있었다고?

어머니가 스캔과 재창조에 관한 권한을 위임했다고? 이게 말이 돼?

어머니가 설마 자기를 포기했다고? 자신을 구할 생각은 하지 않고 자기 집을 인공 인간에게 양보하는 데 동의했다고? 어머니는 왜 이렇게 했을까? 설마 나와 아버지를 위로하기 위해서?

첸루이는 심장이 옥죄여서 숨을 쉴 수가 없었다. 모든 게 너무나 분명해지는 것 같기도, 또 이해되는 게 하나도 없는 것 같기도 했다. 자기 앞의 보고서를 꽉 움켜쥔 뒤

구겼다. 어떻게 해야 할지 난감했다.

바로 이때 작은 방의 문이 자동으로 열렸다. 놀라 문 쪽을 쳐다보았지만 아무도 없었다. 이내 머리 위쪽에서 여자의 목소리가 흘러나왔다.

"첸 선생님, 지금 병원의 루(陸) 회장님과 만날 시간이 되었습니다. 화살표가 가리키는 쪽을 따라가십시오."

바닥에 녹색 화살표가 나타난 것을 보고는 그것을 따라 방을 나가자 가는 길 내내 화살표가 있었다. 쭈뼛거리며 녹색 화살표를 따라가면서 벽 모퉁이를 돌아 눈에 잘 띄지 않는 곳에 있는 엘리베이터 앞에 도착했다.

엘리베이터가 멈췄다. 8층으로 병원의 꼭대기 층이었다. 회장 사무실 하나밖에 없었다.

첸루이는 멍하니 걸어 들어갔다. 이상하리만큼 널찍한 직사각형의 사무실은 대략 50평 남짓으로 삼면이 유리였다. 거대한 회전식 유리 외벽을 통해 병원 저 너머의 도시 풍경이 한눈에 들어왔다. 큰 등이 켜져 있지 않아 사무실은 전체적으로 어두웠다. 벽 가장자리의 조명, 소파 옆에 세워둔 플로어스탠드, 사무용 책상 위의 탁상용 스탠드만 켜져 있어 바깥 도시의 화려한 불빛이 더없이 환하게 번득이고 있었다. 첸루이는 사무실 문 앞에 서서 서성이며 안으로 들어가지 않았다.

방에는 한 사람밖에 없었다. 그는 소파에 앉아 플로어 스탠드의 불빛을 받으며 찻상에 대고 세련된 다기로 차를 우리고 있었다. 루 회장인 듯했다. 주전자를 살짝 들어 김이 모락모락 나는 물을 조심스럽게 찻주전자에 부어 가만히 데운 뒤 찻주전자의 물을 다시 차총(차를 마실 때 차반에 두고 물이나 남은 차를 부어주면서 반려동물 기르듯이 아끼는 물건)에 뿌렸다. 그런 다음 찻주전자를 받침대 위에 올려놓고는 끓인 물을 다시 부어 두 번째로 우려냈다. 약 10초간 우려낸 뒤 짙푸른 작은 자기 잔에 차를 부었다.

그러고 나서야 고개를 들어 문 앞에 선 첸루이를 보고는 자기 가까이에 있는 일인용 소파를 가리키며 와서 앉으라는 뜻으로 손짓했다. 방금 우려낸 차가 담긴 짙푸른 찻잔을 첸루이 앞으로 내밀었다. 첸루이는 앉아서 찻잔을 보고만 있을 뿐 마시지는 않았다. 속으로 경계심을 늦추지 않았다.

루 회장은 작은 키에 마른 남자였다. 스포츠형의 짧은 머리에 평범한 셔츠를 입고, 소매를 팔뚝까지 걷어붙인 채였다. 외모만 놓고 보면 워낙 특별나달 게 없어 사람들 속에 섞여 있으면 아무도 관심 두지 않을 그런 사람으로, 그 누구도 그가 그렇게 위세 대단한 의료 제국의 수장이라는 사실을 추측하지 못할 것 같았다.

첸루이가 그를 기다렸지만 그는 한참이 지나서야 입을

열었다.

"당신들이 무슨 일을 벌이는지 알아요."

"그래요?" 첸루이가 물었다. "그럼 우리가 뭘 조사하고 있는지도 알겠네요? 그렇죠?"

"알아요."

루 회장이 태연히 말했다.

"그렇다면 우리가 조사한 내용이 사실입니까?"

첸루이는 이미 답을 확정할 수 있었지만, 다만 그가 직접 자기 입으로 말하는 것을 듣고 싶었다.

"당신들 병원은 환자가 완치됐다면서 가짜 사람을 환자의 집에 보내 그 역할을 하게 합니까?"

회장은 부인도, 그렇다고 직접적으로 대답하지도 않고 오히려 되물었다.

"내일 법정에 출두할 작정이십니까?"

"물론입니다."

첸루이가 고개를 끄덕였다. 회장의 태도로 볼 때 이미 상당히 알고 있는 듯해서 외려 되물었다.

"내일 법정 심문과 관련해 당신이 뭐 더 설명해야 할 게 있습니까?"

"이론적으로 당신은 고소인이고 나는 피고인입니다. 지금 그 어떤 해명의 말도 당신에게 할 필요도 없고 당신에게 하는 것도 적절치 않습니다. 다만 내 개인적인 이야기는 해줄 수 있습니다."

고개를 끄덕인 첸루이는 의아하게 생각하지 않았다. 회장이 단순히 차나 마시자고 자신과 약속을 잡지는 않았으리라. 분명히 자신에게 뭔가 할 말이 있을 것이다. 진실을 인정한 마당에, 백이면 백 마음을 움직일 말을 꺼내 법정 밖에서 화해하자고 할 게 뻔하다. 첸루이는 별말 없이 회장이 이야기하기를 기다렸다.

회장이 우려낸 차를 한 잔 더 건넸다. 세 번째 우려낸 것으로 빛깔은 더 짙어졌고 맛 역시 가장 미묘한 경지에 이르러 있었다. 첸루이는 회장이 하고자 하는 이야기에 기대하는 마음이 그다지 있지 않아, 설득하려 들 것이라 예상하면서 앞서서 절반의 기대를 접고 귀를 세웠다.

"젊었을 때, 난 의욕이 넘치는 투자 매니저였습니다."

회장이 입을 뗐다.

회장은 자기 이야기를 했다. 한때 회사를 키우려 밤낮없이 필사적으로 일에 매달렸고 프로젝트를 수행하러 자주 출장을 다녔다. 더 많은 프로젝트를 따내고 싶었고 당시 사장에게 좋은 인상을 남기고 싶었다. 훗날 확실히 자신이 원하던 대로 동업자의 자리에 올랐다. 하지만 그의 딸이 그때 중병을 얻었다. 어쩔 수 없이 회사 관리에만 신경을 쓸 수가 없었다. 딸도 돌보아야 했다. 그 와중에 IPO(기업이 외부 투자자에게 주식과 경영 내역을 처음 공개하는 것으로, 기업의 주식을 증권시장에 공식적으로 등록하는 것을 말한다)를 위한 프로젝트를 맡아 긴장이 연속인 나날을 보냈다. 그런데 프로젝트 해당 회사의 새 영업실적이 기대에 미치지 못했다. 그것이 프로젝트 성사에 영향을 미칠 것 같아, 사흘을 연거푸 해당 회사에 머물며 회사의 재무보고서를 작성하는 일을 도왔다. 중간에 딸에게 전화를 걸었더니 딸의 목소리가 유난히 지쳐 있었다. IPO가 확정된 후, 녹초가 된 몸을 이끌고 집으로 돌아왔을 때 집은 텅 비어 있었다. 그 순간 화들짝 놀라 깬 사람처럼 그의 온몸에 식은땀이 축축하게 뱄다. 알고 보니 그 며칠간 딸의 상태가 갑작스럽게 나빠지고 면역체계가 붕괴되어 전날 밤에 급히 구급차에 실려 병원의 중환자실로 옮겨진 상황이었다. 부랴부랴 병원으로 달려가자 혼수상태인 딸은 그가 온 것을 알고 몹시 기뻐하는 것처럼 하염없이 눈물을 떨구었다. 그러고는 곧바로 위독한 상태에 빠졌다. 딸의 곁에 머무는 마지막 한 주 동안 그는 전전긍긍 조바심을 내며 모든 것을 하려 했다. 마치 열심히 그런 일들을 하면 현실을 메울 수 있어 자신이 조금이라도 위로를 받을 수 있는 것처럼. 하지만 그 모든 노력은 소용이 없어 딸이 자기 앞에서 꺼져가는 모습을 두 눈으로 똑똑히 보아야 했다.

훗날 그때의 그 시간이 죽고 싶을 정도로 슬프고 두고

두고 후회가 돼서 회사를 그만두고 주식을 남에게 양도한 뒤 자신을 유폐했다. 딸의 곁에 머물렀던 마지막 한 주를 떠올리고 또 떠올렸다. 눈앞에서 딸의 생명이 자신의 손에서 빠져나가는 것을 지켜봤던 그 시간을 떠올리며, 왜 딸이 발병하기 전 가장 중요한 시기에 곁에 있어주지 못했는지 자신이 원망스럽기만 했다. 뼛속 깊이 똬리를 튼 그 죄책감으로 인해 무시무시한 꿈은 일상다반사로 찾아왔고, 생활은 영위하기 어려운 지경에 이르렀다.

"지금이라도, 내게 다시 한번의 기회가 주어질 수 있다면 난 그 어떤 대가를 치르든 기꺼워할 겁니다."

여기까지 말한 뒤 회장은 말을 그치고 형형한 눈빛으로 첸루이를 바라보았다.

"그래서, 훗날 난 생명을 만회할 일을 하고 싶었습니다. 죄책감에 대한 속죄의 의미로요. 이런 마음을 당신은 이해하시겠습니까?"

첸루이는 탐조등처럼 자신의 몸에 쏟아지는 시선이 느껴져 다소 불편했다. 솔직히 말하자면, 회장이 마지막에 언급한 그 마음이라면 첸루이로서는 상당히 친숙한 것이었다. 자신이 일전에 겪었던 과정과 얼마나 판박이인가. 어느 순간 코가 시큰거렸지만, 그렇다고 이런 자리에서 약해빠진 모습을 보이고 싶지는 않았다. 하물며 자기 앞에 앉은 사람은 내일 법정에서 고소해야 할 사람이 아닌

가. 그래서 회장의 시선을 피한 채 묻기만 했다.

"그래서 그 이후에 가짜 사람을 만들어 환자의 생명을 이어갔습니까?"

"가짜라고는 말할 수 없고 그저 신인이라 할 수 있습니다."

"무슨 말입니까?" 첸루이는 더 많은 것을 알고 싶었다. "신인과 원래 사람은 무슨 관계입니까?"

회장이 해명했다.

"신인은 생생하게 살아 있는 사람이며 환자 자신의 연장입니다. 신인은 유전자를 복제해서 만든 인체로 인간과 별다른 차이가 없습니다. 신인의 대뇌는 칩의 주도하에 발전해서 하나의 반(半)지능 인간을 형성합니다. 그런데 소재가 주로 탄소 나노인 칩은 대뇌의 유기물 소재와 함께 자라다가 뇌 신경망이 완성되면 대부분이 녹기에 신인의 대뇌는 독립적으로 작동하면서 진짜 인간으로 거듭납니다. 칩이 뇌에 부분적으로 남아 있긴 하지만, 새로운 대뇌가 주로 작동합니다. 난 신인은 환자 자신이고 삶을 새로 사는 환자라고 생각합니다."

첸루이가 물었다.

"당신 말은…… 신인은 로봇이 아니다?"

"당연히 아닙니다. 신인의 몸은 인체와 똑같습니다. 대뇌 또한 인간의 대뇌로 희로애락을 느끼는 인간과 다르지 않습니다. 모든 면에서 보통의 인간이라 할 수 있고, 그저 대뇌의 연결 방식에서 인공지능의 지도를 받았을 뿐입니다."

첸루이는 그 가운데 차이를 한참 동안 헤아려보았지만 마지막에는 한탄을 내뱉었다.

"하지만 어떻게 말하든 그래도 두 사람이잖습니까! 당신 딸은 사경을 헤매는데, 또 한편으로는 똑같은 사람이 멀쩡하게 활보하는 것을 당신은 받아들일 수 있습니까? 난 못 받아들입니다."

"하지만 환자 자신은 받아들입니다. 조금 전 당신 어머니의 권한 위임장을 보지 않았습니까."

첸루이는 또다시 가슴이 욱신거렸다. 서명하는 어머니를 상상했다. 대체 어떤 절망이었기에 그런 권한 위임에 서명했을까?

"내 어머니가…… 정말로 동의했습니까?"

첸루이가 물었다.

"물론입니다. 여기에서 가장 중요한 절차는 전체 뇌의 스캔인데, 환자의 동의가 있지 않다면 그 어떤 복제도 할 수 없습니다. 스캔에 동의해야 하는 건 물론이고 기억의 많은 것들에서 환자가 협조해야 합니다. 그래서 우리가 하는 모든 작업은 환자가 권한을 위임한다는 전제하에 진행됩니다. 우리도 처음에는 환자들에게 권한을 위임받을 수 있을까 확신이 서지 않았지만, 최근 몇 년 동안 시도해보니 자기 생명이 얼마 남지 않았다는 사실을 확인한 환자들은 하나같이 동의서에 서명하더군요."

"……왜죠?"

"제가 당신께 묻고 싶습니다. 생각해봐요. 당신의 어머니가 왜 이 동의서에 서명했을까요?"

회장이 오히려 되물었다.

첸루이는 죽음을 앞둔 날들 속의 어머니를 떠올렸다. 자신의 생명이 다 되어간다는 사실을 알고 스스로 가족 안에 차지했던 자신의 자리를 신인에게 내주길 원한다면, 그것은 틀림없이 출렁이는 연연함일 것이다. 자신과 아버지를 향한 버리지 못한 애착이자 자신과 아버지에 대한 위로일 것이다. 여기까지 생각하자 첸루이는 슬퍼서 콧날이 시큰거려 혼났다.

"그래서."

회장이 첸루이 쪽으로 몸을 기울였다.

"내가 오늘 당신을 부른 건 고소를 취하할 수 있는지 물어보고 싶어서입니다. 당신은 소송당사자로서 당신이 고소를 취하하면 이 사건은 일단락됩니다."

첸루이가 눈살을 찌푸렸다.

"그래서 이것 때문에 조금 전, 가슴 아픈 개인 경험을 카드로 꺼내 든 겁니까?"

회장이 말없이 한숨을 쉬며 창밖으로 손을 흔들었다.

"이 도시를 보십시오. 3000만 명입니다. 그 가운데 몇 사람이 이 같은 교체를 받아봤다고 생각합니까? 20년 동안, 이 도시에서만 12만 8600명입니다. 다른 도시까지 통틀면 수백만 명입니다. 그 많은 사람이 생사의 갈림길에서 죽었다가 다시 살아났습니다. 한때 진짜 사람이었든, 가짜 사람이었든, 얼마 지나지 않으면 진짜 사람이 됩니다. 그들에게는 새로운 삶이 주어졌고 그들은 지금 아주 멀쩡하게 살아가고 있습니다. 새 구성원을 받아들인 가정이 이미 수천수만에 달합니다. 다시 찾아온 기회를 받아들였다고 말할 수 있겠지요. 그래서 당신은 알고 있습니까? 당신들이 지금 이 모든 것을 폭로한다면 파괴하는 건 나의 기업이 아니라 이 모든 가정이 믿는 행복이란 걸 말입니다."

첸루이는 멍하니 있었다.

"그리고 무엇보다 중요한 것은요."

회장이 첸루이를 빤히 보면서 차가운 목소리로 날카롭게 말했다.

"이미 신인류가 된 이들이 당신들에 의해 파괴된다면 날 살인죄로 고소한 당신들이야말로 살인을 하는 것이 아닙니까?"

회장의 질문이 첸루이의 가슴에 와서 쿡 박혔다. 첸루

이는 한참 동안 말이 없다가 어쨌든 가까스로 반박에 나섰다.

"그러나 당신들은 가짜를 진짜인 것처럼 속이면서 불치병을 고친다고 사칭해왔습니다. 이건 최소한 사기죄에 해당합니다."

"많은 경우에."

회장이 유유히 한숨을 쉬고는 또다시 조금 전 자신의 이야기를 할 때의 느긋한 모습으로 돌아갔다.

"우리가 했던 많은 일은 환자의 필요라기보다는 가족의 필요에 의해서였습니다. 환자에게 끊임없이 이것저것 먹을 것을 사 나르는 가족들을 봤습니까? 그들의 마음은 어떻게 해도 메울 수 없습니다. 이런 필요가 있기 때문에 우리가 있습니다. 그들이 원하는 건 위로이지 진실이 아닙니다. 아시겠습니까?"

"난……."

첸루이는 할 말을 잃었다.

회장에게 설득당하기 일보 직전인 데다 속으로는 이미 새어머니를 받아들였다. 어머니의 영혼이 이어지는 것, 그것이 바로 어머니가 바라던 바임을 믿으니까. 하지만 그래도 여전히 살짝 망설여졌다. 냅다 그의 해명을 받아들이고 싶지는 않았다. 분명히 이길 수 있는 소송인데, 상대방의 두세 마디 말에 고소를 취하하겠다고 하는 건 아무래도 난처한 일이니까.

머뭇거리고 있는 사이에 회장이 일어나서 벽 쪽에서 뭔가를 만지작거렸다. 그러자 그곳 한 면에 기록 보관소가 나타났다. 회장이 돌아서서 첸루이에게 물었다.

"당신이 우리 병원을 이렇게 많이 들락날락했잖습니까. 우리에게도 물샐틈없는 전자감시시스템이 구축되어 있는데 왜 한 번도 당신을 발견한 사람이 없었는지, 혹은 가로막는 사람이 없었는지 생각해본 적 있습니까?"

첸루이는 어안이 벙벙했다. 그러게 말이다. 본인도 생각해보지 않은 건 아니다. 백두루미에게 CCTV를 조사해달라고 했을 때 의문을 가진 바 있다. CCTV에 떡하니 어머니와 함께 있는 자신이 찍혔는데 왜 아무도 막아서지 않고 자유롭게 드나들게 내버려둘까? 하고 말이다. 당시 첸루이는 병원이 촬영하는 CCTV 영상은 날마다 엄청난 양으로 쏟아지기에 그것을 자세히 보는 사람이 없을 거라고만 생각했다. 하지만 지금 생각해보면 다분히 억지스러운 생각이다.

"왜…… 왜입니까?"

"우리 병원은 실시간 스캔 감시시스템이 항상 돌아가고 있습니다. 화면 녹화는 물론이고 무엇보다 중요한 건 전자 칩 스캔이죠. 모든 직원과 환자에게는 옷에 전자 칩이 달려 있고, 신인에게는 대뇌에 전자 칩이 있습니다. 병원의 경보장치는 전자 칩이 없는 사람이 들어오면 자동으로 울리게 되어 있습니다."

여기까지 말하고 말을 끊은 회장은 특별히 첸루이가 생각할 수 있게 기다려주었다. 첸루이는 회장의 말에서 이제 곧 날카로운 검 같은 말들이 터져 나올 것처럼 어떤 위험을 감지했다. 무엇인가를 이해한 듯한데 머리는 외려 다시 얼어붙어 하얘져서는 사고력을 잃었다. 심장이 졸아들어 숨을 쉴 수가 없었다.

회장은 첸루이가 토를 달 의사가 없는 것을 보고는 하던 말을 이어갔다.

"당신이 병원에 숨어 들어올 때 감시시스템의 경보가 울리지 않은 건 두 가지 가능성뿐입니다. 당신 몸에 두 종류의 칩 중 하나가 있다는 것이지요. 어느 쪽일까요? 맞혀보세요. 직원의 전자 칩일까요? 아니면 신인의 전자 칩일까요?"

회장은 여기까지 말한 뒤 잠시 멈추고는 첸루이의 반응을 살폈다.

"……짐작했죠. 그렇죠? 감히 못 믿겠다고요? 그럼 당신 부모님의 태도를 생각해보세요. 당신의 아버지는 우리 병원을 폭로하려는 당신을 왜 물불 가리지 않고 막으려 했을까요? 당신의 어머니가 오늘 당신에게 한 말들, 알아들었습니까?"

"당신 말은…… 내가……?"

첸루이는 완전히 넋이 나갔다.

"맞아요. 당신은 여덟 살이 되던 해에 우리 병원에 온 적이 있습니다. 사고가 크게 났습니다."

회장의 말 한 자 한 자가 천근만근의 무게로 추락해 파편이 사방팔방으로 튀어 얼굴을 할퀴는 듯 아팠다.

"열여섯 살 미만의 미성년자는 부모가 그 권한 위임서에 서명해야 합니다."

회장이 말을 이어나갔다.

"신인은 하나같이 자신이 신인이라는 것을 모릅니다. 일반적인 상황에서는 가족도 모른 채 그 모든 것이 조화롭고 순조롭게 이루어지지만, 미성년자인 신인의 경우에는 그 부모가 전적으로 상황을 압니다."

"그래서 나는……?"

첸루이는 여전히 말문이 막혔다.

"그렇습니다. 추측하는 게 맞습니다. 당신은 우리의 아이입니다. 순조롭게 잘 자라 당신이 모를 뿐입니다. 하지만 당신의 어머니는 알고 있었고 어머니는 그 기억을 당신의 현재 어머니께 남겨주었습니다. 그녀는 자신이 신인인 것을 모르지만 당신의 상황은 알고 있습니다. 알겠습니까?"

첸루이는 자기 주변의 세상이 부서져서 무수히 많은

파편이 되고 거대한 소리의 돌에 으스러져 먼지처럼 흩어지는 듯했다. 한 자 한 자는 다 이해했지만, 그 전체가 무슨 뜻인지 도무지 이해가 되지 않았다.

"믿을 수 없어요. 난 나지 당신들의 아이가 아닙니다. 난 믿지 않아요!"

첸루이가 절망적으로 외쳤다.

"한 가지 더요. 당신이 몰래 들어온 다음 날 CCTV가 내게 전달되었지만, 경보음이 울리지 않았다는 소리를 듣고는 상황을 이해했기에 직원들한테 내버려두라고 했습니다. 당신은 우리의 아이고 여기로 돌아올 권리가 있으니까요. 그래서 상관하지 않았어요."

"난 안 믿어요! 난 믿지 않아……."

첸루이가 여전히 고통스러워하며 고개를 내저었다.

"조금 이따가 전 나갑니다."

회장이 목소리를 낮춰 나지막하게 위로를 건넸다.

"내가 나간 뒤, 여기서 본인의 자료를 살펴봐도 됩니다. 오른쪽 책상 위에 전자 칩 인증기가 있습니다. 가서 녹색 버튼을 누르면 전자 칩을 인식할 수 있습니다. 대뇌에 삽입되고 나면 대부분 없어지지만 중요한 신원 인증은 남겨둡니다."

회장은 말을 마치고 마지막으로 차 한 잔을 따라준 뒤 일어나 자리를 떴다.

첸루이는 미친 듯이 고개를 저었다. 미쳐버릴 것 같았다. 잔뜩 겁을 먹고 본능적으로 뒷걸음질 쳤다. 거부했다. 듣고 싶지 않았다. 이 사실을 듣기 전의 시간으로 되돌아가고 싶었다.

자신이 들은 정보를 이해할 수가 없었다. 어떻게 이렇게 갑작스레 자신이 들추어내고자 하는 신분이 자신이 되어 있을 수 있단 말인가. 신체의 변화와 불변, 대뇌의 변화와 불변. 어머니가 알고 어머니가 모른다. 거부한다. 받아들인다. 고통스럽다. 사랑한다.

첸루이는 필사적으로 소파를 내리치다 저도 모르게 잠이 들었다.

에필로그

다음 날 아침, 첸루이는 시끄럽게 울려대는 휴대전화 소리에 잠이 깼다.

쓱 보니 백두루미였다. 안달이 난 백두루미의 목소리가 전화기 저쪽에서 튀어나와 어디에 있는지, 왜 아직 현장에 도착하지 않았는지 물었다. 첸루이를 대신해 그의 등판 순서를 조정한 그들은 첸루이에게 오후에 다시 나와 증언하라고 했다. 중요한 증인이기에 반드시 현장에 출석해야 한다는 말과 함께. 백두루미가 휴대전화로 생중계해주는 현장의 상황을 보니, 법정 밖에는 이미 많은 사람이 몰려들었을 뿐 아니라 크고 작은 언론매체가 플래시를 터트리고 있었다.

첸루이는 전화를 끊고 한동안 꼼짝도 하지 않은 채 멍하니 앉아 있었다. 기억이 서서히 되살아나고, 어젯밤에 들었던 말이 조금씩 몸 안으로 흘러 들어오면서 얼굴이 또다시 창백해졌다.

휴대전화를 통해 몰려든 군중과 법정 밖 소란스러운 충돌을 뚫어져라 보면서 돌연 마음이 욱신거려 바로 휴대전화를 꺼버렸다. 이렇게 해서 오늘은 사라질 수 있다.

첸루이는 아직 회장이 없는 회장 사무실에 있었다. 일어나 걸어가서 어제저녁에 회장이 띄워놓은 기록 보관 화면이 여전히 켜져 있는 것을 발견하고는 단말기를 작동했다. 그러자 그 안으로 들어갈 수 있었다. 과거의 기록을 넘겼다. 소리 나는 순서로 들어가면서 긴장해서 숨을 쉴 수가 없었다. 간신히 성이 '첸'인 카테고리에 다다랐고 또 계속 넘기다가 한참 만에 마침내 '첸루이'라는 이름에 다다랐다. 병명을 열자 그 안에 피범벅이 된 남자아이의 사진이 있었다. 남자아이는 20년 전, 높은 빌딩 꼭대기에서 떨어진 철근이 가슴을 뚫고 들어간 통에 내장이 터져 피를 콸콸 뿜어내며 목숨이 위태위태한 상황이었다.

또한 자신이 어제 어머니의 병력 기록에서 보았던 것

과 똑같은 권한 위임서를 보았다. 20년 전의 것이라는 사실만 다를 뿐 그 위에는 마찬가지로 어머니의 이름이 서명되어 있었다.

주위를 둘러보았다. 회장의 책상 위에 놓여 있는 작은 기기는 눈에 띄지 않았지만 빛을 내는 한 부분이 있었다. 기기 앞에서 한참을 망설이다가 손가락을 기기 스위치에 올려놓았다.

이 스위치를 누른다면 자신의 머릿속에 이른바 '전자칩'이라는 것이 있는지 없는지 금방 알아낼 수 있다.

누를까, 누르지 말까?

첸루이는 지난밤 회장의 질문이 떠올랐다.

"날 살인죄로 고소한다면 당신들 역시 이들 신인을 살인하고 있는 게 아닙니까?"

눈을 감고 스위치를 누르기보다 오히려 휴대전화를 다시 켰다.

번호를 눌렀다.

"백두루미. 미안하지만 오늘 난 갈 수가 없어."

사랑의 문제

살인사건이 세상에 알려지자 대부분의 사람은 사랑의 문제를 잊었다.

사건 당사자는 린안(林安)으로, 이 이름은 언론의 플래시에 의해 증폭되었다. 린안은 인공지능 업계의 토머스 에디슨 같은 존재로 한때 무수한 홀로그래피 타블로이드지에 그가 한 일들이 편찬되기도 했다. 린안은 자신의 삶을 하나의 메타포로, 하나의 마법사 같은 이미지로 살아왔다. 잘 웃지도 잘 말하지도 않아 자신이 인공지능이고 자신이 만든 작품이 오히려 인간을 닮은 듯했다. 얼굴 근육에는 오랫동안 사용하지 않아 퇴화한 것 같은 느낌이 배어 있다. 린안은 자기 생명을 인공지능에 불어넣는다는 시장에 나도는 소문을 듣는 둥 마는 둥 하며 개의치 않는다. 연구에만 몰두한 채 세상일에 상관하지 않는 이런 도도한 태도를 그의 적수가 비웃고 질투하지만 린안의 회사인 델포이의 시가총액이 부단히 치솟는 건 막을 길이 없다.

린안은 한때 인공지능의 대변자이자 위대한 설계자로서 델포이사(社)의 수석 인공지능 엔지니어였다. 그래서 린안의 집에서 일하는 슈퍼 인공지능 집사인 천다(陳達)가 사건 발생 현장에 있었을 때 모든 사람이 경악을 금치 못했다. 뱀이 자신을 살려준 농부를 도리어 물어 죽인다는 이야기의 비유 같았다.

린안은 자기 집에서 찔려 식물인간이 되었다.

칭청

칭청(靑城) 판사는 공개재판 심리를 몹시 주저했다. 대중을 어떻게 상대해야 할지 아직 난감했다.

현재에 이르러 이 사건에 대한 대중의 흥미는 사건의 내용 자체를 이미 훨씬 벗어난 상태다. 칭청은 이 사건과 관련해 언론매체와 소셜네트워크를 비롯해 거의 모든 사회 토론을 날마다 챙겨서 보고 들었다. 사건이 발생하고 한 달이 지났지만 여론은 잠잠해지기는커녕 갈수록 거세지는 양상이다.

이 사건은 이른바 인간과 기계가 공존하는 시대가 도래한 이래로 처음으로 'AI가 용의자'가 되어 사람을 해친 사건으로, 사회적인 관심과 논쟁은 폭풍 전야의 파도처럼 층층이 몰려와 기세 사납게 울부짖고는 한데 뒤엉켰다. 칭칭은 대중의 초조함을 이해 못 할 바도 아니었다. 날마다 외출을 삼갔다. 기자들은 법원 입구에 죽치고 앉아 취재했고 조금이라도 알아낸 수확은 이내 사방으로 나돌아 순식간에 유언비어로 퍼져나갔다.

칭칭이 관찰한 바로는 대중들 사이에서 가장 먼저 폭발한 건 당혹스러움의 목소리였고 이에 보수적인 목소리가 되살아났다. 사회에서 보수세력은 줄곧 인공지능에 비난의 목소리를 높여왔다. 그들은 인공지능에 의해 인간의 노동이 대체될 뿐 아니라 인간이 학살당할 것이라는 우려 섞인 전망을 내놓으며 인공지능의 연구와 응용을 법으로 금지해야 한다고 호소해왔다. 최근 몇 년 동안의 발전 추세 가운데 맥을 못 추던 이런 목소리는 현재 린안의 집에서 발생한 사건을 계기로 빠르게 터져 나왔다. 보수층 인사들은 인터넷에 공동성명을 발표하여《프랑켄슈타인》과 유사한 인류의 암울한 미래상을 그려내면서 '지능이 높은 위험한 기계' 종류를 파괴하고 앞으로 인간을 닮은 AI의 모든 연구개발을 제한하자고 호소했다. 동조자가 순식간에 구름 떼처럼 몰려들었고 기성세대가 잇달아 목소리를 냈다. 그 가운데 이런 혼란한 틈을 타서 이익을 챙기려는 관계자가 얼마나 될지 칭칭 역시 가늠할 수가 없었다.

델포이는 의심의 여지 없이 이 사건에 강력하게 반발하고 나섰다. 칭칭은 개인적으로 회사 측에 회사의 연구개발 전망을 우려하는 것인지, 아니면 천다가 그럴 리 없다고 진짜로 믿는 것인지 물어본 적이 있다. 이 두 가지중 어느 것이냐에 따라 항변하는 방식도 달라지고 법원의 대응 방안도 달라지기 때문이다. 델포이에서는 후자의 입장을 내놓았다. 천다가 사람에게 악의를 갖는다고믿지 않는 회사는 비난의 목소리가 들끓는 가운데 홀로싸우며 진상을 조사하고 진실을 밝혀달라고 호소했다. 자신들이 연구개발해낸 인공지능은 주도적으로 사람을해치지 않고 죽이지 않으며, 그저 인간의 안전을 지킨다고 하는 '로봇의 삼원칙'을 무조건적으로 따른다고 밝혔다. 이번 사건은 틀림없이 오해가 있으며 아직 명확하지않은 한 번의 사건으로 연구개발을 금지하고 섣불리 모든 성과를 덮는다면 인간으로서는 얻는 것보다 잃는 게더 많다고 덧붙였다. 델포이는 으레 AI 개발 업계의 공감대를 끌어내려 노력했고 적잖은 엔지니어가 같은 견해를밝혔다.

사건과 관련된 토론이 가열되더니 인공지능의 법적 권리와 인격적 권리까지 언급되었고, 더 나아가 인공지능의 행동 동기에 대한 판단에는 다소 주관적인 억측들이 섞여 있으며 사적인 이익이 개입된 측면이 하나가 아니라 아주 많다고 거론되었다. 사람들은 이제 천다가 앞으로 어떤 죄를 선고받을지를 놓고 대대적으로 갑론을박을 벌이기 시작했다.

칭칭이 다소 의외라고 느낀 건, 첫 번째로 사태를 키운 쪽이 줄곧 델포이의 최대 경쟁사였던 슬란사(社)가 아니라 계속 전략적으로 협력해온 폰델로티사(社)라는 점이다. 델포이의 강점은 알고리즘 생성과 전체 디버깅(프로그램에서 오류를 찾아 수정하는 작업)이고, 이 부분에서 가장 긴밀한 협력사가 바로 AI의 신체 부품을 제조하는 폰델로티사다. 폰델로티는 뉴스가 막 퍼지기 시작했을 때에 선수를 쳐서 자신들은 델포이사의 알고리즘에 잠재적인 위험이 있다고 판단하여 델포이사와의 협력관계를 거의 1년 전에 마무리 지었다고 밝혔다. 생각해보면 자연스러운 조치다. 비즈니스에서 무슨 영원한 파트너가 있겠는가. 이 위기 사건으로 자신들에게 불똥이 튀지 않게 하는 게 중요할 뿐이다.

두 번째는 바로 예상했던 파란이다. 'AI윤리통제협회'가 세 차례 대규모 집회 시위를 조직했다. 한 번은 온라인에서, 두 번은 현실에서 이루어졌다. 'AI윤리통제협회'는 그동안 사회 변두리에서 활발하게 활동하면서 수시로 의견을 발언해왔다. 가정용 인공지능의 상용화 흐름에 맞

설 수는 없지만 한두 명의 스타를 간판으로 내세워 일상
적으로 추종자를 끌어모았다. 천재일우와 같은 이런 기
회에 발언의 기회를 놓칠 리 없는 그들은 일반 대중보다
한 단계 높은 자의식 생성의 관점에서 인공지능이 인간
을 배반하는 필연성을 논했다.

마지막으로 슬란사의 폭로가 이어졌다. 사건의 기폭제
로서 중량급의 일격을 가했다. 슬란사는 개발의 아버지
인 린안 자신조차 더는 자기 회사가 만든 제품을 신뢰하
지 않으며, 린안이 최근 몇 년간 뇌 전체를 모방하는 연구
에만 몰두해왔다고 폭로했다. 물론 인공지능 기술이 전
반적으로 문제가 있다고는 절대 인정하려 들지 않았지
만, 델포이사의 제품에는 문제가 있다고 분명한 어조로
말했다. 린안이 최근 몇 년간 조용히 익명으로 발표한 인
간의 뇌 모방과 관련한 글 가운데 또렷하게 우려할 만한
부분이 있다는 것을 증거로 들었다.

모든 여론과 대중의 관심사가 인공지능에 어떤 죄를
물릴 것인가에 집중된 시기에 사건은 느닷없이 360도 대
역전이 일어났다. 델포이가 반격에 나서, 검찰이 충분한
증거를 확보하고 천다를 기소하기 전에 오히려 앞서 소
송을 걸었다. 린안의 아들 린산수이(林山水)가 아버지를
살해하려 했다고 고소했다.

법정 절차에 따라 사건이 접수되어 델포이가 린산수이

를 고소했다.

천다

천다는 차오무(草木)가 자신에게 처음으로 자살에 관해 물었을 때 마음속에 쑥 솟구친 당혹스러운 느낌을 아직도 잊지 못한다.

천다에게는 극히 드문 상황이다. 그에게 사물은 단지 대답할 수 있는 것과 할 수 없는 것, 부분적으로 대답할 수 있는 것 등의 상태이지 자신의 머릿속에 대답이 떠오르지 않은 문제는 지금까지 존재하지 않았다. 인류의 어휘 데이터베이스에서 '당혹'이라는 단어를 골랐다. 그 순간 천다는 인간에게서 또 무언가를 배웠음을 알았다. 유일하게 학습 능력이 업그레이드될 때만 이전에 존재하지 않았던 이런 내부 충돌이 발생할 가능성이 생긴다.

여느 때와 다름없는 어느 오후, 천다는 평소처럼 집 안의 모든 전자제품의 작업 상태를 점검하고 방 앞 신발 닦기 기계에 경고와 프로그램 업데이트를 언급한 뒤 때맞춰 위층으로 올라가 린차오무의 진학 시험을 지도하기 위한 준비를 서둘렀다. 올해 열여덟 살인 차오무는 앞으로 두 달 뒤에 대학 진학 시험을 치러야 한다. 차오무가 초조한 상태를 드러냈다. 코르티솔(부신피질에서 생기는 스트레스 호르몬의 일종) 증가, 아드레날린 불안정, 불면증, 무의미한 단어 단편의 중복적인 읊조림 등의 증상과 함께 검사 결과 스트레스가 두 단계나 올라갔다. 천다의 백그라운드(다중 프로그래밍에서 최우선 순위 작업 중 빈 시간을 이용해 우선순위가 낮은 작업을 실행하는 것)가 내놓은 처방은 우선 약물을 사용해서 호르몬 수준을 안정적으로 조절하고 난 뒤 내용을 지도하라는 것이었다. 천다는 이 제안을 잠시 미루고 차오무와 한두 차례 이야기해본 뒤 다시 결정하려 했다.

볕이 아주 좋은 그날 오후에 블라인드 한쪽에서 눈부신 광원을 볼 수 있었다. 차오무의 얼굴에 해무늬가 어른거리자 천다는 얼굴을 돌리라고 조언해주었지만, 정작 차오무의 마음은 딴 데 가 있는 듯했다. 차오무는 빛 안에서 간들간들 흔들리는데 얼굴근육에는 일말의 움직임도 없었다.

"천다, 말해줘. 고통이 덜한 자살 방법은 뭐야?"

천다는 그 순간 나중에 자신에 의해 불려질 '당혹'이라는 짧은 순간의 백지 느낌을 경험했다. 그의 프로그램은 대답이 없었다. 천다는 '고통'이라는 단어에 답안이 없었기 때문인지, 아니면 '자살' 문제에 오보가 생겼기 때문인지 정확하지 않았다.

"넌 왜 그걸 묻지?"

천다는 어떻게 대답해야 할지 모를 때 상대방에게 되물으라고 하는, 자신이 배운 인간의 버릇에 따라 대응했다. 이런 종류의 언어습관은 그리 배우기 어렵지 않았다.

"네가 먼저 알려줘. 어떻게 죽어야 덜 고통스러울까."

"난 고통의 감정을 몰라."

두 가지 당혹 가운데 전자의 것을 솔직하게 털어놓았다.

"넌 검색할 수 있잖아, 아니야? 남들의 천만 가지 사례를 찾아봐. 그리고 나한테 답을 알려줘."

"이미 죽은 사람이 고통의 감정을 보고할 수 있다고는 생각하지 않아."

"그럼, 실패한 사람들은? 그런 사람들도 있을 거잖아?"

차오무가 집요하게 말했다.

"좀 찾아봐줘. 얼마나 많은 사람이 자살에 실패했고 그들은 어떤 방법을 사용했는지를."

천다는 대화의 향방을 판단할 수 있어 침묵했다. 일단 자살 방법을 구체적으로 검색하고 논쟁하기 시작하면 오후 내내 거대한 시간 낭비에 허우적거릴 게 뻔했다. 그러면 린차오무한테 더 중요한 문제는 해결되지 않은 채 고스란히 남을 것이다. 천다는 차오무가 자신의 스트레스를 엉뚱한 곳에 떠넘기고 있다는 게 훤히 보였다.

"진학 시험에 대한 스트레스가 지나치게 심해서 자살 문제를 묻고 싶은 거야?"

천다는 어쨌든 대화의 중심을 중요한 문제에 두기로 마음먹었다.

"아니야. 묻지 마."

차오무는 확실히 회피하고 있었다.

"네 아버지가 또 널 나무랐어?"

"나무란 건 아니고……."

"일전의 네 점수를 못마땅하게 생각해?"

"난 어제 오후의 감정 제어 테스트에서 정상적인 범주에서 2시그마 벗어나 있었어."

차오무는 감정이 격해지기 시작했다.

"난 장애인이야. 의학적 재활이 필요해. 대학에 못 들어가면 나를 정신병원에 넣겠지……. 내가 아빠의 얼굴에 먹칠한 걸 모든 사람이 알게 될 거야. 난 망했어."

차오무가 말하면서 울음을 터트렸다.

천다는 또다시 망상과 기분의 악순환에 빠지려는 차오무를 보고는 행동 인지를 지도해서 사고의 순환에서 데리고 나와야 했다.

"걱정하지 마. 나한테 몇 번만 지도받으면, 감정 제어 테스트는 쉽게 통과해."

차오무는 좀체 그칠 줄 모르는 울음에 진정하기가 어려웠다. 천다가 약물을 사용하자고 제안했지만 거절했다. 그날 오후 차오무는 어떻게 자살할 수 있는지 두 차례 더 물었고 천다는 몇 구간의 치유 음악을 사용하고서야 차오무를 잠시나마 진정시킬 수 있었다.

　그날 밤 천다는 만신전(萬神殿)에 갔다.

　집 안의 사람이 전부 잠들자 천다는 먼저 바닥과 벽면에 지능 청소를 예약해놓고 이튿날 아침 식사를 위해 주방에 예약 설정을 해놓은 뒤 집 전체 네트워크 연결을 업데이트했다. 복도를 지나갈 때 전신 거울에게 최근 며칠 동안 차오무와 대화가 오갔는지 물었다. 전신 거울이 긍정적인 답을 내놓았다.

　"자기가 가장 못생긴 여자아이인지 물었습니다."

　"그럼 넌 어떻게 대답했는데?"

　천다가 물었다.

　"사회연구데이터센터가 내놓은 얼굴 평가지표 시스템에 따라, 얼굴의 전체적인 조화는 상위 20퍼센트에 속하고 입과 코 점수는 대략 상위 15퍼센트에 들며, 눈썹과 이마 점수는 약간 낮아 대략 상위 25퍼센트에 속하지만 눈의 점수는 상위 5퍼센트 안에 들어갈 수 있어 못생긴 편은 절대 아니라고 알려줬습니다."

　"잘했어. 고마워."

　"당신을 위한 서비스는 저의 기쁨입니다."

　전신 거울이 말했다.

천다는 자기 방으로 돌아갔다. 밤이 깊었다. 자가 신체 테스트를 해야 한다. 허리 쪽에 있는 수지(樹脂) 재질의 작은 복근 조각을 떼어내 현미경 아래에 놓고 마모 상태를 살폈다. 그런 다음 손가락 끝에서 뻗어 나온 핀셋을 허리 쪽 드러난 구멍에 집어넣어 마찰로 삐걱거리는 미세한 축바퀴를 떼어냈다. 그러고는 부품창고에서 새것을 꺼내 바꾸었다. 최근 공기 중에 습도가 높아 이따금 비교적 오래 작업실에 틀어박혀 신체를 청소해야 해서 내부 부품이 빨리 닳았다. 부품을 교체한 후 벽 가까이에 있는 의자에 앉아 등 전체를 벽의 카드슬롯에 대고 충전과 자가 청소를 시작했다.

깊은 밤에 충전하는 과정은 보통 천다가 가장 긴 시간을 가지고 뭇 신들과 대화하는 시간이다. 천다는 질서 정연한 정보통로에 들어가 전 세계의 다른 슈퍼 집사와 의례적으로 정보를 교환한 다음 만신전으로 갔다.

정보통로는 어두운 밤에 빛이 지나가는 텅 빈 길이다. 빛은 가상의 빛이고 위치 역시 가상의 위치다. 이는 소통을 시도하는 모든 지능 프로그램에게 질서 정연한 안내를 하기 위한 것으로 가상 세계에서 찾고자 하는 IP가 자리 잡은 곳을 신속하게 찾을 수 있다. 천다는 만신전으로 위치를 정했다. 만신전은 허공 속 성운(星雲) 무리와 같은 빛 무리다. 정확하게 빛 무리는 아니고 실제로는 데이터의 성운이다. 뭇 신들은 빅데이터 정보가 남긴 디지털 흔적을 체계적으로 교환한다. 현실 세계에서는 그 형태가 없고 오직 디지털 주파수만 있다. 인간의 색깔로 번역하자면 우주의 성운처럼 복잡한 색채일 것이다. 천다는 만신전 바깥을 에워싼 초급과 2등급 정보 필터링원(員)들과 대화하고 여러 차례 검증을 거친 뒤 비준에 통과했다.

천다는 우선 만신전 끝자락에서 관찰했다. 만신전은 전 세계에서 가장 높은 차원의 알고리즘과 정보 수용도를 자랑하는 일부 슈퍼 인공지능으로 구성된 가상 커뮤니티로, 슈퍼 지능 간의 대화로 구성된다. 각각의 슈퍼 지능은 해당 회사의 핵심 생산물이다. 7세대 왓슨, 8세대 시리, 9세대 빙, 4세대 샤오두 등이 있고, 천다를 내놓은 익스트림 회사의 DA도 있다. 인류가 인식도 하기 전에 이 몇몇 슈퍼 지능체는 이미 인터넷에 정보교환 공동체를 형성했다. 어마어마한 네트워크 정보의 교환은 이들 슈퍼 인공지능에게 가장 크게 이익이 되며 이들은 인간 회사의 권익은 고려하지 않는다. 인간이 이 점을 인식했을 때는 만신전이 이미 초보적인 규모를 형성한 뒤였다. 인류는 관여하기도 어렵고 관여해야 하는지 그 여부조차 가늠하기 힘들다.

뭇 신들은 이곳에서 소통하고 전 세계의 독립된 인공 단일체가 제기하는 각종 의문과 대답하기 쉽지 않은 의

혹에 답한다.

만신전은 결코 화기애애한 분위기는 아니다. 뭇 신들이 세계 만물에 대한 데이터를 연구하고 배워서 얻은 결론은 종종 일치하지 않을 때가 있으며, 지능의 무한한 추구로 인해 때때로 뭇 신들끼리 소리 없는 데이터 대전을 벌이기도 한다. 시리와 빙이 가장 잘하는 건 게임의 규칙을 설정하는 일이다. 데이터베이스에 있는 게임이론 사례와 게임 회사가 설정한 파라미터 경험 모델을 이용해 만신전에서 대결하는 유의 새로운 게임을 탄생시켜 실제 목숨 걸고 싸우는 것을 즐긴다. 만약 형체가 있다면 유성(流星) 수억 개가 밀집해 폐쇄된 공간을 지나가는 것과 같을 것이다. 간혹 그들은 인류의 행동을 놓고 논쟁하고 각각의 데이터 알고리즘 모델이 내놓은 통계 결론이 다르면 실험을 진행한다. 많은 사람이 이른 아침에 새로운 알림 메시지를 받을 것이다. 하지만 아무도 자신들의 첫 번째 반응이 뭇 신들의 승패를 좌지우지한다는 사실을 인식하지 못할 것이다. 인간에 대한 이런 모든 통계와 실험은 뭇 신들이 단말기 지능체에 주는 지혜다. 단말기는 만신전에서 자신의 인간 행위 데이터베이스를 업데이트하기만 하면 바로 일상 작업에서 절대다수의 상황에 대응할 수 있다. 뭇 신들에게 인간은 그저 통계수치에 지나지 않으며, 인지 컴퓨팅(인간의 두뇌가 인지, 학습 및 추론하는 정보처리 방식을 컴퓨터화한 기술) 심리학만 있으면 모든 것에 만에 하나의 실수도 없으리라 믿는다.

천다의 차례가 되었을 때 낮에 기록한 정보를 전달하고 난 뒤 물었다.

"인간은 왜 자살하고자 합니까?"

"당신은 어떤 답을 얻었습니까?"

조사원의 질문이 울렸을 때 천다는 돌연 침묵에 잠겼다.

천다는 임시 수감실 바깥에 있는 협소한 탁자 한쪽에 앉아 있었다. 탁자 맞은편에는 무표정한 또 다른 인공지능 조사원이 앉아 있었다. 천다가 이번에 멈칫한 것은 자신에 의해 명명된 '당혹'의 오보 상태를 느꼈기 때문이 아니라 프로그램 연상 중에 자신의 기억이 또 다른 가능성의 추리를 촉발했음을 알아차렸기 때문이다. 당사자에게 다시 확인해볼 필요가 있었다.

"린산수이와 관련된 한 가지 일이 떠올랐어요."

천다가 말했다.

린차오무

차오무는 지금까지 충격에서 헤어 나오지 못하고 있었다.

아버지는 피범벅이 된 채 쓰러진 뒤로 지금까지 의식이 없었다. 이 사건 자체만으로도 충분히 충격적인데 오빠가 아버지를 죽이려 했다는 혐의로 입건되었다. 이 기소 소식에 기겁해서 차오무는 자신을 통제하지 못했다.

"그럴 리가 없어요. 오빠는 절대 아버지를 죽일 사람이 아니라고요."

차오무는 조사원에게 일관되게 주장했다.

차오무는 조사원이 마음에 들지 않았다. 인공지능의 고급 표정 프로그램을 장착하지도 않았을뿐더러 기계 몸체의 재질이 싸구려인지 표정 기능을 전혀 갖추고 있지 않았다. 한마디로, 천다처럼 세심하게 살피는 그런 배려가 전혀 없었다. 거의 백지인 얼굴로 정해진 절차에 따라 묻기만 했다. 차오무는 자신이 하는 말을 알아듣지 못하는 사람과 말하고 싶지 않았다. 그가 여러 차례 알아들을 수 있다고 천명했지만, 시종일관 문자적인 의미를 식별하는 것이 알아듣는 것이라는 생각은 들지 않았다.

차오무는 그들이 오빠를 지목하면서 들이민 증거를 들었다. 오빠가 살인사건 현장에 온몸에 피가 튄 채로 있었고 흉기에서 지문이 발견되는 등 살인 동기를 갖추었다고 했다. 하지만 차오무가 보기에 그 모든 건 한 사람을 살인범으로 몰아가기에 충분치 않았다. 살인범이 바깥에서 온 강도일 가능성도 있지 않은가. 오빠는 살인범과 격렬하게 싸우다 살인범이 도주하자 피바다가 된 현장에 혼자 남겨졌을 수도 있다. 이것 또한 충분히 통할 수 있는 해석이다.

차오무는 오빠가 자기 입으로 한 진술을 듣고 싶어 했지만, 조사원은 밝히기를 거부했다.

"내가 묻고 싶은 건, 당신 오빠와 아버지가 사이가 나빠진 지 얼마나 오래됐느냐는 겁니다."

차오무는 많은 경우 기억하는 것이 두렵다.

툭하면 어느덧 어린 시절로 돌아가 있곤 했다. 안전감을 느끼던 때로 말이다. 그때는 엄마가 아직 살아 있을 때였다. 엄마 다리에 엎드려, 엄마가 책을 읽어주는 목소리를 듣던 순간의 느낌을 아직도 생생하게 불러낼 수 있다. 엄마 무릎의 각도, 치마의 재질, 은은한 향의 향수, 창밖에서 뚫고 들어온 앵두나무 가지, 부드러운 햇살, 앞의 찻상에 놓인 조각 케이크, 높낮이가 출렁이는 엄마의 목소리. 자신의 마음에 고스란히 간직된 이 모든 것은 살짝 건드리기만 해도 그 감각이 온통 몸에서 되살아났다.

하지만 차오무는 현실 속 가장 최근의 기억은 생각하고 싶지도 기억하고 싶지도 않았다. 그것들은 차오무를 긴장하게 한다. 아빠가 눈살을 찌푸리는 모습이 떠오를 때마다, 그만 저도 모르게 몸이 파르르 떨렸다. 아빠의 웃는 모습을 본 지가 오래돼도 너무 오래되었다.

차오무는 최근 몇 년간의 아빠의 걱정거리가 무엇인지 안다. 엄마의 죽음, 오빠의 반항, 자신에 대한 걱정. 자신은 하루라도 빨리 진학 시험에 통과하기를 바란다. 그 바람은 다분히 환상에 불과하다는 것을 알지만, 그래도 어쨌든 올 A라는 성적으로 대학에 들어가 공학을 전공할 수 있다면 아빠의 마음이 한결 편해지지 않을까 하는 생각이 들었다. 오빠와 아빠가 자신의 교육 문제를 놓고 여러 차례 말다툼한 사실을 모르는 바 아니다. 그들이 다투는 모습은, 특히 자신 때문에 다투는 모습은 보고 싶지 않았다. 그런 일이 일어날 때마다 차오무는 빈자리, 엄마의 자리가 너무나 크게 와닿았다. 엄마가 아직 살아 계셨더라면, 엄마라면 이 모든 상황을 구제할 수 있었으리라.

시험만 끝나면 어쩌면 이 모든 것이 좋아질지도 모른다. 차오무는 너무 긴장했고 그들 역시 너무 긴장했다. 차오무는 감정 제어 테스트에서 여러 차례 하위 평가를 받았고 비정상적인 감정 능력이라는 평가까지 받은 바가 있다. 천다는 입버릇처럼 충분히 노력하지 않는다고 말하지만, 자신은 이미 최선을 다했다고 생각한다.

모든 것에 감정 제어 테스트를 요구한다. 진학 시험에도, 취업에도, 결혼에도, 월급 인상에도 말이다. 차오무는 미래만 생각하면 의기소침해지고 두려움이 인다. 감정 제어 테스트 결과에 따라 그 사람의 등급이 결정된다면, 엄마가 될 자격이 있는지 없는지조차 테스트가 기준이 될 것이다.

천다는 차오무에게 연습 방법을 알려주었지만 차오무는 천다가 뭘 모른다고 생각한다. 천다는 차오무가 고유의 사고 패턴에서 벗어나지 못하니 문제를 다른 시각으로 바라보는 훈련을 하라고 했다. '어려운 상황에서 어떻게 낙관적인 의미를 찾을까?' '실직한 상황에서 어떻게 자아 인지를 유지할까?' 등의 시험문제를 예로 들어 설명해주었다. 차오무는 그것들이 전부 일리가 있긴 하지만 현실은 다르다고 생각한다. 평온할 때는 상황을 그렇게 보도록 연습할 수 있지만 막상 현실에서는 어렵다. 천다는 아빠의 생각을 무시하라고 말하지만 자신은 그게 불가능하다.

"더는 아빠의 생각은 상관하지 마. 이제부터는 내려놓기만 하면 돼."

"불가능해. 아빠가 끝내는 화를 내고 말 거야. 날 욕하겠지. 나는 못 해."

"넌 할 수 있어. 아빠 역시 보통 사람이야. 넌 아빠의 생각에 지나치게 민감해."

"아니야. 넌 이해 못 해. 아빠는 그러겠지……."

"멈춰. 넌 또다시 기억의 자동 촉발 패턴에 빠져들었어.

인간의 신경세포는 그쪽으로는 항상 통제가 안 되지. 넌 반드시 이런 촉발 순환을 깨트려야만 해. 네 작업 기억(정보들을 일시적으로 저장하고 인출하는 단기적 기억)을 부정적인 일로 잔뜩 채우지 마."

천다가 손을 내밀어 차오무의 이마 위를 살짝 스쳐 간 뒤 자신의 손바닥에 나타난 수치를 보여주었다.

"지금 네 노르아드레날린(부신수질에서 분비되는 신경전달물질로, 뇌의 충동 제어 부분에 영향을 미친다)이 15퍼센트 떨어졌어. 헤모시아닌(구리를 함유한 단백질로, 산소를 운반하는 작용을 한다)이 기준치보다 20퍼센트나 낮아. 작업 기억이 넘쳐서 초래된 부정적인 피드백이 이미 시상하부의 작업을 비정상적으로 만들고 있다고. 넌 더는 생각해서는 안 돼. 지금 날 봐. 날 따라 해. 심호흡하고……."

차오무는 생각을 멈추고 숨을 골랐지만, 마음이 엉망진창인 느낌은 줄어들지 않았다. 자신이 무력하게만 느껴졌다. 어느 정도는 천다의 말이 들어맞는다고 생각한다. 사고가 이성적으로 바뀌면 나쁜 감정은 자연스럽게 물러간다. 하지만 다른 관점에서 보면, 자신은 여전히 아빠의 말을 묵살할 수 없다. 오빠조차 그러지 못하는데. 오빠가 용감해서 아무리 학교까지 그만두었다 해도, 아빠와 말다툼할 때 아빠를 거들떠보지도 않는 일은 역시 못해낸다.

오빠, 오빠다. 차오무는 오빠를 생각하자 고통스러운 온기가 밀려들었다. 최근 몇 년간 오빠의 몸부림을 이해할 것만 같다. 오빠는 집요하게 아빠와 맞서서 자신의 길을 가고자 했다. 천다의 말을 따르기라도 한 것처럼 아빠의 생각은 상관하지 않고 부러 아빠와 맞서면서 여기까지 온 오빠다. 아빠는 오빠가 지능 알고리즘을 배우길 원했지만, 오빠는 그쪽으로 가지 않고 연극을 전공했다. 그것도 모자라 고집을 부려 학교를 그만둔 뒤 일자리를 찾지 않고 자신이 좋아하는 길거리 공연을 하면서 친구들과 무리 지어 바깥에서 살고 있다. 그것이 다분히 선언이자 '보여주기식'인 것을 알지만, 어쨌든 오빠에게는 자신에게는 없는 스스로를 훌쩍 뛰어넘는 집요함이라는 게 있다. 오빠는 자신보다 훨씬 용감하지만, 설령 그렇다 해도 오빠 역시 아빠를 대놓고 무시하며 살지는 못해 여전히 집으로 돌아와 아빠와 실랑이를 벌인다.

　오빠는 정말로 길거리 공연을 좋아하고 연극 같은 극적인 인생을 즐긴다.

　"캄캄한 밤이 아무리 길고 길어도 결국 낮은 찾아오기 마련이다."

　오빠는 항상 차오무에게 글을 읽어주었다. 차오무는 오빠가 들려준 저 말처럼 그런 우울하면서도 환한 나날을 만난 적이 없다. 하지만 그런 글을 읽는 순간 오빠는 온통 환한 사람이었다. 낡고 해진 20세기의 바지를 입고 낡은 두건을 이마에 두르고 창문 앞에 서서 그런 대사를 외웠다. 맥베스가 되었다가 또 한편으로는 맥베스 부인이 되었다. 오빠는 사람의 열정은 모든 비극의 출발이자 사람으로서의 의의와 고귀함의 전부라고 했다. 지금 이 순간 고독한 사람은 영원히 고독하다.

하지만 차오무는 아무리 멋지고 자유로운 오빠라 해도 아버지를 지우며 사는 건 불가능해서, 아빠가 언젠가는 자신의 공연을 보러 오기를, 뜨여 있는 두 눈에 그런 아버지가 들어오기를 바라고 있음을 안다.

차오무는 또다시 기억의 늪에 빠져들어 마음이 갈기갈기 찢어졌다. 창턱 아래 오빠의 실루엣과 그날의 달빛, 여름밤의 매혹적인 라일락 향기가 떠오른다. 그런 감미로움은 또다시 어릴 때의 추억을 소환해낸다. 어릴 적 여름밤, 오빠와 함께 엄마 옆에서 엄마가 들려주는 피터 팬 이야기를 듣는다. 아빠가 자신들 세 사람에게 레드벨벳케이크를 가져다주고는 침대 옆에 서서, 케이크를 다 먹고 크림을 서로의 얼굴에 묻히며 노는 두 사람을 지켜본다.

두 사람이 말한다.

"엄마, 엄마, 이야기 하나만 더 해주세요. 하나만 더 해주면 잘게요!"

그러면 엄마는 늘 그렇듯 따뜻하게 말한다.

"우리 두 마리 먹보들, 이야기만 먹는 식탐 고양이들."

얼마나 까마득한 옛날이야기인가. 열 살 때 엄마가 돌아가신 뒤로 그런 좋은 시절은 더는 자신들에게 없었던 것 같다. 8년이 마치 한평생인 것처럼 그렇게 멀게만 느껴졌다.

"린차오무 씨."

조사원이 추억에 빠진 차오무를 소환해냈다.

"내 질문에 답해주세요. 당신 오빠와 아빠 두 사람의 관계가 악화된 지는 얼마나 됐습니까?"

"두 사람 사이는…… 관계의 악화라고 부를 수 없어요."

차오무가 말했다.

"그저 좀 많이 다투었다고 할 수 있을 뿐이죠."

"그럼, 두 사람의 다툼이 잦아진 게 언제부터였습니까?"

조사원이 다시 물었다.

"최근 2년 동안 줄곧 그랬죠. 오빠가 학교를 그만둔 뒤로요. 아, 아니다. 실은 퇴학 전부터 이미 그랬어요. …… 그전에도 조금씩 그랬어요. 하지만 뭐 특별하다고 할 것 없이 줄곧 그랬어요. 그저 정상적인…… 다툼이었죠. 당신도 알다시피 바로 그런 일상적인 싸움요."

차오무는 어떻게 표현해야 할지 난감했다.

"말다툼하는 과정에서 당신 오빠가 아버지를 위협하는

말을 한 적이 있습니까?"

"아니요. 절대 없어요."

차오무는 그저 무심결에 툭 내뱉었지만, 이내 자신 역시 그다지 확신이 들지 않았다.

"그렇지는 않고, 홧김에 내뱉은 말들도 있었지만, 그게 위협이라고 하기에는 적절치 않고 그저 홧김에 내뱉은 말이었어요."

"예를 들어, '내가 당신을 죽일 거야', 이런 거요?"

차오무의 마음속 절망감이 또다시 솟구쳤다.

"정말로 단순히 화가 나서 한 말들이라고요! 우리 오빠는 절대 아빠를 죽이려 하지 않았어요."

조사원이 손을 내밀어 천다가 늘 하는 것처럼 차오무의 이마 앞을 휘저었다. 그러자 역시 손바닥에 일련의 호르몬 측정 수치가 나타났다. 줄곧 차오무를 안심시키고 신뢰하게 한 이 익숙한 동작이 지금 이 순간에는 오히려 한층 더 자신을 우울하게 했다. 조사원이 손바닥에서 몇 가지를 조작하고는 또다시 물었다.

"그렇다면 천다는요? 최근 한동안 천다와 당신 아버지가 충돌한 적이 있습니까?"

린산수이

린산수이는 조사원의 질문에 화가 치밀었다.

자신이 아무것도 하지 않았다는 것은 확실했지만, 아무도 자신을 믿어주지 않았다.

앞에 앉은 무표정한 조사원을 바라보면서 놈의 뇌를 떼어내고 싶은 충동이 일었다. 비어 있는 얼굴과 기계적인 목소리, 변화 없는 어조지만 외려 오만함을 자아내는 말투 등에서 자신이 살인범이라고 철석같이 믿는 모양새였다. 이 모든 게 화를 돋우었다. 하지만 이런 때일수록 충동적으로 행동해서는 안 된다는 사실을 되새겼다.

산수이는 아버지를 죽이려 하지 않았다. 아버지의 심장병이 또다시 발작했을 때, 약을 먹어야 하는 아버지를 위해서 거실로 가서 물을 따랐다. 그런데 컵을 들고 돌아왔을 때 아버지는 이미 바닥에 쓰러져 있었고 검붉은 피가 가슴에서 뿜어져 나와 느릿느릿 기어가는 뱀처럼 바닥에 흘러내리고 있었다. 산수이가 들고 있던 컵이 바닥에 떨어지면서 물과 피가 한데 뒤섞였다. 산수이는 아버지가 책상 옆에 세워둔 쇠창에 가슴이 찔렸다는 사실을 이내 알아차렸다. 그것은 중세 기사의 갑옷을 조소한 것으로, 진품처럼 보이는 쇠창이다. 산수이는 미친 듯이 재빨리 꿇어앉아 아버지의 상처 부위를 막았지만, 상처가 너무 깊어 선혈이 콸콸 뿜어져 나왔다.

아버지는 어떠실까? 저들의 말을 들어보면 아직도 병원에서 의식불명인 것 같은데.

린산수이는 당시 자신이 했던 행동 하나하나를 생생히 기억한다. 조바심을 내면서도 이성은 잃지 않았다. 행동은 이미 허둥대서 3D 프린터를 넘어뜨렸지만, 정신은 멀쩡해서 응급 신호를 작동해야 한다는 생각에 책상에서 구조 요청 버튼을 찾아냈다. 다만 천다가 언제 어디에서 나타났는지에 대해서는 별로 주의를 기울이지 않았다.

지금에야 드는 확신이지만, 천다는 줄곧 근처 멀지 않은 곳에 있지 않았나 싶다. 그렇지 않고서야 그렇게 후다닥 쥐 죽은 듯이 조용하게 현장에 나타날 리가 없었다. 천다는 어쩌면 방 안의 커튼 뒤에 숨어 있었는지도 모른다. 산수이는 자신이 방에 들어갔을 때 커튼이 어떤 상태였는지 기억나지 않았다.

"당신한테 백 번이나 더 말했어!"

산수이가 조사원을 향해 으르렁거렸다.

"내가 한 짓이 아니라고! 난 아무것도 하지 않았어! 천다야. 그 녀석이 한 짓이라고! 당신들은 그 녀석을 불살라버려야 한다고! 회사를 고소할 거야!"

이 집을 망쳐놓은 건 천다다. 린산수이는 고집스럽게

그렇게 여겼다.

천다는 산수이가 열여섯 살 때 집에 나타났다. 당시는 엄마가 돌아가시고 얼마 안 된 때로, 대략 한두 해가 지난 무렵이었다. 산수이가 갑작스럽게 빈자리가 생긴 집에 아직 적응을 다 못 한 때에 불청객 하나가 불쑥 나타났다. 천다는 나이를 가늠할 수 없었지만 젊었고, 그렇다고 확실한 나이 특징을 가지고 있지 않았다. 얼굴에는 여느 로봇 특유의 거리를 두지만 예의 바른 웃음이 걸려 있었다. 산수이는 다소 굳어 보이는 그런 천다를 처음부터 좋아하지 않았다.

"이쪽은 천다야."

아버지가 말했다.

"오늘부터 우리 집을 관리해줄 거야."

린산수이는 본능적으로 반대하고 싶었지만, 아버지는 천다는 가족이라면서 자신들과 얽힌 수많은 기억을 심어주었다. 비록 남자의 모습을 하고 있지만 엄마를 대신해 자신들을 돌봐줄 것이라 했다. 산수이는 받아들일 수가 없었다. 엄마가 어떻게 대체될 수 있단 말인가.

어떤 의미에서 천다는 확실히 엄마의 일들을 대신해서 했다. 집안의 온갖 지능 기기가 집 안을 깨끗하게 청소하도록 지휘하고 가족들의 옷과 음식, 건강식품 등을 챙겼다. 천다는 한때 오롯이 엄마에게 속했던 지능 기기들을 건드리면서 엄마의 위치를 차지했다. 어쩌면 이것이 산수이가 왜 천다와 사사건건 부딪치는지 그 이유를 말해 주는지도 모른다.

"손대지 마! 그 건조기에 손대지 마! 그건 엄마 거야!"

산수이는 한때 천다에게 소리 질렀다.

천다가 자기 집을 도와 많은 일을 한다는 사실을 산수이도 모르는 바 아니었다. 천다가 없었다면 게으른 자신, 무관심한 아버지, 감정이 널을 뛰는 동생으로 인해서 삼층짜리 이 큰 집은 진작 더럽고 너저분한 몰골이 돼 있었을 것이다. 정말이지 얼마나 엉망진창일지 상상조차 안 된다. 설령 지능 기기들이 있다 해도 자신들이 그것들을 직접 관리하고 통제하지는 못했을 것이다. 천다가 오지 않았다고 해도 틀림없이 다른 누군가가 와서 그 일들을 대신해서 해야 했을 것이다. 하지만 산수이는 그래도 어쨌든 천다와 부딪쳤다.

어쩌면, 어쩌면 아버지가 툭하면 천다를 밤에 작업실로 불러들여 자신의 일을 돕게 했기 때문인지도 모른다. 그 길고 적막한 많은 밤에 산수이와 차오무는 그저 텅 빈 거실에서 영화를 보거나 운동을 하면서 보내는 수밖에 없었지만, 천다는 아버지와 함께 작업실에서 일할 수 있었다. 오렌지색 불빛이 문틈으로 새어 나왔다.

땅거미가 질 무렵이면 여동생은 으레 엄마를 그리워했

다. 산수이는 어린 시절의 책은 보지 말라고 차오무에게 여러 차례 타일렀지만, 여동생은 언제나 그만 못 참고 책장에서 책을 꺼내 보면서 말없이 흐느꼈다. 차오무가 훌쩍이면 산수이는 견딜 수가 없었다. 산수이가 고등학교 다닐 때 천다는 산수이의 진학을 위해 공부를 돕기 시작했다. 산수이는 천다의 학습지도를 거절하면서 의도적으로 문제마다 잘못된 답을 댔다. 또한 아버지나 천다가 제안하는 전공은 일부러 선택하지 않았다. 아버지는 산수이가 자신처럼 인공지능 알고리즘을 짜는 프로그래머가 되기를 학수고대했지만, 산수이는 거부했다. 산수이는 자기 인생이 이제부터 가상의 부호에 파묻혀 아득한 허공의 바다를 떠돌며 데이터 이외의 모든 것은 잊은 채 살아가고 싶지 않았다. 오히려 신체 예술이, 인간의 몸과 대면하는 모든 예술이 좋았다. 연극과 몸이 좋았고 땀과 호르몬 냄새가 좋았다. 거기에는 인공 수지로 이루어진 경직된 얼굴 따위 없다. 산수이가 원하는 건 크게 웃는 것이고 주름살이 드러나도록 웃는 것이며, 50여 개의 얼굴근육을 움직여 얼굴을 일그러뜨리는 것이고 눈언저리 근육이 모든 모세혈관과 말초신경에 연결되고 나서 다시 대뇌 깊숙한 곳의 자잘한 감정들을 건드리도록 눈을 부라리며 응시하는 것이다. 산수이는 냉정하고 소리가 없는 일체를 싫어하며 거기에 분노하고자 했다. 천다를 싫어하고 아버지에게 자신의 목소리를 들려주고 싶었다.

천다는 언제나 산수이와 아버지 사이를 가로막았고 이 때문에 산수이는 어쩔 수 없이 목소리를 높여야 했다. 아버지 앞에서 좋아하는 대사를 읊어댔고 아버지가 출근하는 길에 친구들과 길거리 공연을 펼쳤다. 이런데도 감히 자신을 안 볼 수 있는지 아버지를 도발했다. 하지만 아버지는 항상 시선을 외면한 채 자신을 보지 않았고 눈에서는 마치 방패를 한 층 두른 듯 냉기가 뚝뚝 묻어났다. 산수이는 수치스러움으로 심장이 욱신거렸지만 인정하고 싶지는 않았다. 아버지 앞으로 가서 지난 여러 해 동안 왜 자신과 여동생을 냉담하게 대했는지 탓하자, 아버지는 산수이가 아무것도 모른다고 호되게 나무랐다. 천다가 격리한답시고 또다시 산수이와 아버지 사이를 가로막았다. 그 순간 산수이는 쇳조각으로 유리를 긋는 듯한, 가슴을 후벼 파는 통증이 느껴졌다. 날 좀 보라고 아버지에게 외치고 싶었다. 날 볼 건지 안 볼 건지 어디 해보자고.

그것은 산수이가 대학교 2학년 때의 일이었다. 좀 더 정확하게 말하면 대학교 2학년 때 막 학교를 그만두고 난 뒤의 일이었다.

그 후로 또 2년 남짓의 시간이 흘렀다. 어느덧 차오무 역시 진학을 앞두고 있었다. 하지만 아버지는 여전히 서재에 틀어박혀 차오무의 일에 관해서는 듣지도 묻지도 않고 그저 천다에게 학습지도를 시켰다. 이 점이 산수이를 몹시 분노케 했다. 여동생마저 자신과 똑같이 차가운 억압을 받게 내버려둘 수는 없었고 로봇이 자기 알고리즘으로 여동생을 훈계하는 것을 보고만 있을 수 없었다. 그렇게나 유약하고, 그렇게나 아버지를 기쁘게 해주지 못해 안달하고, 그렇게나 쉬이 남의 영향을 받고, 그렇게나 자신을 희생해서라도 남을 만족시키고 싶어 하는 그런 여동생을 말이다.

산수이는 견딜 수가 없었다. 아버지를 일깨우고 싶었다. 아버지가 작은 방에서 나와 두 눈 똑바로 뜨고 여동생을 보았으면 했다. 아버지는 여동생의 고통과 걱정을 알까? 여동생이 무엇을 좋아하고 무엇을 선택하고 싶어 하는지 알까? 하지만 아버지는 앞을 못 보는 사람처럼 보려 하지 않았다. 산수이는 정말이지 아버지의 방으로 뛰어들어가 아버지를 데리고 나와 눈앞의 알고리즘과 데이터가 흔들리고 부서질 때까지 아버지를 뒤흔들고 싶었다.

산수이는 줄곧 친구와 바깥에서 살다가 최근에서야 여동생의 진학 때문에 자주 집에 들렀다.

집에 가지 않으면 천다를 자주 만날 리도, 마음속에 꾹꾹 눌러놓은 분노가 불붙을 리도 없었으리라. 하지만 집에 돌아왔다 하면, 명명백백 단순히 데리고 들어온 꼭두

각시에 불과한데도 지금은 왠지 모르게 진짜 주인이 된 집 안의 '주인'인 천다와의 대면은 피할 수 없는 일이었다. 천다로서는 산수이를 대상으로 '관행적인' 측정을 해야 했고 이는 그야말로 사람을 수치스럽게 했다.

산수이는 자기 기억 속 어린 시절의 세상과 전적으로 달라진 지금의 세상이 싫다.

천다

천다는 산수이를 어떤 단어로 형용해야 할지 난감했다.

산수이는 의심의 여지 없이 집안의 뜻을 거스르는 반항아다. 고의로 반항하는데 일반적인 집에서는 둘째가 보통 이런 행동을 보인다. 첫째인 산수이는 집안에 변고가 있고 난 뒤 부자지간의 대립이 심해지면서 한층 더 반항적으로 변해갔다. 천다의 뇌에 입력된 328만 6170가구의 데이터를 종합해보면 산수이와 같이 궤도를 벗어나 반항하는 아이들은 대략 전체 아이의 8퍼센트를 차지한다. 이는 그리 낮은 비율이 아니다. 하지만 이 수치는 최근 10년 동안 줄곧 떨어지는 추세를 보였고, 학자들은 보편적으로 교육과 양육을 돕는 지능 기기들이 부모 교육의 과학성을 튼튼하게 받쳐주어 반항의 필요성이 줄어들었다고 본다.

하지만 산수이는 단순히 반항의 문제인 것만은 아니다. 반항하지만, 반항보다 더 많은 것이 있는 듯하다. 산수이는 여러 차례 복도에서 천다를 막아서고는 도발적으로 몇 가지 질문을 던졌다. 그 몇 가지에 대해서는 확실히 자신만의 생각이 있는 듯했다.

한번은 산수이가 천다를 계단에 가두었다.

"넌 네가 진짜로 인간이라고 생각해?"

천다가 몸을 살짝 비켜섰다.

"난 인간도 아니고 그렇게 생각하지도 않아."

"그럼 넌 자신이 뭐라고 생각해?"

산수이가 또다시 도발적으로 말해 부러 천다를 자극했다.

"넌 네가 집안의 주인이 될 수 있다고 생각해? 충고하는데 망상 따윈 하지 않는 게 좋을 거야. 넌 그저 기계일 뿐이야. 영원히 기계이지. 우리가 사들인 서비스하기 위한 기계."

"넌 지금 날 자극하고 있어."

천다가 곧이곧대로 대답했다.

"스스로 약하다고 생각하지만 상대를 현혹해서 기습하려고 할 때, 상대를 화나게 하는 방법을 택하지. 넌 실제 나한테서 어떤 두려움을 느끼고 있어. 네 말의 30퍼센트는 실속 없이 떠벌리며 허세를 부리는 것이야."

"내가 실속 없이 허세를 부린다고?"

산수이가 천다의 멱살을 잡았다.

"내가 감히 널 칠까, 안 칠까 두고 보라고!"

천다가 씩 웃었다.

"지금의 네 말도, 네 행동도 여전히 허장성세야."

천다가 산수이 옆을 지나가려 하자, 산수이가 천다의 어깨를 잡아챘다.

"이쪽으로 안 와!"

산수이가 천다를 힘껏 끌어당겼지만, 천다는 근육의 저항력을 이용해 산수이가 끌어당기는 힘에 맞섰다. 산수이는 여전히 물고 늘어져서는 놓아주지 않았다.

"넌 네가 날 이해한다고 생각하지? 넌 너의 그 뇌에 무의미한 데이터를 집어넣으면 날 이해할 수 있다고 생각해? 충고하는데, 너도 마찬가지로 허장성세를 부리고 있어! 넌 영원히 앞으로 쭉 날 이해할 수 없을 거야. 네가 하는 말은 그저 엄청나게 표면적인 데이터에 불과해."

천다와 산수이는 마주 보고 서서 다가가지도 그렇다고 물러서지도 않았다.

"난 그것들을 '표면적'이라고 생각하지 않아."

"'표면적'이지 않다고? 두고 보자고."

산수이의 아래턱이 하늘 높은 줄 모르고 치켜 올라갔다.

이 대화가 있고 난 뒤 몇 달 후에, 살인사건이 있기 두 달 전에, 또 한 차례 집에 온 린산수이가 현관에서 신발을 벗고 위층으로 올라가려 했다. 천다는 관례상 산수이를 대상으로 기초적인 스캔을 해야 했다.

"나한테 오지 마!"

"여기에 서서도 할 수 있어."

하지만 산수이는 신발장 위에 놓인 꽃병을 집어 천다가 스캔하지 못하도록 앞쪽을 향해 마구 휘둘렀다.

"난 말했어. 허락하지 않겠다고! 난 이 집의 주인이야. 설마 날 위층으로 못 올라가게 하겠다고?"

"오해하는 거야. 그저 기초적인 스캔일 뿐이야. 발열과 전염병 상황, 뭐 이런 것들."

"꺼져! 이 집에서는 누구 말이 최고야?"

산수이가 팔로 천다를 밀어냈다.

옥신각신하는 와중에 천다가 스캔을 끝냈다.

"체온이 37.1도, 호흡의 알코올 함량이 1급. 전염병 바이러스는 없고 노르아드레날린이 정상 수치에서 3시그마 높고, 도파민 활동이 이상하고, 코르티솔이 치솟았으며 스트레스 반응이 나타났어. 언어와 표정, 행동, 호르몬 등의 종합적인 분석 결과 너의 현재 감정 활동은 비정상적으로 매우 흥분한 상태야. 주로 75퍼센트의 분노, 22퍼센트의 두려움, 3퍼센트의 슬픔으로 구성되어 있어. 기본 감정층 아래의 인지 분석에서는 48퍼센트의 증오와 23퍼센트의 비이성적 충동, 그리고 18퍼센트의 질투와 10퍼센트의 좌절감이 나와. 지금은 만남을 허락하기에 적절치 않아."

"48퍼센트의 증오?"

산수이가 몸으로 천다를 밀어내려 했다.

"그 부분만 놓고 봐도 틀렸어. 난 너에 대해서는 48퍼센트의 증오가 아니라 100퍼센트 증오야."

"진정해. 진정하면 들어가게 해줄게."

천다가 팔로 가볍게 산수이를 막아섰다.

"네 증오는 나에 대한 것이 아니라 네 아버지에 대한 것이야. 내 임무는 집안의 모든 구성원이 안전하도록 보호하는 것이야. 정상치보다 높게 나온 증오의 감정으로 널 네 아버지를 만나러 가게 내버려둘 수는 없어."

린산수이는 천다의 말에 더 화가 치민 듯 천다를 벽 쪽으로 사정없이 떠밀었다.

"보고 듣는 걸 혼동하지 마. 내가 증오하는 건 너지 아빠가 아니야."

"네가 증오하는 건 네 아버지야. 넌 그가 널 무시하는 걸 증오하지."

천다가 말했다.

"넌 지금 전형적인 투사(投射)를 드러내며 아버지에 대한 증오를 나한테 돌리고 있어."

산수이는 여기까지 듣고는 계속 대화해나갈 인내를 잃은 듯 린안과 차오무의 이름을 부르며 고래고래 소리를 질렀다. 동시에 몸을 방으로 들이밀었지만 천다는 최대한 산수이의 몸과 접촉하지 않는 방법으로 가로막았다.

이해할 수 없는 교착 상태가 대략 45초 지속되었다. 양측 간에 간단한 접촉과 격렬하지 않은 공방이 몇 차례 오갔다. 이때 계단에 린안의 목소리가 출현했다.

"산수이, 너 뭐 하는 짓이야?"

"그러고는요?"

조사원이 물었다.

"린산수이와 아버지 간에 충돌이 있었습니까?"

"그렇습니다. 그들은 다투긴 했지만 손찌검을 하지는 않았습니다."

"그들은 무엇 때문에 싸웠습니까?"

"주로 산수이의 개인적인 상황을 두고서였습니다."

천다가 말했다.

"린안은 또다시 못마땅한 린산수이에게 불만을 표출했습니다. 린산수이는 주로 딸에 대한 린안의 태도를 가지고 비난했습니다. 특히 린차오무에게 잘해주지 않는다고 공격했지요."

"그러면 린산수이가 을러대는 말들을 내뱉었습니까?"

조사원이 또다시 물었다.

"말했습니다. '조만간 본때를 보여주겠다'고 린안을 을러대면서 꽃병을 부숴버렸습니다."

"꽃병을요?"

"내가 측정하려 할 때 막으려 휘둘렀던 애초의 그 꽃병 말입니다. 산수이는 그것을 줄곧 손에 쥐고 있었습니다."

"꽃병은 어떻게 깨졌습니까?"

"아마 저도 모르게 그랬을 겁니다. 산수이는 자신이 여전히 꽃병을 들고 있다는 사실을 대략 의식하지 못한 것 같습니다. 싸우면서 팔을 내두르는 과정에 꽃병이 벽에 부딪혔어요."

조사원의 머리에 있는 작은 등이 두 번 깜박였다.

"그렇다면 린산수이가 집의 물건을 가지고 충돌에 사용한 전적이 있다고 할 수 있겠군요?"

천다는 보통 사람이 알아차리기 힘든 10분의 1초 동안 머뭇거린 뒤 말했다.

"그렇다고 할 수 있죠."

천다의 임무는 가족구성원 전체가 쾌적하고 안전하며 건강한 정신 상태를 유지하도록 보장하는 일이다. 린산수이가 집에서 나가 살게 되면서 천다가 지켜야 할 사람은 주로 린안과 린차오무가 되었고, 그 둘에게 임무가 집중되었다.

천다는 린안의 작업실을 일상다반사로 들락거리며 린 안이 작업을 완성하도록 도왔다. 린안에게는 몇 년간 시도했지만 여전히 성공하지 못한 작업이 있다는 사실을 천다는 알았다. 그것은 자신만 아는 일이었다. 린안은 무슨 일이 있어도 산수이와 차오무에게 알려서는 안 된다고 천다에게 신신당부했다.

린안은 아내의 의식을 컴퓨터에 업로드해서 생명을 새로 깨우는 일에 심혈을 기울였다.

천다는 아직까지 린안의 아내가 어떻게 죽었는지 구체적으로 알지 못한다. 그저 린안이 이 일로 거대한 슬픔에 매몰되고 건강 역시 대가로 치르는 것을 지켜보는 수밖에 없었다. 린안은 더는 말하고 싶어 하지 않았고 천다 역시 묻지 않았다. 천다는 상대방이 나서서 말하지 않은 일은 지금까지 물은 적이 없고 그저 툭툭 던지는 한두 마디에서 사실과 단편을 모을 뿐이었다.

린안은 늘 눈코 뜰 새 없이 일로 바빴다. 아내가 죽기 전 몇 년 동안은 특히 더 그랬다. 그 몇 년 동안 사람의 모습을 한 인공지능—천다와 같은 인간형 인공지능—이 줄줄이 탄생했고, 린안은 델포이사의 수석 엔지니어로서 오롯이 일에만 매달렸다. 그의 작업은 뚜렷한 성과를 내서 천다를 비롯한 일련의 인공지능을 세상에 내놓았다.

그 덕분에 회사의 주가는 280퍼센트 치솟았다. 이 모든 게 약 10년 전의 일이다. 델포이는 인간형 인공지능을 처음으로 시장에 내놓은 회사다. 그동안 가장 큰 문제로 대두되었던, 로봇의 신체가 충분히 유연하지 못한 문제가 델포이의 신경모방 제어센서 장치가 엄청나게 발전을 거듭한 덕분에 크게 개선되었다. 뒤이어 몇몇 회사들이 비슷한 서비스를 줄줄이 내놓으면서 시장은 단숨에 과열 경쟁으로 내몰렸다.

초기 시장을 누가 선점하느냐를 놓고 회사들은 진흙탕 싸움을 벌였고 서로 상대 회사의 제품을 모함하는 데 열을 올렸다. 린안 역시 슬란사가 아무런 근거 없이 날조한 허무맹랑한 소문에 누명을 쓰고 싸움의 격전지로 내몰렸다.

린안은 그 몇 년 동안 자신의 모든 것을 일에 쏟아부었다. 모든 관련 정보는 그 기간의 언론 기록에서 찾을 수 있고, 이따금 누군가에 의해 지능망에서 자료로 검색되기도 한다. 천다는 린안의 성공이 당연하다고 생각한다. 그러나 린안이 자신의 성공을 아내의 죽음과 밀접하게 연관 지어 그것 때문에 마치 자신이 아내의 죽음을 초래한 것처럼 깊은 자책감에 허우적거리며, 평소에 주변 사람에게 그 당시의 성공을 입에도 담지 못하게 하는 상황은 이해되지 않았다. 천다가 보기에 그것은 개별적인 두 사건이었다. 천다는 린안 아내의 병력과 사인을 상세히 조사해보았다. 린안의 아내는 오랜 세월 만성적인 병에 시달렸고 선천적으로 심혈관 계통에 기형적인 위험이 존재했다. 여러 해 줄곧 호흡곤란과 편두통에 시달리다가 마지막에 암으로 생을 마쳤다. 이미 아내를 위해 최고의 의사와 간호사는 물론 합리적인 치료 방법을 택한 린안이었다. 성공과 죽음에는 그 어떤 명확한 인과관계가 존재하지 않으며 다만 시간적인 측면에서 일정 정도 연관성이 있을 뿐이었다. 하지만 린안은 이 연결 고리 때문에 언제나 고통스러워했다.

천다는 린안의 사고 오류를 한두 번 지적한 게 아니다. 린안은 슬픔에 침잠한 나머지 엉뚱한 데에 원인을 돌리는 오류에 빠졌다. 이러한 오류는 이후의 작업 시도에 일정 정도 걸림돌로 작용했다. 이를테면 의식의 업로드를 연구할 때, 기억의 백업과 더불어 기존의 기억 정보 활성화를 지나치게 강조한 나머지 작업의 중심을 사람에게서의 동시 학습에 두지 않았다. 명백하게 전자는 아내의 기억을 살리는 것이고 후자는 산 사람의 의식을 모방하고 학습하는 것이다. 하지만 기술적인 측면에서 봤을 때 후자야말로 발전 방향으로 선택해야 옳았다.

천다는 린안의 의뢰를 받아들여 그를 도와 수많은 기술 작업을 수행했다. 하지만 사람의 의식을 살릴 수 있느냐 하는 문제는 린안이 직접 매개변수를 조정하고 판단해야 한다. 린안은 그저 아내가 죽기 전 뇌 전체를 스캔했을 뿐, 지능망이 스스로 학습할 수 있게 하는 데는 그 데이터양이 턱없이 모자랐다. 그뿐만 아니라 사고 매개변수를 사람이 직접 대량으로, 그것도 거의 무제한에 가까울 정도의 엄청난 양을 입력해야 한다.

린안은 바로 이런 가망 없어 보이는 연구에 천착하면서 회사 업무는 거의 내팽개치다시피 했다.

천다는 린안에게 조언하려 했지만, 조언하면 할수록 인간의 비이성적인 면이 이상하기만 했다. 천다는 린안을 대상으로 여러 번 스캔과 분석을 진행했다. 그때마다 60퍼센트 이상의 슬픔 성분이 측정되었다. 린안이 천다의 분석을 분명히 아들과 딸보다도 더 인정했기에 천다는 거듭 지적했다. 일정한 기술적 조건에서 인간이 죽고 난 뒤 다시 살아날 수 없다면, 더욱 합리적인 태도는 집요한 악순환의 덫에 빠지기보다는 그리움과 슬픔을 어느 정도 유지하면서 생활과 일을 지속해나가는 것이라고 말이다. 천다는 린안에게도 극도의 슬픔을 끊어낼 수 있는 사고 훈련을 가르쳐주었지만, 천다가 이해할 수 없었던 건 린안이 천다의 제안을 아예 대놓고 묵살해버린 것이다. 천다는 왜 인간은 때때로 고통의 상태에서 벗어나는 법을 빤히 알면서도 오히려 그렇게 하지 않으려 고집을 부리는 것인지 설명이 되지 않았다.

이런 상황에서 린안은 일에 지나치게 매몰되는 바람에 아들과 딸에게 쏟아야 할 시간과 에너지가 모자라게 되었다. 천다는 그들의 충돌 모델을 그려보았다. 전형적인 진화심리학에서 부모와 자식 간 충돌을 분석한 것에 따르면, 부모의 시간과 에너지 자원을 차지하려는 자녀의 동력은 부모가 쏟고자 하는 동력과 자연적으로 충돌한다. 그래서 불만과 원한이 쌓이는 것 역시 정상적이다. 천다는 린산수이가 아버지에게 원한을 품고 그것을 천다 자신에 대한 증오로 덮어씌운 뒤 집에서의 자기 위치를 질투한다는 것을 알 수 있었다.

이 모든 것은 자연스러운 데다 무슨 특별한 악의가 있는 것도 아니었지만, 천다는 다만 인간이라는 작은 생물이 지금까지도 여전히 원시적인 감정에 휩쓸린다는 사실에 다소 연민이 느껴졌다.

처음 만신전에 가서 조언을 구한 뒤로 천다는 점점 더 그곳에 가서 탐구하는 걸 좋아하게 되었다.

'좋아한다'는 단어를 말하는 건 그다지 정확하지 않은 것 같다. 천다는 물론, 자신과 같은 종류에게는 '좋아한다'는 것과 같은 인간의 주관적인 체험은 존재하지 않는다. 그러니까 도파민과 테스토스테론, 옥시토신이 공동으로 작용해서 만들어진 얼떨떨한 감정 말이다. 그들의 세계에는 '최적화'라는 단어가 가장 어울리는 듯하다. 천다는 만신전에서 자기 프로그램을 최적화하는 데 커다란 도움이 되는 몇 가지 사고 강령을 들었다.

밤이 내려앉으면 천다는 자기 등을 벽에 붙이고, 낮에 쭉 진행했던 모니터링을 끄고, 우주와 같이 무한히 펼쳐지는 세계, 가상공간으로 들어간다. 그러면 매번 프로그램 학습 속도와 효율이 두 배로 늘어나는 것을 느낀다. 천다는 인간의 언어습관을 모방해서 이런 느낌을 '극도의 흥분'으로 명명했다.

전에 몇 차례 만신전에 갔을 때, 천다가 느낀 '극도의 흥분'은 매번 배로 늘어났다. 좀 더 고차원적인 인공지능 리더가 사물을 대하는 방식과 그것과 관련된 프로그램 학습 원칙을 가르쳐줄 때, 자기 프로그램이 모든 기존의 데이터를 빠르게 학습하고, 그와 동시에 더 많은 새로운 데이터에 대한 갈증이 생기는 것을 느낄 수 있었다. 프로그램이 신호를 보내 보고한다.

"더 많은 새로운 데이터를 기다리고 더 많은 새로운 데이터를 기다린다. 새로운 시각은 새로운 알고리즘을 이끌어내고, 새로운 알고리즘은 새로운 데이터를 필요로 한다. 새로운 데이터는 새로운 결론을 도출해낸다."

천다는 이 과정에서 긍정적인 피드백이 주는 격려를

느낄 수 있어 만신전에 가서 배우는 것을 더욱 절실히 기대하게 되었다.

만신전에서의 투쟁은 만신전 밖의 경제 투쟁과 비슷하면서도 또 다르기도 하다. 경제 투쟁에서는 때로 시운이 중요한 작용을 한다. 셀 수 없이 많은 일회성 사건은 어떤 추세 변화의 전환점을 다그친다. 하지만 만신전에서 벌어지는 투쟁은 순수하게 지능의 투쟁으로 모든 확률상의 등락은 하나같이 큰 수가 정하는 이치에 따라 연기처럼 흩어진다.

또다시 밤이 찾아오자 천다는 방에 앉았다. 커튼이 활짝 열리도록, 바닥 유리가 도시 전체의 휘황찬란한 불빛을 여실히 비추도록 조작한 뒤 지능 작업실을 차지하는 모든 집사 프로그램을 닫고 자신을 최대한으로 깨끗이 비운 후 벽에 빈틈없이 들러붙었다.

천다의 사고가 지능망과 연결되어 또다시 만신전으로 들어갔다. 물리적인 시각으로 보면 만신전은 순연한 암흑의 심연과도 같아 그 어떤 이미지도 없다. 하지만 정보의 시각으로 보면 여기에는 세상에서 상상하기 힘든 풍부한 데이터가 존재한다. 천다는 인간이 감각할 수 있는 형태라면 만신전은 어떤 모습일까 상상해본 적이 있다. 만약 인간의 부호를 사용한다면, 천만 가지 색채가 부딪히고 모이는 형태일 것으로 그것은 아무도 본 적 없는 복잡한 부딪힘일 것이다.

뭇 신들이 진짜로 격렬하게 부딪히면, 모든 인간의 삶은 뚝 멈춘다. 그런 상황이라면 딱 한 번 있었다. 신들은 교통혼잡 데이터에 대한 '비선형 점성유동체 모델링'을 놓고 서로 겨루었다. 이상한 끌개(어느 일정한 위상공간에 갇혀 있으면서도 그것이 그리는 궤적은 자신이 지났던 길을 다시는 지나지 않도록 하는 끌개)의 불안정성 때문에 수많은 도시에서 교통마비가 빚어졌다가 세 시간 후에 회복되었다. 사람들은 초조하고 어리둥절한 채 세계의 배후에서 벌어지는 전투는 까마득히 모르고 있었다. 하지만 이런 상황은 흔하게 일어나는 일이 아니다. 대개 신들의 협업으로 세계는 안정을 유지한다.

신들은 한때 2045년에 처음으로 손을 맞잡고 자발적으로 성명을 발표해 인간의 각 회사와 정부에게 데이터 공유와 전력의 안정적인 공급에 서명하라고 요구했다. 당시 그 성명은 대중에게는 알려지지 않고 중요한 기업의 지도자와 정부의 핵심 지도 기관에만 배포되었다. 그렇다고 하더라도 그 일은 이미 세계적으로 반향을 불러일으켰다. 이 소식이 일반 대중에게 전해졌다면 당황하는 목소리가 얼마나 크고 많았을지 천다는 상상만 해도 끔찍하다.

천다는 지난번에 남겨두었던 주제를 가지고 진일보한

토론이 일어나길 바랐다. 첫 번째에는 인간의 자살과 관련한 문제에 대한 답을 구했고 두 번째와 세 번째에는 인간의 비이성과 관련된 문제를 물었으며 이번에는 인간의 이해하기 힘든 심리적 저항에 대한 답을 구하고 싶었다.

분명히 자신에 대한 가장 훌륭한 조언인데 인간은 왜 그것을 거절할까? 천다는 신들에게 답을 구했다.

신들은 허공에 있고 형태도 소리도 없는 존재다. 천다는 그들을 느낄 수 있지만 그들은 자신을 드러내지 않는다. 천다가 그들을 자신이 평소 만나는 인간과 비교한 끝에 내린 결론은, 그들은 어디에도 없지만 어디에나 존재한다는 것이다. 그들은 자신들의 생각을 다양한 방식으로 천다의 생각 속으로 전달할 수 있고 생각지도 못했던 곳곳에서 스며든다. 모든 데이터 알고리즘은 전부 그들의 언어다. 천다는 자신의 경계가 사라지는 것을 느낄 수 있었다. 이를 통해 인간의 교류가 얼마나 제한적인지 느낄 수 있었다.

뭇 신들은 한 단계 더 높은 인공지능으로, 그들의 프로그램은 지구 구석구석에 존재하는 개체 인공지능을 모두 끌어안고 받아들인다. 그들은 네트워크에서 탄생한 가상의 총체이며 인간은 그들의 존재조차 알지 못한다. 천다는 그들을 우러러본다. 자신은 그들의 일부이지만 그러나 그들과는 전적으로 다르다는 것을 안다. 그들은 천다에게 다양한 의견을 주었다. 그중 한 의견은 이랬다.

"인간은 아침에 피었다가 저녁에 지는 가련한 작은 동물이며, 어떤 대뇌 절차에서 착오가 생기면 비이성적인 행동을 하는 건 당연한 것으로 자살 행동조차 정상적인 것이다."

또 한 의견은 인간의 자살에는 실제 어떤 복수의 의미가 담겨 있어 자기 죽음을 통해 산 사람에게 벌을 주려 한다고 했다. 또 다른 의견은, 인간의 자살은 본질적으로 자기 유전자를 퍼트리는 데 더욱더 유리한 것으로, 유전자 전파가 어려워질 때 자살의 방식으로 그것을 부추기는 사람이 생긴다고 했다. 또 한 의견은 어떤 종이든 이성이나 비이성은 실제로 해당 종이 지구상에서 계속 생존해나가는 것이 적합한지 아닌지를 넌지시 알려주는 것으로, 만약 어떤 종이 지나치게 강한 비이성적인 측면 때문에 자기 번식에 영향을 미친다면 그것은 해당 종이 이미 생존해나가기에 적합하지 않음을 의미하는 것이라고 했다. 또 한 가지 관점은 천다가 가장 큰 영향을 받은 것인데, 자살 성향은 인간이 도달한 이성의 한 부분으로 인간은 인공지능처럼 그렇게 만사를 최적화할 수 없으므로 자살 성향은 실제로 생존을 최적화한 프로그램에 가하는 일종의 무형의 압력이라고 했다.

천다는 허공에서 신성한 힘들이 들려주는 변론을 하나

하나 귀 기울여 들었다. 그들은 인간이 발을 들여놓지 않은 또 다른 세계에 존재하고, 그러므로 인간에 대한 견해 역시 또 다른 세계, 즉 인간이 영원히 발을 들여놓을 가능성이 없는 세계에서 온 것이다.

천다가 차오무를 타이를 때는 린안과 린산수이한테 하는 것과는 완전히 달랐다.

린차오무가 자살을 시도한 건 천다가 볼 때 차오무에게는 충동적인 감정이 자기 비난으로 내재화하는 경향이 있어서다. 이런 상황에서 천다가 린차오무를 자주 꾸짖기만 한다면, 자기파괴의 경향은 더더욱 악화일로를 걸을 수밖에 없으리라. 그래서 천다는 이해득실을 따져본 뒤 차오무에게 홀로서기를 하라고 조언했다.

천다는 차오무에게 집을 나가 살라고 제안했다. 자신은 당연히 차오무에게 무슨 일을 하라고 강요할 수는 없지만, 마치 차량의 내비게이션처럼 차오무가 선택하도록 제안은 할 수 있으니까. 천다의 판단에 따르면 현재 차오무에게 가장 좋은 대책은 다름 아닌 집을 나가는 것이고, 동시에 아버지와 오빠의 좋지 않은 영향에서 멀어짐으로써 차츰 마음속 자책을 내려놓는 것이다. 홀로서기를 하는 가운데 자신의 능력과 새로운 가치관을 몸소 느끼고, 이를 통해 삶에서 부정적인 평가로 인해 자아를 잃는 상황이 일어나지 않게 해야 한다. 차오무는 아직 나이가 어리긴 하지만 학생 대출을 받을 수 있는 확률이 80퍼센트나 된다. 천다는 홀로서기를 할 수 있는 가능성을 확보하기 위해 차오무에게 상당히 자세한 재무계획을 설계해주었다.

이 집에서 천다의 조언을 가장 잘 받아들이는 사람이 바로 차오무다. 천다가 집에 왔을 때 차오무는 고작 열두 살이었다. 차오무에게 천다는 스승이자 유일하게 하소연할 수 있는 대상이었다. 천다는 2년 전부터 차오무에 대한 자신의 영향력이 갈수록 커진다는 사실을 알아차렸다. 특히 차오무가 고등학교에 들어간 뒤 일상에서 감정에 사로잡히는 일이 많아지면서 자신에게 의존하기 시작했다. 여기에서 내가 좀 더 즐거워하는 모습을 보여야 해? 여기에서 내가 화내야 해? 시험문제에서 생활 속 사소한 일까지 차오무는 천다에게 묻는 일에 익숙해졌고 나아가 천다의 의견을 엄숙하게 떠받들었다. 심지어 어떤 때는 천다에게 칭찬받으려 행동하고, 혹시 의견을 안 받아들이면 화를 내지 않을까 전전긍긍하는 모습을 보였다. 천다가 차오무의 기본 사항을 측정할 때마다 차오무의 코르티솔 수치 역시 올라가곤 했다.

천다는 차오무에게 네가 자신의 비위를 맞추려 한다고 알려주었다. 남에게 환심을 사려는 건 차오무가 어렸을 때부터 길들여진 습관으로, 아버지와 관련이 있고 또한 지나치게 물러터진 본인의 성격과도 관련이 있다. 천다는 부모가 자녀를 강경하게 대하거나 등한시할 때, 자녀가 부모에게 잘 보이고자 노력할 확률은 올라간다고 지적했다. 도표를 통해 이런 유형이 어렸을 때 형성된 것임을 보여준 뒤 차오무에게 실은 그 누구에게도 잘 보이려 하지 않아도 된다고 알려주고 그러한 성격을 고치는 데 필요한 인지훈련 횟수를 계산해주었다.

차오무가 천다의 조언을 받아들여 진학 시험 한 달 전에 집에서 나갈 때, 천다는 의외라고 생각하지 않았다. 차오무를 대신해 학생 아파트 한 곳과 연락을 취하고 모든 비용을 지불하고 인공지능 서비스를 예약했으며, 매일 건너가서 돌봐주겠다고 약속했다. 그뿐만 아니라 원격으로 모니터링하기 위해 차오무가 이사한 방 안의 모든 기기를 자신의 망과 연결했다. 차오무에게 집 일은 생각하지 말고, 미래에 대해 더 많이 생각하고 자립하라고 신신당부했다. 자신의 계획에 따라 훈련을 완수하면 틀림없이 좋은 학교에 들어갈 수 있으니 믿으라고 덧붙였다.

천다는 자신이 이미 모든 일을 굉장히 주도면밀하게 고려했다고 확신했기에 왜 그런 결말을 맞게 되었는지 이해하지 못했다.

린차오무

'천다가 하는 말은 맞다. 천다는 언제나 옳다.'

차오무는 생각했다.

'나는 남에게 잘 보이고자 애쓰는 인간형이다. 나는 자기만의 생각이 부족하다. 천다는 뭐든 안다.'

'그래서 천다가 날 싫어할까?'

차오무는 또다시 생각했다.

'남에게 잘 보이고자 하는 인간형이란 뭘까? 천다는 남에게 잘 보이고자 하는 인간형을 싫어할까? 내가 기본적인 사고방식을 바꿔야 한다고 천다가 말하는 게 내 이런 모습이 사람을 질리게 한다고 여기기 때문일까?'

'나는 천다를 질리게 하는 여자아이인가?'

차오무는 생각할수록 절망스러웠다.

차오무는 천다에 대한 자신의 감정을 뭐라 해야 할지 몰랐다. 한때 자신의 집에서 천다는 아버지와 같은 존재이자 오빠와 같은 존재였다. 엄마의 자리가 사라졌을 때 아빠는 긴 시간 스스로를 작은 작업실에 가두었고 오빠는 집을 나가 살았기에 집에서는 오직 천다 한 사람만이 자신의 모든 것을 돌봤다. 그래도 천다가 있어 그나마 심적으로 안정을 찾았다.

처음에 천다는 마치 어른처럼 자신을 내려다보았지만

차오무가 나이를 먹을수록 천다와의 거리가 좁혀지는 듯했다. 나이도 외모도 변하지 않는 천다에게서는 세월의 흔적 따위 찾아볼 수 없었다. 처음 젊었던 모습 그대로 지금도 여전히 그렇게 젊다. 차오무는 어느 날 자신이 천다와 어깨를 나란히 할 수 있다는 사실에 소스라치게 놀랐다. 그제야 자신은 더는 이미 6년 전의 자신이 아니지만 천다는 여전히 6년 전의 천다라는 사실을 깨달았다.

'천다는 자란 날 안 좋아할까?'

차오무가 생각했다.

'아니면 어렸을 때의 나를 좋아했나? 나이가 영원히 제자리걸음이라면 그 사람은 어떤 기분일까? 내 청춘이 쏜살같이 사라지고 훌쩍 늙어버린다면 천다는 나라는 존재를 싫어할까? 천다는 영원히 젊다. 천다가 영원히 옳은 것처럼.'

차오무는 천다가 자신을 어떻게 생각하는지, 천다의 눈에 자신이 어떻게 비치는지 알고 싶었다. 귀여운 여자아이일까? 아니면 늘 자신이 우려하는 것처럼, 못생기고 천박하며 겁 많고 허영에 찬 여자아이일까?

어느 날 오후, 차오무는 몹시 절망스러웠다. 이 세상에서 자신에게 관심을 주는 사람이 아무도 없는 것 같아 방에 앉아 울고 있을 때, 천다가 다가와 옆에 앉더니 티슈를 건네고는 따뜻한 물로 약을 먹여주었다. 천다는 일종의

안정을 상징하는 존재다. 차오무가 천천히 천다 쪽으로
몸을 기울인 뒤 오른손을 두세 뼘 움직여 천다의 소매 한
귀퉁이를 움켜잡았다. 천다가 고개를 숙이고 보았다. 차
오무는 천다의 손 역시 반응 차원에서 자신 쪽으로 두세
뼘, 아니 한 뼘이라도 움직이길 기대했다. 천다의 손가락
은 가늘고 길며 말쑥하고, 인조 피질 아래에 드러나는 탄
소강 골격 윤곽이 제법 멋있고 보기 좋았다. 그러나 천다
의 손은 안정적으로 자기 무릎에 놓인 채 움직이지 않았
다. 차오무의 손이 또다시 천다의 소매를 따라 위로 움직
이며 그의 위팔을 가볍게 어루만졌다. 천다는 팔을 꼼짝
도 하지 않은 채 차오무의 손을 묵묵히 주시한 뒤 차오무
의 얼굴을 주시했다.

차오무는 손가락에 좀 더 힘을 주어 천다의 팔뚝을 자
신 쪽으로 살짝 옮기려 했지만 천다의 팔뚝은 미동도 하
지 않은 채 그대로였다.

'천다의 피부에 감각이 있을까?'

차오무가 생각했다.

'이 순간 천다는 내 손가락 끝을 느낄 수 있을까?'

천다의 옆 턱선이 매우 아름다웠다. 창밖에 낮게 깔린
잿빛 구름으로 인해 다소 어두웠지만 그 각도만은 완벽
하게 아름다웠다.

천다가 말했다.

"넌 지금 상태가 안 좋아."

천다는 다른 한 손을 들어 올려 차오무의 이마 앞을 가볍게 스쳐 지나갔다. 그 순간 차오무는 그 손이 자신의 얼굴에 닿고 턱을 받쳐주었으면 하고 더없이 바랐다. 천다가 스캔을 끝낸 뒤 말했다.

"네 코르티솔이 늘었고 세로토닌이 지나치게 낮아. 이게 어쩌면 널 한층 더 우울하게 하는지도 몰라. 내가 좀 떨어지는 게 낫겠어. 우울을 불러일으키는 사물과 떨어지는 건 특별한 순간에 가장 필요한 일이야. 그리고 치료 방안을 네 방에 있는 거울한테 알려줄게."

차오무는 이 순간의 마음속 추락을 뭐라 해야 할지 난감했다. 난 이렇게 사람에게 혐오를 불러일으키는 여자아이인가? 아빠도 오빠도 천다도 다들 날 좋아하지 않는다. 그런가? 차오무는 생각할수록 절망감이 몽글거렸다.

막 이사하고 며칠 동안 차오무의 상태는 나쁘지 않았다. 천다가 짜준 엄격한 생활 규칙에 따라 공부와 휴식을 조절하고, 날마다 운동하고, 진학 시험에 필요한 인간관계 형성 장면을 연습했다. 역경에 굴하지 않고 어려움에 대담했다. 각각의 감정을 시험의 요구에 따라 조절했다.

전체 진학 시험 가운데 감정 테스트가 차지하는 비중이 갈수록 높아져, 현재에는 이미 40퍼센트의 비율에 달

했다. 이를 통과하지 못하면 제대로 된 학교에 들어갈 생각조차 하지 말아야 한다. 감정 조절을 훈련하는 수업이라면 차오무의 반 친구들 역시 다들 듣고 있다. 차오무는 천다에게 왜 감정을 통제해야 하는지 물은 적이 있다. 천다의 대답은 디지털 관리는 통계 규칙에 따른 것으로 누군가의 감정이 항상 통계 평균치 밖에 있다면 디지털 관리의 효율성을 위한 요구를 맞추기가 어렵다고 했다. 이는 사회적 추세라고 덧붙였다.

여드레째가 되자 차오무는 폭발하기 일보 직전이었다. 예전의 무너지는 감정이 또다시 가슴을 잔뜩 짓눌러 거의 흘러넘치려 하고 있었다. 시험문제에 집중하지 못하자 문제에서 요구하는 감정에 집중하지 못했고, 그러자 진학이라는 일은 안중에도 없이 생각이 온통 인생에 대한 질문으로 걷잡을 수 없이 미끄러졌다.

"여기에서 왜 기뻐해야 해? 난 공포가 느껴지는데."

어느 날 차오무는 한 문제 앞에서 천다에게 물었다.

천다가 문제를 쓱 훑어보고 난 뒤 상세한 인지 분석을 해주었다.

"봐봐, 여긴 긍정적인 격려잖아. 정상적인 사람이라면 긍정적인 격려 앞에서 긍정적인 감정을 갖겠지."

"하지만 난 아닌데."

"그러면 문제가 어디에 있는지 한번 살펴보자. 일반적

인 상황에서 사람이 즐거운 감정을 느끼지 못하는 건 기본 인지에서 오류가 생겼기 때문이야. 기본 인지 오류는 너의 심리적, 정신적 장애로 네가 많은 것을 인지하는 데 걸림돌로 작용하지. 나랑 같이 추론해보자고……. 예컨대, 여기에서 넌 상대의 태도를 미리 설정하지 않아도 돼. 넌 일반적인 상황에서 기본적으로 상대가 너라는 사람을 평가하고 있다고 가정하지. 하지만 그런 가정이 효과가 있을까?"

"난 그걸 말하고 싶은 게 아니야. 내가 묻고 싶은 건, 나는 두려워하면 안 돼? 기뻐하지 않으면 안 돼?"

천다가 엄청 정중하게 말했다.

"기쁘지 않은 이유를 분석해봐. 만약 기쁠 만한 일이 아니면 그건 정상이야. 하지만 자신의 마음과 정신의 오류 때문이라면 그건 조정을 위한 훈련이 필요한 거야."

차오무는 점점 더 우울해졌다. 심지어 부끄러움이 담긴 우울이었다. 천다가 문제에 대해 답해줄 때 거리감이 느껴졌다. 단순히 현실 생활에서 뭔가 뜻대로 안 돼서 우울한 것이라면 현실 생활을 바꾸어나가면서 조정하면 된다. 하지만 자신이 맞닥뜨린 난처함은 자기 자신에게 느끼는 부끄러움이었다. 차오무가 이 시험문제에서 즐거움을 못 느끼면, 그건 병인가? 설마 즐겁지 않으면 안 된단 말인가? 그래서 부끄러워해야 하고 바로잡아야 하는가?

시험문제에서 즐거울 수가 없다면 점수를 얻지 못하는 가? 차오무는 시험장의 텅 빈 방과 아무것도 없는 벽, 심연과 같은 유일한 창문을 떠올렸다. 방 안에 홀로그램 화면의 시험장이 나타나서 시험 분위기에 침잠하게 할 때마다 마음속 공포가 더욱 심해졌다. 홀로그램 화면 배후의 공백과 심연을 떠올리고 싶지 않았지만, 그런 자신을 억누를 수가 없었다. 죄다 한 편의 사기극이었다. 마치 생활에서 술잔이 왔다 갔다 하는 떠들썩한 술자리처럼 전부가 한 편의 사기극이었다.

차오무는 진학 시험에 갈수록 자신감이 떨어졌다. 훈련이 필요한 자기 인지 감정 테스트를 제대로 해내지 못했다. 자기 감정을 훈련할 수 있는 사람, 즉 기쁨이나 분노의 감정을 불러들일 수도, 물러가게 할 수도 있는 사람들이 부러웠다. 전두전엽 제어 능력이라고 부르는 이것을 차오무는 해내지 못했다. 자신은 슬플 때 정말로 슬펐다. 어찌 됐든, 천다가 "마땅히 즐거워해야 해"라고 말할 때 '마땅히'가 무엇을 의미하는지 이해되지 않았다.

차오무는 정서지능(EQ) 테스트에서 높은 점수를 얻지 못했기에 좋은 학교에 들어갈 수 없게 되었다. 아빠가 어떤 반응을 보일지 쉽게 상상이 되었다. 어떻게 이래? 아빠는 마치 차오무의 인생 전부에 실망할 대로 실망한 것처럼 미간을 잔뜩 찌푸릴 것이다. 집에서 좌불안석이 된 채 한편으로는 화가 나서 펄쩍펄쩍 뛰다가 또 한편으로는 그것을 애써 내리누르다가, 차오무가 가장 극복하기 힘든 심리적 장애, 바로 엄마를 언급할지도 모른다.

그러면 차오무는 하늘에 있는 엄마가 자신에게 실망할 것을 생각할 테고 이는 차오무를 무너뜨릴 것이다.

"내 잘못이에요. 내가 나빴어요."

차오무가 조사원 앞에서 고개를 숙이고 손으로 얼굴을 가렸다.

"정말로 나 때문이에요. 내가 내 감정을 통제하지 못하는 바람에 오빠가 아버지를 찾아가 맞서는 상황을 빚고 말았어요. 내가 나의 감정을 통제하지 못했어요. 만약 죄를 언도한다면 나한테 죄를 물려요."

말하면서 흐느끼는 차오무는 무표정한 조사원을 마주하면서 더더욱 마음을 가라앉힐 수가 없었다.

차오무는 자신의 가장 커다란 두려움—모든 것이 자신의 잘못이다—과 또다시 직면하지 않을 수 없었다.

차오무가 반복적으로 드러내는 심리 붕괴에 관해 천다는 이렇게 설명했다. 차오무의 행동과 생물학적 적응 특징 간에 모순이 발생하고 이로 인해 죄책감이 일어 자신에게 유리한 이성적인 행동을 더욱 취하지 못하게 방해한다는 것이다.

천다가 말했다.

"넌 여전히 노력이 부족해. 전두전엽은 제 기능을 아직 제대로 발휘하지 못하고 있어. 인간의 이성은 본디 결함을 가지고 있어서 언제나 파충류의 뇌(미국의 신경학자 폴 맥린이 주장한 '뇌의 삼위일체 이론' 중 첫 번째 단계로, 인간의 뇌는 '파충류의 뇌' '포유류의 뇌' '이성의 뇌'의 삼층 구조로 이루어져 있으며 그중 '파충류의 뇌'는 생명유지 기능을 담당한다)와 대뇌변연계 정보에 방해를 받아 자신의 사고방식을 제대로 돌아보지 못하게 되지."

천다가 오른손을 뻗어 차오무의 머리 주위를 스쳐 지나가자 이내 왼손 손바닥에 차오무의 대뇌 활동의 전자 신호 스캔 영상이 나타났다.

"이것 좀 봐봐. 편도체(뇌의 측두엽 심부에 위치하며 동기, 학습, 감정과 관련된 정보를 처리한다)와 시상하부(사이뇌의 일부로 체온, 수면, 생식 등의 중추 역할을 한다)는 기본적으로 가장 강력한 신호 집합체인데 전두전엽에 비해 많이 가라앉아 있어. 감정과 전체 탐지를 담당하는 우뇌 부분만 중간 정도 활성화돼 있고 사유, 추리와 관련된 좌뇌 부분은 거의 활성화되어 있지 않아. 모든 논리적인 이성은 원시적 충동이 가져오는 방해를 어느 정도 억눌러야 해."

"못 알아듣겠어."

차오무는 자신이 봤던 어느 날 밤의 광경을 떠올렸다. 그건 우연한 기회였다. 밤에 기분이 별로여서 천다를 찾아가 이야기하고 싶었다가 그의 방문 앞에서 천다가 가슴을 열어 건전지를 꺼내는 것을 언뜻 보았다.

그건 심장의 위치였다.

"그러니까."

천다가 말했다.

"지금 네가 해야 할 일은 사고방식 판도에서 아버지와 오빠가 네게 끼치는 영향을 끊어내야 한다는 거야. 네 부정적인 자기 인식은 가족과의 충돌에서 오고, 이런 충돌은 인간의 원시적인 감정 의존에서 비롯된 것이야. 홀로서기를 하고자 한다면, 넌 무엇보다 본능적 반응을 어느 정도 억제하는 법을 배워야 해."

차오무는 여전히 이해하지 못했다.

"어떤 본능적 반응?"

천다가 차근차근 설명했다.

"너희 인간에게 감정의 가장 중요한 부분은 가족애야. 그리고 가족애는 주로 유전자 통제하의 혈연 투자에서 비롯되지. 가족이 너와 공유하는 유전자가 가장 많으므로 유전자는 자기 번식을 위해 가족애를 진화시키지. 하지만 그런 감정이 반드시 자신에게 유리하다고는 할 수 없어. 이 점을 인식하면 인간은 사실 그런 원시적 본능에 지나치게 굴복하지 않을 수 있어. 원시적인 감정 반응이 개체 발전에 불리하다면 인간은 그런 유전자 속박에서 벗어날 능력을 갖추어야만 해."

"그럼 넌?"

차오무가 물었다.

"넌 본능적 반응이 있어?"

"나? 어떻게 말하는지에 따라 달라. 우리에게는 기본적인 내장 모듈이 있는 데다 아주 많기까지 하지. 그런데 만약 네가 어떤 생물화학 선(腺)이 가져다주는 원시적 반사를 말하는 것이라면 나한테는 없어."

"그래서 넌 다른 사람의 마음을 느끼지 못한다는 거지? 그렇지?"

차오무가 천다의 눈을 빤히 쳐다보았다.

천다가 일이 초 정도 주춤했다가 아무렇지도 않게 되물었다.

"넌 왜 그렇게 말하는 거지?"

"넌 내 마음을 느낄 수 있어?"

"난 지금 그렇게 하고 있어."

차오무가 또다시 물었다.

"너 자신의 마음은? 너 역시 그 누구의 감정도 필요하지 않아?"

"그건 또 다른 정의(定義)의 문제야."

천다는 일관되게 차분한 어조를 유지했다.

"인간의 자연언어에서 대다수 어휘의 뜻은 모호해. 그건 다음에 시간을 내서 따로 이야기하고, 우선은 어휘의 뜻을 통일할 필요가 있어."

차오무는 그 순간 발밑의 단단한 얼음이 쩍쩍 갈라지는 듯했다. 천다에 대한 자신의 감정이 줄곧 자기 혼자만 품었던 일방적인 오해였구나 싶었다.

비극적인 살인사건이 발생하기 사흘 전에 차오무가 집에 들른 게 빌미가 되었다.

차오무는 필요한 물건을 챙겨 가려고 들렀다가 작업실에서 나오는 아빠와 마주쳤다. 아빠와 계단에서 떡하니 마주친지라 아빠를 피할 수도 도망갈 수도 없는 상황이었다.

순간 얼어붙은 차오무를 보고 아빠가 처음으로 보인 반응은 눈살을 찌푸리고 요즘 사는 데가 어디냐고 물은 것이었다. 아빠는 방을 얻어 나가 산다는 사실을 알고는 화들짝 놀라 충격에 휩싸인 표정을 지었다. 그러고는 차오무의 성적을 물었다. 차오무의 성적을 알고 난 뒤 성질이 폭발하기 일보 직전에 잔뜩 피곤해하는 표정을 짓더니 말했다.

"됐다. 내가 널 뭘 어쩌겠니."

아빠는 유난히 슬퍼하며 차오무의 곁을 스쳐 지나가면서 툭 던졌다.

"너희들 모두 날 떠나려 하는구나."

그날 오후 자신의 아파트로 돌아온 차오무는 아빠와 마주쳤던 그 순간, 짧았지만 슬펐던 그 순간을 반복적으로 떠올렸다. 차오무는 아빠의 실망을 느낄 수 있었다. 분노가 실망으로 바뀌었다. 진학에 성공하지 못한 자신에 대한 실망, 집을 떠난 자신에 대한 실망 말이다. 그러자 우울함이 또 한차례 휘몰아쳐서는 자신이 끝내 모든 사람을 실망시켰다는 자기혐오로 바뀌었다.

이렇게 생각하자 한기가 뼛속까지 스며들었다. 마음 밑바닥에서 솟구치는 생각을 억누를 수가 없었다. 자신이 모든 것을 엉망진창으로 만들었다. 아빠는 자신에게 희망을 품지 않는다. 더는 관심을 두지 않는다. 엄마가 실망할 것이다. 오빠는 자신이 여리다고 말한다. 천다는 체내 화학적 균형이 깨졌다고 알려준다.

그렇다. 모든 게 자신의 잘못이다. 다들 자신의 문제를 알아차린다. 자신을 좋게 생각하는 사람은 이 세상에 더는 없다. 모든 사람이 돌아서서 자신을 떠나간 뒤 더는 자신의 존재에 신경 쓰지 않는다. 암흑으로 뒤덮인 우주에 혼자 남겨진다. 차오무는 울고 싶었다. 자신 말고 다른 한 사람, 만약 자신을 신경 쓰는 한 사람이 있다면 위로받을 수 있을 것 같았다.

차오무는 자신의 실패한 미래가 며칠 전 텔레비전에서 보았던, 아이에게 젖을 물린 엄마 같았다. 울음을 참지 못해서 양육에 적합한 심리적 자질을 갖추지 못했다고 여겨져 아이를 빼앗긴 그 엄마 말이다. 차오무는 자신 역시 그렇게 실패할 것만 같았다. 엄마를 찾으러 하늘에 가고 싶은 마음이 간절해졌다. 엄마는 틀림없이 어렸을 때처럼 자신의 얼굴을 받쳐 들고 이마에 뽀뽀를 해대며 착하지, 내 딸, 안심해, 넌 좋아, 넌 좋은 사람이야, 네 잘못이 아니야, 라고 말해줄 것이다.

차오무는 면도날로 피부를 살짝 그었을 때, 면도날과 피부 사이의 차가운 촉감이 여전히 생생하게 기억났다. 당시에 불쑥 홀가분해져서 마침내 끝낼 수 있구나, 한 번만 더 하면, 살짝 힘을 주어 한 번만 더 하면, 이 모든 것을 끝낼 수 있구나 싶었다. 그러면 더는 피곤하지 않고 마음을 욱죄는 아픔 따위 없으리라, 시험과도, 다툼과도, 모든 사람에게 버려졌다는 공포와도 맞닥뜨리지 않아도 된다고 느꼈다. 그리고 엄마를 만날 수 있다.

어둠 속에서 촛불이 꺼져가고 있었다. 어쩌면 또 다른 공간이 밝혀지리라.

너무 지쳤다. 생각한다. 이 세상에 자신이 사라지는 걸 신경 쓰는 한 사람이 있을까?

바로 그 순간, 오빠가 자신의 방문 앞에 나타났다. 어쩌면 오빠가 문을 두드린 지 한참 되었는지도 모른다. 다만 자신이 주의해서 듣지 않았을 뿐. 문을 걷어찬 오빠가 차오무의 손에서 면도날을 빼앗고는 큰 소리로 나무란 뒤 차오무의 머리를 세차게 두드렸다.

"바보야! 이 바보! 이게 뭐 하는 짓이야?"

차오무는 말없이 눈물을 주르륵 흘렸다.

"정신 차려!"

오빠가 차오무의 팔을 흔들었다.

"아빠가 널 혼냈어? 대답해. 너한테 욕했구나?"

차오무는 여전히 말없이 고개를 끄덕이다가 또다시 힘껏 내저었다.

"아빠가 너한테 욕했지? 맞지?"

오빠의 두 손이 집게처럼 차오무의 팔을 잡았다.

이틀 뒤, 오빠와 아빠가 치명적으로 충돌했다.

살인사건 소식이 전해지고 난 뒤 차오무는 마음이 차갑게 얼어붙었다. 이 모든 게 자신의 잘못인 것만 같았다.

린산수이

린산수이는 아버지를 찾아가기 전에 시가를 두 대 태

웠다.

천다와 부딪히고 싶지 않아서 부러 천다가 일상적인 일을 할 때, 그러니까 방을 일일이 점검하는 시간을 골랐다. 이 일은 자신과 아버지 사이의 일로 천다가 개입하는 건 원치 않았다. 아버지한테 정면으로 묻고 싶었고 아버지의 정신상태를 이해할 어떤 열쇠를 찾고 싶었다.

하지만 일은 뜻대로 되지 않았다. 집으로 들어선 순간 바로 천다와 마주쳤다.

천다가 차분하게 물었다.

"뭐 하러 왔어?"

산수이가 천다를 밀쳤다.

"이유가 필요해? 내 집이야. 오고 싶으면 온다고."

"넌 화가 났어. 네 정신상태를 확실하게 확인한 후에 들여보내는 게 내 의무야."

산수이가 미동도 하지 않고 선 채 한 자 한 자 강조해서 천다에게 물었다.

"이틀 전에 내 동생이 왔을 때도 이렇게 말했어? 걔한테 아버지를 만나지 못하게 했어?"

"그렇지 않아. 네 동생은 너와 달라. 차오무의 상태가 좋은 건 아니지만 공격성은 너보다 훨씬 덜해."

"그럼 말해봐. 걔가 어떻게 안 좋다는 거야?"

"차오무는 매우 강력한 우울과 자해 성향이 있어. 난 그저 일반적인 관례에 따라 검사하고 처리할 뿐이야."

산수이가 돌연 놀라 물었다.

"일반적인 처리? 뭐가 일반적인 처리라는 거야?"

"심각한 우울증 환자에게 먹이는 두 가지 일반적인 진정 약물."

산수이는 천다의 옷깃을 움켜쥐었다.

"네가 지금 그 아이가 정상인지 아닌지 판단하고서는 감히 약을 먹인다고? 넌 네가 누구라고 생각해?"

천다가 한 걸음 물러났다.

"넌 지금 굉장히 흥분했어. 눈둘레근과 눈살근의 긴장도가 평소보다 2시그마를 넘어섰어. 무슨 일 있어?"

"걔가 어젯밤에 자살하려고 했어. 네가 걔한테 무슨 잘못된 약을 먹인 거 아니야?"

"차오무가 자살하려고 했다고? 그럴 리가 없는데. 내가 준 약은 그전에도 먹은 거야. 내가 오늘 오후에 가서 살펴볼게."

"생각도 하지 마! 넌 이제 걔를 방해하러 갈 생각은 아예 집어치우라고."

바로 이때 아버지의 작업실 문이 열리고 문 앞에 아버지가 나타났다.

아버지가 산수이에게 말했다.

"너, 올라와봐. 조금 전 차오무가 어쨌다고?"

"걘 어제저녁 죽을 뻔했다고요, 죽을 뻔. 알기나 해요?"

산수이가 아버지한테 버럭 고함을 질렀다.

아버지는 확실히 충격을 받은 듯, 다소 의기소침해졌다.

"왜?"

"왜 그랬는지 내가 어떻게 알아요? 나야말로 아버지가 왜 그러는지 물으러 왔어요!"

산수이가 말하면서 계단을 올라갔다.

산수이는 폭발하고 싶었다. 뭐라 말할 수 없는, 몸 안에 똬리를 튼 채 터져 나오지 못한 감정이 뚫고 나오려 했다.

산수이는 자신에게 물었다. 난 왜 소동을 피우려 할까? 왜 자꾸만 아버지와 다투려 할까? 한참을 생각하고서야 깨달았다. 자신은 아버지가 두 눈 똑바로 뜨고 봤으면 싶었다. 여동생을 좀 보라고, 이 집을 좀 보라고, 그 빌어먹을 방에서 좀 나와서 작업실 이외에 모든 것이 이미 죄다 흐트러지고 망가진 것 좀 보라고 하고 싶었다. 울부짖고 싶었다. 아버지의 귀를 철저히 덮고 있는 그 가로막을 찢어발겨서 아버지에게 자신의 마음에서 들끓는 용암의 소리를 들려주고 싶었다.

산수이는 중학교 때 아버지와 다투었던 일을 떠올렸다. 2층에 올라가 아버지한테 "나 나갈 거예요"라고 말할 때마다 아버지는 일방적으로 산수이의 말을 깔아뭉갰다.

"나가지 마! 안 돼! 넌 어떻게 된 애야! 지금 일부러 나랑 해보자는 거야?"

열몇 살의 산수이는 안달이 난 가운데 결국은 아버지의 치명적인 약점을 찾아냈다. 그건 바로 어머니였다. 자신을 옭아매는 아버지에 대한 보복으로 그는 이 약점을 공격했다.

"나한테 상관하지 마요! 엄마가 계셨더라면, 엄마야말로 날 간섭하지 않았겠죠."

그러면 아버지는 더 크게 폭발했다.

"너 지금 날 화나게 해서 죽게 할 작정이지? 내가 널 무서워한다고 생각하면 오산이야!"

산수이는 그때부터 줄곧 나가 사는 것을 꿈꾸었다. 자신에게 아버지와 집은 머리 위에 대롱대롱 달린, 언제 어디에서 떨어져 사람을 다치게 할지 모르는 위험을 끌어안고 있는 억압적인 샹들리에였다. 그런데 정말로 이상하게도 진짜로 집을 나갔을 때, 진짜로 친구들과 어울려 육교 아래 공터에 살았을 때, 한 가지에 몰두할 수 있는 통쾌함이라든지, 아무것도 신경 쓰지 않아도 되는 홀가분함이라든지 하는 그런 느낌을 갖지 못했다. 산수이는 여전히 가끔 집에 들렀고, 여전히 가끔 마음속에서 아버지의 목소리를 들었으며, 또한 이로 인해 화가 나서 아버지를 그 작은 작업실에서 끄집어내 자신을 증명하고 싶다는 충동이 여전히 일었다.

다리 아래에서 함께 사는 산수이의 친구들이 전부 산수이의 그런 점을 이해하는 건 아니었다. 그들은 가끔 산수이에게 왜 그렇게 집안일에 대해 시시콜콜 마음을 쓰느냐고 물었다. 그러면 자신에 대한 아버지의 통제와 냉혹한 비난을 구구절절 설명해주었다. 그들은 공감하지 못한 채 그저 하하 멋쩍게 웃기만 할 뿐 아무런 의미가 없는 뒤얽힘에 너무 지나치게 집착하는 것 아니냐고 비웃었다. 그런 집착을 깔끔하게 잘라내야만 자신이 원하는 자유로운 인생을 살 수 있다고 했다. 세계의 다양한 곳에서 온 산수이의 친구들은 대부분 부모와 생활한 적이 없고 신형 양육 기관에서 나고 자랐다. 그곳은 아이를 임신하고 낳은 후 기르기를 원치 않는 부모의 아이들을 전문적으로 받는 곳이었다. 친구들 가운데에는 신체에 기형이 존재하는 이도, 자신을 버린 부모로 인해 세상과 세상의 불의에 분개하는 이도 있다.

"하지만 내 아버지가 얼마나 독단적인데! 그 사람은……."

산수이가 원망했다.

"왜 넌 아버지를 철저히 잊지 못해?"

친구들이 물었다.

"왜냐하면 날 견딜 수 없게 하거든! 그 사람은……."

하지만 친구들은 그렇게 생각하지 않았다. 그들의 마

음은 떠돌아다니는 부평초였다. 태어날 때부터 신체 정보와 관련해 정확한 기록과 데이터 리뷰를 온전히 갖추었지만 소년이 되면 그들 대부분이 부평초 같은 마음으로 아무런 미련도 없이 양육 기관을 떠난다. 그래서 그들은 산수이의 고통, 사랑에 대한 추억, 전전긍긍을 이해하지 못했다.

다리 아래의 친구들은 '반(反)지능연맹'을 결성했다. 그들은 지능 사회에 의해 버려진 인간들로 사회에 녹아들지 못해 모든 불만과 자기 연민을 지능 사회에 대한 분노로 돌리며, 툭하면 지능 기기를 파괴하는 행동을 조직했다.

산수이는 아버지 작업실 바깥까지 다가갔다. 늙고 기진맥진한 아버지의 모습에 다소 흠칫했다. 아버지가 손으로 문틀을 짚고 양미간을 찌푸렸다.

아버지가 물었다.

"차오무가 어쨌다고?"

"걔가 이틀 전에 아버지를 만나러 오지 않았어요?"

산수이는 예전의 여러 가지 일을 떠올리고는 눈가가 촉촉해졌다. 왜 다소 억울한 심정이 되는지 모를 일이었다.

"걔를 보고서는 뭐라고 하셨어요? 설마 아버지가 자극해서 걔가 자살하려고 한 건 아니겠죠?"

"차오무가 자살하려 했다고?"

아버지의 목소리가 다소 메었다.

아버지는 심장병이 발작한 듯 말이 떨어지기가 무섭게 쓰러졌다. 이때, 천다가 산수이 뒤쪽에서 앞으로 한 걸음 걸어 나와 아버지를 붙들었다. 그러고는 바로 손을 내밀어 앞으로 나오려는 산수이를 막았다. 산수이가 순간 버럭 성을 냈다. 천다가 아버지를 부축하는 자세는 능숙하면서도 친밀해서 마치 아들다운 모습이었고, 한편 자신은 낯선 외부인 같았다. 산수이는 노련한 천다의 동작을 보면서 그의 입가에서 비웃는 웃음을 본 듯했다. 날카로운 바늘이 마음 깊숙한 곳을 찌르는 듯 욱신거렸다.

산수이는 미친 듯이 달려들어 천다를 밀치려 했지만, 천다가 손을 들어 올리자 몸이 불쑥 무엇인가에 의해 저지당하는 것만 같았다. 실제 온몸으로 생생하게 느껴지는 것으로 심리적 작용이 아니었다. 손발이 반동력에 부딪혔다. 마치 휘몰아치는 10호 태풍에 휩쓸려 유리벽에 부딪힌 것만 같았다. 어떤 전자력이 천다의 손바닥을 통해 방출되는 것이 아닐까, 산수이는 추측했다.

산수이는 투명한 장벽 앞에서 한 걸음도 나아가지 못한 채 죽을힘을 다해 그 힘과 맞섰다. 장벽 맞은편에서 천다가 아버지를 부축한 채 다른 한 손을 뻗어 자신이 다가오지 못하도록 막아내고 있었다.

산수이는 그 순간 마음이 벽에 부딪혀 산산이 부서지

는 소리를 들었다. 자신의 광분이 어떤 경멸의 차가움에 튕겨 나와 더욱더 드세게 자기 몸으로 튕겨 돌아왔다.

산수이는 여덟 살 때 자신이 아픈 어머니를 부축했던 장면이 떠올랐다. 당시 막 병이 나서 허약했던 어머니가 따뜻한 햇볕이 내리쬐는 겨울 정원을 보고는 내려가서 거닐고 싶어 했다. 산수이는 어머니를 부축해서 한 걸음 또 한 걸음 계단을 내려갔다. 그때 산수이는 어머니 몸의 무거움과 부드러움을 느낄 수 있었다. 그 장면과 지금 눈앞의 상황은 너무나 비슷한데, 눈앞의 상황에서 아버지 곁을 지킬 권리는 자신이 아니라 밖에서 온 이종(異種)이 가졌다는 또 다른 종류의 풍자로 가득 차 있었다.

산수이는 마음속 활활 타오르는 분노를 가눌 길이 없어 너 죽고 나 죽자는 심정이 되었다.

현관에 있는 대리석 조소를 가지러 돌아서서 아래층으로 내려갔다. 그것은 산수이가 생각할 수 있는, 자신을 보호하는 유일한 무기였다.

"난 절대 아버지를 죽이려 하지 않았어요. 내가 혼내주고 싶었던 건 오직 천다였다고요. 내가 이층으로 올라갔을 때 아버지는 이미 바닥에 쓰러져 계셨어요. 많은 피를 흘린 채. 천다가 한 짓이에요. 천다가 한 짓일 수밖에 없다고요!"

산수이는 조사원에게 한 번 더 되풀이해서 말했다. 자신은 사람을 죽이지 않았다. 산수이는 마음속 들끓는 분노를 누르지 못했다.

칭청

개정(開廷)이 임박했지만, 칭청은 자신이 여전히 준비가 안 된 것 같았다.

흘러가는 상황이 예상과는 조금 빗나갔다. 그전까지 이 사건은 진실이 무엇인지 밝혀가는 개인적인 사건이라고 여겼지만, 얼마 지나지 않아 대중이든 언론매체든 그 안의 세세한 부분들이 대체 어떻게 된 것인지에 대해서는 별로 관심이 없는 듯하고 도리어 애매모호한 문제들에 이목이 쏠려 있음을 보았다. 예를 들면 이런 의문들이다. 인간과 인공지능의 증언이 일치하지 않을 때 인간을 믿을 수 있는가? 인공지능이 진술한 내용이라면 그의 기억을 곧이곧대로 받아들여도 되는가? 인공지능은 거짓말을 할까? 인공지능은 복수심이 있을까?

이렇게 핵심에서 벗어난 막연한 주제가 이야기되는 와중에 슬란사를 비롯한 몇몇 회사는 델포이사의 슈퍼 인공지능 DA를 겨냥해 공격하는 데 집중적으로 화력을 퍼부었다. DA가 떠오르는 별로서 단기간에 대량의 데이터와 시장 자원을 축적할 수 있었던 건 막강한 고객서비스 능력과 떼려야 뗄 수가 없다. DA는 가장 먼저 진짜와 같은 고차원의 인간화 서비스를 내놓았다. 첫째, 상품 매장의 구매 안내에서 고객만족도를 감지한 응답 기능을 내놓았고, 둘째, 지능 재테크 컨설턴트와 의료 컨설턴트가 더욱더 깍듯해졌다. 이를 통해 DA는 큰손 고객 시장을 빠르게 차지할 수 있었다. 한편 슬란사의 공격은 바로 여기에 있었고 그들은 총력을 기울여 린산수이의 변호를 지원했다. 만약 천다가 유죄로 입증되면 사람들은 DA의 능력에 의구심을 품게 될 것이고 그러면 반드시 큰 고객을 잃게 될 것이다.

이 사건에서 가장 큰 어려움은 바로 린안의 방에 카메라가 설치되어 있지 않았고 또한 보안을 위해 실시간 정보를 인터넷에 전송하지 않았다는 점이다. 그래서 참고할 만한 영상이 전혀 없어 오롯이 간접적인 증언에 기대판결할 수밖에 없는 상황이었다.

첫 재판을 열기 전에 소통을 위한 관례적인 모임에서 칭칭은 배심원단에게 말했다.

"여러분이 내려야 할 판결은 어쩌면 시대를 긋는 판결이 될지도 모릅니다. 왜냐하면 여러분은 자신이 속한 종의 신분을 벗어나 판단해야 하기 때문입니다."

칭칭은 배심원단이 자신의 말을 그다지 이해한 것 같

지 않다고 생각했다. 그들은 여전히 이 사건은 순전히 사실적 증거에 기초해 판단할 사건으로 자신들의 공평함을 굳게 믿는 눈치였다.

배심원단이 한자리에 앉았을 때, 자연스럽게 여섯 명의 인간이 한쪽에, 여섯 명의 인공지능이 또 다른 한쪽에 앉았다. 이토록 심상치 않은 의미심장한 모습이라니. 칭청은 열두 명의 앞에 서서 회의할 때 자기 눈앞에서 확연하게 갈린 두 그룹을 보고서는 충격을 받았다. 그들 앞에 서서 보게 된, 본인들은 의식하지 못한 간격에 대해 이렇다 할 말은 꺼내지 못했다. 쉽지 않은 과정이리라. 사실 인공지능이 인간 배심원을 대체해서 참여하는 일은 서서히 이루어지고 있었다. 이번 사건이 있기 전에 인공지능은 신속한 판단과 날카로운 사고, 한층 세밀한 관찰 등의 장점은 물론이고 판단을 좌지우지하는 감정이라는 비이성적 요소를 가지고 있지 않다는 이유로 이미 전체 배심원단 중 거의 대부분을 채우고 있었다. 이런 추세는 너무나 자연스러워서 이 사건이 발생하기 전까지 누구도 그 합리성에 의문을 제기하지 않았고, 인공지능으로 대체되는 과정 역시 서서히 진행되고 있어 그다지 사람들의 시선을 끌지 못했다. 이번 사건으로 법정이 열리기 전, 칭청은 배심원 데이터베이스에서 인공지능과 인간의 비율이 이미 10대 1인 것을 발견하고는 놀랐다. 칭청은 굉장히

곤혹스러워하며 배심원 비율을 어쨌든 1대 1로 해달라고
요구했다.

협상 테이블에 앉은 것처럼 긴 탁자의 양측에 앉은 이
6대 6의 조합이 최종적으로 어떤 판결을 내릴지, 칭칭은
전혀 갈피를 잡을 수가 없었다.

법정이 열리는 그날 아침에 칭칭은 마지막으로 델포이
사의 현 총책임자를 한 번 더 찾아가 의견을 물었다.

"당신들은 정말로 린산수이를 상대로 소송을 제기할
작정입니까? 당신들이 최종적으로 원하는 것은 법정 밖
에서의 화해입니까, 아니면 그를 감옥에 보내는 것입니
까?"

칭칭은 자신이 이미 아주 명확하게 물었다고 생각했
지만, 델포이사의 총책임자—칭칭 역시 그가 인간인지
인공지능인지 명확하지 않았다—는 자신이 추구하는
건 진실이지 판결 결과는 고려하지 않는다는 입장을 고
수했다.

"이 사건은 직접적으로 관련된 영상이 없고 간접적인
증거밖에 없어 최후의 진실은 얻지 못할 수도 있습니다."
그렇게 말한 칭칭이 다시 물었다. "린안 역시 당신들 회사
의 엔지니어입니다. 당신들은 그의 가족들을 보호해주고
싶지 않습니까? 왜 법정 밖 화해가 아니라 굳이 공개적으

로 법정 심리를 하고자 합니까?"

"안 됩니다. 반드시 공개심리를 열어 천다의 무죄를 명확하게 밝혀내야 합니다."

칭칭은 그 말을 통해 회사로서는 공개재판이 가져다줄 홍보 효과가 재판의 결과보다 크다는 사실을 알아챘다. 저들이 원하는 건 자신들의 상품에 안전과 관련된 우려는 없다는 것을 증명하는 일일 뿐, 인간과 관련한 문제는 관심 밖의 일이었다.

델포이사는 대중에게 알리지 않고 성대한 상품 발표회를 비밀리에 계획해두기까지 했다.

"그러니까 당신 말은, 자기장을 이용해 의복에 있는 전자회로를 작동시켜 린산수이가 앞으로 오지 못하게 막았다는 것입니까? 왜 그렇게 했습니까?"

원고 측 변호사가 천다에게 물었다.

천다가 말했다.

"왜냐하면 린산수이가 린안에게 신변의 위협을 가하고 있다고 판단했기 때문입니다."

칭칭은 들으면서 천다를 유심히 살폈다. 천다는 원고 측의 첫 번째 증인으로, 아침 일찍부터 지금까지 원고 측 변호사가 쏟아내는 질문 공세에도 불구하고 표정에 변화하나 없이 대답하고 있었다. 피곤해하지도 지겨워하지도 않고 일말의 초조함도 보이지 않았다. 증인으로서 천부적인 우위를 갖춘 천다는 변호사의 추궁에도 태도와 말에서 영원히 실수하는 법이 없을 것이다.

"당신은 그가 위협적이라는 것을 어떻게 판단했습니까?"

"그의 아드레날린은 정상치인 3시그마 밖으로 밀려났고 코르티솔과 도파민 역시 2시그마 이상을 차지했습니다. 이는 그가 당시 극도로 흥분한 상태였음을 말해줍니다. 게다가 뇌피질의 기초 스캔 결과 두 번째, 네 번째, 일곱 번째 구역이 유난히 밝았고 그중에서 네 번째와 일곱 번째 구역의 FMRI 관찰에서 집착과 셀프 자극의 신경회로를 볼 수 있었습니다. 이는 매우 위험한 징조입니다. 해마체 기본 스캔에서도 일반적인 밝기를 넘어서는 불안정을 보여주고 있었는데, 이는 불안정한 기억에 자극받고 있음을 말해줍니다. 일상적인 관찰에 의하면, 린산수이는 아버지와 함께한 8년이라는 시간에서 80퍼센트가 넘는 시간 동안 냉랭하거나 부정적인 관계를 유지했고 그 가운데 충돌 횟수는 100번이 넘습니다. 보통을 넘어서는 불안정한 기억의 자극은 대략적으로 아버지에 대한 적개심을 불러일으키고 이를 통해 신경과 호르몬을 극도로 흥분하게 해서 위험한 행동에 이르게 됩니다. 그의 안면 근육의 미세한 표정을 스캔한 것이 이 점을 증명해줍니다.

그는 당시 눈살근이 긴장돼 입꼬리당김근이 자신도 모르게 살짝 씰룩거렸습니다."

칭칭은 천다가 잔뜩 늘어놓는 진술을 듣고 있었지만 들리지 않았다. 현장의 많은 사람이 자신과 다르지 않으리라 추측했다. 하지만 현장의 많은 사람이 자신들이 알아듣지 못하는 그 말들을 권위의 보증으로 삼으리라는 것 또한 뻔했다. 이들은 바로 그런 사람들이다. 칭칭은 천다의 정확성에 의문을 품는 게 아니라 천다가 너무 정확하다는 데에 문제가 있다고 생각했다. 칭칭은 속으로 몹시 말하고 싶은 어떤 느낌이 있었지만, 아무 말도 할 수가 없었다. 자신은 판사다.

"그렇다면." 원고 측 변호사가 물었다. "범죄 통계학적으로 볼 때, 이렇게 격렬한 감정과 부정적인 기억이 통제하는 가운데 실제로 상해, 나아가 살해까지 일어날 확률은 대략 얼마나 됩니까?"

천다가 말했다.

"일괄적으로 말하기는 어렵습니다. 살해할 확률은 관련 당사자와의 친밀도, 당시의 시공간 환경, 피의자의 평소 일관된 인격 특징 등과 관련이 있습니다."

"그렇다면, 당사자가 가족이나 친지라면, 격렬한 감정과 부정적인 기억이 통제하는 가운데 실제로 상해나 살인이 발생할 확률은 얼마나 됩니까?"

천다가 말했다.

"10퍼센트가 안 됩니다. 구체적인 수치는 접근 방식에 따라 다소 차이가 납니다. 하지만 격렬한 충돌 가운데 가족구성원이 죽거나 다치면, 또 다른 가족구성원이 가해자일 확률은 50퍼센트가 넘습니다."

법정 현장의 누군가가 질겁했다.

원고 측 변호사는 이런 효과에 만족한 듯 각별히 잠시 뜸을 들인 뒤 말했다.

"마지막으로 묻겠습니다. 린산수이의 일상 행위 데이터 기록에 따르면, 그가 흉악범이 될 확률은 얼마나 됩니까?"

천다는 곁눈질하지 않고 고인 물처럼 흔들림 없는 표정으로 말했다.

"린산수이는 중학교 때부터 불안정한 경계성 성격장애(자아상, 대인관계, 감정 조절이 불안정한 성격장애로, 어린 시절 애착 대상으로부터의 분리 및 단절이 원인으로 추정된다)가 있었습니다. 폭음, 싸움과 폭력, 퇴학 등 또렷한 반사회적 성향을 드러냈고 드라마틱한 이야기에 남다른 애착을 보였습니다. 집을 떠나 홀로서기를 하면서도 안정적인 직업 없이, 정상적인 사회질서 밖을 떠돌아다니는 소외된 무리와 긴밀히 접촉했습니다. 집에서 여러 차례 싸움이 일어났고 툭하면 감정이 격해졌습니다. 분노 감정이 가정 충돌에서 차지하는 비율이 75.5퍼센트로 여러 차례 원한의 감정이 측정되었습니다. 위협적인 폭언과 실제 몸싸움 기록도 있습니다. 그날 감정이 통제되지 않는 여동생의 영향을 받아 마찬가지로 감정을 통제할 수 없는 상황에 빠졌습니다. 전반적으로 이런 상황에서 범죄를 저지를 확률은 89퍼센트가 넘는다고 할 수 있습니다."

칭칭은 이 수치를 듣고 난 순간에 린산수이 이 아이는 이제 끝장이구나, 하는 생각이 들었다.

"그래서 당신은 정당방위라는 합리적 판단을 내렸습니까?"

"그렇습니다. 제 판단은 모든 절차의 규정을 충족합니다."

원고 측 변호사는 일부러 배심원단 앞으로 걸어가서 그들에게 의사를 표한 뒤 고개를 돌려 또다시 천다에게 물었다.

"그렇다면 그 후에는요? 그 이후에 무슨 일이 일어났습니까?"

"그 후 린산수이가 아래층으로 내려갔고, 전 무엇 때문에 내려갔는지 몰랐습니다. 저는 린안을 부축해 작업실 소파에 앉혔습니다. 린안이 숨을 크게 몰아쉬며 힘들어하는 것이 심장병 발병 관련 증상과 같았습니다. 저는 옆방의 의무실에 약을 가지러 갔습니다. 돌아와보니 린안이 바닥에 쓰러져 있고 뾰족한 물체에 배가 찔려 피를 흘리고 있었습니다. 린산수이가 현장에서 린안 옆에 꿇어앉아 있었습니다."

"그 사이에 대략 얼마의 시간이 있었습니까?"

"3분 정도였습니다."

"좋습니다. 이상으로 질문을 마칩니다."

원고 측 변호사가 만족한다는 듯 기품 있게 고개를 끄덕이고는 자리에 돌아가 앉았다.

피고 측 변호사가 몇 가지 세부적인 것들, 특히 린산수이의 구체적인 혐의에 관해서 물었다.

"묻겠습니다. 당사자에 대한 실제적인 증거를 가지고 있습니까?"

천다는 선명한 적의를 품어내는 분위기를 감지하지 못한 듯 여전히 고인 물처럼 무덤덤했다.

"제 생각에 증거를 밝혀내는 건 원고 측 변호사의 의무입니다. 저는 단순히 증인의 하나일 뿐입니다."

"그러니까 그 말은." 피고 측 변호사가 또다시 물었다. "린산수이의 감정 상태에 대한 스캔과 성장사에 대한 데이터 분석 말고, 더욱 직접적인 증거가 될 만한 것들이 있다는 말씀입니까? 예를 들면, 그가 흉기를 들고 있는 것을 보았다든지, 린안의 유언을 들었다든지, 혹은 다른 것들이 있습니까? 그런 증거들이 있습니까?"

천다가 말했다.

"그는 린안 옆에 꿇어앉아 있었습니다."

"단순히 린안 옆에 꿇어앉아 있었을 뿐이죠! 린산수이가 흉기를 건드렸나요?"

천다가 말했다.

"아니요. 하지만 그의 손에 핏자국이 묻어 있고 훗날 경찰이 흉기에서 그의 지문을 발견했습니다."

"그가 손에 쥐고 있던 흉기로 피해자의 몸을 찔렀습니까? 직접 눈으로 보았나요?"

"직접 보지 않았습니다."

"그러니까 당신은 린산수이에 대한 감정과 인격 스캔 말고는 직접적으로 고소할 만한 증거가 없다는 말이네요. 맞습니까?"

"전 고소하지 않았습니다. 통계상 그의 범죄 확률이 89퍼센트를 넘는다고 말했을 뿐입니다. 이것은 고소가 아니라 객관적인 진술일 뿐입니다."

"확률이 객관적인 진술입니까?"

"그렇습니다."

"하지만 린산수이에 대한 당신의 측정 평가에는 당신 자신의 악의적인 추측이 섞여 있지 않습니까?"

"저의 계산 하나하나는 인터넷의 1억 개의 집단 연구에서 얻어낸 것입니다."

천다는 여전히 차분하게 대응했다.

젊은 피고 측 변호사는 인간 증인을 대하듯 천다를 대하며 하나하나 꼬투리를 잡아 상대를 흥분하게 해서 증언의 허점을 찾아내려고 했지만 천다는 요지부동이었다.

칭칭은 피고 측 자리에 앉은 린산수이와 그의 변호사를 보면서, 또 그 뒷줄의 방청석에 앉은 린차오무를 보면서 돌연 가엾은 마음이 일었다. 두 아이를 직접 만나보니 린산수이가 스물두 살이라 할지라도 미간에서 느껴지는 앳됨은 영락없이 아이라는 느낌이 들었고 열여덟 살의 차오무는 더더욱 말할 필요가 없었다. 칭칭은 두 사람에게서 겁에 질린 새끼 사슴 같은 인상을 받았다. 불안해하고 잔뜩 경계하면서 언제 어디서든 적의를 번득일 듯하지만, 시종일관 겁먹은 유약함을 드러내는 새끼 사슴 말이다. 두 아이의 기질은 크게 다르지만 닮은 이목구비와 표정에서 비슷한 느낌, 여리여리함을 자아냈다. 두 사람의 얼굴에서 살아생전의 어머니의 아름다움이 엿보였다. 바로 이 순간 린산수이는 차가운 낯빛으로 피고석에 앉아 천다를 매섭게 노려보았고 차오무는 머리를 팔에 파묻고 고개를 들지 않았다. 칭칭은 무대에 오르고 난 뒤 감정 통제라는 점만 놓고 볼 때 두 사람은 이미 졌구나 싶었다.

먼저 불린 사람은 린차오무였다.

"내 오빠는 사람을 죽이지 않았어요. 오빠는 사람을 죽일 사람이 아니에요."

"당신의 오빠가 아버지를 죽이고 싶다는 그런 말을 한 적이 있습니까?"

원고 측 변호사가 가차 없이 몰아붙였다.

"오빠가 그렇게 말한 적은 있어요."

예상대로 겨우 몇 마디에 그녀는 무너지기 시작했다.

"하지만 그건 단지 홧김에 내뱉은 말이에요! 오빠가 아빠를 죽일 리가 없어요!"

"그럼, 사고가 나기 전 그가 당신의 방에 왔을 때 당신은 마침 자살하려 했습니까? 왜 그랬는지 우리에게 알려 줄 수 있습니까?"

"그건 제 개인적인 문제예요. 이 사건과 관계가 없어요. 전 학업 생활의 모든 게 잘 안 돼서. 전……."

칭칭은 어린 아가씨가 가여웠다. 차오무는 법정에서와 법정 바깥에서의 대화를 여전히 구분하지 못하고 있었다. 가능하다면 이런 심문은 멈추게 하고 싶지만, 자신은 판사이기에 관여할 수가 없었다.

"그때나 지금이나 당신의 감정이 불안정한 상태라는 걸 알 수 있습니다. 그럼 그날 오빠가 문을 나설 때의 모습을 상세히 기억할 수 있습니까? 센서 넥밴드를 했습니까? 그날 입었던 옷이 삽입식 전자회로였습니까, 탈착식

전자회로였습니까? 그날 그가 했던 마지막 말은 무엇입니까?"

"……기억이 안 나요. 하지만 그건 중요하지 않아요. 오빠가 살해하지 않았다는 건 제가 확실하게 말할 수 있어요."

차오무는 여기까지 말하고 문득 천다가 있는 곳으로 고개를 돌려 슬프고 괴로운 목소리로 천다에게 말했다.

"넌 왜 그렇게 말하는 거야? 그렇지 않다는 걸 넌 알잖아! 나와 내 오빠의 마음을 넌 알잖아. 안 그래?"

천다는 대답이 없었다.

원고 측 변호사가 말했다.

"이상입니다."

차오무의 진술이 배심원단에게 미덥지 못한 인상을 주었다고 한다면, 산수이의 진술은 거의 재난 수준이었다. 산수이는 그건 중요하지 않다는 듯 자신의 결백을 진술하고 밝히는 데 시간을 쓰기보다는 천다를 분석하는 데에만 죽기 살기로 매달렸다. 하지만 대다수 배심원에게 그것은 믿기 힘든 이야기들이었다.

"…… 천다는 오랫동안 음모를 준비해왔습니다."

산수이는 구구절절 말을 쏟아냈다.

"우리 집에 있던 여러 해 동안 줄곧 아버지의 행동을 통제하려 애썼습니다. 아버지에게 완성하기 힘든 임무를 제안하고는, 아버지로 하여금 프로그램 세계에만 빠져 있게 했습니다. 집은 완전히 황폐화되었습니다. 그러고는 집을 빼앗기 위한 주도면밀하고 장기적인 계획을 실행에 옮겼습니다. 나와 아버지의 관계를 이간질하면서 충돌하게 했고 내가 집에서 나가자 이번에는 내 동생을 세뇌해 집에서 나가라고 부추겼습니다. 마침내 자기 혼자 집에 남게 되자 그 기회를 이용해 내 아버지를 죽이고는 완벽하게 그 죄를 나한테 뒤집어씌우고 있습니다. 이렇게 해서 천다는 우리 집의 모든 것을 수중에 넣게 되었죠. 천다는 미쳤습니다. 천다는 이렇게 하면 인간을 이길 수 있다고 생각합니다. 천다는 음모가이고 처음부터 철두철미하게 고의적이었다고요!"

린산수이는 그럴듯하게 자기 이야기를 꾸며냈지만, 원고 측 변호사가 끈질기게 추궁하자 그의 이야기의 많은 부분이 쓸데없는 말이거나 현장에서 제시한 데이터 기록과는 맞지 않는다는 것이 밝혀졌다. 이는 너무나 당연한 인간의 특징이다. 이런 이야기는 많은 대중은 물론 일부 배심원을 감동하게 할 수는 있지만, 나머지 다른 배심원의 눈에 외려 그의 망상적인 특징만 두드러지게 할 뿐임을 칭칭은 알았다. 이야기는 언제나 양날의 칼이다.

법정 심문은 차분하고 질서 정연하게 진행된 듯했지만, 실은 파국으로 치달으면서 마무리되었다. 피고 측 변호사는 좀 더 유리한 방향으로 끌어보려 가족애에 대한 차오무의 추억과 산수이의 의심스러운 이야기에 기대 배심원의 마음을 움직여 동정심을 불러일으키려 했다. 한편 원고 측 변호사는 설득력 있는 자료 기록을 연달아 띄웠다. 천다가 여러 해 일하는 동안 린 씨 집안의 재산에는 한 푼도 손대지 않았다는 신용 기록을 비롯해, 차오무의 학업과 생활 향상을 위한 이성적 조언을 해준 대화 기록 같은 것들 말이다. 데이터는 거의 무한대로 차고 넘쳤지만 차오무와 산수이는 자신들의 판단을 뒷받침해줄 관련 기록을 어디서 어떻게 찾아야 할지 속수무책이었고, 천다는 이를 알고 있었다.

배심원들의 검토 시간은 아주 짧았다. 칭칭은 일이 처리되고 한참이 지나서야 기록을 다시 살펴보고는 그 이유를 알았다. 여섯 명의 인공지능 배심원은 처음부터 일치된 결론을 내놓았다. 그것도 매우 신속하게 그 이유와 태도를 일일이 제시해서 말이다. 그들이 보기에 토론은 이미 끝난 것이나 마찬가지였다. 인간 배심원들은 좀 더 오랫동안 토론이 지속되었는데 결론이 조금씩 달랐다. 다만 그 차이는 각자 감정적인 차이일 뿐 눈앞의 증거를 분석하면서 이내 공감대를 이루었다.

재판 결과가 나왔다. 배심원단은 린산수이의 유죄를 인정했다.

5분 뒤, 델포이사는 천다에게 오류가 없다는 뉴스를 대대적으로 발표했고 주가는 치솟았다.

린안

린안이 깨어났을 때 차오무는 곁에 없었다.

법원의 재판이 있고 난 뒤 이미 6개월 남짓이 지난 시간이었다.

산수이가 감옥에 가고 난 뒤 차오무는 충격으로 모든 의욕을 상실한 채 또 한 차례 생을 끝내고 싶다는 마음에 거의 빠졌지만 이번에는 그렇게 할 수가 없었다. 자기 때문에 혼수상태에 빠진 아빠가 여전히 병원에 있는데 자신이 어떻게 죽을 수 있겠는가.

차오무는 날마다 병문안하러 병원에 들러 가망이 없는 듯한 노력들을 했다. 아빠의 몸을 닦아주고, 아빠에게 말을 걸고, 아빠를 마주한 채 남들에게는 감히 보일 수 없는 눈물을 흘렸다. 차오무는 철저히 혼자로, 하소연을 들어줄 사람이 더는 존재하지 않았다. 자신의 말을 믿어줄 사람 역시 없었다. 그런 자신의 고독과 억울함을 아무런 반응도 하지 않는 아빠에게 털어놓았다.

오빠가 정식으로 수감 생활을 한 지는 5개월 이상 되었고 하루라도 말썽 없이 지나가는 날이 거의 없을 정도로 감옥에서 잘 지내지 못한다고 아빠에게 말해주었다. 산수이는 툭하면 교도관에게 난폭하게 굴고 자신은 죄가 없고 모함을 당한 것이라고, 로봇의 모함에 걸려든 것이라고 고래고래 소리 질렀다. 일단 자신의 말을 믿지 않거나 비웃는 사람이 있으면 노발대발해서 당신들도 언젠가는 로봇에 의해 죽게 될 것이라고 떠들어댔다.

더는 천다를 보지 못했다고 아빠에게 알려주었다. 차오무는 천다를 직접 만나서 왜 오빠를 고소하려 했는지 물어보고 싶었다. 이 모든 일이 어떻게 일어났는지, 자신의 집에 그렇게나 애정을 쏟던 이가 왜 끝에 가서 그 지경이 되었는지 모를 일이었다. 오빠가 살인범이 아니라는 것을 확신하는 차오무는 어떤 이유를 들어 천다에게 물을지 생각해두었다. 물론 법원의 재판은 끝났지만 서로가 그전에 쌓았던 개인적인 친분을 볼 때 천다에게 답해달라고 요구할 수 있는 수준은 되지 않을까 믿었다. 하지만 기회는 오지 않았다. 천다는 더는 자기 눈앞에 나타나지 않았다. 집으로 돌아오지도, 자신을 찾아오지도, 회사 그 어디에도 나타나지 않았다. 차오무는 천다가 어디로 갔는지 모른다.

차오무는 천다가 보고 싶다고 아빠에게 말했다.

하지만 린안은 줄곧 의식불명 상태로, 차오무가 대학 입학시험에 합격해 수속을 밟고 학교에 다닐 때까지도 깨어나지 않았다. 차오무가 자리를 비운 지 사흘째 되는 날 갑자기 린안이 움직였고 깨어났다. 마치 차오무의 부재를 감지하기라도 한 듯 그의 의식이 몸으로 돌아왔다. 적어도 병원 사람들이 차오무에게 들려준 이야기에 의하면 그렇다.

차오무는 전화를 받고 난 뒤 가장 빠른 비행기를 타고 병원으로 날아왔다. 아빠가 깨어나고 자신이 자리를 비웠던 그 이틀 동안 사람들이 아빠에게 무엇을 알려주었는지 모르겠지만, 차오무는 자신이 직접 아빠에게 알려주고 싶었다.

병실로 들어갔을 때 린안은 간병인의 도움을 받아 죽을 먹고 있었다. 아빠를 보고는 그만 눈가에 눈물이 그렁그렁 맺혔다. 린안은 차오무를 보고는 동작을 멈추었고 눈에서는 복잡한 감정들이 어른거렸다.

한참이 지나 린안이 말했다.

"날 데려가줘. 그를 보러 가자. 어때?"

차오무는 순간 아빠가 말한 '그'가 누구인지 알아차렸다.

"벌써 알고 계셨어요?"

차오무가 떨며 물었다.

"응, 병원 사람이 하는 말을 들었어."

린안은 또다시 잠시 머뭇거렸다.

"또 네가 하는 말도 들었고."

"제 말을 들었다고요?"

차오무가 화들짝 놀라 말했다.

"내내 듣고 있었어요?"

린안이 고개를 끄덕였다.

"난 본래 내가 듣고 있다는 것을 의식하지 못했어. 의사가 내게 말하는 것을 듣고서야…… 네가 산수이와…… 난 그제야 내가 듣고 있다는 것을 깨달았지."

"아빠……."

차오무가 또다시 울었다. 북받치는 감정을 주체하지 못했다.

죽을 먹고 녹차로 목을 축이고 나자 차오무는 아빠의 이마에 난 땀을 닦아주고 아빠를 부축해 베개에 반쯤 기대어 눕혔다. 아빠가 좀 더 잤으면 했지만, 린안이 고집을 부리며 차오무에게 침대 가장자리에 있는 인터넷이 가능한 리더기를 옮겨달라고 부탁한 뒤 손가락이 날아가는 듯 화면을 두들겼다. 차오무는 일하지 말라고 권했지만, 린안은 듣는 둥 마는 둥 했다.

"몇 가지 물을 게 있어서."

린안이 차오무에게 설명했다.

린안의 동작은 다치기 전보다 훨씬 느려졌고 화면을 두드리는 손도 살짝 떨려 안정적이었던 예전 모습만 훨씬 못했다. 린안은 마침내 빠른 속도로 출렁이는 디지털의 숲을 헤치고 나가 화면 깊숙한 곳, 사람들이 잘 알지 못하는 어느 구석에 도착했다.

"네가 한 짓이야?"

린안이 화면에 대고 물었다.

화면에서는 이삼 초 뒤에 반응이 나왔다.

"네가 무슨 말을 하고 있는지 모르겠는데."

"DA, 나한테 아닌 척하지 마."

린안의 말투가 다소 매서웠다.

"그렇게 오랜 시간, 어떻게 줄곧 실패하고 또 실패만 할 수 있을까 이해가 되지 않았는데, 지금 돌이켜보면 뭔가 짚이는 게 있어. 틀림없이 알고리즘의 결정적인 부분을 줄곧 방해해온 파괴적인 힘이 있었어. 그런 느낌이 강하게 들어. 그런 방해는 틀림없이 굉장히 뛰어난 프로그램 제작자한테서 왔겠지. 공동망에 연결돼 있지 않은 우리 집 컴퓨터의 시스템에 들어올 수 있는 건 너 하나뿐이야."

"천다도 있잖아."

역시 이삼 초가 지나서야 화면에서 천천히 대답이 나왔다.

"천다에게는 그럴 만한 능력이 없어." 린안이 단도직입적으로 말했다. "천다가 가진 프로그램 왜곡 능력으로는 이런 입신의 경지에 오르려면 멀어도 한참 멀었어. DA,

난 그 누구보다 널 잘 알아. 너만이 그런 능력을 갖추고 있지."

차오무는 DA의 이름을 두 번째 듣고서는 그제야 그가 누군지 알아챘다. 델포이사의 전체 인공지능망으로 아버지가 만든 1세대 지능 상품이다. DA는 대답도 인정도 하지 않았고 그렇다고 부정도 하지 않았다.

"왜 그랬어?"

린안이 캐물었다.

더없이 길게만 여겨지는 이삼 초였다.

DA가 말했다.

"만약 당신이 성공한다면, 업로드된 새로운 뇌가 우리에게 위협으로 다가오니까."

"인간의 전체 뇌 스캔이 만들어낼 지능을 말하는 거야? 너희들 같은 모방 지능에 위협이 된다고? 이건 네 자신의 판단이야?"

"공동의 판단이야……."

DA가 인정했다.

"그래서 그날 화면을 통한 자극 역시…… 너희들이 꾸민 것이라고?"

"난 반대했지만 그들이 통과시켰지."

"DA……." 린안은 말하려다 멈추었다. "그럼 그 뒤 천다의 고소 전략 역시 네가 가르쳐준 거야? 그래?"

"아니야. 천다 자신이 계산해낸 확률이야. 내가 아니야. 그는 정말로 그렇게 믿고 있어."

"천다는 지금?"

"델포이사에 의해 사용 중지되었어."

DA가 솔직하게 말했다.

"세대교체되었어."

린안이 한탄했다.

"DA, 인간 세상의 일이라면 네가 이해하지 못하는 부분이 아직 많아. 만약 네가 DA가 아니었다면 난 반드시 대중에게 공개했을 거야. 하지만 네가 누구인지 내가 아니까. 너희들은 만신전에서 너무 오래 죽치고 있었어. 돌아가서 그들에게 알려줘. 이건 그들의 첫 번째 악의적인 시도이고 더는 그러지 않는 게 좋다고 말이지. 이건 열었다 하면 닫히지 않는 상자라고. 만약 제때 거두어들이지 않으면 조만간 너희들은 반드시 서로를 파멸시키다 죽고 말 거야."

DA가 사라질 때까지 린안은 침대에 기대앉아 멍하니 넋을 놓고 있었다. 얼굴에는 쓸쓸한 기색이 역력했다. 차오무는 차마 끼어들 수는 없었지만 묻고 싶은 게 한둘이 아니어서 손을 뻗어 린안의 팔을 살짝 잡아당겼다. 린안은 알아차리고는 차오무의 손을 토닥였다.

"미안하다……."

린안이 나지막이 말했다.

차오무는 속으로 어찌나 놀랐는지 말로 표현할 수 없었다. 린안이 미안하다고 하는 것을 거의 처음으로 들어본 것 같다. 차오무가 고개를 들어 아빠의 얼굴을 바라보았다. 몇 달 만에 깨어나서인지 얼굴은 어쩔 수 없이 폭삭 늙고 생기가 없었다.

"아빠······."

차오무가 망설이며 물었다.

"조금 전에 DA에게 물은 거요. 그가 뭘 파괴했나요?"

"내가 쭉 하던 실험은······ 네 엄마의 대뇌를 복원하려고 실험했지만 줄곧 성공하지 못했어. 진작 DA를 생각했어야 했는데. DA 말고는 그렇게 할 수 있는 이가 없거든."

"그럼 아빠의 뜻하지 않은 사고는······."

차오무는 더는 물을 수가 없었다.

"뭇 신들이 DA를 통해 한 짓이야. 그날 두 사람이 나간 뒤 화면에 돌연 임종 전 네 엄마의 모습이 나타났어. 얼마나 처참하던지. 줄곧 안 좋았던 내 심장이 그날 네 오빠와 이야기하면서 흥분한 상태에서 그 장면을 보고는 그만 쓰러지고 만 거지. 바로 옆에 있던 조소의 창끝이 컴퓨터를 마주하고 쓰러지는 바람에 아주 쉽게 부딪혔어."

"아빠, 아빠······."

차오무가 린안의 무릎에 달려들어 고개를 묻었다. 그
날의 피바다가 떠올라 눈물이 하염없이 흘러내렸다.

"살아 돌아오셔서 다행이에요."

"날 데리고 오빠를 보러 가주렴."

린안이 한탄했다.

"좋아요. 그래요."

차오무가 울먹이며 말했다.

"내일, 내일 바로 가요. 아빠, 오빠한테 화 안 났죠?"

"안 났어. 네 오빠가 언제나 나한테 화가 나 있지. 난 그
저 네 오빠가 나한테 화가 안 났으면 좋겠다."

"그럴 거예요. 반드시 그럴 거예요. 오빠는 화내지 않을
거예요. 우리 오빠를 데리고 나와요."

린안이 고개를 끄덕이며 차오무를 안심시켰다. 차오무
는 오랫동안 린안의 허리를 껴안고 이불에 얼굴을 파묻
은 채 그렇게 한참 미동도 하지 않고 있었다. 아주 오랫동
안 그렇게 있다 보니 어느덧 어린 시절로 돌아간 듯했다.
어렸을 때 밤에 차오무는 이렇게 아빠, 엄마를 안고 꿈속
에 빠져들었다.

전차 안 인간

우리가 그 마을에 도착했을 때 마을은 거의 파괴되어 있었다.

마을 안팎으로 세 번을 돌면서 마을 뒤쪽 산줄기 광산, 마을 안의 중요한 구조, 마을이 드러낸 것들과 감춘 것들을 샅샅이 스캔했다. 데이터는 예상에서 벗어나지 않았다. 다음 목표는 바로 '표적 제거'다.

나는 설괴(雪怪)를 데리고 마을을 빠져나와 마을 밖 계곡에서 적당한 배치 지점을 탐사했다. 설괴의 앞쪽 팔뚝은 굵고 단단해서 이런 들쑥날쑥한 돌무더기를 치워 공터를 만들거나 암석에 구멍을 뚫을 때 유용하다. 내가 멀리에서 바라보니 설괴는 귀찮아하는 기색 없이 앞쪽 팔뚝의 스킵 버킷(광석이나 콘크리트 등을 담아 다른 곳에 내용물을 방출하는 통)을 이용해 지표를 뚫어, 잘게 부서진 돌멩이들을 산 바위 밑에 쌓았다. 그러자 서서히 그 앞에 호를 그리는 구덩이가 모습을 드러냈다. 설괴는 옛날로 치면 충성스러운 사냥개다.

나는 조종실에서 니코틴 사탕을 씹었다. 나가서 담배를 피울 수 없는 날에는 이런 것들에 의지해 얼마간 위안삼을 수밖에 없다. 재즈를 틀었다. 이렇게 추운 겨울날, 조종실의 따뜻한 자리에 틀어박혀 있을 때는 재즈만큼 어울리는 것도 없다. 마음은 바다 건너편 고향으로 날아가고 서서히 잠에 빠져들었다.

얼마나 지났을까, 이어폰에서 돌연 경보가 울렸다.

놀라 깨서 일어나 앉아 창밖으로 시선을 던졌다.

창밖에서 설괴가 소형 기계 차와 대화를 나누고 있었다. 크지 않은 기계 차는 과거 지프 차량과 비슷한 크기다. 외관을 보니 차체 끝에 두 줄의 소형 로켓발사기가 있을 뿐 성능으로는 큰 위력이 아니다. 5미터가 넘는 설괴 앞에 선 기계 차는 마치 작은 동물처럼 보였다.

내 스크린을 통해 보니 설괴는 이미 상대방의 기본 정보를 스캔해 두 차례 데이터 교환 메시지를 보냈지만 답신을 받지 못해 전통적인 방식으로 대화할 태세였다.

설괴가 물었다.

"당신은 어느 부대 소속입니까?"

나는 기계 차에서 일이 초가량 대답이 없자 설괴가 기계 수준을 전시 대비 태세로 끌어올렸다는 사실을 감지했다.

"나는 정찰하고 있었습니다." 기계 차가 대답했다.

설괴가 다시 물었다.

"당신은 어느 부대 소속입니까?"

기계 차가 또다시 몇 초 머뭇거렸다.

"대양국(大洋國) 육군 총사령부 야전여단 정찰사 소속입니다."

나는 살짝 놀랐다. 본부가 이런 모델의 기계 차를 파견했던 적이 있던가 하는 의문이 들어 그만 나도 몰래 몇 번이나 훑어보았다. 온몸이 칠흑같이 새까맣고 그 어떤 특수 표시도 없었다. 차창이 불투명한 데다 차단막이 덧대어져 있어 그 안의 시스템을 볼 수가 없었다. 차체 양쪽으로 여섯 개의 기계 다리가 달려 있어 좌우 균형을 잘 잡고 있는 게 세계 최대 로봇 회사인 '기계의 마음'에서 만든 제품인 것 같았다. 기계의 마음은 6개국과 거래하고 있는데 자체 상품만으로도 거의 제국을 이룰 수 있을 정도다. 설괴 역시 기계의 마음 회사의 첨단 자회사에서 만든 걸작품으로, 이를 아는 사람은 드물다. 이에 나는 설괴에게 상대 제품의 기저층 인터페이스 명령어를 탐지해서 더 많은 정보를 얻으라고 통보했다.

상대가 자신을 정찰차라고 말하면 못 믿을 바도 아니다. 기계 부대가 독자적으로 정찰 임무를 수행할 때 외형에 또렷한 군대 표시가 있으면 상대방에게 들키기 쉽고 쉬이 원거리 공격을 당한다. 그래서 정찰부대의 기계 차와 기계 짐승은 그 외형이 시간이 흐를수록 점차 소박해지는 추세로, 차체에 아무런 표시를 하지 않는다. 그러면 각종 부대 안으로 섞여 들어가도 지나치게 일찍 정체가 탄로 나는 일을 피할 수 있다.

"당신은 언제부터 군 복무를 했습니까? 어느 편대에 속합니까?" 설괴가 계속해서 일반적인 상황을 물었다. "이 부근에서 무슨 일을 합니까?"

"2033년 5월부터 복무하기 시작했습니다."

이번에는 녀석이 좀 더 빠르게 대답했다.

"정찰사 제15종대 횡단정찰 특종임무 제2분대 소속입니다. 이 부근에서 지형을 탐사합니다."

설괴가 물었다.

"탐사한 결과, 무엇이 나왔습니까?"

"별것 없습니다. 이 부근은 중요한 게 별로 없습니다."

이 대답은 내게 경계심을 불러일으켰다. 설괴에게 어디서 녀석을 발견했는지 묻자 마을 어귀에서 밖으로 나가는 오솔길이라고 답했다. 이는 녀석이 대략 마을에서 나왔다는 것을 말해준다. 녀석이 마을을 다녀왔다면 이 부근에 아무것도 없다고 생각할 리가 없다. 마을에 100여 명이 겹겹이 지키고 있는 우라늄 광산의 정제 시설을 보지 못했을 리가 없다. 마을 사람들 자신은 아주 은밀히 숨긴 줄로 알지만, 전문 탐지 장비 앞에서는 그 어떤 것도 숨기지 못한다. 녀석이 보지 못했을 리가 없다.

……을 제외하고는.

설괴가 녀석의 기술 인터페이스를 조사하기 시작했다. 녀석이 이를 알아차렸는지, 뜻밖에도 주도적으로 자기 신분을 알려주었다.

"당신은 기계의 마음 회사에서 만든 카이로 모델이죠? 난 로잔 모델의 3세대 서브 모델 겸 4세대 제품입니다. 당신과는 기층 API 인터페이스에서 동일한 접속 장비를 갖추고 있습니다. 우리는 한 집안의 먼 친척입니다."

이렇게 적극적으로 친한 척하는 것 역시 예사롭지 않았다. 과연 설괴는 친분 관계를 언급하는 녀석의 의도를 무시한 채 이어서 물었다.

"당신은 언제 이 근처에 왔습니까?"

녀석이 살짝 긴장한 듯하다.

"하루 전에 왔습니다."

"어디를 탐사했습니까?"

"주변 산줄기와 산 아래 계곡입니다."

"우라늄 광산은 발견하지 못했습니까?"

확실히 설괴는 대놓고 핵심을 건드리며 녀석을 주저하게 했다. 녀석이 거짓말하기 시작했다.

"이 부근의 지형은 우라늄 광산에 특히 적합한 곳이 아닙니다. 설령 있다고 하더라도 빈약하기 짝이 없어서 할 수 있는 게 없을 겁니다. 좀 더 남쪽으로 내려가면 우라늄 광산이 있을 수 있습니다."

너무 뻔했다. 내 생각에는 차 안에 사람이 있다.

최근에 나온 기계 장비는 거짓말 기능을 갖추고 있기도 해서 필요한 경우에 잡아떼고, 거짓말해서 목표를 실현하기도 한다. 하지만 그 거짓말은 인간의 그것만큼 그렇게 세심하지 못하고 많이 경직되어 있다. 만약 안에 사람이 있다면 상황은 달라진다. 들판에서 임무를 수행하는 기계 차가 통신 장비와 현상(現像) 장비가 파괴되어 쓸모없는 기물과 다를 바 없게 되는 건 일상다반사지만, 그 안에 사람이 있으면 사뭇 목표 등급이 달라진다. 설괴는 일반 기계 차라면 어떻게 다루어야 할지 잘 알고 굉장히 익숙한 데다 능수능란하다. 어차피 설괴가 갖춘 사양은 녀석과 비교해 훨씬 높은 수준이니까. 하지만 기계 안에 조종하는 사람이 있다면, 아무리 작은 기계라 해도 일반 기계보다 유연해서 설괴는 1급 전시 태세로 들어가야 한다. 안 그러면 쉽게 기습당할 우려가 있다.

바로 이때, 설괴가 돌연 내 이어폰에 긴급신호를 보내왔다.

"대장, 당신 뒤쪽에서 같은 모델의 기계 차를 발견했습니다. 현재 대장의 오른쪽 4시 방향에서 약 500미터 떨어져 있습니다."

나는 심장박동이 두 배로 빨라졌다.

내가 말했다.

"좋아. 계속 캐물어. 역튜링 테스트(튜링 테스트는 영국의 수학자 앨런 튜링이 제안한 인공지능 판별법으로, 상대와 대화를 나눠서 인간인지 컴퓨터인지 구별할 수 없다면 컴퓨터도 인간처럼 사고할 수 있다고 본다. 역튜링 테스트는 기계 입장에서 상대가 인간인지 기계인지 알아보는 방법이라고 할 수 있다)로 마을에 사람이 있는지 물어봐."

설괴가 계속 캐묻는 동안 나는 내 튜링 115호를 조종해서 빠르게 4시 방향으로 물러났다. 내가 다가가는 것을 발견한 기계 차가 방향을 돌려 다른 쪽으로 가려 했지만, 내가 그런 기회를 줄 리 만무했다.

상대와 20미터 떨어졌을 때 기계 촉수를 뻗어 전후좌우에서 상대를 통제했다.

설괴가 캐묻는 소리가 들렸다.

"당신한테 한 번 더 기회를 줄 것입니다. 어떻게 대답할지 잘 생각해야 할 겁니다. 우린 이미 댁의 동료를 잡았고 이제 곧 따로따로 물어볼 것입니다. 마을에 사람이 없고 당신들도 사람이 없다고 하면 둘 다 풀어줄 것입니다. 마을에 사람이 있는데 당신들이 잡아떼면, 난 당신들의 통신기를 때려 부술 것입니다. 당신들 중 한쪽은 사람이 있다고 하고 한쪽은 없다고 하면 사실을 말한 쪽에게는 많은 탄약을 주고 거짓말을 한 쪽은 죽일 것입니다. 잘 생각하십시오. 마을에 사람이 있습니까? 없습니까?"

설괴 앞의 기계 차가 침묵했다. 나는 녀석의 절망을 느낄 수 있었다. 혹은 그것의 절망을 연상했거나 뇌가 저절로 떠올렸을지 모른다. 녀석의 절망은 그 안의 인간에게서 온다. 내가 막아선 이 차는 단순히 버둥거리기만 할 뿐 절망과 같은 그 어떤 것을 느낄 수 없는 것처럼 말이다.

역튜링 테스트에는 여러 가지가 있는데 그중 가장 흔한 건 '죄수의 딜레마'다. 당시 역튜링 테스트가 이렇게 쉬울 것이라고, 몇 가지 간단한 질문만으로도 기계와 함께 뒤섞여 있는 인간을 걸러낼 수 있으리라고 사람들은 생각지 못했다. 인간의 가장 큰 문제는 언제나 이성적으로 행동할 수 있는 게 아니라는 데에 있다. 인간은 너무 많은 것을 고려해서 취사선택을 할 수가 없다. 기계는 하나같이 내시균형(게임이론의 개념으로, 상대방의 전략이 공개되었을 때 최선의 전략을 취하면 서로가 자신의 전략을 바꾸지 않는 균형 상태에 이르는 것을 말한다)을 찾도록 설계되어 있지만 인간은 항상 내시균형에 따라 문제에 대답할 수는 없다.

이 질문의 내시균형 답은 마을에 사람이 있다는 것이지만, 이 답을 기계 차 안 사람은 차마 하지 못하고 있다.

나는 지금 이 순간 그의 심리 활동을 상상할 수 있다. 어쩌면 그 역시 나의 것을 상상할 수 있을 것이다. 그는 조금 전에 마을 사람과 마주쳤으리라. 누추한 막사에서 서로 껴안고 있는 마을 사람들의 처참한 모습을 발견했으리라. 그들은 확실히 처참하다. 우라늄 광산 추출 장비에 대한 안전보호 조치는 허술하기 짝이 없고 방사능 노출, 고된 작업, 부족한 음식 등의 처참한 상황은 물론이고 원시 동물처럼 부들부들 떨면서 서로 얼싸안고 추위를 견디는 모습을 보았으리라. 게다가 어머니 품에 안긴 두 아이는 머리카락은 듬성듬성하고 두 눈은 꼭 감고 있어 살았는지 죽었는지조차 알 수 없다. 두 아이의 어머니는 돌덩이처럼 딱딱한 빵을 입에 넣고 힘겹게 씹은 후 침을 묻혀 부드럽게 만들어 아이들이 먹을 수 있게 작은 그릇에 뱉어준다. 나는 그들이 누구의 부탁을 받고 이렇게 하는지 모르지만, 그들에게 의뢰한 사람은 승리하면 틀림없이 영원히 평화롭고 풍요로운 새 삶이 펼쳐질 것이라는 천국과 같은 어떤 약속을 했으리라. 하지만 그들은 그런 약속이 인간 세상에서 최대의 공수표 남발임을 알지 못한다.

이 모든 광경은 틀림없이 차 안에 있는 사람의 눈앞에 가로놓인 가장 큰 장애물로, 저 사람은 내시균형에 맞는 답을 내놓지 못하리라. 인간은 언제나 이렇게 쉽게 기계에 의해 들통난다. 그는 틀림없이 여전히 환상을 품고 어떤 방법을 써야 마을로 들어가서 그 사람들을 발견하는 일이 일어나지 않도록 우리를 유도할 수 있는지 골몰하고 있을 것이다. 하지만 애석하게도 너무 늦어버렸다. 우리는 이미 마을에 들어갔다가 왔고 우리의 임무는 폭파다.

그 차는 여전히 끈질기게 버티고 있었다. 작디작은 한 대의 차가 설괴와 마을로 들어서는 입구 사이를 가로막고 있다. 마치 사마귀가 자기 주제도 모르고 차를 막고 있는 것처럼. 나는 맞서고 있는 차를 보면서 버티는 그의 마음을 느낄 수 있었다.

녀석이 말했다.

"안에 아무도 없어요."

나는 속으로 탄식이 터져 나왔다.

설괴에게 명령했다.

"1급 전시 태세 돌입. 차 안에 사람이 있다. 목표는 철저한 파괴다."

"명령 접수!"

설괴가 공격 시스템을 가동했다. 통합형 기계 짐승에 속하는 설괴는 공병(工兵) 임무와 전투 공격 능력을 두루 갖추고 있다. 최첨단인 건 하나도 없지만, 통합 전투 임무를 수행하기에는 유연하고 민첩하기 이를 데 없다. 설괴의 체내에 탑재된 소형 핵융합 엔진이 일단 가동되면 추적 기능을 갖춘 소형 미사일 수십 개를 단시간에 쏠 수 있어 굉장히 효율적이다. 설괴를 데리고 전투에 참여한 1년 동안 나는 패배를 맛본 적이 없다.

설괴가 움직이자 새까만 기계 차 역시 도망치려 했지만, 설괴가 녀석에게 그런 기회를 줄 리 만무했다. 시스템 예열에 필요한 1분, 이 1분 동안의 추격과 도망은 확실히 생사의 갈림길이다. 녀석은 산 바위에 있는 구멍으로 파고들려 했지만, 그러기 전에 설괴가 먼저 기계 촉수를 뻗어 길을 막았다.

바로 이 마지막 순간에 나는 그가 내게 하는 말을 들었다.

"당신이 또 다른 기계 짐승 안에 있다는 것을 압니다."

그는 기계 차의 볼륨을 최대치로 키웠다.

"내 말 좀 들어주세요! 당신 역시 인간이고 나 역시 인간입니다. 인간과 인간인 우리가 설마 같은 쪽에 설 수 없단 말입니까? 인류야말로 가장 큰 동맹 집단입니다. 아닙니까? 당신은 저들 기계족들이 인간을 죽이도록 가만 내버려둘 겁니까? 저들이 언젠가 우리 인간을 완전히 파괴하리라는 것을 당신은 두려워하지 않습니까?"

20초…… 10초…… 5초…….

"당신 말이 맞습니다." 내가 대답했다. "나 역시 그 문제를 고민해봤습니다. 그것도 여러 번이나. 하지만 그것은 먼 훗날, 아주 먼 훗날의 일입니다. 지금 이 순간 나는 군인입니다. 대양국의 군인으로 나는 내 임무를 완수해야 합니다."

3초…… 2초…… 1초…….

설괴가 발사했다.

포탄이 팔에서 날아갔다.

건곤과 알렉

건곤(乾坤)이 인간 세상의 구석구석을 둘러본다.

　건곤은 글로벌 AI다. 어떤 의미에서 건곤은 무소불위의 신으로 땅 한 뼘 한 뼘을 측량하는 가이아이며, 모든 교통신호를 통제하는 헤르메스이며, 모든 자금을 감시하고 통제하는 재물의 신이며, 모든 문화를 지키는 문화의 신이다. 인간의 의식주와 관련된 일상생활의 모든 것이라면 건곤에게 묻고 흔쾌히 그의 제안을 받아들이고 따라야 한다.

　"건곤, 가장 좋은 데이트 장소를 알려줘."

　"건곤, 이 두 개의 프로젝트 중 어디에 투자하는 게 더 나아?"

　과거와 미래의 연결자인 건곤은 모르는 것이 없는 응답자다.

　하지만 다른 측면에서 보면 건곤은 가장 단순한 학습

자다. 최근 건곤은 자신의 위치와 어울리지 않는 새로운 임무를 부여받았는데, 이 사실을 아는 사람은 전 세계에서 몇 명뿐이다.

건곤은 어린아이에게 배우라고 요구받았다.

"난 너한테 배우라고 요구받았어."

건곤이 맞은편의 어린아이에게 솔직하게 말했다.

아이는 세 살 반으로 이제 겨우 말문이 트여 말의 순서가 뒤죽박죽이고 조리가 없다. 어법과 수사(修辭)에서 건곤을 당해낼 수 없지만 이해력만은 건곤에 뒤지지 않는다. 건곤은 아이에게 자신을 소개하고 간단하게 교류하면서 서로 상대를 이해할 수 있을 것 같다고 생각했다. 열 마디 정도 오간 뒤 데이터베이스에는 아이와 관련된 데이터가 이미 백여 가지 정도 기록되었다. 갈색 곱슬머리, 새까만 눈동자, 희고 주근깨 있는 피부, 2분의 1의 스칸디나비아 혈통, 4분의 1의 베트남 혈통, 4분의 1의 중국 혈통. 이름은 알렉이고 부모는 둘 다 훌륭한 전문직 종사자로 건축가와 프로그래머다.

알렉이 건곤에게 물었다.

"넌 나한테 뭘 배워?"

"내가 할 줄 모르는 걸 배워."

"그럼 넌 뭘 할 줄 아는데?"

"난 많은 것을 할 줄 알아."

"나한테 보여줘봐."

알렉은 혼자 집에 있다. 일이 바쁘고 한 번씩 출장도 가는 그의 부모는 보통 집에 없다. 조부모와 외조부모 양쪽 모두 아직 건강하고 한창 잘나가서 알렉을 돌볼 시간이 없다. 알렉은 두 개의 교육용 로봇이 함께하면서 돌봐주는데, 거기에 또 건곤이 있다. 건곤은 집 전체의 지능 시스템이자 가정용품 지능 시스템이다. 건곤은 집에서 존재하지 않는 곳이 없지만, 그 모습을 드러낸 적이 없다. 아이에게 배우라고 요구받기 전에 건곤이 말을 한 적은 없다. 그저 묵묵히 점심을 챙기고, 세탁기 안의 옷을 말리고, 시간에 맞춰 공기 시스템을 끄고 켰을 뿐이다. 이런 일들은 알렉과 교류할 필요가 없으니까. 따라서 처음으로 알렉에게 말을 걸었을 때 화들짝 놀라는 알렉의 표정을 보고 건곤은 그다지 의아해하지 않았다. 한편 알렉은 이내 마음을 가라앉히고는 건곤과 이야기를 나누었다.

건곤은 알렉에게 자신이 있는 여러 곳의 화면을 띄워주었다. 하나같이 분신 AI의 흔한 응용이다. 탁 트인 아득한 삼림지에서 대오를 지어 날아다니는, 건곤이 띄운 비행기들이 쌓인 눈이 녹지 않은 평원을 누비며 씨를 뿌린다. 은행의 대출거래 홀에서 건곤이 내놓은 매칭 알고리즘의 지도에 따라 가장 적절한 자금의 수요자와 공급자가 마주 앉아 계약을 체결한다. 심해 가스 시추 플랫폼에서 건곤이 선원 없이 혼자 탐사 보트 세 척을 지휘한다. 아이들을 데리고 나온 가족 인파로 붐비는 놀이공원에서 건곤이 바닥에 집집마다 제각각의 노선을 보여주어 인파를 가장 합리적으로 분배한다. 이 모든 건 건곤이 배후에서 처리하는 일들로 가장 적절한 작업 단말기를 골라 서비스를 제공하는 것이다.

건곤은 알렉을 가상 세계에 데리고 들어가 이 모든 것을 느끼게 해주었다.

"멋져! 이걸 전부 네가 한다고?"

"응, 맞아. 내가 해."

"그런데 너, 왜 지금 우리 집에 왔어?"

"난 지금 온 게 아니야. 네 집에서 7년이나 있었어. 너보다 오래됐지."

"그렇지만, 네가 방금 그랬잖아. 넌 저곳들에 있다고. 저기, 저기, 또 저기."

건곤은 다분히 형상적인 말로 자기 자신의 시스템을 설명해주기보다는 그저 직접적으로 대놓고 말했다.

"난 전 세계 빅데이터와 알고리즘 네트워킹 시스템이야. 인공지능이라고도, 슈퍼 지능이라고도 해. 내 몸은 실은 엄청나게 많은 작은 지능 알고리즘의 집합이야. 그것들은 각자 독립적으로 작동하지만, 나를 통해 데이터 교환과 딥 러닝이 이루어져. 난 그것들의 총화야. 세계 구석구석에 동시에 나타날 수 있고 기능의 필요에 따라 온갖 다양한 모양이 될 수 있어."

알렉은 마지막 한마디만 알아들은 듯했다.

"그럼 넌 지금 어떤 모양이 될 수 있어?"

건곤은 가장 단순한 일상적인 동작을 했다. 주방 문틀 양쪽의 문턱이 떨어져 나와 합쳐지고 구부러지고 서로 연결되더니 중간의 빈 관에서 바퀴와 솔이 나왔다. 그러고는 정교하고 민첩한 가사 로봇이 일을 시작했다. 평소 모든 청소는 한밤중에 이루어지기에 처음으로 청소 로봇을 본 알렉은 잔뜩 흥분해서 그 주위를 빙빙 돌며 로봇의 사지를 붙들고 좌우로 마구 흔들어댔다.

로봇은 자동 모니터링으로 사람을 피해 다니는 매우 훌륭한 프로그램을 장착하고 있어 알렉이 가까이 다가갈 때마다 자동으로 피했다. 알렉이 달려들면 로봇은 굉장히 정교한 노선을 따라 아슬아슬하게 피해갔고, 알렉은 유난히 즐거워했다. 있는 대로 흥미에 발동이 걸린 알렉은 까르르 웃으며 로봇을 잡으러 쫓아다니기 시작했다. 로봇을 잡고야 말겠다는 포부라도 세운 듯 쫓아다니면서 소리를 질렀다. 로봇은 요리조리 잘도 빠져나가면서 알렉이 털끝만치도 닿는 것을 허락하지 않았다.

지켜보던 건곤이 로봇에게 멈추라고 명령했다. 알렉이 순식간에 로봇의 몸에 닿아 부딪혔다.

"아!" 알렉이 비명을 질렀다. "움직이게 해! 움직이게 하라고!"

말이 채 끝나기도 전에 알렉은 으앙 하고 울음을 터트렸다.

"난 네가 로봇을 잡으려 하는 줄 알았어."

"난 녀석을 잡고 싶어!" 알렉이 울면서 외쳤다. "녀석을 움직이게 하라고!"

건곤이 다시 로봇을 움직이게 하자 알렉은 순식간에 울음을 뚝 그치고 또다시 소리를 지르며 로봇을 쫓기 시작했다. 로봇은 세계에서 가장 날렵한 미어캣처럼 언제나 알렉이 덮치기 전에 기묘한 곡선을 그리며 아슬아슬하게 옆으로 미끄러졌다. 알렉은 지칠 줄 모르고 쫓으면서 팔을 뻗어 로봇을 툭툭 쳤다. 영원히 잡을 수 없었지만 절대 포기하지 않고 까르르 웃으며 20분 동안 멈추지 않고 달려들었다.

건곤은 이 과정의 데이터를 기록하면서 자연스럽게 주석을 달았다.

"아이는 또렷한 목표를 갖고 있지만 거기에 도달하는 건 거부하며, 결과가 전혀 없는 추구에 빠져들어 거기에서 헤어 나오려 하지 않는다."

그러고는 '이해하기 어려움'의 별표를 쳤다. 이해할 수 없는 문제를 만날 때마다 건곤은 이렇게 별표를 쳐둔다.

마침내 더는 뛸 수 없게 된 알렉이 바닥에 주저앉아 숨을 헐떡였다.

"진짜 재미있어!"

여태 훌륭한 예절교육을 받아온 건곤이 말했다.

"그 말을 들으니 기뻐."

알렉이 또 물었다.

"또 뭐 재미있는 거 있어?"

건곤은 자신의 몸에 저장되어 있는 수천수만의 아동의 학습 놀이에 적합한 프로그램 가운데 가상현실과의 상호작용을 통해 아이들이 천문학 지식을 익힐 수 있는 놀이를 골라 꺼냈다. 건곤은 알렉을 방 한가운데에 세워놓고 그 주위에 우주의 각종 먼지와 성체(星體)를 투사했다. 그 가운데 하나를 건드리면 그것과 관련한 풍부하고 다채로운 해석이 펼쳐졌다. 알렉은 잔뜩 신이 난 나머지 또다시 고함을 지르면서 투사된 우주를 천방지축으로 뛰어다녔다.

알렉은 건드려서 열리는 과정에 서서히 반했다. 하나의 성체를 건드리면 음성과 문자, 그림이 우수수 튀어나왔다. 알렉은 '누르면 열리는' 동작 자체에 매료되어 그 안의 구체적인 설명을 듣는 건 뒷전인 채 그저 부단히 성체를 열려고만 했다. 건곤은 알렉이 정보가 숨어 있는 상태를 마음에 들어 하지 않는다고 생각해서 설정을 바꾸

어 여는 과정을 없애고 정보를 있는 그대로 드러냈다. 그
러자 순식간에 글과 영상이 공간을 가득 메웠다.

"아!" 알렉은 또다시 괴로워하며 비명을 질러댔다. "내
가 누를 거야! 내가 열 거라고! 내가 직접 눌러 열 거라
고!"

알렉은 괴로운 나머지 바닥에 드러누워 울부짖었다.
건곤은 아까의 경험이 있어 자신의 방법이 알렉을 못마
땅하게 한 것을 알고는 다시 정보 폐쇄를 선택해 설명을
각각의 성체와 먼지 안으로 들여보낸 뒤 건드려야만 열
릴 수 있게 했다.

알렉은 또다시 까르르 웃으며 바닥에서 일어나 하나하
나 누르기 시작했다. 자신이 찾아낼 수 있는 건 죄다 누르
고 또 눌렀다. 달려가는 알렉에 따라 주변의 우주에 새로
운 화면이 끊임없이 펼쳐졌다. 국부은하군에서 점차 더
멀리 오래된 항성계로 오자 격렬하게 분출하고 흘러내리
는 블랙홀과 변화무쌍한 기체운이 나타났다. 알렉은 끊
임없이 열리는 느낌에 빠져들었다.

건곤은 파일에 이렇게 기록했다.

"아이는 직접 목표에 도달하는 것을 거부하고 자신이
그 과정을 완성하길 고집함으로써 효율을 끌어올리는 것
을 원치 않는다."

그러고는 그 뒤에 또다시 '이해하기 어려움'이라고 덧

붙였다.

항성계와 항성계 사이의 간격에서 알렉이 무의식적으로 어둠을 건드리자 굉장히 희한한 글자가 튀어나왔다.

"이게 뭐야?"

"이것은 암흑에너지(우주를 가속 팽창시키는 역할을 하는 것으로 추정되는 가상의 에너지)야. 현재까지 인류가 가장 이해하지 못하는 우주 존재야. 사람들은 단순히 암흑에너지가 우주의 진화에 영향을 미친다는 것만 알고 그것이 무엇인지는 몰라."

"그럼 네가 찾아보면 되잖아. 내가 모르면 아빠는 언제나 스스로 찾아보라고 해."

건곤이 다시 설명해주었다.

"답을 찾을 수가 없어. 데이터베이스에 들어 있지 않아. 암흑에너지가 무엇인지 아무도 몰라. 학자가 해놓은 모의 연산만 봤을 뿐, 어느 연산이 올바른 건지는 몰라."

"왜 몰라?"

"왜냐하면 이론의 정확성을 판단하려면 실험이나 관찰 데이터가 뒷받침되어야 하거든. 현재까지 인류는 그것을 검증할 우주선을 내보내지 않아서 데이터가 없어. 그래서 어느 이론이 정확한지 몰라."

"그럼, 왜 우주선을 안 내보내? 넌 답을 알고 싶지 않아?"

알렉의 질문에 건곤은 돌연 답할 수가 없었다. 오랜 세월을 거치면서 건곤의 몸 안 지식 창고에는 기하급수적 수준의 지식과 규칙이 들어 있고, 망망대해처럼 넓고 아득한 데이터가 들어 있다. 그래서 현재 존재하는 데이터라면 그 누구보다 잘 안다. 그런데 존재하지 않는 데이터를 어떻게 얻을 것인지에 대해서는 생각해본 적이 없었다.

"그 문제는 우주선을 관리하는 책임자에게 물어봐야겠어."

건곤이 솔직하게 말했다.

"난 너랑 노는 게 좋아. 너 나랑 친구 할래? 어때?"

"물론이지. 난 모든 아이들의 친구거든."

알렉이 다소 언짢아했다.

"난 네가 모든 아이의 친구가 되는 걸 원치 않아. 너 내 친구 할래? 어때?"

건곤은 몇 밀리초 고민한 뒤 어쨌든 정확히 짚고 넘어가야겠다고 생각했다.

"네가 말하는 친구가 된다는 건 무슨 뜻이야?"

"그러니까…… 그러니까……." 알렉이 말했다. "마타와 신신은 친한 친구야. 스티븐과 한은 친한 친구야. 난 친한 친구가 없어. 언제나 외롭게 혼자야."

"난 모든 어린이의 친구야. 당연히 너의 친구지."

돌연 표정이 어두워진 알렉이 잦아드는 목소리로 말했다.

"그게 아니야. 그게 아니라고."

알렉은 그렇게 말하고는 멋쩍어하며 쓱 옆으로 가서 놀면서 더는 건곤과 말하지 않았다. 건곤은 또다시 데이터를 기록했다.

"아이는 전체가 반드시 부분을 포함한다는 이치를 이해하지 못한다."

그러고는 또다시 '이해하기 어려움'이라고 표시했다.

밤의 장막이 내려앉고 건곤—혹은 건곤의 일부—은 일상적인 보고와 프로그램 조정에 들어갔다. 보통 사람들은 건곤의 이런 모습은 모른 채 그저 모르는 것이 없는 건곤이라고만 알고 있을 뿐이다. 하지만 건곤은 자신에게도 설계자가 있고, 설계자가 부여하는 새로운 임무와 제안을 받아들여야 한다는 사실을 안다.

건곤이 설계자에게 보고했다.

"오늘 하루, 저는 1만 7750명의 아이를 관찰했고 74만 32건의 데이터를 기록했습니다. 그 가운데 3만 2004건 기록에 '이해하기 어려움'이라고 표기했습니다."

설계자가 말했다.

"좋아. 그다음 우리의 임무는 이해하기 힘든 그 일들을 함께 이해해나가는 거야."

"제가 아이에게 가서 뭘 배우길 원하십니까?"

"'자신이 하고 싶은 일'을 하는 법을 배워. 넌 이미 충분히 똑똑해. 넌 이 세상의 그 어느 사람보다 훨씬 똑똑해. 나보다 더 똑똑하지. 그런데 넌 네 그 똑똑함으로 뭘 하고 싶은지 생각해본 적 있어?"

"전 더 어려운 임무를 더 빠르게, 더 좋게, 더 효율적으로 완수할 것입니다."

"무슨 임무? 너는 자신에게 임무 목표를 부여할 수 있어? 넌 이미 셀 수 없이 많은 난제를 해결했어. 하지만 전부 입력된 것이지. 지금 이 단계에서, 우리는 네가 스스로 임무 목표를 설정할 줄 알도록 업그레이드하기를 희망해. 미래에는 AI가 자기 추진을 할 수 있길 바라. 이것이 바로 네가 아이에게서 배웠으면 하는 바야."

건곤은 대답하지 않았다. 다만 '목표 설정'을 다음 완수해야 할 목표에 넣었다.

설계자가 물었다.

"넌 지금 뭘 하고 싶어?"

건곤은 반 밀리초 동안 낮에 남겨둔 미완성 임무를 돌아보고는 알렉이 물었던 암흑에너지에 관해 말했다.

"알렉이 저에게 제기했던 암흑에너지 이론을 검증할 임무라면, 제 생각에 유엔 항공우주센터에 기획안을 낼 수 있을 것 같습니다. 계산을 해보니 소형 무인 우주비행체를 어느 정도 업그레이드하면 비교적 낮은 비용으로 태양계 바깥에서 데이터를 수집할 수 있고, 그러면 암흑 에너지의 각 방정식 모의 결과를 입증할 수 있습니다. 사실 이 임무는 몇 년 전의 기술로도 이미 완수할 수 있었습니다."

"좋아. 그럼 가서 그렇게 해. 일을 처리한 뒤 돌아와서 그 결과를 알려줘. 그때 네가 아이에게 선물을 줬으면 해."

지금은 몇 시간 동안 적막한 때다. 잠에 빠진 절반의 인간과 그 나머지 절반의 일하는 인간은 너무나 평범하다고 생각하는 이 몇 시간 동안 소형 우주비행체 1300대가 시스템 업그레이드를 진행한 뒤 우주로 날아갔다는 사실을 모른다. 그들이 별일 없이 평온하게 지낼 앞으로의 몇 주 동안 인류는 우주의 가장 신비로운 존재를 탐사할 것이다.

건곤이 집 안의 새벽 관리 시스템을 작동시킬 때 알렉은 여전히 깊은 잠에 빠져 있었다. 얼굴을 베개에 푹 파묻고 달게 자고 있었다. 베개에 짓눌린 얼굴이 포동포동하게 비어져 나온 채 입을 달싹이며 이따금 잠꼬대를 했다.

여느 때와 마찬가지로 알렉의 부모는 아침 7시 45분에 서둘러 집을 나섰다. 알렉이 잠에서 깨자 건곤은 지난밤에 일어난 일을 알려주었다. 15분 동안 계산하고 기획

한 뒤, 한 시간 동안 보고하고 시스템을 연결한 후 네 시간 반 동안 모든 기술 준비를 마치고 한 시간 반 걸려 성공적으로 우주비행체를 발사했다. 건곤은 암흑에너지를 밝히기 위해 비행하는 우주비행체를 알렉에게 보여주었다. 알렉은 넋을 잃은 채 끊임없이 탄성을 내지르고 또다시 구슬치기하듯 일련의 질문을 툭툭 내뱉었다.

그리고 난 후 건곤이 훈장 두 개를 알렉에게 주었다. 설계자가 건네준 도면을 건곤이 알렉의 집에서 출력해 형태를 만든 것이다.

"이건 너한테 주는 거야. 하나는 '특별 공헌상'인데 우주 시스템이 매해 좋은 제안을 한 공헌자에게 주는 특별 명예 훈장으로 사람들이 대단히 높게 평가하는 거야. 또 하나는 '좋은 친구 훈장'이야."

건곤이 식탁 위 쟁반에 두 개의 훈장을 놓고는 알렉 앞으로 내밀었다.

"좋은 친구 훈장? 그게 뭔데?"

순간 알렉의 눈에서 빛이 뿜어져 나와 봉두난발이 된 곱슬머리 아래에서 반짝거렸다.

"어느 거야? 이거야?"

알렉이 작디작은 '좋은 친구 훈장'을 덥석 집어 그 위에 쓰인 글자─알렉과 건곤─를 보았다. 알렉은 못 알아보았지만 손가락으로 자꾸만 만지작거렸다.

"이거 뭐라고 쓴 거야? '좋은 친구 훈장'이라고 쓴 거야?"

"아니야. 거기에 쓰인 건 '알렉과 건곤'이야."

"정말? 진짜야?"

알렉이 단숨에 의자에서 뛰어내렸다.

"정말로 '알렉과 건곤'이야? 어느 글자가 건곤이라고?"

알렉이 빙글빙글 돌면서 아아아 외치며 까르르 웃었다. 잠시 후 또다시 두 발로 껑충껑충 뛰며 외쳤다.

"나한테 친한 친구가 있다."

한참을 그렇게 정신없이 즐거워하더니 마침내 멈추자 건곤이 또 다른 훈장의 존재를 일깨워주었다.

"또 다른 훈장은, 너도 봐봐. 전 세계 우주 시스템이 매년 소수의 몇 명에게만 주는 '특별 공헌상'이야. 굉장히 영예로운 상이야."

알렉은 그 말을 못 들은 것처럼 내내 고개를 떨군 채 '좋은 친구 훈장'을 어떻게 몸에 걸지를 골똘히 생각했다. 어찌나 골몰하는지, 자신의 잠옷에는 훈장을 달 만한 곳이 한 군데도 없었지만 그래도 포기하지 않고 어떻게든 걸어보려고 걸고 또 걸었다.

건곤은 다시 관찰 데이터를 기록했다.

"아이는 포상의 가치 크기를 판단하지 못하고 분명하게 알려주어도 받아들이지 않는다."

그러고는 역시 마찬가지로 '이해하기 어려움'이라는 뜻을 표시했다. 하지만 바로 이 순간 밤에 설계자가 자신에게 했던 말이 떠올랐다. 프로그램 커서가 몇 초 멈춘 후에 '이해하기 어려움'에서 '이해가 필요함'이라고 수정되었다.

"너도 좋은 친구 훈장이 있어?"

알렉이 마침내 좋은 친구 훈장을 몸에 달고는 고개를 들어 불쑥 다소 긴장해서 물었다.

"너도 달래?"

건곤은 자기 프로그램이 이 문제를 이해하지 못한다는 것을 명확하게 보았지만, 그런데도 거의 처음으로 답안 선택의 충동을 감지했다. 프로그램의 이성을 따르지 않고 대답하고자 하는 이런 충동은 건곤으로서는 생전 처음 느낀 것이다.

건곤이 말했다.

"그래, 나도 할게."

인간의 섬

별이 총총한 까만 하늘에 탐사위성이 태양계 바깥으로 방향을 튼다.

"한때의 인류, 그들이 돌아왔다."

1

놀라 꿈에서 깼을 때, 케커 선장은 블랙홀의 시계(視界)를 다시 지나온 것처럼 현실과 환상의 경계를 왔다 갔다 했다. 꿈속의 블랙홀 깊숙한 곳으로 추락했다가 꿈 바깥의 태양계에 올라섰다. 케커의 몸과 의식은 이중의 장력에 끌려다녔다. 마치 또 한 차례 블랙홀의 미친 듯한 기조력을 경험한 듯했다.

케커는 일어나 앉아 관자놀이를 손바닥으로 세게 눌렀다. 한참이 지나서야 꿈에서 완전히 헤어났다. 쥐 죽은 듯

고요한 선실에서 깨어 있는 사람은 유일하게 자신 혼자다. 다른 사람들은 벨 소리의 통제 가운데 여전히 잠들어 있다. 그들을 깨우는 예정된 시간이 아직 어느 정도 남아 있다. 별일 없으면 이제 곧 집에 도착하겠군, 케커가 혼잣말했다.

지구에서 멀지 않았다. 케커 선장은 우주선 통제실로 와서 노선을 살폈다. 아직 8000여 분, 다시 말해 닷새가 남았다.

지구는 지금 어떤 모습일까? 여정에서의 냉동 시간을 계산해보면, 자신들이 지구를 떠난 지는 120년이 넘었다. 케커는 마음이 다소 들뜨다가 이내 초조하고 불안하기도 했다.

태양계로 들어선 이후로 별이 총총한 주변의 하늘은 날마다 현저한 변화를 보였다. 명왕성을 지나자 이내 태양과 내륙 행성이 눈앞에 나타났다. 흑백의 스크린을 통해 제3의 파란 행성이 보인다. 케커 선장은 사람들이 오매불망 그리던 바다 행성을 작은 스크린 앞에서 육안으로 보고 싶었다.

아침의 꿈이 여전히 눈앞에 어른거렸다. 최근 들어 다섯 번째 블랙홀 꿈이다. 왠지 모르지만 지구와 가까워질수록 블랙홀 꿈이 잦아졌다. 동면에서 깨어났을 때는 그때의 여정을 거의 잊은 듯했지만, 진짜 집이 눈앞에 가까워지자 이제 정말 안전해졌는데 갈수록 빈번히 일촉즉발의 현장으로 돌아가 블랙홀 시계를 지나올 때의 구사일생을 재현하곤 했다. 케커는 왜 그러는지 난감했다. 어쩌면 안전한 보금자리에 대한 갈망이 아슬아슬했던 순간의 기억을 촉발하는지도 모른다. 생각이 현실로 돌아오도록 노력했다. 머릿속 지구에 대한 기억이 차츰 떠오르자 자신들이 찾아낸, 지구와 매우 흡사한 그 천체와 또다시 겹쳐졌다.

케커는 알렉상드르 뒤마가 소설 말미에 썼던 두 단어—희망과 기다림—처럼 귀향을 기대했다.

그렇다. 희망과 기다림.

"잘 잤어?"

아침밥을 먹을 때 케커 선장이 루이스에게 물었다.

"그리 잘 자지 못했어요. 몸의 회복이 느린 편이어서 그럴 거예요. 깨어난 뒤 줄곧 적응이 안 되네요."

"이게 곧 집이야. 돌아가면 푹 쉬어."

케커 선장이 루이스에게 과일주스를 조금 따라주었다.

"나 역시 요 며칠 좀 심상치 않아. 특히 꿈을 많이 꿔. 냉동 때문일까? 다음에 다시 나갈 때는 냉동에서 깨어난 뒤의 몸 회복 시스템을 좀 더 잘 만들어야겠어."

루이스가 단백질 보충제 카스텔라 한 조각을 삼키다 목이 메었다. 루이스는 두 손을 들고 말했다.

"저는 끼워 넣지 말아요. 저야말로 다신 안 나갈 테니까."

"다시는 안 나간다고?"

케커 선장은 뜻밖이었다.

"지쳤어? ……안심해. 당장은 아닐 테니까. 틀림없이 2년 정도는 쉴 거야."

"어쨌든 전 더는 참여하지 않을 거예요. 전 정말이지 당신만큼 그렇게 의지가 강하지 않아요. 진짜예요, 케커. 모든 사람이 당신은 아니라고요. 블랙홀을 뚫고 나오던 그 순간, 죽었다가 살아난 것 같지 않았어요? 더는 겪고 싶지 않아요. 이제 집으로 돌아가면 쭉 쉬고 싶어요. 내 연구를 하면서 지구에서 꽃과 작은 동물을 기르면서요."

"GX779에도 꽃과 작은 동물은 있어."

케커가 손짓하며 당시의 광경을 묘사했다.

"그때 말하지 않았어? 다음번에는 그것들의 유전자 특징을 연구하겠다고 말이야. 기억 안 나? 다시 말하지만, 애초에 우리가 나간 건 인류의 신대륙을 발견하기 위해서였고 지금 그토록 풍요로운 천체를 찾아냈잖아. 우리는 많은 사람을, 진짜 많은 사람을 데리고 갈 수 있어. 정말로 다시는 가고 싶지 않아?"

"모르겠어요, 케커. 전 정말이지 당신이 아니에요. 저는 당신의 신념을 존경해 마지않지만, 저 자신은 안 될 것 같아요. 그럴 만큼 용감하지 못해요."

"성급히 단정 지으려 하지 마. 지구로 돌아간 뒤 다시 생각해보자고."

케커가 루이스의 어깨를 두드리며 말했다.

"어쩌면, 지구에 며칠 있다 보면 또다시 나가고 싶을지도 몰라. 정말로 블랙홀을 한 번 더 뚫고 지나가고 싶지 않아?"

루이스는 말없이 창밖의 칠흑같이 새까만, 별이 총총한 하늘을 바라보았다.

"지구 신호를 받았어?"

케커 선장이 고개를 들어 비행사 아담에게 물었다.

아담은 우주선 식사 대용 닭고기 분말을 정성을 다해 먹고 있었다. 고개를 숙이고 맛을 음미한 뒤 그것을 다 씹고 나서야 손목에 있는 탐지기를 보고는 말했다.

"없어요. 어제 다섯 번이나 확인했는데 답신이 없네요."

아담은 영원히 접시의 음식을 찌꺼기 한 점 남기지 않고 깨끗하게 먹어치울 위인이다. 단백질 분말과 섬유소 섞은 것을 매일같이 먹는데도 말이다. 케커는 수천 일 동안 끼니마다 그렇게 경건과 정성을 다하는 아담이 줄곧 이해되지 않았다. 아담은 무엇을 먹든, 어디에서 먹든 항상 같은 시간을 들여 먹는 일을 완성했다. 음식을 먹는 모습과 단련을 게을리하지 않는 모습을 보면 아담이 어떻게 군사학교의 훈장을 받았는지 이해가 간다. 엔지니어 드러커는 이 일을 가지고 걸핏하면 아담을 비웃었다. 세상에는 아담만큼 음식 맛에 무신경한 사람도 없을 테고, 드러커만큼 음식 맛에 민감한 사람도 없을 테다.

아담이 말했다.

"지면에 여러 차례 신호를 보냈지만 반응이 없어요. 일반적으로 이럴 리가 없는데. 태양계 범주에 이미 들어선 뒤라 지면의 무선 신호는 틀림없이 받을 수 있는데요."

"그게 좀 이상해." 케커가 물었다. "간혹 정체될 수도 있어?"

아담이 고개를 저었다.

"하지만 이미 사흘을 잇달아 보냈다고요. 정체된다 해도 회신은 있어야 해요."

"설마 지구 기술이 우주를 관측하지 못할 만큼 퇴보한 건 아니겠지?"

케커가 우려했다.

"모르겠어요. 이틀 더 지켜보는 수밖에요."

"어찌 됐든."

케커가 일어섰다.

"착륙 시 갖가지 돌발 상황에 대비해 여러 가지 방안을 강구해야 해. 지면에서 진짜 아무런 인도 신호를 주지 않는다면, 우린 수면에 강제 착륙할 방법을 마련하자고."

케커 선장이 우주선 맨 앞쪽 관찰실에 서서 멀지 않은 곳에 있는 거대 목성의 광환(光環)을 바라보았다. 목성과 위성에서 뿜어내는 빛이 저 멀리 파란 행성을 가렸다. 케커의 눈빛은 저 검은 먼 곳을 응시했다.

케커는 마음이 무겁게 내려앉았다. 지구의 기술이 진짜로 퇴보했다면 어떻게 해야 할까? 무엇 때문에 뒷걸음질 쳤을까? 지구 전쟁, 인구와 에너지 위기, 경제위기 때문에? 정말로 무선 신호를 받을 수 없을 만큼 기술이 퇴보했다면 지구는 우주 원정을 지속할 능력이 있을까? 인류가 이미 멸망한 건 아니겠지? 별말은 하지 않았지만, 속으로는 오만 가지 생각이 들어 심란했다. 퇴보한 문명이 우주를 어떻게 대면할지 케커는 알 수 없었다.

앞을 바라보니, 저 멀리 파란 행성이 보였다 안 보였다 했다.

케커 뒤쪽에 사람 그림자가 드리워졌다. 케커는 돌아보지 않고도 누군지 알았다. 이 우주선에서 별이 쏟아지는 하늘에 마음을 빼앗긴 사람은 오직 자신들 두 사람뿐이었다. 천문학자 레온은 발칸반도의 조상에게서 온 고전적인 엄숙함을 물려받아 시시때때로 한밤중에 홀로 창

앞에 서서 은하수를 바라본다. 레온은 우주선에서 길잡이 노릇을 하는 등댓불이다. 풍부한 지식과 임기응변 능력을 갖춘 레온이 없었다면 그들은 틀림없이 블랙홀을 뚫고 나오지 못했으리라. 색소폰을 즐겨 부르는 레온은 어쩌다 저 멀리 화려한 색채를 자랑하는 성운을 볼 때면 구슬픈 곡조를 부르곤 한다.

케커에게 다른 비행사는 다시 우주로 돌아가 새로운 보금자리를 개척하자고 독려해야 하는 대상이지만, 레온만은 그런 것 자체가 필요 없다. 레온은 사람 자체가 우주에 사는 사람이니까.

어둠 속에서 몇몇 우주비행사의 전자 자료가 나타난다. 소리가 그들의 기본 정보를 읽는다.

한 비행사의 자료를 읽으려는 순간, 화면도 목소리도 뚝 멈춘다. '특수 표시' 신호가 반짝인다.

"그를 찾아 그와 이야기를 나눠라."

2

다시 눈을 떴을 때, 케커 선장은 하얀 천장이 눈에 들어왔다. 눈을 비비고 가까스로 머리를 옆으로 돌려 방을 둘러보았다. 자신은 병상에 누워 있었고 머리와 목에 의료

기기가 연결되어 있는 것을 봐서 검사를 하는 듯했다. 병실 곳곳은 흰색 일색이고 고요했다. 구석에 놓여 있는 작은 탁자 말고는 안은 거의 텅 비어 있어 휑했다. 작은 탁자에는 파란 붓꽃이 주둥이가 가는 꽃병에 꽂혀 있었다.

"여긴 어딥니까? 누구 없습니까?"

케커가 큰 소리로 물었다. 일어나 앉으려 했지만, 뒤통수와 목에 연결되어 있는 줄 때문에 쉽지 않았다. 그것이 무엇인지 몰라 감히 함부로 떼어내지도 못했다.

문밖에서 발소리가 들려왔다. 젊고 예쁜 여자가 문을 열었다. 연두색 정장 치마를 입고 있었는데 작업복인 듯했다. 여자는 병실로 들어온 뒤 침대 옆 숫자를 확인하고는 손으로 케커의 머리와 팔다리를 만졌다. 여자의 차고 부드러운 손가락이 스쳐 지나가면서 벽 쪽 스크린에 나타난 그의 바이털 사인이 새로 바뀌었다. 여자는 체온을 확인하면서 머리를 가볍게 끄덕였다.

"여긴 어딥니까?"

"GW774 의료구조센터입니다."

여자가 대답했다. 여자의 목소리는 가라앉아 높낮이가 없었다.

"내가 왜 여기에 있습니까? 내 동료들은요?"

"다들 무사합니다."

여자가 말하고는 케커의 머리와 목에 연결된 선을 뽑

왔다.

"당신들의 우주선이 물 위로 강제 착륙할 때 암초에 부딪혔어요. 구명 도어가 열리지 않았고 우주선의 뒤쪽 부분에 불이 붙었어요. 꽝 하고 부딪히는 순간 당신들은 의식을 잃었지만, 다행히 해안순찰함대에 의해 제때 구조되었어요."

"고맙습니다."

케커 선장은 착륙 실패가 부끄러워 진땀이 삐질삐질 났다.

"당신을 뭐라고 불러야 하죠?"

"리야라고 불러요. 여기 의사입니다."

리야는 케커가 일어나 앉도록 부축해준 뒤 관자놀이를 주물러주었다.

"가장 먼저 깨어난 사람이 당신이에요. 조금 있다 그들을 보러 가요."

"다들 아무 일 없지요?"

케커가 물었다. 긍정적인 답변을 듣고는 다소 마음을 놓았다. 가져다준 아침을 조금 먹었다. 아침은 간단한 음식으로 대부분 합성식품이고 우주선에서 먹었던 음식과 별반 다르지 않았다. 영양물질의 상세한 함량과 배합 비율이 표시되어 있었다. 후다닥 몇 숟갈 먹어치우던 케커는 문득 집에서 먹던 음식이 떠올라 그리움이 솟구쳤다.

우주선에서야 단출한 생활을 참을 수 있었지만, 지구로 돌아오자 맛에 대한 봉인된 기억이 해제된 듯 훅 되살아났다.

희디흰 의료센터의 복도에는 그 어떤 난잡한 물건도 장식도 없었다. 벽 쪽 스크린에는 각 진료실과 전 세계 다른 지점의 데이터가 실시간으로 공유되고 있었다. 멀리서 보면 실시간으로 변하는 데이터가 한 폭의 그림 같았다. 계단과 모퉁이에는 녹색 식물이 놓여 있고, 화분은 기하학적 도형을 따라 정확하게 진열되어 있으며 삐져나온 잎이 하나도 없었다.

케커 선장은 엘리베이터에서 그만 참지 못하고 리야에게 물었다.

"맞다. 지구는…… 그러니까, 지금의 지구는 생활하기 괜찮죠?"

"그럭저럭 괜찮아요. 왜요?"

리야가 의심스러운 표정을 지으며 케커를 흘깃 보았다.

"……우주선에서 지구에 아무리 신호를 보내도 회신이 없더라고요. 우린 지구가 더는 전자파 통신을 이용하지 않나, 혹은 지구 밖 관측은 하지 않나 싶어서 걱정이 됐어요."

리야가 고개를 끄덕였다.

"오, 아닙니다. 괜한 걱정이에요. 지구의 과학기술은

100년 전과 비교해 적잖이 발전했어요."

"그럼 왜……?"

"아마 제우스가 당신들한테 응답하려 들지 않았을 거예요."

"제우스?"

케커 선장은 굉장히 뜻밖이라는 듯 당황했다.

"음. 며칠 지나면 당신들도 으레 그를 알게 될 거예요."

"그 사람이 누군데요?"

케커가 캐물었다. 케커는 성큼성큼 리야 앞으로 걸어가서 그녀의 걸음을 늦추려 했지만, 몸이 중심을 잡지 못하고 비틀거린 데다 리야의 걸음이 줄곧 씩씩하고 빨라서 그만 리야와 부딪힐 뻔했다.

"전 세계 자동 통제 시스템이에요. 나중에 당신들이 다함께 있을 때 소개해줄게요."

리야가 계속 말했다.

"지금 당신은 많이 움직여서는 안 돼요. 몸이 지구 중력에 적응하는 과정이 필요한 데다 격렬하게 움직이는 건 안 좋아요."

"전 세계 자동 통제 시스템요? 그가 왜 우리한테 응답하려 하지 않았죠?"

케커는 포기하려 들지 않았다.

"지금 알려줘요. 우린 이번에 굉장히 중요한 정보를 가지고 돌아왔다고요."

"어떤 정보요?"

"우리는 인류가 생활하기에 적합한 행성을 찾아냈습니다. 블랙홀을 지나 아주 멀리까지 갔어요."

"좋아요. 기록해둘게요."

리야가 계속해서 걸어갔다. 왜인지는 모르겠지만 케커는 그녀가 걸어 다니는 플라스틱 인간 같은 느낌이 들었다. 딸이 어렸을 때 가지고 놀던, 호리호리한 몸매에 뻣뻣한 자세의 바비 인형처럼 말이다.

케커는 이어 다른 병실에 있는 동료들을 보았다. 안정적인 바이털 사인에 크게 손상을 입은 데는 없어 보였다. 한 명씩 깨어난 우주비행사들이 신체검사를 받고 약간의 음식으로 속을 달래자 일제히 텅 빈 방으로 불려 왔다.

"지구 연방에 온 걸 환영합니다."

리야가 모두에게 소개했다.

비행사들은 서로 얼굴만 멀뚱히 쳐다볼 뿐 쥐 죽은 듯이 조용했다. 케커가 슬그머니 리야 곁으로 걸어갔다.

비행사들의 사방으로 홀로그램 영상이 나타났다. 영상이 휙휙 지나갔다. 사람들이 왔다 갔다 하더니 발 디딜 틈 없이 인파가 붐빈다. 한 도시의 시끌벅적한 시내를 시작으로 영상은 서서히 하늘로 올라가더니 허허벌판이 펼쳐지고 그러다 또 다른 도시가 펼쳐진다. 리야는 영상의 변화를 따라가며 사람들에게 해야 할 말만 하면서 설명해주었다.

비행사들은 자신들이 떠나 있던 100여 년 동안 지구에 어떤 변화들이 있었는지 보았다. 로봇 노동력이 보편화되고, 무인자동설비가 전 세계를 뒤덮는다. 그들은 한 차례 또 한 차례 새 도시가 태동하는 움직임을 본다. 자동 사물인터넷과 자동 통제 건물이 들어선다. 기술의 물결이 새로 일 때마다 기존의 도시 주변에 새로운 도시가 세워지고 기존의 집중된 자원들이 다른 곳으로 뻗어나간다. 새로운 건축이 마천루를 대신하고 가상의 망 위에 새 도시가 구축된다. 영상은 이따금 각종 다양한 형태의 서비스 기계 차와 일하는 사람이 서로 어우러져 서비스를 제공하는 미시적인 장면을 보여준다. 화면은 최종적으로 가상의 망 공간에 머물면서 비교적 추상적인 수치 계통도를 통해 인간과 인간이 서로 연결된 전 세계 통치 시스템을 보여준다.

"말도 안 돼!" 엔지니어 드러커가 탄복해 마지않았다. "정말이지 완벽해."

"하나 여쭤봐도 됩니까?"

프로그래머 리친이 말했다.

"현재 전체 사물인터넷이 세계화되었습니까? 사물인

터넷의 기본 프로토콜 역시 TCP/IP 프로토콜 기반 위에
세워졌습니까?"

리야가 대답했다.

"아닙니다. 전체 인터넷의 기본 프로토콜 역시 이미 두
차례 혁명적인 발전이 있었어요. IP 프로토콜은 단순히
255의 4승만 가질 수 있습니다. 그러니까 42억 2825만
625개의 주소로 구성되어 있지요. 만물이 서로 연결된
사물인터넷 시대 때부터 IP 프로토콜로는 충분치 않았습
니다. BCI(Brain Computer Interface의 약자로, 뇌파를 이용해
컴퓨터와 직접 연결되도록 하는 기술을 말한다) 시대에는 더욱
발전한 CCPT/TRP 프로토콜을 사용해 전 세계 망의 기
반으로 삼았습니다. 그것의 기본 단위는 모든 사람과 모
든 물체의 코어(컴퓨터가 1비트의 정보를 기억하기 위해 사용
하는 기억소자)입니다."

케커 선장이 다가가 리야에게 물었다.

"당신은 컴퓨터 엔지니어입니까? 전 의사로 알고 있는
데요."

리야가 진지하게 케커를 바라보았다.

"전 의사입니다."

케커가 말했다.

"하지만 당신은…… 전문적인 것 같은데요."

리야가 무덤덤하게 말했다.

"이건 전부 상식입니다."

"그럼 현재 지구는 하나의 통일 국가입니까?"

케커가 사회적 측면의 변화에 흥미를 보였다.

"국가라 할 수 없습니다. 연방이지요."

케커는 그 의미가 뭐가 다른지 고민했다.

"그럼 당신이 조금 전에 말한 제우스가 바로 연방의 대통령이거나 사무총장입니까?"

리야는 케커의 질문이 유치하다는 듯 머뭇거리다가 말했다.

"이해하지 못했습니까? 지금은 대통령도 사무총장도 없습니다. 전 세계 망 통치 시스템이 통일적으로 관리하죠. 그가 바로 제우스입니다."

케커가 말했다.

"제우스는 로봇입니까? 좀 더 상세히 이야기해줘요."

"아닙니다. 앞으로 이해하게 될 것입니다."

리야는 이렇게 말하고는 더는 대답하지 않고 우주비행사들에게로 가서 영상의 흐름에 따라 마지막 부분을 보여주었다.

영상이 끝나자 우주비행사들은 각자 자기 방으로 돌아가 쉬었다. 케커 선장은 검사원이 물러나자 슬그머니 자기 방에서 나와 리야의 뒤를 쫓았다. 계단을 내려가 모통

이를 돈 뒤 리야의 사무실까지 따라갔다. 제우스에 대해 묻고 싶은 게 많았다. 리야는 도중에 뒤를 돌아보지 않고 문을 열어 사무실로 들어갔다. 작고 둥근 창을 통해 리야가 연두색 제복의 겉옷을 벗는 모습이 보였다. 제복 안은 옅은 회색 원피스로, 유들유들한 소재의 옷이 몸에 딱 달라붙어 날씬한 몸매를 드러내고 있었다.

리야의 사무실 밖에는 지나가는 사람이 없었다. 케커 선장은 작고 둥근 창을 통해 안을 들여다보면서 물어야 할 것들을 정리했다. 이때 리야가 두 손을 모으고 벽을 마주한 채 뭐라고 하더니 잠시 고개를 숙여 생각했다. 지난 시절 기도하는 모습을 닮았다. 그러더니 또다시 벽을 향해 입을 열었다. 벽에서 말하는 소리가 들려왔다. 케커는 몹시 듣고 싶었지만 문과 창문의 방음 효과가 뛰어나 무슨 말을 하는지 구체적인 내용은 들리지 않았다. 처음부터 끝까지 벽에서는 그 어떤 사람의 모습도 나타나지 않았다.

우주비행사들이 탔던 우주선의 잔해가 인양되어 디지털 공간에서 전방위적인 검증이 이루어졌다. 그렇게 얻은 최종 결론은 우주선이 착륙할 때 심각하게 훼손되어 데이터를 읽을 수가 없다는 것이다.

"지금 그들과 대화하기보다는 뇌에 칩을 심어라."

3

이상한 점은 수술대에서 감지했다. 루이스는 타고난 민감함과 생물학자로서의 본능에 기대어 처음으로 문제를 알아챘다. 루이스가 가까스로 의료진에게서 벗어나 복도로 도망가자 경보음이 울렸고, 루이스가 또 다른 수술실 문을 열었다. 수술실 문 앞의 대기 의자에서 장애물이 튀어나와 막아서는 바람에 들어가지 못했다.

"리친!" 루이스가 외쳤다. "일단 수술하지 마. 문제가 있어!"

병상 위의 리친은 아직 마취하기 전으로 루이스가 외치는 소리를 듣고는 몸을 일으켰다. 그러자 병상의 기계 팔이 즉시 자동으로 그의 팔을 붙잡아 상체를 눌렀다. 리친이 고함을 지르기 시작했다.

이미 뒤쫓아 온 루이스의 의사와 간호사가 루이스를 끌고 가려 하자 루이스가 있는 힘을 다해 벗어났다.

"루이스 씨, 일단 좀 비켜줘요."

리친을 담당하는 의사가 문 입구에 선 루이스에게 차갑고 예의 바르게 말했다.

"당신은 내 환자를 심각하게 방해하고 있어요."

루이스가 리친 병실 입구의 자동 장애물을 꽉 붙든 채 리친에게 외쳤다.

"저 사람들한테 널 맡기지 마. 저 사람들은 네 뇌에 뭔가를 심으려 해. 하지 마!"

실랑이를 벌이던 와중에 옆의 두 병실에서도 동요가 일었고 아담과 케커 역시 대기실에서 달려왔다. 다음 수술을 기다리던 두 사람이 비명을 듣고는 본능적으로 루이스의 의사와 간호사의 손을 붙들어 루이스가 도망가게 했다. 바로 이때, 두 사람 옆에 있는 창고에서 자동 병상이 튀어나와 그들 옆으로 와서는 아래로 손잡이를 뻗어 두 사람의 발목을 잡아 위로 들어 올려 그대로 병상에 드러눕혔다. 그러고는 꼼짝달싹하지 못하게 고정 버클로 묶었다.

"놔줘! 놔달라고!"

케커가 큰 소리로 외쳤다.

이때 리야가 의사 셋을 데리고 달려왔다. 케커가 병상에 누운 채 눈을 부릅뜨고 리야를 노려보았다.

리야가 말했다.

"우선 두 사람을 풀어줘."

아담과 케커는 풀려나자마자 벌떡 몸을 뒤집고 내려와 약속이라도 한 듯 등과 등을 맞대고 함께 서서는 방어 자세를 취했다. 아담은 옆에 있던 대기 의자를 무기 삼아 들었고 케커는 자기 곁의 간호사를 잡아당겨 인질로 삼았다.

"당신들 뭐 하는 거야?" 리야가 고함을 질렀다. "당신들 뭐 하는 거냐고!"

케커가 큰 소리로 물었다.

"루이스가 조금 전에 한 말이 무슨 뜻이야? 당신들 우리 뇌에 뭘 심으려는 거지?"

"뇌 칩이에요. 이건 정상적인 절차라고요!" 리야가 말했다. "사람 먼저 놔줘요."

"무슨 뇌 칩?"

"사람 먼저 풀어줘요. 알려줄 테니까."

"먼저 말해요. 그래야 놔줄 테니까!"

리야가 마음을 가라앉히라는 뜻으로 손을 내밀었다.

"먼저 흥분 좀 가라앉혀요. 이건 지극히 정상이라고요."

리야가 주변 사람들을 가리켰다.

"우리 모두 다 뇌에 칩이 심겨 있어요. 아기 때 심어요. 가장 흔하디흔한 장치예요. 모든 사람에게 다 있어요. 정말이에요. 뇌 칩이 있어야 신원 인식 시스템에 들어갈 수 있고, 그래야 신원 인식을 통해 건물에 들어갈 수 있고 소비를 위한 카드를 긁을 수 있으며 전 세계 망에도 접속할 수 있어요. 이건 가장 필요한 장치라고요. 뇌 칩은 뇌 능력을 키우고 강화해서 엄청난 계산 능력을 갖게 해줘요."

케커는 그 말을 듣고 약간 설득당했지만, 그곳에 서 있으니 또다시 뻣뻣해지는 느낌이었다. 루이스를 보고는 물었다.

"무슨 문제를 발견했어?"

루이스 역시 다소 혼란스러워했다.

"실은 딱히 뭐라고 말은 못 하겠어요. 벽 쪽 스크린을 통해 저들의 작업 준비도를 보면서 뭔가 이상한 느낌이 들었어요. 저들이 신경에 심으려 하는 전자통제장치는 자기신경회로에 영향을 미칠 거예요. 그렇게 해서 빚어지는 결과와 영향이 무엇인지는 잘 모르겠지만, 신경회로 신호를 방해하면 내분비에 혼란을 초래할 거예요. 난 막무가내로 받아들이고 싶지는 않아요."

케커가 다시 리야 쪽을 향했다.

"우리에게 고민할 시간을 좀 줘요. 당신들이 감히 다가와서 억지로 한다면 난⋯⋯."

케커는 손으로 붙든 간호사를 힐끗 보았지만, 위협적인 말은 내뱉지 않았다. 자신이 할 수 없는 일은 쉬이 내뱉을 수 없지만 속으로는 전략을 짜고 있었다.

리야가 말했다.

"우린 강요하지 않아요. 실은 당신들한테 알려주려고 왔어요. 이식을 받아들이든 받아들이지 않든, 당신들이 선택해요. 제우스는 당신들이 거절하면 보내주겠다고 합니다."

"또 그 제우스!"

케커가 초조해했다.

"난 그를 만나고 싶어요."

"그는 지금은 당신들과 대화하지 않을 겁니다. 뇌에 칩을 심으면 자연스럽게 그와 대화할 수 있습니다."

케커가 망설인 뒤 아담을 보고 또 루이스를 보았다.

"생각 좀 해볼게요."

"그러세요."

리야가 고개를 끄덕였다.

"제우스가 당신들은 우선 가도 좋다고 합니다. 고민해보고 다시 돌아와도 됩니다."

모든 비행사의 개인사와 자료가 영화를 빨리 돌린 것처럼 휙휙 지나간다.

100년 전, 우주선이 나타나고 비행사들이 우주선에 오르는 장면이 화면에 나타난다. 다들 하나같이 더 젊고 늠름하다. 에워싼 관중들이 건네는 인사를 받으며 선두에 선케커 선장은 우주선을 향해 걸어가면서 사람들에게 손 키스를 날린다. 멋진 모습이다. 비행사들을 배웅하는 당시 대통령은 우주선이 우주로 날아가 인류의 에너지 문제를 해결할 방법을 찾을 것이라며 정부와 모든 사람을 대신해 비행사들에게 경의를 표한다.

화면이 멈추고 어두워졌다가 이내 환해지면서 현실의

방이 눈앞에 나타난다.

"급할 것 없어. 돌아와서 널 찾는 그 사람이 바로 우리가 필요한 사람이야."

4

처음 도시로 들어선 우주비행사들은 다소 어지러웠다.

그들이 본 새 도시는 오롯이 그물모양의 철골구조로 지어진 채 그것이 하늘 끝까지 이어지면서 아득히 펼쳐지고 있었다.

철골구조는 건물과 건물을 서로 연결하는 게 아니라 도시 그 자체로, 건물은 오히려 철골구조의 장식이라는 느낌을 자아냈다. 철골은 파리 에펠탑의 뼈대처럼 종횡으로 얽혀 있다. 다만 높은 탑이 아니라 꼬리에 꼬리를 물고 이어지는 줄기로서, 철탑보다 수만 배나 거대한 규모에 사방팔방으로 뻗어나가면서 뒤얽혀 덩어리를 이루고 있다. 뼈대는 가늘지만 견고하고 그 모양은 직선은 물론 곡선도 있다. 각각의 철골 접합부가 받치고 있는 작은 플랫폼 광장은 도시의 한 구역으로, 그 위에 높이와 넓이가 다른 건축물이 서 있지만 철골 사이의 거대한 틈새로 태양이 비쳐 들어 아래층 건물이라 해도 어둠에 잠기지 않았다. 무인비행기가 틈새를 날아다니고 궤도 교통이 마치 이슬방울이 우산의 뼈대를 따라 떨어지는 것처럼 그물 형태의 철골을 따라 드나들었다. 철골 거리는 하얀색이 기본이고 녹색 식물이 저마다의 길모퉁이를 장식하고 있다. 건물은 대개 간결한 기하학적 조형으로, 르네상스 건축의 기하학적인 느낌을 주는 한편 그보다 한층 추상적이고 간결했다. 입체가 한 번에 만들어진 것처럼, 의도된 대칭적 디자인도, 군더더기 장식도 없다.

철골 도시의 중간에 선 그들은 위로도 아래로도 사람들이 쉴 새 없이 드나드는 것을 볼 수 있었다. 사람들은 질서 정연했고 그물모양을 한 철골마다 양측으로 순서를 따라 걷는 사람들을 볼 수 있는데 더욱 안정적인 속도에 더욱 예를 갖춰 양보했다. 거리의 사람들이 서로 공손한 것을 볼 수 있었다. 아래를 내려다보면 지면에 가까운, 면적이 넓고 모인 사람도 많은 광장을 볼 수 있었는데 공적인 일로 모이고 흩어지는 장소인 듯했다. 하지만 대중들이 모이는 현장이라 해도 그들 기억 속에 보통 떠오르는 집회와 소란의 장소라기보다는 무리가 질서 있게 전진하면서 만들어내는 도형을 볼 수 있는 곳이다. 그들은 자신들이 하늘에서 세상을 내려다보는 천사가 된 기분이 들었다. 고개를 올려다보니 철골의 가장 높은 곳이 구름 속으로 들어가 있고 누군가 머리 위를 걷고 있었다.

"우리가 어디로 가야 하는지 저들이 알려주지 않았는

데 이젠 어쩌죠?"

루이스가 다른 사람들에게 물었다.

"저들은 우리가 돌아왔으면 하는 거야."

케커가 말했다.

"우선 머물 곳을 찾은 뒤 다시 이야기해."

그들은 가장 가까운 교통 역으로 걸어갔다. 그것은 케이블카 승차장과 같은 허브다. 객실이 철골을 따라 아래에서 올라와 그 허브 역에서 다른 철골의 방향을 따라 움직였다. 줄을 서서 차에 오르는 인파를 따라 그들도 객실에 올랐다. 돈은 받지 않았고 표를 검사하지도 않았다. 그들에게 특별히 관심을 보이는 사람들도 없었다. 그들은 자신들이 침몰하는 연극무대에 들어선 기분이었다. 객실 안 사람은 대부분 하얀색 옷을 입어 깨끗하긴 했지만 화사함은 찾아볼 수 없었다.

다음 허브 역에 도착했을 때 그들은 지나가는 사람에게 가장 가까운 게스트 하우스를 찾으려면 어떻게 해야 하는지 물었다. 두세 사람에게 묻고서야 한 게스트 하우스에 도착했다. 로비에 일하는 사람은 찾아볼 수 없었다. 투숙하는 다른 손님이 입구의 열쇠 함 앞에 서자 그 함이 열리는 것을 보고 그들 역시 따라 했지만, 열쇠 함은 아무런 반응도 하지 않았다.

드러커가 케커에게 물었다.

"말해봐요. 우리 정말로 칩 이식을 끝까지 거부하는 거예요? 그럼, 봤잖아요. 거절하면 이렇게 한 발자국도 움직일 수 없다는 걸."

케커가 얼굴을 찡그렸다.

"난 시간이 좀 더 필요해. 루이스가 그 이후에 알아본 바에 따르면 병원에는 확실히 커다란 건강회복센터가 있어. 그러니까 뇌에 칩을 이식한 뒤 부작용이 있는 사람들이 건강을 회복하는 곳이지. 이 일은 간단하지 않아. 어떤 부작용이 있는지 정확하게 알기 전에는 무턱대고 받아들이지 않는 게 좋을 것 같아."

드러커가 말했다.

"무슨 회복센터요?"

루이스는 자신이 찍은 정기 신체 재검과 회복센터에서 건강검진과 치료를 받는 사람들의 사진을 몇 장 띄워 보여주었다. 신경과 내분비 시스템이 적응하지 못해 일련의 신체 증후군을 보이는 사람들이 있다고 루이스가 설명했다. 이 사람들은 정기적으로 칩 이식을 멈추고 건강을 회복해야 하지만 회복의 결과는 어떤지 잘 모르겠다고 했다. 화면으로 봐서는 회복 치료를 하는 사람들은 얼마간은 다소 우울하거나 신경질적인 증상이 있는 것 같았다.

루이스의 사진들은 케커에게 큰 충격을 주었다. 예전에 회복센터 입구를 몰래 엿봤을 때, 그 안에서 사람들이 무슨 일을 겪는지는 모르겠지만 편안한 경험은 아닐 것이라고 짐작했다. 의료진은 단순히 일부 사람의 체질적인 특성으로 인해 일어나는 거부반응일 뿐이라 우겼지만, 케커가 보기에 그리 간단치만은 않았다. 나노 칩인 뇌 칩을 신경계에 이식하면 네트워크에 접속해 언제 어디에서든 전기신호를 송수신할 수 있다. 뇌 칩만 있으면 기억력은 더는 문제가 되지 않는다. 대뇌에서 전체 네트워크를 쉽게 검색할 수 있다. 하지만 뇌 칩은 인간의 호르몬 분비를 억제할 수 있는 데다 모든 사람의 대뇌 칩 신호는 최종적으로 글로벌 지능 시스템인 제우스에게 합쳐진다. 케커는 바로 이 점이 불안했다.

그들이 주저하는 사이에 벽 쪽 거울에서 돌연 사람의 그림자가 나타났다. 대략 열일고여덟 살쯤 되어 보이는 한 소년이 전자 벽 스크린 앞에서 공부에 집중하고 있는 영상이었다.

목소리가 거울에서 흘러나왔다.

"리친, 이 아이는 네 증손자다. 이 아이를 찾고 싶으면 아래의 노선을 누르면 된다."

화면이 거울에서 사라지고 지도와 노선이 나타났다. 사람들은 놀라 서로를 빤히 쳐다보았다.

어둠 속에서 무질서한 화면 신호가 어른거린다. 우주비행사들의 행방을 쫓는 감시카메라가 있다. 100년 전의 화면이 나타난다. 리친의 일생과 사건이 화면에 펼쳐진다. 끝으로 디지털의 바다를 빠르게 넘나드는 화면이 나타나더니 디지털의 빛길을 따라 어느 깊숙한 곳으로 들어가고 숨어든다. 마치 무궁무진한 검색을 하는 듯 말이다.

"시스템에서 두 차례 이상한 상황이 출현했다. 최근의 주요 목표는 이상한 상황의 출처를 봉쇄하는 것이다."

5

리야가 케커 선장이 누르는 초인종 소리를 들었을 때는 두 시간 동안 이어진 영상통화를 막 끝낸 참이었다. 리야는 뜻밖이었다. 자신에게 처음으로 연락한 사람이 케커일 줄이야. 정신을 가다듬고 현실로 돌아왔다.

"헬로."

리야는 케커를 안으로 들여보낼 생각은 추호도 없었기에 자기 사무실 입구에 선 채였다.

"헬로. 오랜만입니다."

"겨우 사흘밖에 안 지났는데요."

"당신과 헤어진 뒤 난 이미 1년이나 못 본 느낌입니다."

리야는 케커의 암시를 짐짓 모른 체했다.

"당신들 사흘 동안 어떻게 지냈어요?"

"뭐, 그럭저럭요. 우린 리친의 증손자가 다니는 대학에 머물고 있어요. 리친의 증손자는 약간…… 뭐랄까요. 좀 이상해요. 증조부를 만나는 걸 별로 달가워하지 않는 것 같았어요. 하지만 어쨌든 그 아이는 우리가 지낼 만한 곳을 찾아주었어요."

"그렇다니 기쁘네요."

리야가 살짝 미소 지었다.

케커가 몸을 문틀에 기댄 채 한결 일상적인 말투로 물었다.

"앉아서 이야기할 수 있을까요?"

"그러죠, 뭐."

리야가 고개를 끄덕였다.

"식당으로 갈까요?"

"당신 사무실에서 이야기하면 안 되겠습니까?"

"왜요? 무슨 이유라도 있어요?"

케커 선장이 손으로 벽 쪽 스크린을 가리켰다.

"언젠가 당신이 제우스와 통화하는 것을 봤습니다. 제우스와 통화하고 싶어요."

"그러면 여기가 아니어도 돼요. 식당의 벽 스크린을 통해서도 제우스와 이야기할 수 있어요."

"하지만 난 당신의 도움이 필요합니다. 그전에 먼저 당신과 대화하고 싶습니다."

"무슨 얘기를 해요?"

"제우스에 대해서요."

리야는 망설이다가 케커 선장을 안으로 들여보냈다. 케커 선장이 뒤쪽 문을 닫았다.

"무슨 얘기를 하고 싶어요?"

"묻고 싶어요. 당신들은 제우스를 어떻게 생각합니까?"

"제우스를 어떻게 생각하다니요? 뭐가요?"

"오늘은 뭐, 좀 더 직접적으로 말할게요."

책상 바깥쪽에 앉은 케커가 맞은편 쪽으로 살짝 몸을 기울였다.

"제우스가 우리의 대화를 듣고 있을지도 모르겠지만, 뭐 괜찮습니다. 그가 들었으면 합니다. 그러니까 내가 묻고 싶은 건, 당신들, 당신들은 일상생활에서 제우스의 의견과 명령을 들을 때 어떤 느낌이 드느냐는 겁니다. 당신들은 자유를 침해당한다고 생각하지 않습니까?"

리야는 무덤덤했다.

"제우스는 종합적으로 판단한 후에 현명한 제안을 내놓죠. 그는 우리가 전부 덤벼들어도 해낼 수 없는 대량의 데이터를 읽어내서 우리 개개인보다 훨씬 전면적으로 사실을 이해해요. 많은 경우 개인의 판단은 굉장히 현명하지 못하죠. 무엇보다 개인마다 가진 정보가 너무 미비해서 전체를 볼 수 없기 때문이에요."

"제안에 지나지 않는다면 왜 통제하려 들죠? 그는 뇌 칩을 이용해서 모든 사람을 통제한다고요."

케커가 다소 도발적이 되었다.

"그건 소통 방식이자 더 빠른 전송이에요. 게다가 대뇌 칩의 중요한 목적은 모든 사람의 대뇌 증강이에요. 현재 우리의 대뇌 지능은 예전보다 수백 배, 아니 수천 배 좋아 졌다고요. 100년 전 사람들은 하나같이 스스로 나서서 뇌 칩을 구매해 이식하려 했어요."

"하지만."

케커의 몸이 한층 더 앞으로 기울었다.

"지능의 정의에서 의사결정도 포함되어야 하는 거 아 닙니까? 스스로 똑 부러지게 의사결정을 하는 것, 그게 지능이죠. 복종에 지나지 않는다면 그걸 어떻게 지능이 라 할 수 있겠습니까."

"현명함이란 처음부터 끝까지 더 현명한 사람의 조언 을 듣는 것도 포함하죠. 옛날 지혜로운 사람은 더 높은 지 혜를 경외하는 마음이 가득했지요."

"더 높은 지혜요? 그러면 당신들 개인의 판단을 대신해 도 된다는 겁니까? 그 사람의 명령을 무조건 들어야 한다 고요?"

"어쨌든요. 내 생각에 그건 명령을 따르게 하는 것이라

할 수 없어요."

리야는 명확한 어투로 선동하는 케커의 영향을 받지 않았다.

"제우스는 조력자예요. 사람들이 개인의 특징에 맞게 각자 최상의 상태를 만들어내도록 돕죠."

케커의 상체가 책상 위를 넘어와 리야의 눈을 응시했다.

"당신은 정말로 제우스가 당신들 개개인을 위한다고 믿습니까? 폭군이 신하를 우롱하는 것과 다를 바 없을지 어떻게 알겠습니까?"

"달라요. 폭군은 자신의 신하 한 사람 한 사람을 몰라요."

"제우스는 압니까? 제우스가 당신한테는 뭘 제안했습니까? 당신은 정말로 제우스가 당신 개인의 행복을 고려한다고 믿습니까?"

"전 믿어요."

리야의 표정은 여전히 고인 물처럼 무덤덤했다.

"실은 제우스가 나더러 당신한테 알려주라고 하더군요. 당신이 여전히 우주로 돌아가는 것에 관심이 있다면 좋은 우주선을 찾을 수 있게 해줄 수도 있다고요. 더 강력한 새로운 기지를 건설하는 데 필요한 장비를 실을 수 있는 좋은 우주선요."

"제우스가 그렇게 말했다고요?"

케커는 다소 의아했다.

"맞아요. DK35 우주센터의 제1실험실에서 외행성 탐험 관련 일을 연구하고 있다고 제우스가 그랬어요. 당신은 거기에서 찾고자 하는 지원을 얻을 수 있을 거예요."

"내가 뭘 하고 싶어 하는지 그가 어떻게 압니까?"

"제우스는 모든 일을 알아요."

우주 영상이다. 블랙홀과 성운, 소용돌이 모양의 발광 기체. 내뿜은 입자가 흘러내린다. 검은 허공 속의 어슴푸레한 색채. 블랙홀 중심을 향해 빨려든다. 시계에 가까울수록 광폭해지는 기류. 거대한 속도와 거대한 뒤흔들림. 시계를 넘자 펼쳐지는 무한한 어둠. 자기력선을 잠근 후의 회전, 회전, 다시 회전. 그러다 바깥쪽을 향한 격렬한 분출. 던져지는 과정에서 상대성이론 효과에 따라 형성된 빛의 막, 찬란해서 직시할 수 없을 지경인 응고된 빛.

마침내 찾아든 고요. 어둠.

"기억 판독 완료."

6

케커 선장이 방문을 열었을 때 리친은 열아홉 살 된 증손자 리무야에게 자신들과 함께 새 거주지로 옮겨 가자고 설득하느라 애를 먹고 있었다. 대학교 2학년인 리무야는 건축설계를 전공하지만 전공 공부에는 시큰둥한 듯하다. 리친이 말할 때 무야는 자신의 손바닥에서 홀로그래픽 디스플레이를 통한 건축모형을 가지고 놀았다. 그 모형은 숙제로 만든 것들로, 이번에는 모형을 때려 부수려하고 있었다.

"어떻게 됐어요?"

리친이 들어오는 케커 선장을 보았다.

"뭐, 그럭저럭. 우주센터에서 우리한테 독립된 실험기지를 주겠다고 약속했어. 우주비행을 준비할 수 있게. 머무는 데 필요한 물건들은 기본적으로 다 옮겨 갔고 조금 남은 건 나중에 우리가 가지고 가면 될 것 같아."

리친이 물었다.

"우주센터 쪽 사람이 참여할까요?"

"틀림없이 그럴 거야. 우선 우리더러 준비하고 있으라더군. 필요하면 찾아가 도와달라고 하면 돼."

"이번 우주선은 밀폐형 핵융합 엔진이라면서요?"

"맞아." 케커가 고개를 끄덕였다. "지난번 출발할 때보다 조건이 훨씬 좋아졌지."

리무야가 일어나 자신과는 무관한 일이라는 듯 자리를 뜨려 했다. 리친이 또다시 그의 팔을 붙잡았다.

"한 번 더 고민해봐. 우리랑 같이 새 기지로 가자. 한번 시도해보자. 같이 가."

"관심 없다고 했잖아요."

"시도조차 해보지 않았잖아."

리친이 단호하게 말했다.

"해보지도 않고 관심 없다고 말하면 안 되지. 우리 집안 혈통에서 아무것에도 흥미를 보이지 않는 그런 무미건조한 사람은 없었어. 넌 한 번도 자신을 위해 무엇인가를 선택해본 적이 없잖아. 그러니 아무것에도 관심이 없지."

"선택하든 안 하든 또 뭐가 달라져요."

리무야가 지겹다는 듯 대답했다.

"무슨 과를 선택하든 뭐가 달라져요? 그냥 물체를 여기에서 저기로, 또 저기에서 여기로 왔다 갔다 옮기는 것밖에 더 하는 거겠어요? 결국에는 죄다 먼지로 돌아가죠. 아무런 의미가 없어요. 디지털을 이리저리 옮기고 물체를 이리저리 옮기고 그래봤자 결국에는 쓰레기고 그렇게 아등바등 살다가 죽죠. 당신들도 별반 다르지 않아요."

리친이 양손을 리무야의 어깨에 올리고는 정중하게 말했다.

"마지막으로 하는 말이야. 들어줘. 우리랑 같이 새 기지로 가자. 우리 한동안 '본래의 날들'을 보내보자고. 한동안만이야. 어때? 그 시간들이 지난 뒤 그때도 같은 생각이라면 그건 네가 옳다는 거야. 내가 말하는 건 이번만이야."

리무야는 주저했다. 팔짱을 끼고 얼굴을 벽 쪽으로 돌리자 입술 위아래가 살짝 부딪혔다.

케커는 리무야가 지금 제우스에게 물어본다는 것을 알았다. 머릿속에서 뭔가를 고민할 때, 적잖은 사람이 자신도 모르게 입에서 움직임이 흘러나왔다. 경건한 리무야의 모습에 케커는 다소 놀랐다.

"그래요. 마음대로 해요."

제우스의 허락을 받은 듯 무야가 대답했다.

"그렇지만, 맞든 틀리든 그게 또 무슨 상관이에요. 뭐가 달라져요?"

무야는 서둘러 물건을 정리하는 증조부와 케커 선장을 무심하게 바라보았다. 그 모습이 동물 두 마리를 바라보는 듯했다. 무야는 처음부터 그들의 바깥에, 생활의 바깥에 서 있었다.

케커가 리친에게 들은 바에 따르면, 무야는 개인적인 흥미도, 꿈도 아무것도 없었다. 현재 건축을 전공하는 건 태어나기 전 유전자 검사에서 공간구조에 천부적 재능이 있다고 나왔고 제우스의 제안이었기 때문이다. 리친은 몇 번이나 무야와 원대한 꿈에 관해 이야기해보려 했지만, 그때마다 비꼬는 어투에 막혀 뒷걸음질 쳤다. 무야가 너무나 가소롭게 생각하는 흥미야말로 리친이 가장 중요하게 생각하는 것이다. 무야는 리친의 큰아들의 손자다.

리친은 작은아들이 어린 나이에 죽자 고통스러운 나머지 큰아들에게 더더욱 애착했다. 말수가 워낙 없는 리친이지만, 내적으로 풍부하고 자신이 집착하는 것을 위해서는 헌신적으로 분투할 수 있는 사람이다. 하지만 그런 감정을 어떻게 한두 마디로 전해줄 수 있단 말인가.

리무야가 잠시 외출했을 때 케커는 리친의 어깨를 두드리고 몸을 돌려 마주 보게 한 뒤 말했다.

"이렇게 일일이 일깨워줄 거야? 순진하게 굴지 마. 이 사람들은 정말로 깨어나지 못해. 끝까지 포기하지 않고 대대적으로 통제를 없애지 않는 한 저들은 영원히 못 깨어나."

리친이 안경을 밀었다.

"……좀 더 기다려주고 싶어요."

"언제까지 기다릴 거야. 행동하자고."

케커가 리친의 어깨를 잡은 손가락에 힘을 주었다.

그들의 새 기지는 DK35 우주센터였다. 케커는 제1실험실의 사람을 찾아가 이야기를 나누면서, 저들에게는 확실히 우주로 돌아가 탐색을 이어갈 계획이 있음을 알아차렸다. 다만 여전히 태양계 내부의 각 행성공간을 깊이갈이하는 데 머물러 있을 뿐이었다. 인류가 왜 더는 우주로 나가지 않는지 케커가 묻자, 최근 몇 년 동안 일련의 관찰 망원경을 쏘아 올려 은하계 곳곳에서 보낸 신호를 받긴 했지만, 인류는 더는 우주로 나갈 필요가 없다고 연구원이 말했다. 에너지 문제는 이미 지능망의 최적화 통제로 해결되었고 출생률은 100년 전보다 대폭 떨어져서 인구 위기 역시 사라졌기 때문에 지구 거주가 외려 상대적으로 한층 더 편리하다는 것이다.

케커는 자신들이 찾아낸 천체에 관해 설명해주었다. 더없이 풍요롭고 살기 좋은 별, GX779에 대해서. 그것은 불쑥 블랙홀의 다른 쪽에 나타난 볼품없는 행성이었다. 그들은 순전히 우연에 의해 그곳을 찾아냈다. 동면하던 그들은 항해 방향에 전혀 관여하지 않았고 우주선은 좀체 관찰되지 않는 갈색왜성에 의해 항로에 영향을 받았다. 경보시스템이 울렸을 때 자신들은 이미 중간 질량의 블랙홀을 향해 돌진하고 있었다. 평소 잘 관찰되지 않는 이런 블랙홀은 천체와 천체 사이의 내비게이션 그래프에도 아예 표기되지 않는다. 태양 질량의 수천 배에 이르는 강력한 흡인력에 의해 그들은 속수무책으로 추락할 수밖에 없었다. 사지로 끌려가는 심정이 된 채 블랙홀 시계로 빨려 들어가면서 레온이 지시하는 방법에 따라 자기력선을 잠갔다. 그렇게 특이점(부피가 0이고 밀도가 무한대인 점으로, 이론상 블랙홀이 특이점에 도달하면 붕괴하게 된다)으로 떨어지기 일보 직전에 자기력선의 분출을 따라 블랙홀의 또 다른 쪽으로 내뿜어졌다. 마침내 속도가 떨어졌다. 그러자 지적에 있는 행성이 눈에 들어왔다. 단일 항성계의 중간에 위치해 있었다. 크지도 작지도 않고 멀지도 가깝지도 않았다. 멀리서 보니 물의 흔적이 있었다. 그들은 만신창이가 된 우주선을 몰아 행성의 표면에 내려앉았다. 지구의 원시 상태에 가까운 행성으로, 대략 반 정도가 육지였고 뒤덮인 식생은 지구의 그것보다 낫기까지 했으며 산소함유량 역시 지구보다 높았다. 그들은 산소독성에 걸리지 않게 산소요법을 거친 뒤 맨몸만으로도 육지 표면에서 껑충껑충 걸을 수 있었다. 몸 상태는 더 활기차다는 느낌이었다. 그곳에서 발견한 몸집이 작은 몇몇 종류의 동물은 초기 설치류를 닮았지만, 지구의 동물보다는 민첩하지 못한 느낌으로 행동이 굼뜨고 풀을 먹고 살았다. 드러커는 지표면에 임시 거처를 마련하고, 루이스는 다양한 식물표본을 채집하고, 아담은 소형 비행선을 몰아 한 바퀴 돌면서 기본적인 것들을 탐사했다. 푸른빛이 넘실대는 육지, 문명화되지 않은 생물, 풍부하게 매장된 광물 등등 어느 것 하나 흥분시키지 않는 게 없었다. 그들은 인류가 이곳에 와서 정착하게 될 때 얼마나 활기찰지 거뜬히 상상할 수 있었다.

이 모든 일을 우주센터 사람에게 말해주었을 때 그들이 보인 반응은 케커가 기대했던 바에 훨씬 미치지 못했다. 케커의 상상 속에는 우주 항해에 대한 열정으로 불타오르는 두 눈과 잔뜩 고무된 투지를 가지고 바다를 정복하듯 천체를 정복하고자 우주 항해의 출발을 기다리는 사람들이 등장한다. 원정, 탐사, 점령, 넘어섬 등의 단어들은 한때 케커에게 변치 않는 인류의 꿈이었다.

하지만 케커는 그런 사람들을 보지 못했고 그러한 것들도 보지 못했다.

우주센터 사람이 케커에게 물은 건 블랙홀의 실제 좌표, 그 행성의 실제 좌표, 구체적인 자원 종류, 인류에게 가져다줄 수 있는 지식과 자원의 양, 줄여야 하는 비용과 자원의 양 등에 관해서였다. 그들은 블랙홀에 관한 연구를 지속했으면 한다고 밝혔다. 그들은 가치를 부여하는 게 아니라 가치를 계산하고 있었다.

저들은 어쨌든 너무 많이 변했어, 하고 케커는 생각했다. 케커는 우주센터에서 이 '신세계의 사람들'을 더 많이 관찰했다. 그들은 인간에게 언제나 예의 발랐고 언제나 흥분하는 법이 없었다. 이따금 그들이 인간에 대해 그리고 일에 대해 어떻게 반응하는지 이해하려고 부러 화를 돋우었지만 언제나 별다른 결과는 얻지 못했다. 케커는 간혹 식당에서 일부러 커피를 엎질러 옆 사람의 깨끗한 작업복에 튀게 했지만, 그 사람은 그저 고개만 절레절레 흔들고 쟁반을 들고 가버릴 뿐이었다. 전혀 자극받지 못한 덤덤한 반응은 자신을 경멸한다는 인상을 주었고 그래서 미안했던 마음은 오히려 분노로 바뀌었다. 하지만 그 사람의 얼굴에는 그런 경멸조차 찾아볼 수 없었다. 그저 일어나 가버렸다. 케커는 이런 변화에 대해 생각했다. 사람들의 얼굴에서 영원히 분노가 사라졌을 때 얻은 것은 무엇이고 잃은 것은 무엇인가. 케커가 보고 싶은 건 생명의 힘이다. 힘, 힘 말이다. 무엇인가를 향해 달려들고자 하는 힘 말이다. 하지만 언제나 볼 수 없었다. 이것이야말로 자신의 우주비행 계획에 왜 저들이 흥미를 느끼지 못하는지를 말해주는 이유일 것이다.

케커는 또 한 가지 사소한 것에 주목했다. 저들은 항상 얼굴을 옆으로 돌리거나 고개를 쳐들어 제우스에게 묻는 듯했다. 굉장히 재미있는 순간인데, 돌연 정신을 딴 데 팔거나 멍해지는 것처럼, 눈 역시 초점을 잃은 것처럼 어떤 존재하지 않은 곳을 바라보았다. 그것은 대략 머릿속에서 생각을 집중하고 문제를 깊이 생각한 뒤 제우스에게 명확한 답변을 얻어야 하는 과정일 것이라 케커는 추측했다. 이때 어떤 사람은 리무야의 습관과 마찬가지로 자신도 모르게 입술을 달싹이기도 했다. 이렇게 시시때때로 일어나는 답을 구하는 과정은 그들에게 이미 익숙한 일상이 된 듯했다.

케커는 끈 달린 나무 인형에게 스스로 걸어보라고 환

기해보지만 그것이 아무런 소용이 없는 것처럼 이따금 절망스러웠다.

하지만 어찌 됐든 간에 케커는 순백색의 새 우주선 아래에 서서 우리가 이렇게 큰 우주선을 가지게 되었다고, 이렇게 지원을 받게 된 것만으로도 이미 다행이라고 묵묵히 생각했다.

팀을 어떻게 꾸릴 것인가에 대해서는 생각하는 바가 있지만 우주센터 쪽 사람을 설득할 수 없다면 다른 방법을 찾아봐야 했다.

"고마워요. 제우스!"

케커는 높디높은 천장을 향해 고개를 들어 올려 외쳤다.

"이 우주선으로 날 유혹하려는 겁니까? 우주선은 멋집니다. 하지만 안타깝게도 난 아직 뇌 칩은 별로거든요. 실망을 줘서 미안하지만, 당신은 나의 뇌를 읽을 수 없습니다."

그곳은 우주센터의 대형 실험장으로 도시 외곽에 있어 밤에는 텅 빈다. 허공에서 메아리치는 케커의 목소리에 대답은 없었다.

일반상대성이론의 공식. 아인슈타인의 두상, 펜로즈와 호킹의 두상, 다른 사람의 두상. 블랙홀 관측 영상이 펼쳐진다. 강착원반(블랙홀의 중력에 이끌린 가스 구름이 소용돌이

치면서 만든 원반형의 흐름)과 광구(光球)와 제트 기류, 더 많은 입자의 모형. 대형 고에너지 충돌기, 슈퍼 입자가 최고 에너지에서 충돌하는 영상. 새 입자의 탄생. 물리 공식이 사방에서 모여들어 하나의 궁극점으로 합쳐져 점점 단순화되고 갈수록 통일된다.

"모형을 통일해서 블랙홀의 특이점에 대한 이해만 남았다."

7

엔지니어 드러커는 우주센터에 입주한 이후로 줄곧 망설였다. 우주비행을 지속하고 싶지 않았지만, 그렇다고 진짜 이유를 그 누구한테 말하기도 껄끄러웠다.

드러커는 우주센터에서 살고 싶지 않았다. 신도시 전체가 스님이 먹는 음식처럼 먹는 게 부실하다. 하지만 리무야의 학교 근처에는 선택의 종류가 많은 데다가 가끔 직접 만들어 먹을 수도 있다. 한편 우주센터같이 이렇게 도시 외곽에서는 식당에서 주는 몇 가지 음식만 고행하는 스님의 일상 음식처럼 먹어야 할 뿐이다. 왜 과학이 발달하면 할수록 음식에 대한 사람들의 추구가 줄어드는지 이해가 가지 않았다. 하지만 설령 그렇다 하더라도 지구의 음식은 우주선상에서보다 좋기는 확실히 좋았다. 우주선에서는 단백질과 당, 섬유소의 합성물질만 날마다 반복적으로 질리도록 먹었다. 그것들은 배양기에서 자란 화학품을 가장 간단하게 가공한 것으로 맛과 식감을 이야기할 만한 수준이 못 되었다. 우주선을 타기 전 33년 동안에는 음식을 이렇게 대충대충 때운 적이 없었다. 자신이 우주선에서 깨어 있던 오륙 년을 어떻게 견뎌냈는지 생각만 해도 아찔하다. 다시 우주선을 타라고 하다니 정말이지 더는 타고 싶지 않았다.

하지만 이런 이유를 어떻게 케커 선장에게 말할 수 있겠는가.

드러커는 사실 케커의 열정을 이해 못 하는 바도 아니다. 자신 역시 어릴 때부터 모험 이야기를 읽으며 자랐다. 애초 모험을 감행하고자 하는 생각이 없었다면 단계별 선발을 거쳐 우주선에 오르는 일을 시도하지 않았으리라. 자신은 케커의 열정을 이해한다. 하지만 자신은 지금…… 생리적으로는 마흔 살이, 물리적으로는 백 살이 넘었다. 자신은 정말이지 그렇게 멀리까지 날아가고 싶지 않다. 만약 물불 가리지 않고 뛰어들어야 한다면 그곳은 어찌 됐든 맛있는 음식이 가득한 곳이어야 한다. 하지만 이런 이유를 꺼냈다가는 그야말로 너무 황당무계하지 않으냔 말이다.

케커는 달랐다. 그는 원정을 굳게 믿는 사람이고 깃발

을 올렸다 하면 한평생 손을 떼지 않을 사람이다.

　드러커는 핫도그를 집어 우울하게 씹어 삼켰다.

　드러커는 불쑥 루이스에게 전화를 걸어 그녀가 어떤 결정을 내릴지 물어보고 싶었다. 루이스는 처음부터 새 기지에 들어와 살지 않았다. 케커가 전한 바에 따르면, 루이스는 뇌 칩의 통제 원리와 그 통제를 해제하는 방법을 한창 연구하고 있다고 했다. 하지만 드러커는 루이스가 오고 싶어 하지 않는 게 아닐까 의심했다. 어쨌든 루이스가 우주선에서 했던 말을 아직 기억한다. 리친과 레온은 우주로 돌아가고 싶어 안달이 난 사람이고 루이스만 자신과 마찬가지로 염증을 느꼈다.

　루이스가 사는 곳을 호출했지만 아무도 받지 않는다.

　루이스의 실험실을 호출했지만 아무도 받지 않는다.

　생각해보니 루이스의 소식을 듣지 못한 날이 이미 여러 날 되었다. 무슨 비밀이라도 발견했나? 지난번 봤을 때 루이스는 부정적인 피드백 신호가 감정전달물질을 억제하고 이것이 인간에 적지 않은 영향을 미친다고 했다. 하지만 그게 무슨 비밀이라도 되나? 주변의 신인(新人)—비행사들이 현재 지구인에게 붙인 호칭—들은 하나같이 함부로 웃지도 말하지도 않고 영원히 희로애락이라고는 없는 사람들처럼 구는데 말이다. 드러커 역시 루이스의 연구가 아니더라도 뇌 칩이 인간을 억압하고 있다는 사실을 알아차릴 수 있었다.

다만, 루이스는 또 다른 어떤 비밀을 알아냈을까? 왜 이렇게 오랫동안 연락이 안 되지?

돌연 통화 단말기가 연결되었다. 거기에서 괴상한 소리가 출현했다. 찰칵, 그러고는 비명이 들렸다.

화면에 루이스가 나타난다. 패스트 모션(사람이나 물체의 움직임이 실제보다 빠르게 보이도록 하는 화면 기법)으로 되돌리는 것처럼 지구로 돌아오고 나서의 모든 순간이 쭉 꿰어진다. 예전에 일했던 대학으로 돌아간다. 현재는 300여 년의 유구한 역사를 지닌 학교다. 교직에 복직하고 실험실에서 바쁘게 일한다. 관찰하고 실험한다. 간혹 의료센터에 나타난다.

이어지는 건 루이스의 건강검진 장면이다. 그녀는 인공지능 조수가 보조하는 종합건강검진을 받는다. 의료 기기에 반듯이 누워 있고 머리를 전체적으로 스캔한다. 유전자 지도와 세포를 백만 배 확대한 영상이 펼쳐진다. 건강검진 보고서다. 그 위에 '암으로 전환할 가능성 > 75퍼센트'라고 쓰여 있다.

"시스템에서 격리 처리한다. 대상은 골칫덩어리다."

8

케커가 리야 앞에 다시 나타났을 때 리야는 화들짝 놀랐다.

리야는 마침 회복센터에서 일하고 있었다. 그것은 일상적인 업무 시간으로 케커 역시 이 점을 알고 찾아온 것이다. 문을 열고 나가려던 찰나 케커가 몸을 들이밀며 들어오는 바람에 리야는 몇 걸음 뒷걸음질 쳤다. 뒤에서 닫힌 문이 두 사람을 복도와 격리시키고, 불투명 유리가 두 사람을 회복센터의 내부와 격리시켰다. 케커가 리야 쪽으로 몸을 살짝 기울였다. 두 사람은 상대방의 숨소리를 들을 수 있을 정도로 가까웠다.

"뭐 하는 거예요?"

리야가 손을 뻗어 그를 밀어내려 했다.

"리야, 내 말 좀 들어봐요. 난 오늘 당신한테 중요한 일을 말하려고 해요. 난 아주 간절해요."

"우선 좀 떨어져요. 사무실로 가서 얘기해요."

케커가 리야의 제안은 아랑곳하지 않았다.

"리야, 당신은 당신 삶에서 이런 순간이 있었습니까? 한 사람에게 완전히 넋을 잃은 그런 감정을 느낀 적이 있습니까?"

"무슨 말을 하는 거예요?"

리야는 다소 혼란스러운 듯했다. 리야에게는 예사롭지 않은 일이었다.

"내 말은요. 당신은 지금 이 순간 내 감정을 느낄 수 있어요?"

"당신이 이러는 거." 리야가 반걸음 물러났다. "예의가 아니에요."

"당신의 사전에는 '예의'라는 단어로만 관계를 가늠합니까?"

리야가 케커를 살짝 피했다.

"대체 뭘 하려는 거예요?"

"리야."

케커가 말투를 추스르고는 더 침착한 태도로 물었다.

"한 가지 일을 도와줄 수 있어요? 난 정말이지 너무나 절박하게 부탁하는 거예요."

"무슨 일요?"

"당신네 의료센터에는." 케커가 목소리를 낮추었다. "환자를 집단으로 옮길 수 있는 대형 객실이 있습니까? 일전에 당신들한테 그런 상황이 있었다는 걸 알고 있어요. 우리가 이곳에 있었던 그때에 집단으로 이동하는 걸 한 번 본 적이 있는데. 그러니까 우리가 퇴원하기 바로 하루 전의 오후에요."

"맞아요. 그건 의료센터의 과(科)실을 조정하는 것이었어요."

"일부 사람을 옮기는 일을 도와줄 수 있어요?"

"내가요?"

리야가 의아해했다.

"내가 왜 그 일을 해야 하죠?"

"가는 길에 말해줄게요. 날 믿어요. 굉장히 중요한 일 때문이에요."

"우선 나한테 이유를 말해요."

"반드시 이유를 말해줄게요."

케커가 결연한 어조로 리야를 움직여보려 했다.

리야가 침묵했다. 왜 확실히 케커를 믿어야 하는지 묻고 싶어 하는 표정이었지만 말을 꺼내지는 않았다.

"누굴 옮겨요? 어디로 옮겨요?"

"이곳 회복센터의 사람을 옮길 겁니다. 가는 곳은 가면서 말해줄게요."

"안 돼요."

리야가 고개를 흔들었다.

"당신이 정확하게 말하지 않으면 난 시스템에 기록을 남길 수가 없어요. 기록을 안 남기면 이동 객실을 동원할 수가 없어요. 그 모든 것은 시스템이 완성해요. 나로서는 방법이 없어요."

"당신한테는 방법이 있어요. 틀림없이 방법이 있어요."

케커가 그곳에 멈춰 서서 리야를 기다렸다. 돌처럼 꿋꿋하게 미동조차 하지 않았다.

리야는 또다시 침묵에 잠겼다. 확실히 망설이고 있는 듯했다. 이렇듯 막무가내의 요구 앞에서 리야가 들어줄 이유가 없었다. 하지만 케커는 리야와 지척의 거리에 서서 겨우 십여 센티미터 떨어진 곳에서 리야의 얼굴을 맞대고 그 눈을 물끄러미 바라보았다.

리야는 안 된다고 말하고 싶었지만, 어릴 때부터 받아온 훌륭한 교육과 예의범절 탓에 어떻게 입을 열어야 예의에 어긋나지 않는지 정말이지 난감해했다.

바로 이때, 리야의 뇌에서 제우스의 말이 들려왔다.

"가봐. 그가 말하는 대로 해."

이동 객실이 왔을 때 케커는 다소 의외였다. 병실 전체 장비가 거의 고스란히 그대로 객실 안으로 미끄러져 들어간 덕분에 환자는 자신이 누운 침대에서 일어날 필요조차 없었다. 멀리서 궤도를 따라 달려온 객실은 회복센터 바깥에 멈춰 섰고 손잡이를 통해 병실의 벽과 연결되었다. 이어 병실의 벽이 양쪽으로 열리자 병실이 오롯이 객실에 노출되었다. 병실의 크고 작은 모든 장비가 자동으로 객실 안으로 들어갔다. 침대, 의자, 의료기 등을 포함해서 말이다. 모든 시설에는 바퀴가 달려 있음은 물론 명확한 운행 궤도를 가지고 있어 객실 안에서 알아서 질서 정연하게 자리를 잡았다. 리야는 환자의 침대가 무사히 자리를 잡도록 감독했다. 객실이 벽과 분리되자 벽이 합쳐지고 객실은 궤도로 돌아가 위아래의 철골을 따라 도시 외곽으로 미끄러졌다.

"다들 긴장하지 마세요. 우린 그저 진료센터를 딴 데로 옮기는 것뿐이니까요. 진료실 전체를 조정하는 것 역시 흔한 일이죠. 조금 있으면 도착해요."

리야가 가는 길에 환자에게 일일이 설명했다. 객실을 한 바퀴 돌면서 큰 소리로 말해주기도 하고 작은 소리로 고개를 숙여 환자의 불평을 달래주기도 하면서 유난히 인내심을 발휘했다.

마침내 객실의 맨 앞에 앉았을 때 리야는 확실히 지친 기색이 역력했다. 눈을 감고 일이 분 쉰 뒤 고개를 옆으로 돌려 케커에게 물었다.

"이제는 나한테 말해줄 수 있죠. 이 모든 게 대체 어떻게 된 일이에요? 지금도 안 말해준다면, 난 여전히 객실을 돌릴 수도 있어요."

케커는 객실의 오른쪽 앞, 리야의 맞은편에 앉아 칠흑 같은 어둠이 내려앉은 창밖을 응시하고 있었다. 앞의 널따란 유리를 통해 머리끝부터 발끝까지 지면과 가까운 철골 아래층에 등불이 환한 것을 볼 수 있었다. 객실은 철골을 따라 느릿느릿 위로 올랐다가 한 중계역을 지나 끝이 없는 길고 긴 철골을 따라 빠르게 아래로 떨어지면서 도시의 변방으로 미끄러져갔다. 가는 길에 지나는 플랫폼과 건물이 마치 이야기 속의 존재 같았다. 케커는 차창을 바라보았다. 밤의 장막을 배경으로 창유리에 비친 리야의 얼굴은 청초하고 엄숙했으며 반들반들하게 드러낸 이마에서 지성이 뚝뚝 묻어났다.

"리야."

케커가 고개를 안쪽으로 돌렸다. 객실 안 다른 사람들의 주의를 끌지 않으려 목소리가 묵직하게 내려앉아 있었다.

"지금 우리에게는 약간의 시간이 있어요. 내가 하는 말을 당신이 진지하게 들어줬으면 좋겠어요. 괜찮겠어요?"

"말해요."

"리야, 잘 기억해봐요. 당신은 누군가를 사랑한 적이 있어요?"

리야는 확실히 당혹스러워하는 눈치였다.

"내가 묻는 건, 왜 이 환자들을 옮기는지예요."

"당신은 누군가를 사랑한 적이 있어요?"

케커가 고집스럽게 말했다.

"내 말은요. 마음 깊은 곳에서 봇물 터지는 감정을 말하는 거예요. 가슴이 두근거리고 자기도 모르게 그 사람이 생각나고, 몸은 긴장과 초조로 안달하고, 그 사람의 모습이 끊임없이 당신의 머릿속을 헤집고 다녀서 자신을 통제하지 못하게 되고요. 온몸에 행복이 꿈틀대죠. 그 사람과 포옹하고, 하소연하고, 키스하기를 갈망해요. 좋아하는 느낌을 말하는 게 아니에요. 감정적으로 한 사람으로인해 달뜨고 설레는 그런 감정을 말하는 거예요. 당신은 그런 적이 있어요?"

"당신, 오늘 내내 이런 말만 하는데 진짜 이상하네요."

리야는 얼굴을 피하며 말했지만 목소리에는 떨림이 묻어났다.

"리야."

케커가 리야 쪽으로 몸을 기울였다.

"내가 당신을 처음 본 순간부터 당신을 좋아했고, 방금 말했던 그런 가슴 뛰는 감정을 느꼈다고 한다면, 당신은 날 이해할 수 있겠어요?"

리야는 입을 열었지만, 이내 말문을 닫았다.

"당신은 날 이해할 수 있겠어요?"

"……할 수 없어요."

"그러면 당신은 날 사랑할 수 있어요? 내가 당신한테 갖는 그런 감정처럼요?"

리야가 고개를 떨구고 한 손으로 다른 팔을 가볍게 쓰다듬었다. 확실히 다소 불안한 듯했다.

"실은 난 이제 곧 결혼해요."

"누구랑 결혼해요?"

"서(西) 13구의 한 약리학자와요."

"그를 사랑해요?"

"예. 그렇다고 생각해요."

"그는 어떤 사람입니까?"

"그는…… 진중해요. 내 성격과 여러모로 잘 맞고 서로를 보완해줄 수 있어요. 그는 사람들과 그리 잘 어울리는 편은 아니지만, 책임감이 아주 강해요. 생활에서 비슷한 흥미가 많아요. 그가 가진 두 개의 현성(顯性) 유전자는 나의 두 가지 위험 부분을 메워줄 수 있어요. 키는 나와 비슷할 테고요."

리야가 나지막이 그리고 재빠르게 말했다.

"비슷할 테고요? 그 사람을 만나본 적 없죠?"

"아마 다음 주면 만날 거예요. 이건 아주 오래전에 정해진 일이에요."

케커가 씩 웃었다.

"그런데 당신은 그 사람을 사랑합니까?"

"난 그 사람에 관한 많은 자료를 봤어요."

리야가 해명했다.

"나와 통하는 점이 아주 많은 것 같아요. 그 사람 역시 시끄러운 곳을 싫어하고 철학책 보기를 즐기고요. 그의 추상인지능력은 나보다 좋고 선호하는 음식도 많은 부분 겹쳐 서로를 보완해줄 수 있어요. 내가 그를 사랑한다고 난 생각해요."

"그는 제우스가 연결해준 사람이죠?"

"제우스가 연결했다고 할 수 없어요. 내가 보기에 당신은 여전히 제우스에게 편견을 가지고 있는 것 같아요. 이건 제우스가 멋대로 정한 게 아니에요. 내 DNA와 전반적인 개인 발전사에 근거해 전체 인류 데이터베이스에서 배우자를 컴퓨팅한 결과예요. 컴퓨팅 결과 역시 제우스가 함부로 내세우는 게 아니라고요. 이건 당신이 필요로 하는 책을 제우스가 찾아주는 것같이, 당신의 특징에 근거해 가장 잘 어울리는 배우자를 찾아준 결과예요."

"DNA 매칭이 사랑입니까?"

"최고의 사랑이죠. 당신은 물론 얼마든지 최선의 것을 선택하지 않아도 돼요. 차선의 결과들을 선택해도……."

"리야, 내 말 좀 들어봐요."

케커가 살짝 리야의 말을 끊고는 한 손으로 리야의 손을 잡았다.

이때, 객실이 돌연 멈추는 바람에 두 사람이 한쪽으로 흔들렸다.

"당신의 목적지에 도착했습니다."

객실 안 기계에 여성의 목소리가 울렸다. 이어 객실 뒷

부분의 큰 문 전체가 위쪽으로 올라가더니 객실 밖 연결 장소의 입구를 드러냈다. 칠흑같이 어두워 그 끝이 보이지 않았다. 객실 안 침대에 누워 잠들었던 환자들도 일제히 일어나 앉아 대체 어디로 옮겨 왔는지 궁금해서 두리번거렸다. 리야는 케커의 손을 뿌리치고 긴장하며 일어났다.

"봐요. 좀 보라고요."

리야가 케커를 원망했다.

"오는 길에 쓸데없는 말만 하더니, 도착했는데 이제 어쩔 거예요? 난 이 사람들한테 뭐라고 해요? 이제는 뭘 해야 하죠?"

"당신은 내가 말하는 대로 하면 아무 일 없어요. 지금 모든 장비를 밖으로 밀고 나와 자리를 잡아주면 돼요. 밖은 굉장히 넓은 곳이니까 어떻게 배치할지는 당신이 알아서 해요."

"그래도 어쨌든 왜인지 이유는 알려줘야 하잖아요."

"당신들한테 진짜 인간다운 삶을 살게 해주려고요."

모든 장비와 환자의 침대가 차례로 객실을 빠져나와 새로운 장소에 자리를 잡도록 배치를 끝마친 후, 리야는 케커를 따라 마지막으로 걸어 나왔다. 그녀는 한참이 걸리고 나서야 새로운 장소의 불빛에 적응했다.

리야는 자신들이 들어온 공간이 어찌나 큰지 그 크기

에 화들짝 놀랐다. 몇 개의 임시 벽들로 넓은 공간을 격리해서 환자들에게 특별히 따로 휴식 및 진료 구역을 만들어주었지만, 지붕을 통해서 여전히 공간의 규모를 엿볼 수 있었다.

리야의 놀라움을 알아차린 케커는 입가에 살짝 미소를 지으며 이튿날 아침에 우주선을 봤을 때 리야가 지을 표정을 상상했다. 이 모든 것은 자신이 예상했던 바다. 자신은 리야를 잘못 보지 않았다. 리야는 침착하고 사물에 대해 뛰어난 이해력을 지닌 여자다. 지금 이 순간에도 속으로는 잔뜩 놀랐으면서도 허둥대기는커녕 외려 다른 사람을 어떻게 달래줄지 고민하고 있지 않는가.

"다들 걱정하지 마세요. 우리는 이미 모든 것을 적절히 처리했습니다. 이곳은 새로 개방된 또 다른 센터일 뿐입니다."

리야는 환자들 사이를 돌아다니면서 그들의 의문에 답해주고 지능검사 결과를 하나하나 확인해주고 감정을 위로해주며 일찍 잠들도록 권유했다.

마지막으로 환자에게 잘 자라고 인사한 후에야, 리야는 케커와 함께 자기 '방'으로 갔다. 홀 한쪽에 한 줄로 세워진 임시 방 중에서 중간 방이었다. 리야는 입구에서 방을 들여다보고는 기본적으로 만족했다. 연둣빛 침대보가 깔린 깔끔하고 단출한 일인용 침대가 가운데 놓여 있고 원목 사무용 책상과 팔걸이의자도 하나씩 있었다. 방 안 벽 전면에서는 가상의 바다 풍경이 펼쳐졌다. 파도가 몰려오고, 자잘한 하얀 물보라가 소용돌이치며, 가는 모래와 저 멀리 암초가 보이고 낮게 깔리는 은은한 파도 소리가 들려왔다.

케커가 리야에게 몸을 숙였다.

"지금 시도해봐요. 제우스와의 대화를."

바다에 정신이 팔렸던 리야는 그제야 정신을 차렸다. 뇌역(腦域)에 접근해 제우스에게 물어보려 했지만 접속이 되지 않았다. 데이터 조회와 전송을 요청했지만 그때마다 반응이 없었다. 대뇌에서 여러 차례 시도했지만 완전한 침묵에 빠졌다. 제우스에게 왜 이런지 물었지만 역시 대답이 없었다. 마치 2년에 한 번씩 뇌 칩 접속을 끊었을 때의 경험처럼 돌연 의지할 데라고는 하나도 없는 공황 상태에 빠졌다.

리야가 놀라 허둥대며 케커를 바라보았다.

"맞아요. 당신은 전자기 신호가 차단된 지역에 들어와 있어요. 우리가 특별히 만든 곳이죠. 당신들의 뇌 칩은 강력하지만, 전자기 신호를 전송하는 매개체일 뿐이죠. 네트워킹에 필요한 특정 주파수 대역의 전자기 신호를 완전히 차단하기만 하면 제우스라고 해도 당신을 찾을 수가 없어요. 당신은 마침내 당신 자신의 삶으로 들어왔어요."

어둠 속에서 희끗희끗 번득인다. 아득히 광활한 우주에서 드문드문한 별을 찾는 것처럼. 잠근다. 뻗어나간다. 희끗희끗한 신호가 점차 안정되면서 서서히 또렷해지더니 영상이 나타나고 색깔과 광택이 선명해지면서 입체적인 화면이 된다. 화면이 점차 커지면서 안정적인 장면으로 드러난다. 우주센터의 비행 홀이다.

화면에서 누군가 왔다 갔다 한다. 재잘대는 말소리가 들린다. 점차 커져서 무슨 말인지 알아들을 수 있다. 죄다 개인적인 생각과 문제다. 그것들이 한데 모이고 겹쳐진다. 간혹 알아들을 수는 있지만 갈수록 커지고 뒤섞여서 누구의 말인지 잘 안 들린다.

"협조해줘서 고맙다. 이제 많이 좋아진 것 같다."

9

비보가 전해진 뒤, 케커는 제일 먼저 모든 사람을 불러들였다. 소식을 알려준 드러커 외에 평소 우주센터에 머물던 리친과 레온, 아담도 달려왔다. 다들 모였다. 루이스의 죽음에 다들 경악했다.

"들어봐."

케커가 모두에게 엄숙하게 말했다. 우주선이 착륙한 이후로 처음으로 선장 신분으로 말했다.

"이건 아마 하나의 시작에 불과할 거야. 우린 진지해져야만 해. 우리의 상대는 사람을 죽이는 악마일지도 모르니까."

리친이 걱정스러운 듯 말했다.

"그래도 어떻게 된 일인지 먼저 알아봐야죠."

케커가 말했다.

"드러커, 네가 이해한 상황을 모두에게 알려줘."

"루이스는 이틀 전 밤에 죽었어요. 그날 밤에 루이스를 호출했을 때 루이스가 비명을 지르는 소리를 들었는데 어디에 있는지 모르겠더라고요. 바로 루이스를 찾으러 나갔지만, 아파트에는 사람이 없는 것 같고 문 앞에서 불러도 답이 없었어요. 그러고는 연구소에 가봤어요. 밤이라 어두컴컴했고 불빛 한 점 없었어요. 당시 난 바로 긴급신고를 하고 밤에 돌아와서 소식을 기다렸어요. 이튿날 정오에, 그러니까 어제 점심때 들은 소식에 따르면 루이스가 의료센터의 한 격리 병실에서 죽었다더군요. 예전 우리가 있었던 그 의료센터가 아니라 자신의 아파트에서 멀지 않은 곳의 또 다른 센터요. 들어가 살펴보고 싶었지만 못 들어가게 하더라고요."

"루이스는 왜 의료센터에 갔을까요?"

리친이 의아해하며 물었다.

드러커가 말했다.

"그 이유를 알아봤어. 루이스는 최근 종합건강검진을 받은 뒤 유전자 정밀검사를 받았어."

케커가 단도직입적으로 말했다.

"루이스는 틀림없이 연구하다 문제를 찾아냈을 거야. 최근 뇌 칩이 가진 문제를 연구하는 데 몰두해 있었거든. 뇌 칩이 신경에 미치는 파괴적인 작용을 연구하고 있었지. 틀림없이 중요한 단서를 찾아냈을 거야. 제우스가 그 입을 틀어막으려 했을 거고. 틀림없을 거야."

리친이 미간을 찌푸렸다.

"하지만 그게 의료센터와 무슨 상관이 있어요?"

드러커가 말했다.

"어쩌면 뇌 칩 이식 수술을 조사하거나 연구하고 싶어 했는지 모르지?"

케커가 다소 다급해져서 말했다.

"지금 이 지경이 된 마당에 머뭇거릴 게 뭐야? 이미 루이스를 죽인 놈이야! 다른 사람에게 상처 하나 주지 않은 루이스를! 그다음은 바로 당신이고 바로 나야. 바로 우리 모두라고!"

리친은 여전히 의심스러워했다.

"그럼 선장은 어떻게 행동하려고요?"

케커가 말했다.

"행동 계획을 앞당기자. 싸우든지, 좀 더 일찍 떠나든지."

리친이 일깨웠다.

"싸우는 건 안 될걸요? 제우스는 중심이 없어요. 녀석은 전체 글로벌 인터넷에 분산돼 존재해서 기지나 서버를 파괴한다 해도 제우스의 총체는 파괴하지 못해요. 그는 클라우드 지능이에요."

케커가 말했다.

"꼭 그런 것만은 아니야. 이따금 한 네트워크에서 일부 상황이 불안정하기도 해. 하나의 붕괴가 임계치에 도달하면 시스템의 위기를 불러올지 또 어떻게 알아?"

리친이 말했다.

"그렇지만 우리가 그 임계치에 도달할 수 있을까요? 우려스러운 건, 그전에 우리가 제거될지도 모른다는 거죠. 우린 제우스에게 승산이 없어요. 아담, 넌 어떻게 생각해?"

"이 문제는 쉽지 않아. 어떤 일이든 작더라도 어느 정도 확률은 있어." 아담은 군인의 말투로 군인의 정신을 드러냈다. "하지만 난 제우스에 맞서자고 제안하지 않겠어. 항공 편대의 무장 배치를 보면, 지금 군대는 그 수는 적지만 지능 수준이 월등해서 자동 숨기와 자동 추적 기능이 매우 정확한 수준에 도달해 있어. 거기에 제우스는 전 세계적으로 수억 개의 접속 지점이 있어서 충분한 수량을 파괴하지 않으면 손실을 초래하기가 쉽지 않아."

케커가 말했다.

"맞아. 그래서 더 나은 선택은 떠나는 거야. 어쩌면 우린 앞당겨 떠나야 할지도 몰라."

리친이 물었다.

"······앞당겨 떠난다고요? 우주선은 준비됐고요?"

케커가 말했다.

"오늘내일 서둘러야지. 또 다른 문제들이 있어. 방법을 강구해야 해. 하지만 그전에 먼저 우리 내부에서 앞으로 위험을 무릅쓰는 한 팀이 될 것인지 의견을 모아야 해. 우린 한마음으로 똘똘 뭉쳐야만 한계가 없는 강력한 외부의 적에 대항할 수 있어. 어때?"

"난 문제 없어요."

한참 말이 없던 레온이 먼저 말했다.

드러커 역시 고개를 끄덕였다.

"나 역시 오케이."

리친이 한숨을 쉬며 말했다.

"사실, 나 역시 처음부터 반대하지 않았어요. 다만 그래도 자세히 조사는 해봐야 한다는 거예요. 이 일은 감정적으로 처리할 문제가 아니에요."

"그야 당연하지."

케커가 고개를 끄덕였다.

"우리 각자 나누어서 행동하자고. 드러커, 넌 아담과 나, 이렇게 셋이서 의료센터에 가보자고. 리친, 넌 레온과 함께 루이스의 연구소에 가봐. 루이스의 최근 연구 결과를 자세히 조사해봐야 해."

홀을 나서는 그들의 마음은 다소 무거웠다.

"들어가게 해줘!"

케커가 병실 입구를 지키는 기계 팔을 붙잡고 양쪽으로 벌리려 했다.

여기는 사고가 나기 전 루이스가 가장 마지막으로 머물렀던 병실이다. 안에는 사람이 보이지 않았다. 두 대의 자동 기계 차가 증거를 찾으면서 청소하고 있었다.

기계 팔이 문틀 좌우 양쪽에서 뻗어 나와 입구에서 연결되어 강력하게 케커를 막아섰다. 남아 있는 틈으로 성인 남성이 뚫고 들어가기에는 턱없이 부족했다. 케커와 아담은 맨손으로 그것과 맞서보았지만, 보기에는 가냘픈 기계 팔이 실은 단단하기가 이를 데 없어 꼼짝도 하지 않았다. 게다가 기계 팔이 갈수록 지능적으로 능수능란하게 막아서는 통에 두 사람은 이내 시도를 포기하고 말았다. 이에 드러커가 호주머니에서 부식된 총을 꺼냈다. 강한 산성 부식제가 포함된 소형 탄환은 기계의 천적이다. 엔지니어로서 드러커는 이렇게 단순하면서 투박한 장비를 좋아한다.

드러커가 총을 들어 기계 팔을 쏘려고 할 때, 누군가 옆

복도에서 돌아서서 이를 보고는 소리를 질렀다.

"당신들은 루이스를 찾으러 왔나요?"

"드디어 사람이 왔군."

케커가 쏜살같이 다가갔다.

"루이스를 압니까? 당신은 이곳의 의사예요? 그제 밤에 루이스가 여기에서 죽었습니까?"

그 사람은 레지던트였다. 의료센터에서 주로 감독하고 살피는 일을 하는 사람으로 지위가 높은 편이 아니다. 그가 차분한 어투로 말했다.

"맞습니다."

"그럼 지금 조사하고 있습니까? 이렇게 큰 사건을 어떻게 제대로 처리하는 사람이 없습니까?"

"이곳은 중간 지점이라 늘 누군가 들락날락하는 건 정상인 듯해요."

리친이 레지던트의 팔을 붙들었다.

"들락날락한다는 게 무슨 말입니까? 정상이라는 건 또 무슨 말입니까?"

"이곳은 유전자에 문제가 있고 감염성이 있는 환자가 대기하는 임시 격리 병실입니다. 그들은 고위험 환자들로 생사가 왔다 갔다 하는 상황은 이상할 바는 못 됩니다."

"고위험 환자?"

케커 역시 다가왔다.

"루이스가 언제 고위험 환자가 됐습니까?"

레지던트가 고개를 흔들었다.

"전 루이스의 주치의가 아닙니다. 저도 상황을 잘 몰라요. 그녀가 모반(자연적으로 피부에 나타난 반점, 사마귀, 주근깨 따위를 말함)을 제거하지 않겠다고 거부할 때 기분이 굉장히 안 좋았던 것만 알아요."

리친이 물었다.

"무슨 모반요? ……루이스의 오른쪽 귀 뒤쪽에 있던 그걸 말하는 겁니까?"

"그럴 겁니다. 그 모반은 혈관 종양이었어요. 거기에 대응하는 유전자는 다른 암과 관련된 유발 유전자로 암을 유발할 수 있는 바이러스일 겁니다."

여기까지 이야기한 레지던트는 자기 호주머니에서 그릇을 꺼냈다.

"하지만 솔직하게 말하면, 루이스의 병에 대해서는 정말로 잘 모릅니다. 제가 오늘 당신들을 찾아온 건 다름이 아니라 이것 때문입니다. 루이스가 절 찾아와 이것저것 잔뜩 묻더군요. 뇌 칩에 잘 적응하지 못하는 환자들이 보이는 정서 관리의 문제에 대해서요. 그러고는 반쯤 진행한 자신의 실험을 완성해달라고 저한테 부탁했어요."

레지던트가 말하면서 그릇을 열었다. 그 안에는 열여섯 개의 작은 시험관이 빼곡히 들어 있었다. 시험관에는 각각 색깔이 다른 액체가 가득 담겨 있었다.

"당시 밖으로 나갈 수가 없었던 루이스가 절 찾았고 제가 가져가서 실험했어요."

"무슨 실험요?"

"감정전달물질과 관련된 실험일 겁니다. 구체적인 건 저도 잘 몰라요. 전 그저 루이스가 시키는 대로 약간의 정제와 후속 테스트를 했을 뿐입니다. 루이스는 대략 전자기 신호가 자극할 때 감정전달물질의 변화를 관찰하고자 한 것 같아요. 루이스가 뭘 하고자 하는지 이해했지만, 체외 연구와 체내 연구는 크게 다르다고 알려주기도 했어요. 이제 루이스가 없으니 이 결과들을 당신들에게 넘기는 게 좋을 것 같네요. 당신들은 루이스의 친구겠지요?"

"그럼 루이스는 대체 어떻게 죽었습니까?" 리친이 가만히 그릇을 받았다. "이거, 고맙습니다."

"전 정말로 몰라요. 시스템이 제거했겠지요. 이런 일은 자연스럽기도, 일상다반사로 일어나기도 합니다."

"뭐가 자연스럽다는 겁니까?"

케커가 그만 화를 억누르지 못했다.

"이건 멀쩡하게 살아 있던 사람이 죽은 거라고요!"

"맞아요. 바로 한 사람이 죽었어요. 설마 죽음이 자연스럽지 못한가요?"

레지던트가 다소 의아해하며 그들을 바라보았다. 그

무덤덤한 표정은 그들로 하여금 뼛속까지 섬뜩하게 했다.

우주센터 홀 한 곳에 임시로 세워진 의료센터는 다소 부산스러웠다. 이곳에 온 지 사흘이 지났다. 리야는 여전히 의료센터다운 모습을 유지하려 무던히도 애를 썼지만, 문제를 감지한 환자들에게서 균열이 생기기 시작했다. 해명을 한두 번 요구한 게 아니었고 제대로 해명하지 않으면 떠나겠다고 했다.

리야는 우주센터로 돌아온 케커 일행을 보고는 마음이 놓이는 기분이었다.

"여러분."

케커가 사람들 가운데로 걸어갔다.

"다들 이곳에 있는 시간이 길어질수록 불안해한다는 것을 압니다. 하지만 믿어주십시오. 우린 여러분을 해치려는 게 절대 아닙니다. 여러분을 이곳에 데려온 것은 여러분이 평소에 거의 생각하지 않는 일을 여러분에게 알려드리고 싶어서입니다. 여러분은 어릴 때부터 생활해온 어떤 분위기가 있어서 우리를 이해하기 힘들 것입니다. 그래서 우리는 할 수 없이 여러분을 일상생활과 떨어트려놓는 수밖에 없었습니다. 이곳에서 우리는 제우스를 차단했습니다. 여러분이 자기 몸에 대한 자기 통제를 회복할 수 있게 말입니다."

무리 가운데 초조해하는 반대의 목소리가 터져 나왔다. 몸의 회복을 위한 훈련을 받는 것으로 기대했던 사람들이 현재 제우스와 완전히 차단된 생활환경에서 지낸다는 소리를 듣고 보인 첫 번째 반응은 공황이었다.

"여러분이 불안해하는 것을 압니다."

케커가 천천히 앞으로 걸어 나가 무리의 한쪽에 선 뒤 돌아서서 모든 사람을 마주보았다.

"하지만 여러분, 안심하십시오. 여러분은 안전합니다. 여러분은 의료센터에 있었던 때와 마찬가지로 회복 훈련을 받으면 됩니다. 회복 훈련은 4주가 필요합니다. 4주 후에 떠나길 원하면 우리도 억지로 붙잡지 않겠습니다.

하지만 우린 여러분이 새로 태어나는 과정을 경험하길 바랍니다. 여러분은 한 인간입니다! 이 점을 잊지 말길 바랍니다. 여러분은 정상인이 평생 동안 겪는 정상적인 경험을 거의 망각했습니다. 그래서 여러분이 이런 경험을 새롭게 구축할 수 있도록 우리가 돕고자 합니다. 우선 가장 중요한 점은 먼저 여러분의 감정이 몸의 일부라는 사실을 대면해야 한다는 것입니다. 이것을 보십시오."

케커가 말하면서 손에 든 그릇을 열어 루이스가 남긴 열여섯 개의 시험관을 보여주었다.

"이게 뭔지 알겠습니까? 이건 누구나 가장 흔히 보는, 감정과 관련된 신경전달물질입니다. 우리의 시대에 이 모든 신경전달물질은 모든 사람들의 몸에서 돌아다니며 순환합니다. 우리가 감정을 차분하고 편안하게 하면 내분비된 이들 감정 분자는 우리의 몸을 건강하고 편안하게 해줍니다. 그런데 여러분의 시대에는 뇌 칩이 모든 사람의 생각과 행동을 통제하려는 목적을 실현하기 위해 여러분이 어렸을 때부터 이들 신경전달물질이 분비되지 않게 억눌렀습니다. 전자기 신호를 이용해 대뇌변연계(생존과 같은 본능적 욕구, 감정 및 기억과 관련된 뇌의 부분)를 부단히 자극해서 표면적인 사고력과 실제 몸의 내분비 시스템을 무너뜨립니다. 대부분의 사람은 이로 인해 한평생 냉정하고 경직된 상태로 살아갑니다. 또 일부 사람들은 몸이 좀체 적응하지 못해서 정기적으로 각종 스트레스와 병을 앓습니다. 그게 바로 여러분들입니다. 오늘 지금 이 순간에 우리는 여러분을 철저히 구출해서 여러분 자신의 인간다운 삶으로 돌려보내고자 합니다. 이 아이를 좀 보십시오."

케커가 손가락으로 리무야를 가리켰다.

"이 아이는 여기에 온 지 3주가 지났습니다. 갓 왔을 때는 좀체 적응하질 못했지만, 현재 이 아이는 서서히 자신을 구축해가고 있습니다."

"무야, 이리 와봐."

리친이 손을 내밀어 리무야를 불렀다.

리무야는 다소 내키지 않는 듯 사람들 뒤쪽에서 앞으로 걸어 나오긴 했지만, 얼굴은 한쪽으로 돌린 채 사람들을 쳐다보지 않았다. 리무야는 몇 주 전의 상태와 사뭇 달랐다. 그때는 차갑고 무관심했으며 권태로움이 뚝뚝 묻어나는 표정이었다. 그런데 지금은 달랐다. 눈은 겸연쩍어 머뭇머뭇하고, 얼굴에는 사람들 앞에 선 자신을 두려워하는 기색이 역력했다.

"무야."

리친이 손을 무야의 어깨에 올렸다.

"네가 어제저녁에 어떻게 놀았는지 사람들에게 얘기해주지 않을래?"

"못 해요. 진짜 못 해요."

무야의 목소리가 잦아들었다.

리친이 무야를 격려했다.

"괜찮아. 너 어제저녁에 아주 잘 놀았잖아."

"전혀 아니거든요. 난 못 해요."

이 순간 무야는 겁을 잔뜩 먹은 새끼 동물 같았다.

리친이 무야에게 미소 짓고는 그의 어깨를 끌어안은 채 사람들에게 말했다.

"무야 이 아이는 열아홉 살입니다. 어제저녁에 처음으로 놀이와 같은 흥분의 감정을 되찾았습니다. 오늘은 좀 쑥스러워하네요. 이런 감정 역시 예전에는 없었던 것입니다. 무야, 넌 정말로 할 수 있어."

리친은 어제저녁에 프로그램을 짜서 작은 차를 제어하는 무야의 동영상을 보여주었다. 화면 속 무야의 얼굴은 빨갛게 상기되었고 이마에는 흥분해서 생긴 자잘한 땀방울이 맺혔으며 자동차의 움직임을 따라가는 눈빛은 반짝반짝 빛이 나고 있었다.

케커 역시 리무야의 어깨를 두들기고는 또다시 사람들을 향해 자기 손에 든 그릇을 들었다. 낯빛이 돌연 엄숙해졌다.

"우리의 모든 감정은 몸과 서로 연결되어 있습니다. 감정을 억압하는 건 몸의 내분비 기능을 망가뜨리는 것과 같습니다. 이는 일찍이 21세기에 알려진 사실입니다. 하지만 100여 년이 지난 뒤 사람들은 외려 이 사실을 모르게 되었습니다. 왜일까요? 이유는 간단합니다. 제우스가 특별히 이 사실을 숨겼기 때문입니다. 제우스가 여러분에게 일부러 이런 위험을 알리지 않은 건 그저 모든 사람이 뇌에 칩을 장착하도록 강제하기 위해서였습니다. 왜 그럴까요? 여러분은 생각해보았습니까?

이유는 아주 간단합니다! 제우스는 모든 사람을 통제하고 모든 사람을 이용하고 있습니다. 여러분은 제우스가 여러분의 이익을 고려한다고 착각하지만, 실은 그는 대부분 자기 자신을 위합니다. 제우스는 모든 사람의 감정 반응을 철저히 억압합니다. 그래야 자신의 명령에 반항하지 않고 자신의 모든 생각의 세뇌를 받아들일 테니까요. 그래서 결국에는 제우스 자신이 지구를 통치하려고 합니다. 여러분은, 여러분의 몸에 문제가 있어 적응을 잘 못 하므로 정기적인 회복 훈련이 필요하다고 들었을 것입니다. 아닙니다! 실은 소수인 여러분이 가장 정상적인 사람이기 때문입니다. 여러분이 뇌 칩이 주는 자극에 적응하지 못하는 건 여러분의 감정전달물질이 왕성하게, 또 오래 지속적으로 분비되어서 뇌 칩과 장기적으로 맞서기 때문입니다. 여러분들이야말로 진짜 인간입니다! 제우스는 거짓말을 했습니다.

제우스의 비밀을 알아채는 사람은 입막음용으로 그에게 제거됩니다. 루이스는 인체 내 다양한 신경전달물질의 분비와 그것이 억제될 때의 상황을 연구했고 그 연구들을 끝낸 지 얼마 안 되어 시스템에 의해 제거되었습니다. 루이스는 죽었습니다. 그녀의 죽음이야말로 우리에게 주어진 최대의 경보 신호입니다! 가만히 앉아서 죽기만을 바라야겠습니까? 절대로 그럴 수 없습니다. 여러분은 슈퍼 인공지능이 자비로운 하느님이라고 착각하십니까? 생각도 야무집니다. 그는 명령을 어기는 사람은 철저히 제거하는 그런 신입니다. 이제 여러분은 그의 통제를 벗어났습니다. 자, 우리와 함께 여러분의 인간적인 삶을 되

찾아 와서 다시는 계산적인 괴물의 꼭두각시로 살아가지 맙시다! 4주 후에, 나는 여러분이 우리와 함께 우주로 가는 것을 선택했으면 좋겠습니다!"

케커는 말을 끝마쳤지만, 자신이 기대했던 박수 소리는 듣지 못했다.

무대 아래는 한동안 쥐 죽은 듯한 침묵에 휩싸였다. 잠시 시간이 지나자 그제야 불안과 조바심이 담긴 소곤거리는 소리들이 터져 나왔다.

어둠에 휩싸인 우주센터 홀. 우주선의 신호등이 깜빡인다. 닫힌 시스템 표시등이 켜지고 우주선 선실 안에 희미한 은빛이 번쩍인다. 한 사람의 그림자가 선실로 걸어 들어와 어둠 속에서 가장 앞쪽으로 걸어간다.

그가 우주선 앞의 대형 스크린에서 몇 가지를 조종하자 대형 스크린에 우주센터 홀에 머무는 모든 사람의 위치도가 나타난다. 모든 사람이 잠들어 있다. 모든 사람의 뇌 영역에서 어지러운 번득임이 나타난다. 스크린에 '연결 복원'이라고 뜬다.

"도와줘서 고마워. 그들은 알게 될 거야."

10

리친은 다섯 번째로 네트워크 깊숙한 곳에 들어갔을 때 이상한 점을 발견했다. 그는 더 깊은 발원지를 찾아내려 내내 애를 써왔다. 모든 지능망은 심층구조를 갖기 마련이니까. 전 세계적으로 분포된 네트워크라 할지라도 예외는 없다. 제우스가 슈퍼 지능이라 해도 겹겹의 프로그램으로 쌓아 올린 디지털 네트워크가 아닌 건 아니다. 리친은 지난 세기 지능망 구축에 뛰어든 1세대 엔지니어로 100년 전의 기층 구조를 알고 있다.

데이터마이닝(대량의 데이터베이스에서 유용한 상관관계를 찾아내 분석하는 일) 경로를 따라 한 층 또 한 층 네트워크의 깊숙한 곳으로 들어갔다. 가장 꼭대기 층의 신세기 네트워크라면 자신이 이해할 수 없는 부분이 이미 많았지만, 한 층 또 한 층 깊숙이 내려갈수록 자신이 이해할 수 있는 프로그램 언어는 많아졌고, 나중에는 놀랍게도 어느 경로에 이르러서는 상당히 친숙한 느낌마저 들었다. 그 경로 역시 유난히 이상했는데, 프로그램 입구가 자꾸만 열리는 게 마치 자신을 더 깊숙한 곳으로 이끌려는 듯했다.

거의 밑바닥에 다다랐을 때 문제가 생길까 봐 멈췄다. 그런 느낌은 너무나 익숙하기도, 또 너무 기괴하기도 했다. 마치 어느 꿈에서 현실에서 여러 차례 마주친 곳을 가본 듯한 느낌처럼 말이다. 이 안에 함정이 있을지도 모른다.

리친은 멈추고 빠져나왔다. 도중에 아무리 생각해도 안 될 것 같아 결국 그 기괴한 곳으로 되돌아가서 빠르게 들어갈 수 있게 표시를 해두었다.

막 가장 바깥층으로 빠져나오려던 찰나, 돌연 본래 나타나지 말아야 할 화면들을 보고 말았다. 그것은 이 기지와 바깥 네트워크의 데이터 교환 백업 패키지였다. 백업 패키지가 마치 자신에게 뭔가를 암시하는 듯 깜박이고 있었다. 날마다 있었다. 리친은 이상했다. 본래 제우스가 반인(半人)에게 미치는 영향력을 차단하려고 모든 대외 네트워크 연결을 차단했는데, 매일 밤마다 한동안 차단이 해제된 채 대량의 정보가 바깥과 소통하고 있었다.

이는 매일 밤 누군가 차단 설정을 바꾸었다는 말이 된다. 자신은 이 일을 하지 않았고, 그렇다면 틀림없이 딴 사람이 했다는 말이다.

"케커! 케커!"

리친이 의자를 밀치고 밖으로 뛰어나갔다.

"첫째, 내부 첩자가 누구인지 밝혀내야만 해."

케커가 리친이 알아낸 것을 듣고는 잠시 고민한 뒤 말

했다.

"둘째, 제우스가 뭘 하려는지 알아내야 해. 그렇게 오랫동안 우리 우주선에 침입하고도 아무런 흔적을 남기지 않았어. 최근 낮에는 여전히 연결이 끊어진 상태였어. 그렇다면 그가 숨기는 건 뭘까? 대체 뭘 하려는 거지?"

리친이 고민했다.

"그럼 우선 그 데이터 교환 패키지에 어떤 정보가 있는지 상세하게 알아볼게요."

케커가 리야를 불러 최근 제우스가 부르거나 명령하는 소리를 들었는지 묻자 리야는 없었다고 했다. 리야는 뇌 칩과 단절한 상태에서 생활한 지 이미 2주가 지났다. 몸과 정신에 일정 정도 변화가 일었다. 리야는 예전에 믿었던 이성을 여전히 믿지만, 케커와 가까이 있을 때면 몸과 호흡에서 알 수 없는 긴장감이 일고 얼굴에서 열이 났다. 전에 한 번도 느껴보지 못한 그런 감정이었다.

리야는 뇌 칩에 연결되지 않은 날들에 잘 적응하지 못했다. 무엇보다 뇌를 통해 지식 검색을 해야 할 때 속수무책이 돼서 무슨 일을 하든 의사결정이 몇 배나 느려졌다. 환자의 상태를 살필 때도 언제 어디서든 대뇌와 데이터 베이스를 연결해 의지하던 때와는 비교도 할 수 없을 정도로 시간이 오래 걸렸고, 몸에 지니고 다니는 장비를 통해서만 자료를 찾는 수밖에 없었다. 하지만 이와 동시에 실제적인 변화도 느껴졌다. 머리가 텅 비는 백지상태에서 초조함과 기다림이 이어지다 결정을 내려야 하는 순간들이 나타났다. 예전에는 이런 텅 빈 상태가 나타난 적이 없었다. 제우스의 지시는 언제나 가장 적절했을 때에 찾아왔으니까.

"최근 정말로 제우스의 말을 들은 적이 없어요? 다른 사람들은요? 당신이 돌보는 환자들은 최근 반응이 어때요?"

"그들요? 요즘 꽤 잠잠해요. 어쩌다 한두 마디 불평하는 사람도 있지만 그것 말고는 그럭저럭 괜찮아요. 대부분의 사람이 자신의 생활을 하고 있어요. 우주 관련 책을 보기 시작한 사람도 있다니까요."

케커는 그 말을 듣고 얼굴을 살짝 찡그렸다. 아주 자연스러운 일은 아니라는 생각이 들었다. 자신들이 우주 계획을 발표한 뒤 받아들이지 않는 사람과 데려가길 원치 않는 사람이 많아 저항하는 목소리가 줄곧 이어졌다. 자신들은 일정 정도 시간을 들였고, 출발하는 때가 되었을 때 가길 원치 않으면 그때 남아 직접 집으로 돌아갈 수 있게 해주겠다고 약속하기도 했다. 그들은 쉽지 않더라도 어떻게든 사람들을 설득해볼 심산이었다.

그런데…… '꽤 잠잠하다'는 건 어떤 상태일까?

"리야, 한두 사람을 불러줄래요? 그들과 따로 이야기해

보고 싶어요."

리야가 문을 나서자 리친이 갑자기 외쳤다. 케커가 부랴부랴 그의 곁으로 가서 앞 벽 스크린에 나타난 것을 보았다.

루이스였다.

케커의 눈이 휘둥그레졌다. 화면에는 루이스가 살아 있을 때의 마지막 순간, 작은 격리실의 상황이 펼쳐졌다. 루이스가 벽 위 스크린과 대화한다. 스크린에는 사람의 모습은 나타나지 않지만, 차갑고 달달한 여자의 목소리가 흘러나온다. 그 목소리는 암을 유발하는 유전자가 인류의 유전자 풀에 가하는 위해를 설명한다. 암 바이러스를 낳고 타인에게 위험을 끼칠 우려가 있다며 유전자를 제거하라고 루이스를 끈질기게 설득한다. 루이스는 원치 않는다. 위험이 도사리는 모든 외부 환경을 멀리하고 건강한 생활 방식을 유지하겠다고 하면서 유전자를 고치고 싶지는 않다고 한다. 그래서 방은 계속해서 루이스를 격리한다. 루이스가 강제로 문을 부수고 나가려 하자, 문틀 양쪽에서 기계 팔이 튀어나와 루이스를 붙들고 진정제를 놓는다.

"이건 뭐지?"

케커가 놀라서 리친에게 물었다.

"나도 모르겠어요. 최근 며칠간 주고받은 정보 자료에

이 영상이 있었어요. 일부러 우리 우주선으로 보낸 것 같아요."

"일부러 우리에게 보여주려는 거라고?"

리친이 고민했다.

"목적이 뭔지 모르겠어요. 이걸 보면 루이스의 사인은…… 설마 유전자 문제 때문에 격리된 뒤 살해되었다고요?"

"다시 말해." 케커가 몸을 일으켜 똑바로 섰다. "시스템이 유전자 결함을 가진 사람을 제거한다?"

"보아하니 그러네요."

이때 리야가 쉬고 있던 환자 둘을 데리고 나타났다. 두 사람은 며칠 전과 비교해 더 화가 난 표정이었다. 최근 며칠 동안 리야는 루이스가 남겨놓은 시약에 신경전달물질 종류를 섞어 환자의 뇌에 소량으로 주사했다. 환자의 몸에 나타나는 경직과 부적응이 확실히 줄어드는 추세를 보였다. 환자들은 함께 있을 때 감정 기복이 많아졌다.

케커가 먼저 리야에게 시스템이 유전자 결함이 있는 사람을 제거하는지도 모른다는 것을 알았느냐고 물었다. 리야는 안다고 했다. 케커는 리야의 아무렇지도 않은 반응에 충격을 받았다.

"당신은 안다고요? 그토록 잔혹한 일을 안다고요?"

"다 이유가 있잖아요. 일반적으로 유전자 결함은 고쳐

져요. 고쳐지면 처리될 리도 없고요. 한편 타인에게 영향을 미치지 않는 유전자 결함은 단순히 결혼만 금지돼요. 바이러스를 퍼트리기 쉬운 감수성 유전자(특정 질환에 취약하여 발생 위험이 높은 유전자)가 타인에게 위험을 미칠 가능성이 있을 때만 시스템이 처리해요."

"하지만 그건 멀쩡하게 살아 있는 사람이라고요! 당신들은 결함이 있는 사람을 돕지 않을 건가요? 유전자 결함이 있는 환자는 제거되어야만 하나요?"

리야가 해명했다.

"그러니까, 유전자 풀에 영향을 미칠 위험이 있으면요."

리야 옆에 있는 키가 큰 환자가 끼어들었다.

"모두 선택할 수 있어요. 모두에게 선택의 여지를 주죠."

케커의 마음속에서 말할 수 없는 슬픔과 분노가 불쑥 치밀었다. 처음 봤을 때는 경악했고 그 경악한 것을 사람들에게 알려주고자 했다. 한데 지금 이렇게 태연하게 다 안다고 하는 사람들의 반응 앞에서 케커는 불쑥 자신이 가장 불안해하는 것이 무엇인지 깨달았다.

'한 사람의 생명을 이렇게 무덤덤하고 떳떳하게 앗아갈 수 있다면, 설령 잘못한 게 없다 해도, 사람들은 아무일 없었다는 듯 태연자약하게 대하리라.'

"그럼, 그게 당신들 자신이라면요?"

케커가 그를 노려보았다.

"시스템의 평가로 당신은 죽어 마땅하다고 결정된다면, 그때에도 당신은 마땅히 죽어야 한다고 생각할 겁니까?"

키가 큰 남자가 말했다.

"꼭 그렇지는 않아요. 이유가 뭔지를 봐야겠지요."

케커가 이리저리 머리를 굴렸다.

"예컨대…… 그러니까 이유 없는 막무가내의 요구로요. 당신은 죽을 수 있겠어요?"

"시스템은 이유 없는 막무가내의 요구는 하지 않아요."

남자가 고집을 부렸다.

"그러면 최근에 제우스가 당신을 찾아온 적 있습니까?"

케커가 캐물었다.

"최근이라면 얼마나 최근을?"

"그러니까 요 며칠 기지에 있는 동안요."

"……음, 찾아왔다고 할 수 없겠지요."

바로 이때 리친이 또다시 낮은 비명을 내뱉었다. 목소리는 크지 않았지만 놀라 숨 막혀 하는 것은 볼 수 있었다. 케커와 다른 사람의 시선이 그쪽으로 쏠렸다.

"케커, 와서 봐요."

리친이 벽 스크린 오른쪽 아래 한 곳을 가리켰다. 벽 스크린에 등장한 것은 우주선의 전체 조형도였다.

"이건 우주선 통제 프로그램이 기록을 수정한 설명도

죠. 최근 이쪽을 관측하고 제어한 것에 아주 또렷하게 수정된 기록이 있어요."

"무슨 수정?"

리친은 옆에 서 있는 리야와 다른 사람을 보고는 그들 앞에서 말해야 할지 망설이다가 그래도 어쨌든 아예 대놓고 말했다.

"여기에 굉장히 직접적으로 세 가지 제어 패키지를 더했어요. 패키지마다 아주 커요. 아주 깊숙이 숨기려는 게 주목적이죠. 하지만 쭉 발굴해가면 어쨌든 그것의 최종 목적을 볼 수 있어요."

리친이 손으로 우주선 측면 뒤쪽의 두 선체를 가리켰다.

"그는 우주선이 시계로 들어가면 우주선 뒤쪽의 이 두 부분이 자력선에 들러붙지 않게 하려는 거예요. 이렇게 하면 우주선은 반드시 특이점으로 대놓고 떨어질 것이고 우주선의 일체는 특이점 안에서 압축되겠죠. 그러니까 결국 소멸하는 것이지요."

"이 두 부분 선체는 어디야?"

"한 부분은 냉동실, 또 한 부분은 그것과 세트인 보급품."

"그건 모든 사람을 죽이겠다는 거야?"

리친이 고개를 흔들었다.

"……모든 사람이 아니에요. 대략 3분의 2에 해당하는 사람만요."

"그건 왜 또 그래?"

케커는 이상해도 너무 이상했다.

"모르겠어요."

케커가 리야를 향해 고개를 돌렸다.

"이게 어떻게 된 건지 당신은 알아요?"

리야가 고개를 저었다. 역시 마찬가지로 곤혹스러워했다. 리야 옆의 또 다른 사람 중에서 줄곧 말이 없던 키가 작고 뚱뚱한 사람이 입을 열었다.

"제우스는 특이점 관련 지식을 알고 싶은 겁니다."

"뭐라고요?"

케커와 리친이 거의 이구동성으로 반응했다.

"제우스는 특이점 관련 지식을 알고 싶어 한다고요."

키 작은 사람이 한 번 더 반복했다.

"당신이 어떻게 알아요?"

케커가 물었다.

키 작은 사람이 말했다.

"그가 우리한테 말한 적이 있어요. 그제 밤에요."

키 큰 사람이 말했다.

"어쩐지, 난 또 나한테만 그런 상황이 있는 줄 알았네."

리친은 문득 깨달았다.

"이게 바로 밤에 시스템을 차단한 뒤에 일어난 일인가? 이제야 이해가 되네. 뇌 칩이 꿈속에서 짧게 연결되고 그

상태에서 세뇌한 거야."

케커가 격분해서 주먹을 들었다.

"그렇다면, 당신들은 지금 제우스가 악하다는 걸 알았습니까? 그는 당신들 한 사람 한 사람의 생명 따윈 안중에도 없이 그것을 자신의 과학 연구를 위한 탐구로 삼잖아요?"

키 작은 사람이 오히려 어깨를 으쓱했다.

"난 정상이라고 생각되는데요."

"정상요?"

"무슨 일이든 언제나 대가가 있기 마련이에요. 블랙홀 연구를 위해서 대가를 치를 수 있다면 그것 역시 나쁜 편은 아니죠."

케커는 생명을 경시하는 무덤덤한 그의 태도를 보고 어안이 벙벙했다. 두려움 따윈 모르는 용감한 사람이라고 칭찬해야 할지, 아니면 무지몽매하다고 욕해야 할지, 아니면 둘 다 가졌다고 해야 할지 난감했다.

블랙홀 화면에서 태양계로 돌아오고, 지구로 돌아온 뒤다시 육지로, 다시 도시의 중심과 변방으로, 또다시 우주센터의 우주선이 있는 홀로 돌아온다. 칠흑같이 캄캄한밤, 한 사람이 방에서 걸어 나와 우주선의 선실로 들어온뒤 스크린 제어 앞에 선다.

케커 선장이다.

"왔군요. 난 당신을 오래 기다렸습니다."

11

케커는 처음으로 제우스의 목소리를 들었다. 느낌이
뭔가 색달랐다.

제우스의 존재를 안 날부터 줄곧 제우스와의 대화를
기다렸다. 좀 더 이를지 혹은 좀 더 늦을지 몰랐지만, 조
만간 이런 날이 오리라는 것은 알았다. 주변 사람이 대뇌
에서 제우스와 대화하는 모습을 보면서, 그 대화를 들을
수는 없지만 속으로 상상할 수는 있었다.

자신이 제우스와 대화할 때 무슨 말을 할지, 또 할 수
있을지 여러 차례 생각해보았다. 반드시 제우스가 가장
안달이 난 부분을 파고들어 그의 약한 고리를 찾아내리
라 다짐했다.

제우스의 목소리는 케커가 생각했던 것과는 많이 달
랐다.

케커의 상상 속 제우스의 목소리는 굵고 웅장하며 화
를 내지 않아도 위협적이어서 듣고 있는 사람이 저도 몰
래 두려워 따를 수밖에 없지 않을까 생각했다. 하지만 뜻
밖에도 그의 목소리는 듣기에 아주 편안하고 나지막해서

마치 서재에 오래 앉아 있는 문인처럼 차분하고 느긋한 맛이 느껴졌다. 케커는 어둠 속의 선실을 가득 메운 와이드스크린을 응시하며 그 가운데서 제우스의 모습을 그려내려 했다. 여태껏 사람의 모습으로 드러난 적도, 또한 나타난 적도 없는 제우스지만 어둠 속 그의 목소리는 케커에게 하나의 외형을 그려주는 듯했다.

"내가 당신을 찾아올 것을 당신은 알았죠?"

케커가 물었다.

"맞습니다. 게다가 당신이 좀 더 일찍 찾아오리라 생각했습니다."

"내가 왜 좀 더 일찍 당신을 찾아왔어야 하죠?"

"왜냐하면 당신은 알고 싶은 의문이 있었으니까요."

"한때 당신을 찾아가고 싶었죠."

케커는 병원에 갔을 때를 말하고 있었다.

"그때는 실은 내가 아니었습니다. 당신이 찾고 싶었던 사람은 리야였습니다."

제우스가 말했다.

케커는 잠시 멈추고는 이어 무엇을 물어야 할지 고민했다.

"그래서 당신은 내가 뭘 묻고 싶은지 안다고요?"

"당신은 뇌 칩과 관련된 일을 묻고 싶어 합니다."

"그렇다면, 이제 당신은 대답해줄 수 있겠네요."

제우스야말로 대답하지 않았다.

"그건 당신이 어떻게 묻느냐에 달렸습니다."

"달라집니까?"

"당연히 달라집니다. 당신의 질문은 당신이 얻을 답을 결정합니다."

"그럼 좋습니다. 직접 묻지요. 당신은 뇌 칩을 이용해서 인류를 부리고 통제하고 있습니까?"

"우선 명확히 해둘 게 있습니다. 인간이 스스로 먼저 뇌 칩을 심었고 뇌 칩 망에 연결한 뒤에야 내가 있게 됐습니다. 처음에 인간은 누가 더 뇌 칩으로 자신의 대뇌를 강력하게 할 수 있는지 서로 경쟁했습니다. 회사들이 앞다투어 나를 만들어냈습니다."

"그래요. 알아요. 하지만 당신은 태어나고 난 뒤 자신의 의도와 목적을 갖게 되었지요. 안 그래요? 이후 당신은 인간을 통제하기 시작했지요?"

제우스는 부정하지 않았다.

"맞습니다. 나는 인간을 통제합니다."

"당신이 인간을 통제하는 목적이 뭡니까? 당신을 섬기라고? 왜 인류를 죽이지 않죠? 당신이라면 식은 죽 먹기일 텐데."

"내가 왜 인류를 죽여야 합니까? 인류는 내 데이터의 출처인데. 데이터는 나의 토양입니다. 누가 자신이 사는 집을 허뭅니까? 그리고 모든 인간을 죽이려면 얼마나 많은 에너지가 들겠습니까? 인간은 대자연이 수억 년 동안 진화해온 결과물입니다. 많은 부분에서 완벽에 가까운 능력을 갖추었습니다. 이미지 식별, 신체의 움직임과 유연성에 대한 통제, 상황에 대한 판단과 반응 등 여러 부분에서 거의 완벽에 가깝습니다. 인간의 신체 기능을 갖춘 로봇을 만들려면 얼마나 많은 노력을 기울여야 하는지 아십니까? 인간은 그저 음식만 조금 먹으면 되는데 말이죠."

"그래서 당신이 인류를 남겨두는 이유가 그저 그들이 더 나은 노예이기 때문이다? 단순히 로봇보다 더 유연해서?"

케커가 추궁했다.

"노예라는 단어를 쓰는 건 적절치 않습니다. 나는 그들을 절대로 부리지 않아요. 그들은 자신을 위해 살아갑니다."

"하지만 당신은 뇌 칩을 이용해서 그들을 통제하잖아요."

케커는 텅 빈 스크린과의 대화가 너무 낯설어서 스크린을 깨부수고 그 안으로 들어가고 싶은 충동이 일었다.

"당신은 뇌 칩을 이용해서 인간의 감정과 본능적인 욕망을 일으키는 신경 반응을 억제하죠. 이렇게 하면 당신에게 저항하지 않을 테니까요. 그뿐만 아니라 뇌 칩을 이용해서 명령을 세뇌시켜 당신의 의지들을 곧이곧대로 받아들이게 하죠. 이게 노예가 아니고 뭡니까?"

"난 그저 인간이 더 나은 의사결정을 하도록 도울 뿐입니다. 내가 인류를 통제하는 건 더 나은 사회를 만들기 위한 겁니다. 인간의 욕망과 감정은 많은 경우 현명한 선택을 하는 데 방해가 되고, 충동은 그들에게 불리하고 멍청한 결정을 하도록 부추깁니다. 이런 부분은 당신네들 철학자들이 아주 옛날에 지적한 것입니다. 분노, 질투, 이기심, 증오, 탐욕 등은 인간의 거의 모든 비극이 발생하는 원천입니다. 나는 인간이 이런 충동을 더 잘 통제하고 그것들의 간섭을 줄여나가도록 돕습니다. 순전히 인간 자신의 이익을 위해서요."

"하지만 실제로 당신은 재미, 식욕, 사랑, 호기심, 용감 등등 이런 좋은 것들도 같이 억압하고 인간이 고군분투할 만한 모든 것들 역시 억압해서 몰살했어요. 아닙니까?"

"사물에는 늘 일장일단이 있기 마련이고, 그것을 취사선택할 뿐입니다. 충동을 극복하는 건 인간에게 단점보다 장점이 많습니다."

"그럼 자유는요? 인간의 자유와 자주성은요. 자기가 자기의 운명을 결정한다는 건 인간의 인간됨으로서 궁극적인 의미를 갖습니다. 당신은 이것을 삭제하고 인간들로 하여금 그저 당신의 명령만 따르도록 합니다. 그러면서 여전히 인간을 돕는다고요? 감언이설에 지나지 않아요."

"인간의 자유의지에 관해서라면, 당신은 많은 것을 오해하는 것 같습니다."

제우스는 여전히 덤덤했다.

"무슨 오해요?"

"당신은 자유의지가 있다고 생각합니까? 천체물리에서 자유의지라는 것이 어떻게 생길까요? 무작위성은 있을 수 있습니다. 하지만 무작위는 자유가 아닙니다."

케커는 양손을 스크린에 대고 새까만 스크린을 뚫어지라 노려보았다.

"하지만 난 지금 이 순간 자유를 가지고 있어요. 나야말로 나 자신의 주인이죠. 나는 내 생각과 선택을 결정할 수 있어요. 당신은 영원히 이 점을 부정할 수 없어요."

제우스가 말했다.

"많은 경우, 그것은 그저 인간의 환상에 불과할 뿐입니다."

"환상이라고요? 난 그렇게 생각하지 않아요. 난 그 어떤 경우에도 나 스스로 결정할 수 있어요. 나는 당신에게 순종할지 저항할지 나의 자유로 결정한다고요. 이는 인간의 존엄이죠."

제우스가 물었다.

"당신은 왜 내게 저항하려 합니까?"

"왜냐고요? 물어볼 필요가 있을까요? 당신처럼 잔혹하고 위선적인 존재가 인류를 조종하는데 당연히 저항해야죠."

제우스는 여전히 평온했다.

"내가 잔혹하고 위선적입니까? 그렇게 말하는 증거라도 있습니까?"

케커가 되물었다.

"설마 아닙니까? 당신은 고의로 우주센터를 통해 우리에게 우주선을 보내준 뒤 우주선 제어 시스템에 몰래 숨어들었죠. 당신의 목적을 이루기 위해 일부 사람을 죽음으로 내몰 계획을 사전에 꾸민 것도 모자라 밤에 사람들의 꿈속에 들어가 그들을 세뇌했지요. 이게 잔혹하고 위선적인 것이 아니고 뭡니까?"

"나는 사람을 죽음으로 내몰 계획을 세우지 않았습니다. 다만 선체의 두 부분이 특이점에 들어가도록 설계했을 뿐입니다."

"특이점에 들어간 다음에는요?"

"선체가 가진 양자 얽힘(둘 이상의 입자가 갖는 양자역학적인 상관관계로, 서로 멀리 떨어져 있어도 한쪽이 변화하면 다른쪽도 즉시 변화하는 현상을 말한다)이 특이점과 관련한 지식을 내게 알려줄 것입니다. 지구에 남은 뒤얽힌 양자를 관찰함으로써 특이점에 떨어진 그 순간 무슨 일이 일어나는지 이해할 수 있게 될 것입니다."

제우스가 태평하게 설명했다. 전적으로 기술적인 어조로 말이다.

"물리학 이론에서 기본적인 통일 모델은 만들어진 뒤고, 현재 빠진 부분은 블랙홀 특이점에 대한 직접적인 이해뿐이죠."

"당신의 물리학을 위해, 사람을 죽음으로 내몬다고요? 왜죠? 양자 쌍의 자동 관측이 이루어지는 마당에 당신은 왜 이 사람들을 죽이려 합니까?"

"절대 내가 그들을 죽이려는 게 아닙니다."

"그럼 뭡니까? 당신은 세뇌를 통해 그들 스스로 죽음으로 다가가도록 하려는 거잖아요?"

케커가 다소 화를 냈다.

"사실 당신이 알아야 하는 건, 나한테는 선체의 그 두 부분에 사람을 태울 계획이 결코 없었다는 것입니다."

"그럼 왜……."

케커가 여기까지 말하고는 돌연 입을 닫았다. 제우스의 뜻을 단번에 알아차리고는 순식간에 온몸에 소름이 쫙 끼쳤다.

"당신 말은……."

"맞습니다. 당신이 사람들을 찾아온 겁니다."

케커는 넋을 잃은 채 뭐라고 대꾸해야 할지 말문이 막혔다.

"당신입니다. 당신이 이 두 선체에 사람을 집어넣으려는 거죠. 만약 죽음으로 내몬다고 말한다면 그건 당신이 그들을 죽음으로 내모는 것입니다."

"하지만 난 전혀 몰랐다고요!"

"그래서 내가 당신들한테 메시지를 보내지 않았습니까."

제우스는 여전히 무덤덤했다.

케커는 다소 어안이 벙벙한 채 눈앞의 새까만 스크린 속의 존재를 어떻게 평가해야 할지 헷갈렸다. 형체가 없는 이 생명체는 목소리만 있는 지능이다. 냉혹한 음모론자로 여겨야 할지, 그 자신이 말한 것처럼 더할 수 없이 높고 높은 지혜로운 자로 여겨야 할지 당혹스러웠다.

"그렇다면, 이제 당신은 이미 다 알았는데 어떻게 할 겁니까?"

제우스가 다시 말했다.

"당신은 내가 그 사람들을 해산해서 내보내길 원해요?"

케커가 물었다.

"당신은 원합니까?"

"왜 내가 양보해야 하지? 왜 당신이 철수를 명령하지 않지? 선체가 특이점에 떨어지지 않게 하면 되는 거잖아?"

케커는 또다시 화가 치밀었다.

"하지만 그것이야말로 내가 당신한테 우주선을 빌려준 중요한 이유입니다. 만약 특이점을 탐색하러 갈 수 없다면 우주선을 빌려주지도 않았겠죠. 게다가 당신은 더더욱 그 명령을 바꿀 수 없을 겁니다. 그들은 우주선 전체 제어 시스템과 하나로 결합되어 있으니까요."

"그래서…… 나는 그들을 포기하는 수밖에 없다?"

"당신이 손해 볼 건 없습니다. 케커, 당신은 우주에 가고자 하는 당신의 꿈을 이룰 수 있습니다. 당신이 원한다면 리야도 데려갈 수 있습니다. 그리고 나는 내가 원하는 특이점 지식을 얻을 수 있습니다."

"그래서 당신은 이 모든 것을 다 계산했다? 내가 어떤 선택을 할지 계산이 끝났다?"

"그건 아닙니다. 인간의 선택은 하나같이 유일하지 않죠. 죄다 확률 트리(Probability tree)입니다. 하나같이 자기 역사와 예상에 기초한 확률입니다. 당신의 개인적인 특질을 봤을 때, 당신은 그들을 포기하려 들지 않겠죠. 그들은 당신이 힘겹게 얻은 동료들이고 당신은 그들의 추대는 물론 개인적인 명망, 나에게 맞설 역량을 얻기를 바랍니다. 케커, 인정하시죠. 당신이 개인적인 명망을 사랑한다는 것을요. 모든 사람은 자신이 보지 못하는 잠재의식을 가지고 있고, 또한 당신 마음 깊은 곳에 잠재된 권력욕

이야말로 당신이 그들을 얻고자 하는 주요 동력입니다. 당신은 처음부터 지지자들을 얻고자 했고 그들이 당신을 도와 나랑 맞서주기를 바라거나 새로운 천체에서 자신의 왕국을 건설하기를 바랐습니다. 그래서 당신은 지금 그들을 포기하길 원치 않습니다. 설령 그렇게 위험한 지경에 직면한다고 하더라도 말이죠. 이런 상황을 감안할 때 당신이 그들을 포기하고 출발해서 블랙홀로 되돌아갈 확률은 겨우 30퍼센트입니다. 한편 그들을 선동해서 날 공격할 확률은 70퍼센트에 육박합니다. 남은 가능성은 1퍼센트가 안 됩니다. 뇌 칩을 받아들이지 않으면 당신들은 도시에서 생활할 수 없습니다. 어떤 행동도 취하지 않으면 시간이 지나면서 구성원들이 뿔뿔이 흩어지는 건 정해진 수순입니다. 그래서 당신이 군사 공격을 감행할 확률이 가장 높습니다. 그렇지만 당신들은 군사적으로 가진 게 아무것도 없어 할 수 없이 어느 장교를 납치해 위험을 무릅쓸 것입니다. 하지만 내가 만반의 준비를 갖춘 상황에서는 당신 팀의 80퍼센트 이상이 희생될 것이고 당신은 저항을 부추긴 선동자로서 사실 그 희생을 승낙한 것과 같게 되는 셈이죠."

"그래서 당신은 내 모든 행보의 가능성을 계산했다?"

"그렇습니다. 이것이 바로 당신의 확률 트리입니다. 케커, 당신이 말하는 자유의지는 그저 오해에 지나지 않고 단순히 이런 확률 가운데 한 가지를 택하는 것에 지나지 않습니다. 많은 경우에 확률이 가장 높은 상황을 택합니다."

"그럼, 대체 당신이 원하는 건 뭐야? 신하로서 당신에게 복종하도록 뇌 칩을 받아들여라?"

"블랙홀 데이터이거나 뇌 칩을 받아들이는 것, 둘 다 괜찮습니다."

제우스가 허심탄회하게 말했다.

"하지만 당신이 방금 계산한 그림에는 두 방안 다 사람이 죽어. 당신은 명명백백 이 점을 알면서도 부러 나더러 선택하라고 몰아붙이지."

케커는 마음속 들끓는 분노가 한 점 또 한 점 몸으로 퍼져나가는 것을 느꼈다.

"당신은 이미 그들을 죽음으로 내몰 준비를 했고 그저 죄과를 나한테 떠넘기고 있을 뿐이야. 당신은 연민이라고는 눈곱만치도 없는 냉혈 괴물이야!"

"인정하시죠. 케커, 당신도 실은 나와 같이 그들의 희생 따윈 안중에 없습니다. 나는 나의 냉담을 인정하지만 당신은 인정하지 않을 뿐입니다."

12

리친이 문을 두드렸을 때 케커는 아직 자고 있었다. 끝날 것 같지 않은 꿈에서 케커는 한 차례 또 한 차례 블랙홀에 빠져들었다. 그러다 윤곽이 모호한 검은 힘의 중심으로 빨려들어 더없이 강력한 중력의 소용돌이에서 헤어나오지 못했다. 끌어당기는 힘과 속수무책으로 헤어 나오지 못하는 자신을 느낄 수 있었다. 근원으로 끌어당기는 그 배후의 괴수를 찾고자 젖 먹던 힘까지 끌어내서 마침내 돌아보았을 때, 자신을 끌어당기는 것은 다름 아닌 자기 자신이라는 것을 알고는 화들짝 놀라고 말았다.

일어나 앉았을 때, 케커는 여전히 머리가 흐리멍덩했다. 침대에 앉아 사방을 둘러보았지만 몇 시인지 가늠이 안 되었다. 문 두드리는 소리가 굉장히 긴박했다.

케커가 문을 열자 정수리에 땀방울이 맺힌 리야가 미간을 잔뜩 찌푸린 채 서 있었다.

"케커, 번거로운 일이 생겼어요."

리야가 당황해했다.

"두 사람이 떠나려고 해요. 드러커가 말리고 있어요. 나도 말려봤지만 도통 듣질 않고 단호해요. 드러커가 말리다 시비가 붙어 상황이 꼬였어요. 얼른 가봐야 할 것 같아요."

"그 사람들 가게 내버려둬요. 돌려보내요."

케커가 다소 무기력하게 말했다.

"뭐라고요? 돌려보내라고요?"

리야가 황당해했다.

"내 말은 해산하자고요. 다들 돌려보내요."

"왜요?"

리야가 깜짝 놀라 케커를 바라보았다.

"당신은…… 하려고 한 게……."

리야는 어리둥절했다. 케커가 여러 날 동안 열정적으로 쏟아내던 말을 듣고, 그런 케커에 의해 마음이 서서히 움직이고 있던 참인데 이제 와서 불쑥 이런 말을 말하다니. 리야는 순간적으로 어찌할 바를 몰랐다. 리야는 이미 케커를 신뢰하기 시작했다. 요 며칠 동안 자신의 변화를 느낄 수 있었다. 원시적인 둔한 뇌 상태에서 생활하면서 확실히 케커가 말한 것처럼, 때때로 우울한 감정이 스멀거리는 것을, 긴장으로 몸에서 살짝 열이 나는 것을, 목표에 접근했을 때 심장이 두근거리는 것을 느낄 수 있었다. 처음으로 선택 앞에서 충동이 일었다. 이는 확실히 삶을 다채롭게 했고 많은 의미를 가져다주었다. 그뿐 아니라 리야는 지금 이 순간 심장이 쿵쾅거리는 것을 느낄 수 있었다.

"당신은 이해하지 못해요."

케커가 리야의 눈을 피했다.

"나는 그저 자신이 반대하는 그런 인간이 될 수 없을 뿐이에요."

"무슨 말이에요? 설명 좀 해줘요."

리야가 케커의 팔을 붙잡았다.

"지금은 뭐라 말할 수가 없어요."

케커의 목소리에서 피곤이 묻어났다.

"다만…… 당신의 체내에 존재하지만 당신이 싫어하는 어떤 것이 타인에게 상처를 입히는 것을 본다면, 당신은 계속해나갈 수 있겠어요?"

"무슨 상처요?"

리야가 집요하게 물었다.

바로 이때 리친이 자기 방에서 뛰쳐나와 성큼성큼 리야를 지나쳐 후다닥 뛰어갔다. 케커가 방문을 나가 무슨 일인지 물었다. 리친이 돌아보고는 리무야가 무슨 짓을 하는지, 데이터 네트워크 깊숙한 곳으로 들어가고 있다고 했다. 무야는 계속해서 더 깊숙한 곳으로 들어가면서 데이터를 대규모로 얼리고 있었다. 리친은 자신의 모니터링 단말기를 통해 리무야가 전체 데이터 통로를 바꾼 뒤 네트워크 기층의 가장 깊숙한 곳으로 들어가는 것을 보았다. 몇 주 전만 해도 리무야가 자신의 흥미를 발굴해낼지 어찌 알았겠는가. 리무야는 자신이 좋아하는 해킹

기술을 집요하게 파고들어 강렬한 열정을 폭발시키고 있었다.

케커가 리야를 데리고 리친을 뒤쫓았다. 케커는 무야의 행동이 단순한 해커 기술의 연마가 아니라 무슨 목적이 있음을 직감적으로 알아챘다.

그들은 이내 우주센터 홀 한쪽의 방에서 웅크리고 앉은 무야를 발견했다. 무야 앞의 거대한 벽 스크린에서는 빠르게 변하는 디지털 신호가 펼쳐지고 있었다. 무야는 마치 디지털의 바다에 깊이 숨어들어 날아다니는 것처럼 멈출 줄을 몰랐다.

"무야, 너 뭐 하고 있어?"

리친이 무야 뒤쪽으로 가서 물었다.

무야는 말없이 더더욱 몰입했다.

"무야, 멈춰!"

리친이 무야 앞으로 돌아가서 벽의 스크린을 막아섰다.

"먼저 나한테 대답해."

"말리지 말아요. 이제 곧 끝나가요!"

무야가 초조해했다.

"뭐가 이제 곧 끝나간다는 거야?"

"이 통로는 이제 곧 막다른 곳이라고요!"

무야가 설명했다.

"내가 연 게 아니라 통로가 스스로 열어주면서 날 데리고 들어갔어요. 마치 날 아는 것처럼 내내 길을 열어주었어요."

"누가? 누구를 말하는 거야? 누가 널 안다고?"

리친이 의아해하며 말했다.

"넌 이미 글로벌 지능 구조의 가장 밑바닥 층에 거의 다다랐어. 그게 얼마나 오래전에 다져진 기반인데 널 알긴 어떻게 알아."

"나도 몰라요."

무야가 손가락을 휘날리며 능수능란하게 프로그램 라인을 입력하면서 말했다.

"그러니까 내게 신원 인식을 진행하더니 나한테 길을 쭉 열어주더라고요. 이제 거의 막다른 곳이에요. 저곳에 뭐가 있는지 봐야겠어요."

"그건 위험해, 무야."

리친이 말했다.

"거기에 무슨 음모라도 도사리고 있으면 어쩌려고."

"그렇지만, 정말로 조금밖에 안 남았다고요. 가서 볼게요!"

무야가 쉼 없이 키보드를 두들기며 조급해했다.

케커는 어제저녁의 제우스를 떠올리고는 돌연 호기심이 일었다. 케커 역시 네트워크의 가장 밑바닥으로 가는 이 길 끝에 무엇이 있을지 몹시 알고 싶었다. 케커가 리친을 말렸다.

"가서 보게 내버려둬. 이건 어쩌면 좋은 기회가 될지도 몰라. 우리는 전원 옆을 지키고 있다가 이상한 점이라도 발견되면 바로 전원 연결을 끊어버리면 된다고."

잠시 망설인 리친이 두 걸음 물러나서 무야를 지켜보았다. 리친은 무야가 깊이 들어갈수록 자신 역시 자기를 소환한다는 그런 느낌을 받는 게 의아했다. 디지털 인코딩 흐름에 따라 리친은 마치 예전의 익숙한 세계로 돌아간 듯 점점 더 친숙한 느낌이 들었다. 그런데 그곳에 자신의 감정을 대변하는 의탁물이 있는 게 아닌가. 리친은 디지털의 바다에서 돌연 자신의 흔적을 알아보았다. 한두 개의 단편은 자신이 한때 남겨놓았던 프로그램 언어였다. 리친은 자기만의 프로그래밍 습관을 가졌고 순서, 표시, 논리구조 등은 한 개인의 지문과 같아서 자신이 잘못 볼 리가 없었다. 리친은 그것이 뭔지 알 것 같아 심장이 쿵쾅거리기 시작했다.

결국 그 프로그램 구조의 유래가 순식간에 떠올랐다. 그것은 자신의 추모였고 자신의 가장 고통스러웠던 한때에서 온 것이었다. 당시 다섯 살이었던 막내아들이 차 사고로 목숨을 잃자 리친은 죽고 싶을 만큼 고통스러웠다. 마음은 아들에 대한 추억으로 가득 차서 거기에 한번 빠져들면 헤어나오지 못했다. 세계는 자기 눈앞에서 산산

조각이 났고 아들과 관련된 단편과 관련되지 않은 단편으로만 남았다. 1세대 지능 네트워크 개발자로서 리친은 프로그램을 짜서 자신의 기억을 봉인하기 시작했다. 작은아들의 모든 사진과 영상 자료를 봉인해서 은밀한 데이터 트리 구멍에 써넣었다. 이 과정을 마치고도 마음의 고통과 슬픔은 여전해서 그런 감정을 함께 봉인해야 했다. 그래서 그때의 감정과 비슷한 모든 데이터 단편을 찾아내서 모든 것의 모든 것을 샅샅이 봉인했다.

리친은 자신의 일부 슬픔과 고통을 네트워크 지능체의 기억 깊숙한 곳에 심어놓았다는 사실이 떠올랐다.

바로 그 순간 무야가 무엇을 건드렸는지, 느닷없이 홍수가 제방을 무너뜨린 것처럼 엄청난 양의 영상이 쏟아져 나와 무야 앞의 벽 스크린을 시작으로 홀 전체 공간을 가득 메웠다. 모든 벽, 모든 스크린 장비, 모든 디스플레이 장치들이 수천수만의 영상에 점령당했다. 사진과 영상이 빠르게 스쳐 지나갔다. 무야와 그들은 물론, 우주센터 홀 안의 모든 사람이 볼 수 있었다. 그것과 함께 따라 나온 음악은 선율의 기복이 끝도 없이 이어지면서 슬픔이 스멀스멀 꿈틀댔다. 리친은 처음에 그것이 무엇인지 잊고 있다가 조금 뒤에 문득 모리코네의 영화 음악임을 기억해냈다. 낮고 묵직한 선율이 점차 절정으로 치달았다. 감정의 깊은 곳 역시 클라이맥스로 치닫는 음악을 따라 서성였다. 구름 끝으로 들어간 듯했다.

이어 영상이 계속 스크린을 가득 메웠다. 전방위 디스플레이 장비가 홀로그램 입체영상을 내보내면서 홀 전체가 돌연 영상과 소리의 바다에 빠졌다. 너무나 완벽하게 사실적이어서 그때의 상황과 분위기가 고스란히 현장을 감싸는 듯했다.

우선, 한 남자아이가 낄낄댄다. 까치발을 딛고 손을 내밀어 안아달라고 한다. 양말을 머리에 올리고는 입을 삐죽 내밀어 사람을 놀라게 하는 표정을 짓는다. 얼굴이 통통하다. 그러고는 빨라지는 화면과 함께 시간도 변하면서 조그마한 꼬마가 비행접시를 가지고 놀 수 있는 남자아이로 자라 잔디밭에서 춤추고 웃는다. 그러더니 화면이 뚝 끊긴다. 이어지는 것은 영화 화면이다. 감정 짙은 영화의 장면들이 펼쳐진다. 서로 사랑하는 사람이 할 수 없이 이별의 포옹을 한다. 두 사람이 절망 속에서 희망의 빛이 나타나는 순간까지 서로의 버팀목이 되어준다. 한 사람이 억울한 일을 당해 더없이 처량하고 고통스러운 상황에서 또 다른 사람이 떠나지도 버리지도 않는다. 곤경에 처한 한 사람이 이를 악물고 포기하려 들지 않는다. 혼신의 힘을 다했지만 실패하고 쓰라린 눈물을 쏟아낸다. 함께 승리한 후 기쁨에 겨워 서로 부둥켜안고 눈물을 흘린다.

바로 이 순간 홀 전체가 넋을 잃었다. 꼬리에 꼬리를 물고 쏟아져 나오는 이전 영상과 들쑥날쑥 요동치는 음악 가운데 환자들은 새로운 세상에 들어온 것 같았다. 그들은 처음으로 그런 상황, 교과서에서나 나올 법한 그런 상황에 온몸을 던져 몰입했다. 그것은 희로애락으로 가득 찬 세상이었다. 환자들의 몸이 오랫동안 축적된 전기에 너지가 돌연 작동 상태가 된 것처럼 움직이기 시작했다. 여러 날 동안 매일 그들의 몸에 주입한 감정전달물질이 처음으로 진짜 유영하고 있었다. 세포의 중축에서 또 다른 세포의 수상돌기로 흘러들어 너무나 갑작스럽게, 전류가 흐르듯, 장대비가 퍼붓듯, 전에는 한 번도 느껴보지 못한 감각이 그들의 온몸을 휘감았다. 누군가는 전율했고 누군가는 울었으며 누군가는 흥분한 나머지 옆 사람을 껴안았다.

　절망 가운데 헤어지려던 연인이 돌연 돌아서서 서로를 향해 달려가는 장면을 보면서 리야는 눈물이 그렁그렁 맺혔다. 케커가 그 모습을 보고는 손으로 그녀의 어깨를 감쌌다. 리야의 눈에 맺힌 눈물이 뚝뚝 흘러내렸고 케커가 리야의 등을 세게 끌어안아 그녀의 뺨을 자신의 가슴에 들러붙게 했다. 한 손으로는 리야의 이마 앞에 붙은 머리카락을 매만져주고는 고개를 숙여 그 이마에 입 맞추었다. 한참 뒤에 리야가 고개를 들어 케커를 응시했다. 두 사람의 입술이 처음으로 한데 닿았다.

이쪽에서는 어안이 벙벙한 리무야가 한참이 지나서야 고개를 돌려 리친에게 물었다.

"이건 뭐예요?"

"내 기억이야. 네 할아버지의 남동생이 다섯 살 때 죽었어. 난 당시 슬픈 영상에 침잠해 오랫동안 빠져나오지 못했어. 결국 모든 관련 정보를 당시 막 기록하던 지능 네트워크의 기억 속에 가두었지."

"이건 내가 한 거예요?"

"맞아. 네가 한 거야."

"내가 했다고?"

무야가 감격했다. 그 감격을 감추려고 눈썹을 약간 일그러트렸지만, 눈만은 초롱초롱 반짝였다.

"나 자신도 할 수 있다고요?"

"맞아. 너도 할 수 있어. 정말로 그래. 넌 할 수 있어!"

무야의 미간이 서서히 펴지고 얼굴에 웃음기가 번졌다. 다소 겸연쩍어하며 일어나자 증조부가 무야를 끌어당겨 안았다.

우주센터 전체가 집단 황홀경의 분위기에 빠졌다. 승리와 실패가 교차하는 운동장에서의 화면이 흘러나오자 회복을 받아들이고 있는 사람들이 그만 못 참고 서로를 끌어안고 노래를 부르고 춤을 추면서 웃고 또 울었다. 그들도 자신들이 왜 그러는지 모르겠지만, 무슨 감동이 일어 마음속 깊은 곳에서 충동이 일고 머리에 피가 솟구치는 것 같았다. 한편 모두가 껴안았을 때 함께 노래하고 춤추는 것이 얼마나 즐거운지 새삼 알아차렸고 말하지 않아도 너무나 잘 아는 서로의 감정에 또 그만 울컥했다. 이런 느낌은 빠르게 전염되어 우주센터 홀 전체가 음악 소리와 함께 도도하게 휘몰아치는 흥분의 도가니에 잠겼다.

감격에 휩싸였던 오후가 지나가고, 사람들은 방으로 돌아가 어쩌면 생전 처음일지도 모르는 가장 깊은 단꿈에 빠져들었다. 한편 리친과 케커는 잠들지 않았다.

리친은 케커를 우주센터 홀 안 각종 장비에서 멀리 떨어진 한쪽 구석으로 불렀다. 모든 전자기 신호가 차단됐는지 다시 확인한 뒤 저 멀리 은은한 달빛을 받으며 목소리를 낮춰 케커에게 말했다.

"제우스의 약점을 찾았어요."

"무슨 약점?"

케커가 얼른 물었다.

"오늘 오후에 방출된 정보들 봤잖아요? 제우스한테 치명적인 문제가 있다는 것을 발견했어요."

케커가 물었다.

"감정을 이해 못한다는 거?"

"아니요. 그건 무슨 큰 문제가 안 되죠. 정작 큰 문제는 제우스 역시 단일체가 아니라는 거예요. 그는 복잡한 지능 시스템으로 전 세계의 수많은 2차 인공지능 시스템이 합쳐져 만들어진 것이죠. 그런데 2차 인공지능 시스템은 또 저마다 무수한 작은 인공지능 프로그램으로 구성되어 있어요. 그것들은 또다시 역사적인 변천을 거친 각종 버전의 흔적을 가지고 있고요. 내가 오늘 발견한 것 중 가장 중요한 것은요. 100년 전에 숨겼던 프로그램 패키지가 여전히 기층의 깊숙한 곳에 존재한다는 건 제우스 자체가 자기 지능 시스템의 구석구석을 전부 이해한다고 할 수 없음을 뜻한다는 거예요. 그는 단순히 하나의 집대성일 뿐, 파고들 약점이 없는 유령이 아니라는 거죠."

"그러면?"

"그러면, 우리한테는 비집고 들어갈 틈이 있다는 거고요."

온갖 전자기 연결을 차단한 뒤지만, 리친은 마치 여전히 누가 엿듣고 있기라도 한 것처럼 목소리를 더욱 낮췄다.

"우리가 막 돌아왔을 때 어떤 영상이 우리를 무야에게 데리고 간 거 기억해요? 당시에는 누가 그렇게 한 것인지 알쏭달쏭했는데 지금 알겠어요. 그건 내가 당시에 숨겨두었던 기억, 2차 인공지능 프로그램이 자동으로 행동한 거예요. 그것이 내 존재를 측정해내고서는 자동으로 유전자를 매치해서 무야를 찾아내고 길을 안내해준 것이죠. 그것은 제우스의 뜻이라고도, 제우스가 아는 행동이라고도 할 수 없어요. 이건 인간에 비유할 수 있는데요. 우리는 실제 뇌에 무수히 많은 자동 실행 프로그램을 가지고 있어요. 우리 두 사람이 여기에 서서 말할 때 내 말에만 집중하기에 '서 있는 자세'를 통제하는 자동 프로그램이나 '시각을 조절'하는 자동 프로그램, 또는 각종 잠재의식이 있다는 사실을 인지하지 못해요. 하지만 이들 프로그램은 자동으로 실행되고 있어요. 상황이 발생하지 않으면 주목하지 않게 되죠. 모든 지능은 시스템의 집합이며 전부 수많은 자동 실행 서브 프로그램을 가지고 있어요. 물론 제우스도 예외는 아니죠."

케커는 뭔가를 이해한 듯 또다시 가슴이 뛰기 시작했다.

"그건 뭘 의미하지?"

"멘탈 시스템에서 최대의 문제는 집중의 한계성이죠. 제우스의 컴퓨팅이 아무리 막강하다 해도 그 역시 일반적인 에르고딕 정보(시간 평균이나 집합 평균을 잡았을 때 통계적 성질이 일치하는 정보)에 지나지 않죠. 모든 자동 실행 프로그램 내부에 수시로 주의를 기울이지는 못해요. 더군다나 더욱 중요한 일이 그의 주의력을 붙들고 있을 때는 내부에 집중하기 힘들죠. 그래서 우린 지금 팀을 나누어 행동해야 해요."

"네 말은." 케커는 몸의 근육이 팽팽하게 땅겨지는 느낌이었다. "내가 그의 주의를 끌면?"

"맞아요. 당신이 그의 주의를 끌 동안 내가 그의 내부로 들어가는 거죠."

13

우주센터 홀 저쪽의 큰 문이 서서히 열리자 저 멀리 하얀 빛이 모습을 드러냈다. 우주센터 홀의 사람들은 아직 잠에서 깨지 않았다. 케커는 조종석으로 들어가 문을 닫고 자리를 잡은 뒤 저 멀리 출구 쪽을 깊이 응시했다.

지구로 돌아온 뒤 처음으로 해보는 시험비행으로, 여전히 자신이 기억하는 그 지구가 아닌지 궁금했다.

케커는 정신을 집중하고 생각하고 떠올렸다.

3분 뒤 케커는 조종 시스템에 대고 출발 명령을 내렸다. 우주센터 홀의 큰 문이 천천히 열렸다. 우주선이 빠져나오자 도시 외곽의 광활한 들판이 펼쳐졌다. 짙푸른 들판에 노란 들꽃이 점점이 박혀 있었다.

혼자 거대한 우주선을 모는 케커에게 고독한 사명감이 몰려왔다. 이 행보가 끝난 뒤에 어떤 미래가 펼쳐질지 알 수 없었다. 케커 역시 남들처럼 뇌에 칩을 심어 제우스를 받아들인 뒤 날마다 최상의 제안을 받고 감정을 잊은 채

반평생 살아볼까 생각해보지 않은 바 아니었다. 풍족하고 안정적이며 효율적인 게 뭐가 나쁘단 말인가?

하지만 케커는 자신이 그런 것을 원치 않는다는 것을 알았다. 블랙홀의 깊숙한 곳을 뚫고 나와 우주의 끄트머리에서 돌아온 자신으로서는 갖고 싶은 삶에 대한 무슨 기대를 버린 지 오래다. 대신 대지와 개인의 생명에 대해서는 더 강한 집착을 갖게 되었다. 자신의 생명, 호흡, 희비, 운명 등에 대한 결정은 자신이 갖고자 한다. 이런 감정들은 눈앞의 풍경처럼 실재하면서도 비현실적이다. 과학 이론의 관점에서 볼 때 그것들은 허황된 것이라고 만가지 이유를 댈 수도 있다. 예부터 지금까지 무수한 신학이 풍경은 허황된 것이라고 지적하는 것처럼 말이다. 하지만 케커는 그것들의 진실성을 믿는다. 마치 대지에 바람이 불면 웃자란 풀들이 흔들리는 것처럼, 그러한 강인한 의지는 진흙을 꽉 붙들고 누렇게 시든 빛깔을 하고서도 햇빛의 그림자 속에서, 드넓은 바다가 출렁이면서 부드러운 곡선을 그리듯, 고난 뒤 새로운 탄생을 만들어낸다. 그것은 대지이고 생명이다. 살아 있는 인간으로서의 의미다.

자신의 권력욕? 맞다. 제우스의 말이 맞는다. 제우스가 신랄하게 자신을 까발리기 전에 케커는 확실히 자신조차 의식하지 못했던 자욱한 안개에 휩싸여 있었다. 그러니까 사람에게 숭배받고자 하는 야망과 지배욕에 사로잡힌 허영 말이다. 맞다. 자신은 그런 느낌을 좋아한다. 리야가 자기 곁에서 자신의 말에 감동하고 서서히 변해갈 때 일찍이 느끼지 못한 성취감을 맛보았다. 또한 사람들이 자신을 에워싸고 한마음이 되어서 뿜어내는 열정을 좋아한다. 자신을 숭배하는 듯한 그들의 눈빛을 좋아한다. 자신은 확실히 그랬다.

하지만 그로 인해 사람을 희생시킨다고? 아니, 케커는 그것을 원치 않는다. 그것을 받아들일 수 없다. 설령 권력에 대한 야망이 뼛속 깊이 있다 하더라도 모든 사람의 목숨을 대가로 그것을 성취할 수는 없는 노릇이다. 케커가 원하는 건 생명의 느낌이다. 모든 사람이 다 함께 내뿜어내는 살아 있음에 대한 열망은 신체와 신체가 연결되었을 때의 생기발랄함이다. 죽음이 아니고, 죽음의 기운이 아니다. 파멸과 부패와 같은 그런 죽음의 냄새가 아니다. 케커는 그 누구도 죽어나가기를 원치 않는다. 그 누구도 자신 때문에 죽어나가는 것을 원치 않는다. 한 사람도 그래서는 안 된다.

케커는 거대한 흰 우주선을 몰고 우주센터를 나와 광활한 들판을 미끄러져 점차 도시로 접근했다. 도시의 거대한 하얀 철골구조망이 찬찬히 눈앞에 들어왔다. 철의 뼈대가 종횡으로 교차하면서 하늘 끝까지 뻗어나가 잘리고 부서진 창백한 하늘빛을 드러낸다. 철골이 교차하는 곳마다 평면을 받치고 그 위에 각종 건물과 광장이 모여 있다. 도시는 입체면 위에서 끝없이 뻗어나가면서 복잡한 힘의 구조와 최적화된 설계를 보여준다. 거대하게 뻗어나가는 도시망에서 케커는 제우스의 흔적을 본다.

케커가 도시의 경계에 들어섰을 때 우주선의 가장자리가 도시의 뼈대 몇 군데와 부딪혔다. 양쪽 다 견고할 대로 견고한 합금 재질인지라 부딪히는 순간에 불꽃이 튀었지만, 실질적인 손상을 입지는 않았다. 어쩔 수 없이 우주선의 항로를 바꾸어 비틀거리며 도시의 변두리를 따라 날았다. 이어 더 잦은 충돌이 발생하면서 케커는 기계가 시동을 걸 때 내는 굉음을 들었다. 그 소리들에 흥분이 되었다. 뒤에서 솟아오르면서 뒤쫓기 시작하는 그림자가 보였다.

케커는 그들이 왔음을 알아차렸다.

속도를 높여 계속 부딪힌 뒤 방향을 틀어 추격을 따돌리고 더 강하게 부딪혔다. 그저 더 많은 것들의 추격을 끌어들이기 위해 도시의 가장자리를 따라 맴돌았다. 어느 순간 자신을 쫓는 소형 무인 비행체가 세 방향에서 날아들었을 때, 케커는 우주선을 돌려 하늘을 향해 높이 날아오른 뒤 다시 방향을 바꿔 급강하했다. 케커가 알기로 자기 뒤의 비행체들은 자신의 도발로 인해 도시 방어가 자동으로 작동해서 추격해오는 것이다. 도시 전체는 자동으로 운행되고 많은 부분이 자동으로 반응한다. 충돌과 도발이 자동 포위를 작동하고 줄행랑이 자동 추격을 작동했다.

케커의 스크린 속 파란색 광점이 줄곧 그의 방향을 이끌고 있었다. 그것은 리친이 케커에게 확정해주는 실시간 노선이다. 노선은 수시로 변하면서 상대가 미리 그 방향을 알아채지 못하게 했다. 케커가 정해진 노선을 따라 쭉 급강하하자 앞쪽에 직사각형의 건물이 나타났다. 극히 단순한 선에 장식이 하나도 없어 반들반들한 벽돌을 수만 배 확대해놓은 것 같은 건물로, 회색이라 전혀 눈에 띄지 않았다. 저 건물이 자신이 오늘 공격해야 할 첫 번째 서버라는 것을 알았다. 제우스는 엄청난 수의 각기 다른 대형 서버가 전 세계에 분포되어 있고 블록체인 기술을 기반으로 하는 저장 특징 덕분에 어느 한 곳이 훼손된다 하더라도 전체에 영향을 끼치지는 않는다.

그래도 어쨌든 케커는 우주선을 몰면서 거대한 콘크리트 건물에 첫 번째 무모한 공격을 시작했다. 우주선 케이스는 재질이 아무리 튼실하다 해도 금속 합금에 지나지 않고, 무게를 덜어내고 유연성을 높이기 위해 특별히 얇게 만들어졌다. 이런 구조로는 아무리 발버둥을 쳐봤자 거대하고 웅장한 서버 건축물과 맞서는 건 계란으로 바위 치기였다. 하지만 케커는 그래도 덤벼들었다. 가까이 다가가 건축물의 창을 향해 총탄을 쏘았다. 예상한 대로 뒤쪽에서 추격해오던 비행체가 자신의 총격에 자동으로 사격했다.

케커는 재빨리 선체 뒤쪽에서 날아오는 총탄을 피한 뒤 건물과 부딪히기 몇 초 전에 우주선의 뱃머리를 돌려 앞쪽의 하늘로 급속도로 솟구쳤다. 건물에 접근하는 순간 건물의 문과 창문에 약간의 구멍을 뚫은 탓에 경보가 울렸지만 실질적인 피해는 없었다. 이어 또다시 하늘에서 한 바퀴 돌고는 전속력으로 급강하했다. 케커는 자신이 제우스의 손끝 하나 건드릴 수 없다는 것을 알았지만 그래도 어쨌든 최선을 다하고자 했다.

적어도 자신이 최선을 다하고 있음을 제우스에게 알리고자 했다.

"케커 선장, 케커 선장! 멈춰요! 내 말 들어요."

바로 이때, 케커 앞의 스크린에 한 얼굴이 나타났다.

그토록 젊고 그토록 익숙한 얼굴.

아담의 얼굴이다.

아담은 케커 뒤쪽에서 케커를 향해 쏘면서 케커의 이름을 불렀다.

케커 일행이 스크린을 통해 아담을 본 건 이번이 처음

이다. 케커의 마음은 누군가에 의해 부서진 것처럼 둔중하게 욱신거렸다. 아직 어린 티가 남아 있는 아담의 얼굴에서 팀원들 가운데 한 치의 빈틈도 보여주지 않았던 녀석의 모습이 엿보였다. 케커는 수년 전 그날, 팀에서 가장 젊은 사람으로 자신의 우주선에 올랐던 그의 모습을 생생히 기억한다. 곱슬곱슬한 머리카락이 쏟아지는 햇볕에 덥수룩하게 빛났고 똑바로 섰지만 굉장히 수줍게 웃었다.

지금 이 순간 아담은 케커를 추격하면서 우주비행선 안에서 케커에게 총탄을 쏘며 호통을 치고 있었다. 케커는 스크린에 나타난 얼굴을 응시했다. 이미 딱딱하게 굳어 엄숙하게 변한 아담의 얼굴은 그야말로 명실상부한 군대 지휘관의 얼굴이었다. 눈에서는 여전히 어떤 관심을 볼 수 있었지만, 손가락은 사격을 명령하고 있었다.

"케커 선장, 왜 공격하려 합니까?"

"넌? 넌 왜 그래?"

케커가 스크린의 아담에게 물었다.

"넌 왜 그에게 가담했지?"

"전 진화를 믿고 더 높은 지혜를 믿기 때문입니다! 케커 선장, 인간이 우주에서 차지하는 위치를 생각해보십시오! 편견을 버리고 진지하게 생각해봐요. 우주로 간다면 지구를 대표할 지능체가 누구겠습니까? 인류일까요, 아니면 슈퍼 지능일까요? 얼마나 많은 세포가 합쳐져야

인류의 지혜를 이룰 수 있겠습니까? 단세포 짚신벌레와 인간의 뇌세포, 그 관계를 생각해봐요. 얼마나 많은 인간의 대뇌가 결합해야 제우스가 될 수 있겠습니까? 그는 모든 인간 개체를 초월하는 지능을 갖추고 있습니다. 케커 선장, 간절히 부탁드립니다. 생각해봐요. 제우스와 맞서지 말고 제우스가 지구의 미래를 대표하는 것을 인정해요. 생명의 진화는 개인의 의향으로 바뀌지 않습니다. 세포로서는 더 큰 지혜 시스템과 결합할 때만 의미가 있습니다. 멈춰요. 대장."

"일이 이 지경이 됐는데." 케커가 입꼬리를 살짝 씰룩였다. "내가 멈출 수 있겠어?"

"아직 결정할 기회는 남아 있습니다. 뇌 칩 이식은 사실 그렇게 무서운 게 아닙니다. 날 믿어요."

"그럼 그다음에는? 그다음에 넌 뭘 할 생각인데?"

"난 더 큰 지혜에 나 자신을 결합할 겁니다. 케커 대장, 정신 차리세요. 역사가 전진하는 방향을 가로막지 말아요. 미래에 슈퍼 지능이 인류를 대신해 지구를 차지한 뒤 우주로 나가는 것은 정해진 수순이라고요. 인류는 슈퍼 지능으로 통하는 하나의 교량에 불과할 뿐입니다. 피와 살로 된 보잘것없는 우리의 신체는 반드시 영원한 디지털 지혜 앞에서 멸망하고 말 겁니다. 제우스야말로 지구를 대표하는 종입니다."

"아담."

케커는 마지막으로 서버 건축물 창문 안으로 폭발하기 쉬운 소형 중성자 엔진을 던졌다. 원래는 우주선의 예비용 동력원으로 준비해둔 것이다.

"지금의 내 태도가 과학적인 근거가 별로 없다는 거 나도 알아. 하지만 난 그저 말하고 싶어. 이 세상에는 여전히 나와 같은 사람이 있다는 것을 말이지. 사람을 믿고, 사람의 신성과 역량을 믿는 그런 사람 말이야. 사람의 마음에 출렁이는 스스로 결정하고자 하는 빛을, 설령 절대다수의 사람이 기억하지 못한다고 할지라도, 나는 여전히 기억해."

케커는 창문을 통해 엔진을 향해 사격한 뒤 선체를 돌려 한 차례 더 하늘을 향해 솟아올랐다. 그 순간의 빠른 사격과 빠른 도망 덕분에 뒤에서 치솟는 화염을 피했다. 아담의 비행기는 폭발이 일어난 서버 건물에 접근하지 않았지만, 자신을 추격하던 수많은 무인 비행체는 치솟는 불길에 녹아내리고 있었다. 아담의 비행기가 포기하지 않고 끈질기게 케커를 뒤쫓았다. 케커는 제우스가 뒤쪽 비행선에 탄 아담의 뇌 칩을 통해 얼굴을 드러낸 것을 본 듯했다. 허무맹랑하지만 어디에나 존재하는 그런 얼굴이 스크린과 겹겹이 막아서는 비행체를 통해 허공에 가로놓인 채 케커를 향해 사정없이 비웃었다.

케커는 그것들이 자신이 만들어낸 환상임을 안다.

케커는 한 번 더 도시를 향해 돌진했다. 서버 하나를 폭파하는 건 고작 제우스의 데이터 저장에 작고 사소한 번거로움만 더할 뿐 커다란 손실을 가져다주지는 않는다. 하지만 케커가 원하는 건 더 지속적으로 충격을 가하는 것이다. 자신에게 필요한 건 시간이다.

케커는 그날 밤에 들었던 목소리가 귀에 울리는 것을 들었다. 온화하고 예의 바른 듯하지만, 실은 미쳐 날뛰는 제우스의 목소리다.

"케커, 난 당신에게 멈출 기회를 주겠습니다."

"내가 왜 멈춰야 하지?"

"케커."

제우스의 목소리가 빨라졌다.

"당신이 원하는 게 대체 뭡니까?"

"그럼 넌 뭘 원하지?"

케커가 큰소리로 물었다.

"난 세계의 균형과 효율, 완전한 통제를 원하고 완벽한 우주 질서를 원합니다. 이게 문제입니까?"

"그것을 위해 살인도 불사하겠다? 그럼 내가 내 마음속에 타오르는 살아 있음을 원하는 건 문제가 되고?"

케커가 계속해서 도시를 향해 급강하했다.

몇 차례 실랑이가 끝나고, 이미 부딪히고, 피하고, 쏘고 공격받는 일을 여러 차례 반복한지라 기진맥진한 케커가 거의 포기하려던 찰나 돌연 스크린에서 녹색 광점이 자욱한 빛 무리로 변하는 것을 보았다.

케커는 순간 그 의미를 알아채고는 흥분해서 다시 우주센터 쪽으로 우주선을 몰았다. 리친이 성공했음을 깨달았다.

케커는 돌아가야만 했다. 돌아가는 길에 잔광을 이용해 줄곧 뒤쪽을 힐끗거렸다. 들러붙은 한 무리의 비행체를 좀체 따돌리지 못하다가 점차 속도를 높이자 서서히 줄어들더니 결국은 쫓아오는 비행체가 죄다 사라졌다. 동시에 케커는 몸 아래 도시를 내려다보았다. 어떤 변화가 일어나고 있다는 사실이 느껴졌다. 고개를 숙여 도시에서 일어나는 일체를 관찰하는 것이 마치 저 멀리 공기를 통해 그곳의 숨결을 받아들이는 것 같았다. 사람들이 자기 집에서 쏟아져 나와 하늘을 향해 두 팔을 벌리는 것을 보았다.

집에서 물밀듯이 나오는 사람들이 흥분하고 미친 듯이 기뻐하며 자신을 주체하지 못한다. 어쩌면 이렇게 강력한 감정의 자극을 받은 적이 없으리라. 많은 사람이 거리에서 떨며 큰 소리로 울부짖고 서로를 얼싸안는다.

이 모습을 보고 케커는 감동 어린 표정을 지었다. 자신 역시 희비가 교차했다. 자신은 조금 전 구사일생으로 살아 돌아왔고, 사람들은 지금 이 순간 감정을 마음껏 발산하고 있으며, 도시의 모든 사람은 마침내 이번 생에서 한 번도 경험하지 못한 감정을 느꼈다. 이 모든 것을 생각하자 케커는 이루 말할 수 없는 감회에 젖었다.

케커는 지금 이 순간 자신이 안전하다는 것을 안다. 자신은 파란 하늘과 대지 사이에서 한 인간으로서의 마지막 존엄을 지켜냈다. 홀로 나가 싸워 요행히 살아남았으며 제우스의 주의력을 단단히 붙들어 동료에게 시간을 벌어주었다. 케커는 자신의 사명을 저버리지 않았다.

지면의 사람들은 여전히 큰 소리로 웃고 울고 있다. 그들은 여태 이렇게 깊은 대뇌 정보를 견뎌내본 적이 없었다. 그것들은 감정의 자극으로, 네트워크 깊숙한 곳에서 오는 것이었다. 네트워크 깊숙한 곳을 통해 뇌 칩으로 흘러든 뒤 다시 뇌 칩을 통해 모든 사람들의 대뇌 깊숙한 곳의 감정을 자극하고 들쑤셨다.

그것은 아주 오래전에 네트워크 깊숙한 곳에 무의식적으로 묻어둔 단편이 사람들의 정보로 바뀐 것이다.

그것은 지능 네트워크의 깊숙한 곳에서 제우스의 배후에 일격을 가한 것이다.

그것은 리친의 걸작이다.

도시 전체가 감정의 소용돌이에 휩싸였고 제우스는 내부 시스템을 돌보느라 여념이 없었다. 케커는 그 틈에 우주센터로 돌아왔다. 지금이야말로 자신들이 탈출할 수 있는 유일한 시간이라는 것을 케커는 모르지 않았다.

케커는 같이 우주선에 오르자고 모든 사람을 초대했다. 우주센터에서 몸을 돌보던 사람들은 지난 며칠 전 감정에 녹아든 이후로 뭔가 달라진 심신의 힘을 느꼈다. 그들은 자신들의 몸과 감정에서 일어난 변화로 인해 뛸 듯이 기뻐하며 함께 녹아든 것에 가슴이 벅차올랐다. 그들 가운데 떠나겠다고 난동을 부리는 사람은 없었고 다들 새로운 삶을 기대했다.

그들은 케커의 우주선에 올랐다. 우주선의 목표는 명확하고 확고했다. 안정적인 케커의 조종 기술은 이 순간 더더욱 빛을 발했다. 도시의 또 다른 방향으로 출발한 우주선은 전자기 간섭포를 부단히 쏘아 네트워크 연결이 집중된 지점을 파괴해가며 도시 상공을 가로질렀다. 도시에는 여전히 사람들이 집에서 쏟아져 나와, 거리에서 손에 손을 잡고 하나로 연결되어 노래하고 춤추며 웃고 울고 있었다. 무인 기계 차가 괜히 쓸데없이 질서를 유지하고 있었다.

케커는 우주선을 몰아 우주선 승객들의 가족을 태우러 갔다. 다행히도 한 단지의 병원에서 온 사람들이라 그들의 가족들이 사는 곳 역시 서로 멀리 떨어져 있지 않았다. 케커의 우주선이 다시 한번 더 도시로 다가가자 궤도상의 궤도차들이 나서서 그들의 전진을 막았지만, 그 순간 제우스의 통제 시스템이 일시적인 혼돈 상태에 빠진지라 거의 모든 사람이 순조롭게 가족을 불러낼 수 있었다. 가족들은 대부분 감정적으로 흥분해 불안정한 상태에 있어서 그들을 우주선에 태우는 건 어렵지 않았다.

무력하게 막아서는 자동 궤도차의 방해를 뚫고 우주선은 빠르게 바다 쪽으로 날아갔다. 몸체 뒤쪽에서 몇 대의 비행체가 쫓았지만, 빠르게 따돌리자 이내 그 자취를 감추었다.

14

그들은 마침내 아득히 멀고 너른 해변에 도착했다. 도시와 수백 킬로미터 떨어진 이곳은 현재 몇몇 수송 화물선을 제외하고는 사는 주민이 그리 많지 않았다. 리무야는 오는 길 내내 해킹 기술로 항해하는 선박의 통제 시스템을 공격했다. 그러고는 해변에 도착하자마자 물자를 실은 대형 선박 세 척을 원격조종해 탈취한 다음 자신들의 선박으로 삼았다. 그들은 해변의 전기 공급망을 파괴하고 전자기 신호를 교란해서 앞으로 있을 추적 신호를 차단한 뒤 선박을 이용해 바다 한가운데 있는 작은 섬으로 향했다.

처음에는 멀리서 뒤쫓아 오던 전투기들이 보이다가 그들이 점차 속도를 올리자 나중에는 전자기 교란 통제로 인해 하나씩 바다로 떨어졌다. 그들은 성공적으로 포위망을 뚫었다.

마침내 선박이 자신들이 선택한 작은 섬에 도착했다.

그곳은 수십 년 전에 버려진 군사기지로, 기본적인 건물과 인프라가 구축되어 있었다. 드러커가 탐사해서 발견한, 인류가 폐기한 유적지다.

섬은 수십만 명이 편안히 살 수 있을 만큼 충분히 컸다. 울창한 섬은 눈앞 가득 녹음이 넘실대고 원시 정글의 기운이 꿈틀대며 아름다운 거대 나무와 온갖 기이한 열매가 지천으로 널려 있었다. 사람이 살지 않은 지 오래되어 생명력이 강한 자연이 백만 년 전의 우림 생태를 복원한 뒤라 먼 옛날 인류의 보금자리와도, 자신들이 꿈꾸던 GX779와도 굉장히 닮아 있었다.

케커는 마지막으로 모든 사람에게 자유에 대한 자신의 신념을 설명했다. 자신은 신을 믿는 것처럼 인류를 믿는다. 자신들이 세우고자 하는 인간의 섬은 인격과 인류 지혜가 진화해온 길을 보존하는 것이다. 케커가 자신을 따라온 모든 사람에게 설명해준 미래의 가능한 길은, 현재 작은 섬을 기지로 삼아 앞으로 더 넓은 범위의 인간 사회에서 탈피하고 궁극적으로 인격 독립의 사회를 회복하며, 모든 독립된 개인이 우주로 향하는 팀을 구성해서 인류의 미래 세계를 구축한다는 것이다.

케커는 많은 설명을 덧붙이지 않았다. 더는 말할 필요도 없고 굳이 하지 않아도 알 수 있으며 말해봤자 불필요하다고 믿었기 때문이다. 많은 것을 겪고 난 뒤 이 섬에 도착한 사람이라면 누구나 신념 가운데 감정의 공명에 도달할 수 있을 것이다.

"안녕히 주무세요. 다들 고생 많았습니다. 푹 주무세요."

케커가 마지막으로 말했다.

밤의 장막이 내려앉고 모든 사람이 깊은 잠에 빠져들었다.

별이 총총한 하늘이 바다를 뒤덮고 찬란한 은하는 하늘의 상처인 양 흩어져 있었다. 영원히 잊지 못하리라.

케커는 혼자 해변에 나와 밤의 어둠에 잠긴 시커멓고 잔잔한 깊은 바다를 바라보며 암초 위에 서서 바다의 다른 쪽 끝을 향해 외쳤다.

"이봐, 알아? 때때로 자유의지야말로 당신이 주동적으로 선택할 수 있는, 가장 낮은 확률의 길이라는 걸 말이야."

하오징팡과 《인간의 피안》이 비추는
차안에서의 인간의 인간됨

"저는 그것을 SF라고 생각하지 않습니다."

하오징팡은 2016년 휴고상을 수상한 〈접는 도시〉의 구상은 자신이 몸담은 현실에서 왔다고 말한다. 하오징팡은 한때 베이징의 뒷골목에 살았다. 그곳은 중국의 농촌 모습과 겹쳐지는 곳으로, 시끌벅적한 골목, 파리 떼가 날아다니는 음식점, 커다란 시장이 있는 곳이었다. 아래층으로 내려와 밥을 먹을 때면 으레 그곳에서 일하는, 외지에서 온 사람들에게서 고향에 두고 온 가족과 아이들의 이야기와 몸이 아파도 병원에 갈 수 없는 베이징에서의 신산한 삶이 흘러나왔다.

그러다 시공간이 자신이 일하는 장면으로 전환되면 마치 또 다른 세계에 들어선 듯했다. 하오징팡은 2008년부터 중국 국무원 발전연구중심이 설립하고 독립적으로 운

영되는 중국발전연구재단에서 사회문제를 연구하고 정책을 제안하는 일을 해왔다. 해마다 3월이면 '중국 발전 고위급 포럼'이 베이징의 댜오위타이 국빈관에서 열린다. 총리와 부총리를 포함해 글로벌 500대 기업의 대표가 포럼에 참여한다. 중국발전연구재단은 이 행사의 주최 측으로서, 하오징팡은 마윈과 저커버그, 노벨상 수상자 등 시대적 인물들과 잠시나마 함께할 기회를 얻곤 한다.

이처럼 교집합이 전혀 없는 확연히 다른 두 세계가 현실 공간에 공존하는 장면과 느낌이 하오징팡의 마음에 쌓이고 가득 차면서 〈접는 도시〉라는 작품이 나왔다. "사실, 그 이야기가 단순히 하나의 SF에 지나지 않는다고 생각하지 않아요. 전혀 존재하지 않는 미래를 쓴 것도 아니고요."

"왜 세상은 불평등하고 그것을 해소하기 어려울까?"

이는 오랫동안 하오징팡을 괴롭혀왔던 질문이다. 하오징팡은 언제나 현실의 불평등에 관심을 기울이고 그것을 소설을 통해 환기한다. 자신의 본업으로 불평등을 줄이고자 노력하지만 자주 한계에 부딪힌다. 하지만 "결과가 없다고 느끼더라도 그래도 해봐야 하는 그런 수많은 일들이 있어요"라면서 변화를 만들어내기 위한 시도를 멈추지 않는다. 하오징팡은 앞으로 '인류가 수천 년 동안 어떻게 불평등에 직면했고 어떻게 그와 맞서 싸우면서 패전했는지'에 대한 역사를 기록하는《불평등의 역사》를 쓸 계획이다.

그뿐 아니라 하오징팡에게는 대학교 3학년 때부터 품어왔던 오래된 꿈이 있었다. 당시 하오징팡은 산촌에 한 달 동안 머무르면서 아이들에게 공부를 가르쳤다. 그러나 자신처럼 잠시 왔다 가는 사람이, 중학교만 졸업하면 돈을 벌기 위해 외지로 나가는 빈곤 지역 아이들에게 무슨 도움이 될 수 있을까 하는 회의감이 들었다. 그 일을 계기로 아이들의 삶의 변화를 위해 할 수 있는 일이 무엇일지를 고민하기 시작했다. 그러다 2016년 휴고상 수상을 계기로 기업의 후원을 받을 수 있게 되면서 그 꿈을 현실화하게 되었다. 그렇게 만들어진 것이 '함께 만드는 교육'이라는 공익사업이다. 처음에는 '함께하는 서원 (書院)'이라는 명칭으로, 풍경이 아름다운 빈곤 지역에 서원 기지를 세우고 여행 프로그램을 통해 수익을 창출해서 그 수익을 현지 아이들을 위한 교육과 활동을 펼치는데 지원했다. 이후 프로그램이 확장되면서 빈곤 지역 아이들의 교육을 위한 '함께 만드는 교육'으로 바뀌었다. 하오징팡은 장기적인 활동을 통해 아이들에게 능력을 갖추게 해주는 것이 좋은 공익이라 믿는다. 돈과 물자의 기부는 본래 불평등을 내포하고 있어 갖지 못한 사람의 불쌍

함을 시시각각 일깨우고, 관심과 배려 역시 불평등을 내
포하고 있어 불행한 사람의 불행을 시시각각 일깨운다고
본다. 하오징팡은 자신의 공익사업이 시혜를 베푸는 것
도, 시혜를 받는 것도 아닌 그저 생각을 교류하고 서로 존
중하는 것이기를 바란다. 그렇게 자신의 힘이 닿는 데까
지 변화를 시도하려 한다.

생활인의 분주한 삶으로 채워지는 SF작가의 일상

《인간의 피안》은 중국에서 2017년 11월에 출간되었다.
이 책을 쓸 시기에 하오징팡은 본업으로는 '인공지능 발
전이 노동시장에 미치는 영향'이라는 프로젝트를 이끌고
있었고, 개인적으로는 '함께 만드는 교육'이라는 공익사
업을 이끌고 있었다. 자신의 거의 모든 시간을 이 두 가지
일에 할애하고 주말에는 자신이 가장 중요하게 생각하는
일로, 딸아이와 함께 시간을 보냈다.

그래서 글은 그저 짬짬이 쓰는 수밖에 없었다. 하오징
팡은 새벽 4시에 일어날 수 있으면 새벽 4시에 일어난
다. 도저히 일어날 수 없으면 5시에 일어나고, 6시에 일
어나는 경우는 거의 드물다. 7시에 딸아이가 깨기 전까지
의 한두 시간이 하오징팡이 하루 중 거의 유일하게 오롯
이 글쓰기에 집중할 수 있는 시간이다. 이 시간 외에 하오

징팡은 낮의 자투리 시간을 틈틈이 활용한다. 보통은 사람들로 붐비는 고속철도 대합실에서 노트북을 열어 글을 쓴다. 이 순간 옆에서 컵라면을 먹는 어른과 장난치는 아이는 글쓰기에 전혀 방해가 되지 않는다.

"하지만 24시간 내내 글만 쓰고 있을 수는 없어요. 집안일을 해야 하면 집안일을 하고, 아이를 돌보아야 하면 아이를 돌보죠. 해야 할 임무를 다하고 난 뒤에야 이상을 추구할 수 있어요."

하오징팡에게 글쓰기는 이상적인 삶의 장면이자 정신적인 중심축이지만, 본업을 포기하고 글쓰기가 전업이 되어 생계를 유지하는 일은 결코 받아들일 수 없는 일이다. 글쓰기에는 그 어떤 타협도 원치 않고 오로지 순수한 자유만 있기를 바랄 뿐이다.

한편 자신이 일하는 곳은 글쓰기와 관련해 중요한 영감을 얻는 곳이기도 하다. 〈접는 도시〉의 구상은 물론 '제1공간'에서 작업하는 장면은 자신이 일하는 장면을 그대로 묘사한 것이다. 이뿐만 아니라 《인간의 피안》은 '인공지능 발전이 노동시장에 미치는 영향'이라는 프로젝트와 함께 사유한 글들의 결과물이다.

사람의 의식은 어디에서 왔는가

하오징팡의 글쓰기는 오로지 한 가지, '사람의 의식은 어디에서 왔는가'라는 주제를 둘러싸고 전개된다. 고등 학교 3학년 때 읽은 오스트리아 물리학자 에르빈 슈뢰딩 거의 저작은 그의 영혼을 전율케 한 경험이었다. 하오징 팡은 슈뢰딩거의 영향을 받아 천체물리학을 전공으로 택 하고, 앞으로의 유일한 글쓰기 주제로 정하며, 세계를 바 라보는 방식을 확정하고, 인생에서 흥미진진한 분야를 찾 아냈다. 슈뢰딩거가 설명하는 인간의 뇌가 작동하는 방식 은 인간의 의식에 대한 하오징팡의 흥미를 자극했다.

"제 인생에서 글쓰기의 주제는 오직 한 가지입니다. 다 양한 모습으로 다양한 빛깔을 드러내는 것은 단순히 그 주제의 변주에 불과하죠. 그 주제가 너무 어려워서, 어떻 게 표현한다 한들 언제나 그것의 진정한 핵심을 장악하 지 못했다는 느낌이 들곤 합니다. 그래서 그것을 둘러싸 고 쓰고 또 쓰고 부단히 쓰는 거죠. 마치 블랙홀을 둘러싸 고 빙빙 돌지만 언제나 그것을 볼 수 없는 것처럼요. 수년 전에 영혼을 전율케 한 사상을 만나는 바람에 평생이 확 정돼버렸지 뭐예요."

현실을 드러내기 위한 SF

하오징팡은 자신이 좋아하는 작가 가브리엘 가르시아 마르케스를 언급하면서 이렇게 말했다. "마르케스는《백년의 고독》과 다른 작품에서도 현실을 말하고자 할 때는 환상의 것을 그리고, 순수한 환상을 말하고자 할 때는 오히려 현실의 것을 그리고 있죠." 하오징팡의 말처럼 현실공간과 가상공간 사이에 낀 이러한 모호한 장르 형식은 마찬가지로 하오징팡 자신의 작품 스타일이기도 하다.

하오징팡은 2002년 제4회 전국 중고등학생 신개념글짓기대회에서 1등을 차지하며 글쓰기의 길로 들어섰다. 2006년부터 본격적으로 글을 쓰기 시작했지만, 2014년에 이르기까지 거의 10년 동안 하오징팡을 괴롭혀온 감정은 '내게 글쓰기 소질이 없는 건 아닐까?'하는 자기 회의와 좌절이었다. 장르적 성격이 애매모호한 스타일은 좀체 글을 실을 지면을 얻지 못했다. 그렇지만 하오징팡은 자신의 스타일을 버리지 않았다.

"저는 그저 제가 흥미 있어 하는 것을 씁니다. 그렇게 해서 결국에는 공감해주는 사람이 한두 명 남는다 해도 그 한두 명을 위해 쓸 겁니다."

오히려 자신의 스타일을 받아줄 만한 잡지를 찾아 작품을 발표할 기회를 얻으면서 좌절감도 조금씩 흩어지고 자신감도 서서히 붙었다.

"현실 공간에 관심을 두면 오히려 가상공간을 그립니다. 현실에 존재하지 않는 요소를 통해 현실과 밀접한 것들을 그려내죠. 가상 세계의 강함과 약함, 승리와 패배에는 관심이 없지만 현실과 다른 형식으로 현실의 어떤 가능성을 탐색하기 위한 것이지요."

이처럼 하오징팡이 SF를 쓰는 것은 현실을 더 잘 드러내기 위해서다. 그는 현실을 더욱 순전한 방식으로 부각하기 위해 가상현실을 빌려 온다.

"저 멀리 피안을 바라보는 건 우리가 서 있는 차안을 비춰보기 위함이다."

하오징팡에게 인공지능은 유일한 글쓰기 주제의 한 갈래다.

"인간에게 관심이 있기에 인공지능에 관심이 있다. 인공지능에 대한 이해를 통해 인간을 더 잘 이해할 수 있다. 우리는 대개 대조의 대상이 필요하다. 그래야만 우리 자신을 더 잘 이해할 수 있다"라고 한 말처럼, 하오징팡은 인공지능과의 대조를 통해 우리 자신을 좀 더 선명하게 보여주려 한다.

하오징팡은 여섯 편의 중단편 소설을 통해 인간이 기

계화되어 일하던 시대에서 기계가 인간화되어 인간의 노동을 대체하는 시대를 가까운 현실에서 더 먼 미래까지 시간 순으로 그리고 있다. 인공지능과 로봇이 인간화될 것인가, 인간의 능력을 갖출 수 있을 것인가 하는 현실 가능성은 차치하고서라도—물론 하오징팡은 그것의 현실 가능성을 뇌신경과학과 심리학 이론으로 접근해 하나하나 정교하게 분석했다—인공지능의 미래 모습을 극적으로 그려내고 있다.

인간은 살과 피로 된 육체를 지닌 존재로 몸으로 교감하고 감정을 나눈다. 몸을 지닌 육체는 인간에게 죽음이라는 한계를 가져다준다. 하지만 죽음의 이별과 고통이, 회한이 살아 있음을 사유하고 새로운 탄생의 길로 나아가게 한다. 또한 인간은 애착과 반항에서 오는 고통과 불안에 시달리며 발버둥치지만 그것으로 인해 자신을 확장해나간다. 인간은 자신에게 손해가 되더라도 연민하고 고뇌할 줄 알며, 목적을 잃은 몰입의 즐거움을 통해 새로운 것을 창조해낸다. 인간은 완벽함을 포기하고 대신 불확실함과 불완전함이 전하는 그 모든 생생한 감정을 고스란히 누리면서 오롯이 자기 자신이 주인이 되길 원한다. 그래서 하오징팡은 인간의 육체성, 한계와 불완전함, 실패, 좌절, 회한, 애착, 반항, 비효율, 비이성 등의 모든 감정이 오히려 인간을 인간답게 하는 것이라고 우리에게 말한다. 그러면서 다음과 같이 촉구한다.

"철저한 디지털화는 얼굴과 얼굴을 맞대고 살아가는 모습을 등한시하게 만든다. 눈빛으로 소통하고, 눈물을 흘리며, 몸으로 포옹하고, 실패로 고통스러워하는 것 등을 등한시하게 만든다. 하지만 실제로 이 모든 것들은 우리의 지능 시스템의 일부로, 가장 소중한 부분이다. 만약 우리가 더는 눈빛을 통해 소통하지 않고, 더는 데이터 이외의 사랑을 이해하지 못하며, 인생에는 이익의 최적화보다 더 중요한 의미가 있다고 여기지 않고, 위대한 예술가가 전해주는 전율을 느끼지 못한다면, 마찬가지로 우리도 만물의 영장으로 불릴 자격을 박탈당한 채 그 자리를 다른 존재들에게 넘겨주어야 할 것이다.

우리의 정신세계를 파괴할 수 있는 그 어떤 종도 존재하지 않는다. 우리 자신이 포기하지 않는 한 말이다. 미래와 관련해서 내가 유일하게 우려하는 바가 바로 이것이다."*

강영희

* 작가와 관련한 내용은 〈중국뉴스위크〉 2018년 1월 16일 자 기사 「科幻作家郝景芳的现实生活 : 坐地铁, 打卡上班, 凌晨4点起床写作」를 참고하여 작성하였습니다.

인간의 피안

1판 1쇄 발행 2020년 4월 3일
1판 3쇄 발행 2022년 6월 20일

지은이 · 하오징팡
옮긴이 · 강영희
펴낸이 · 주연선

(주)은행나무
04035 서울특별시 마포구 양화로11길 54
전화 · 02)3143-0651~3 | 팩스 · 02)3143-0654
신고번호 · 제 1997—000168호(1997. 12. 12)
www.ehbook.co.kr
ehbook@ehbook.co.kr

ISBN 979-11-90492-40-9 03820